Elias Haller

Furcht und finsteres Herz

Ein-Erik-Donner-Thriller (Band 5)

Für meinen Engel.

Prolog

Drei Minuten bis zum Ende der Brücke

Reduziert man Fliegen auf die Leistungsfähigkeit ihrer Beine, dann sind diese kleinen Insekten wahrhaft Superhelden. An ihren Beinen befinden sich nämlich Krallen und dünne Härchen, die in ovalen Haftlappen enden. Zusätzlich produzieren sie eine Flüssigkeit, durch die zwischen den Läppchen und Oberflächen Kapillarkräfte entstehen. Deshalb ist es einer Fliege möglich, sich an der Zimmerdecke festzuhalten.

Fliegen haben eindeutig Superkräfte – im Gegensatz zu Sascha:

Der Zwölfjährige besaß nicht einmal annähernd solche Fähigkeiten, sonst wäre er an einem der Stahlträger des Rabensteiner Viadukts hinabgeklettert. Oder besser: Mit Flügeln wäre er direkt zur darunterliegenden Hauptstraße geflogen.

So aber war er nur ein Junge, der sich zusammen mit seinem kleinen Bruder vor Tille und dessen Schlägerbande versteckte.

Die beiden Kinder kauerten am Waldrand hinter einem Holunderbusch. Auf Sichthöhe, in knapp dreißig Zentimeter Entfernung, hing eine Fliege an einem Blatt.

Kopfüber.

Völlig reglos.

Kein Zucken, kein Flügelzittern.

Sascha wusste über Fliegen mehr als seine Lehrerin. Denn nach jedem Thema, das sie im Unterricht behandelt hatten, holte er die zentnerschweren Lexika seines Vaters aus dem Wandschrank und eignete sich zusätzliches Wissen an. Er wollte später Wissenschaftler werden, um der Menschheit zu helfen. Besonders den Menschen, die am Rande der Gesellschaft lebten. Menschen wie seine Eltern und seine Geschwister.

Doch im Augenblick musste er hilflos abwarten. Er konnte einfach nichts tun. Nicht einmal die Fliege verscheuchen, denn er presste beide Hände auf Milans Mund. Er musste es tun, sonst hätte der Bruder geschrien und dadurch ihr Versteck verraten. Der Siebenjährige schrie oft und unkontrolliert – eine Begleiterscheinung von Trisomie 21.

Mit Down-Syndrom ist man irgendwie am Arsch.

In Saschas Familie waren alle anders. Alle. Auch er.

Weil sie anders waren, jagten die Jugendlichen ihn und seine Geschwister, wann immer sich ihnen die Gelegenheit bot.

Sie taten es, weil sie es konnten. Sie waren die Älteren und hatten ihren Spaß daran.

Wenn Sascha und Milan großes Glück hatten, hatten die Halbstarken die Verfolgung längst aufgegeben.

»Es ist gut«, redete Sascha beruhigend auf seinen Bruder ein.

Milan wehrte sich gegen den Griff. Er zerkratzte Saschas Handrücken. Sascha tat es unendlich leid, aber er musste seinen Bruder mit allen Mitteln bändigen. Mehrere Minuten mussten sie so ausharren. Unterdessen war von Tille und seiner Meute nichts mehr zu hören oder zu sehen. Bis zum Haus waren es knapp fünfhundert Meter. Dafür mussten die Kinder den alten Viadukt überqueren. Eine verdammt lange Strecke, erst recht, wenn einem die Angst im Nacken saß.

Vor langer Zeit war hier die Eisenbahn darüber gedonnert. Heutzutage überquerten ihn Wanderer gemächlichen Schrittes.

»Ich nehme jetzt meine Hände weg«, flüsterte Sascha Milan ins Ohr. Der Kleine fixierte ihn mit seinen großen Kulleraugen. »Ich bringe dich jetzt zu Papa und Mama, aber du darfst nicht schreien, okay?«

Milans gedämpftes Schluchzen hörte dennoch nicht auf. Selbstverständlich würde er sofort loskreischen. Doch Sascha wollte nicht länger warten. Selbst die Fliege war in der Zwischenzeit davongeflogen. Vermutlich hatte sie Gefahr gespürt.

»Los, komm!«, befahl er und zerrte seinen Bruder am T-Shirt mit sich.

Der jammerte, schlug sogar einmal nach ihm und folgte schließlich widerwillig. Gemeinsam liefen sie über die hundert Jahre alte Stahlbrücke.

»Da sind sie!«, gellte es durch das Tal.

Saschas Herz wummerte mit der Gewalt einer Lok gegen den Brustkorb. Tille und seine Jungs waren hinter ihnen aufgetaucht. Fünf große Kerle in Muskelshirts, mit Silberketten und Stirnbändern. Längst noch keine Erwachsenen. Bekannt in der Gegend als Unruhestifter. Und sie kamen verdammt schnell näher.

»Jetzt seid ihr Spastis dran!«, geiferte Tille. »Wir werden euch auslöschen! Ihr verfickten Krüppel bekommt heute eure Sonderbehandlung!«

Sonderbehandlung. So hieß die Tarnbezeichnung für Ermordung im Dritten Reich. Auch dieses Wissen hatte Sascha aus Büchern.

Die Gruppe lachte dreckig. Sascha packte seinen Bruder fester. Milans kurze Beine konnten kaum mit seinen Schritten mithalten. Und dann stolperte der Kleine und fiel der Länge nach hin.

»Steh auf!«, schrie Sascha Milan an, wohl wissend, dass sie es nicht mehr bis zum Haus schaffen würden. Nicht einmal bis zum Ende der Brücke.

Die Distanz zwischen ihnen und den Verfolgern verkürzte sich Meter um Meter. Das Pack jaulte und spuckte. Tille grölte und beschimpfte die Kinder als unwertes Fleisch. Die anderen lachten wieder. Zeigten ihre Zähne. Bissig. Gemein. Hyänengleich.

Milan bekam von alledem nichts mit. Seine Welt bestand aus ureigenen Tönen, Farben und Figuren. Sein Verstand war nicht in der Lage zu erfassen, was um Sascha herum passierte.

»Milan, bitte!«

Vergebliches Flehen. Die Meute war nur noch wenige Meter entfernt. In Tilles Augen loderte die Feindseligkeit wie ein signalrotes Tuch. In seiner Not traf Sascha eine Entscheidung, die er bereits im selben Moment bereute.

Während man Milan nur Sekunden später fortschleppte, rannte Sascha um sein Leben. Das Siegesgelächter der Gruppe und die Schmähungen von Tille nahm er nur noch als dumpfe Echos wahr.

Als er das Haus erreichte, saß sein Vater im Vorgarten und rauchte Pfeife.

»Wo ist dein Bruder?« Die Frage kam scharf. Vaters Rollstuhl knarrte, als er den Oberkörper vorbeugte.

Sascha hielt sich am Zaun fest und schwieg. Er wagte es nicht, das Grundstück zu betreten noch die Wahrheit auszusprechen. Ungeduldig nahm der Vater seine Pfeife aus dem Mund und umfasste die Räder. Glühender Tabak rieselte zu Boden. »Zum letzten Mal, wo ist Milan?«

Als Sascha dem fordernden Blick des Vaters nicht länger standhielt, rannte er abermals. Zurück zu der Stelle, wo er seinen Bruder verloren hatte. Aber dort war natürlich niemand mehr. Sascha ahnte, wo man Milan hingebracht hatte. Zum alten Schweinestall. Dort wo er selbst schon einmal Tille und seinen Schlägern ausgeliefert gewesen war. Damals, als er sich vollständig hatte entkleiden müssen und man ihn mit SS-Runen und Hakenkreuzen besprüht und ihm den Judenstern auf die Stirn gemalt hatte. Das alles war geschehen, während Saschas Kleidungsstücke in beißendem Rauch und ätzendem Textilgeruch verbrannt waren.

Voller schmerzhafter Erinnerungen schlich Sascha den Weg bis zum Stallgebäude. Unterwegs löste sich der Schnürsenkel seines linken Schuhs. Der Rotz lief ihm dick aus der Nase und vermischte sich mit seinen Tränen. Ohne Milan durfte er nicht nach Hause kommen. Sein Vater würde ihn hart bestrafen. Vielleicht härter, als es Tille jemals tun könnte.

Durch einen Spalt in der Lehmmauer beobachtete er die Gruppe. Die Jungs kreischten wie Aasgeier und befeuerten sich gegenseitig mit widerlichen Parolen. Irgendwoher drang Milans Winseln. Sascha konnte ihn nicht sehen. Er entdeckte lediglich eine Blechtonne, um die die Truppe herumsprang. Eine Tonne, die durch einen Schlauch mit einer Gasflasche verbunden war.

Sascha lehnte sich mit der Stirn ans Mauerwerk. Die Flasche war beschriftet. Er kniff die Augen leicht zusammen, um die Buchstaben entziffern zu können.

Zyklon B. Auf der Gasflasche stand schwarz und windschief aufgesprüht: *Zyklon B.*

Nazigift!

Es folgte ein hohles, blechernes Scheppern.

»Ja, du Scheißvieh«, krächzte Tille und trat ein zweites Mal gegen die Tonne. »Jetzt bist du dran, du Mongo!«

Plötzlich verstand Sascha. Sein Bruder steckte in der Tonne. Einer der Jugendlichen klopfte Tille auf die Schulter. Der ging auf die Gasflasche zu und umfasste den Hahn, mit welchem man das Gas ausströmen lassen konnte.

»Nein!«, schrie Sascha und stürmte blindlings in den Stall.

Dort traf ihn eine Faust mitten ins Gesicht und riss ihn von den Beinen.

Kapitel 1

Heute (viele Jahre danach)

Das Zentralnervensystem der Stubenfliege arbeitet zehnmal schneller als das eines Menschen. Dadurch sieht sie eine nahende Gefahr wie in Zeitlupe auf sich zukommen und kann rechtzeitig reagieren. Kriminalhauptkommissar Erik Donner legte eine Vollbremsung hin. Fast zu spät hatte er die Bremslichter des vor ihm haltenden Citroëns gesehen.

»Gelb! Es war gelb!«

Sein Nervenkostüm zeigte sich an diesem Herbstmorgen gewohnt *stark*. Gefühlt deutlich stärker als das des Fliegenviehs, das es sich in seinem Wagen als Beifahrerin gemütlich gemacht hatte. Schon seit Fahrtbeginn saß das Insekt am Gehäuse des Rückspiegels und glotzte stur an den Fahrzeughimmel. Vermutlich bestaunte die Fliege mit ihren Facettenaugen den Innenraum des neuen Volvos. Als wäre das mausgraue Stoffdesign die Edelausstattung von Lagerfeld.

Vor knapp zwei Wochen hatte Donner das Fahrzeug im Intranet der Polizei am Schwarzen Brett gefunden. Ein Kollege aus Halle hatte den Wagen als Notverkauf angeboten. Zur selben Zeit hatte Donner nach möglichst viel Auto für wenig Geld gesucht. Da die Technik von Volvo allgemein einen guten Ruf genoss, hatte er kurzentschlossen angerufen und den Kaufvertrag unterschrieben.

Während des Wartens an der Ampel fluchte Donner erneut. Der Vorbesitzer hatte verschwiegen, dass weder der Ein-/Ausschalter noch die Senderwahl des Radios funktionierten. Sobald man den Zündschlüssel im Schloss herumdrehte, dudelte MDR Kultur. Jazz, Chanson, Klassik, Folk. Das richtige Programm, um auf Touren zu kommen – falls man vorhatte, jemandem den Kopf abzureißen.

»Grün! Es ist grün!«

Der Vordermann mit dem Kleinstwagen ruckelte los, würgte den Motor ab und kam stotternd erneut zum Stehen. Diesmal beließ Donner es bei einem Brummen. Um die zusätzliche Wartezeit zu überbrücken, betrachtete er sich im Spiegel und kratzte an der Narbe, die sein Gesicht mittig teilte. Die Stelle am Kopf, wo man einst die Metallplatte eingesetzt hatte, versuchte er durch geschicktes Stylen der Haarsträhnen zu kaschieren. Freilich blieb die Hässlichkeit. Nach dem Dachsturz vor einigen Jahren war er mit unzähligen Entstellungen am Körper gestraft. Seitdem hatte er irgendwie gelernt, damit zu leben.

Endlich ging es weiter. Auch die Fliege bewegte sich. Sie krabbelte vom Fleck, drehte eine Runde im Innenraum und krachte mit Karacho gegen die Frontscheibe.

»Tja«, murmelte Donner. »Was nützt ein Hochleistungsnervensystem, wenn man von Glasscheiben umgeben und zu schwach ist, die Tür zu öffnen?«

Prompt flog die Fliege zur Beifahrertür und ließ sich auf dem Türgriff nieder.

»Du wirst doch nicht etwa ...«, ermahnte Donner seine Beifahrerin. Es war einer der seltenen Momente in seinem Leben, in denen er schmunzeln musste.

Er bog auf die Brückenstraße ein, wo das *Blechungetüm* auf ihn wartete. Das Gebäude, in dem er arbeitete, und das man wegen seiner sägezahnförmigen Architektur umgangssprachlich auch Parteisäge nannte – eine Anspielung auf die Achtziger, als dort die SED-Bezirksleitung gesessen hatte.

Eigentlich hatte Donner es nicht eilig, sein tristes Büro in der Kriminalpolizeilichen Erstkontaktstelle zu erreichen – die letzte Bastion, die es als Ein-Mann-Armee gegen die kleingeistigen Sorgen der Bürger zu verteidigen galt. Natürlich tat er seinen Mitmenschen mit dieser Arbeitseinstellung unrecht. Es waren längst nicht alle Leute penetrante Störenfriede. Deshalb hatte ihm seine Partnerin Anne vorgeschlagen, es mal damit zu versuchen, jeden Menschen als liebenswertes Individuum zu betrachten. Damit hatte sie zweifellos recht. Allerdings konnte sie das gern mal versuchen, wenn der nächste Verrückte auftauchte, der eine Betrugsanzeige erstatten wollte, weil ihm statt eines bei eBay ersteigerten WLAN-Kabels ein leerer Karton geliefert wurde. Mit dem ernsten Vorsatz, sich in aller Ruhe die Nöte und Probleme der Bürger anzuhören, hielt er vor der Einfahrt zur Tiefgarage.

Aus dem Nichts stürmte ein Braunbär heran. Erschrocken beugte Donner sich vom Seitenfenster weg. Gleichzeitig klatschte die Titelseite einer Zeitung von außen gegen die Scheibe.

Unbekannter reißt Frau Auge aus, so die fett gedruckte Überschrift.

Im selben Moment realisierte Donner, dass es sich bei dem Bären um einen Menschen handelte. Neben dem Wagen stand ein Kerl mit ungewaschenem grauweißen Zottelhaar, der eine Jacke aus Bärenfell trug. Zumindest sah das Kleidungsstück wie ein übergeworfenes Fell aus.

»Was zum Geier …?« Nachdem er den ersten Schock überwunden hatte, ließ Donner die Scheibe herunterfahren. Zum Glück funktionierten die elektrischen Fensterheber.

Der Fremde hielt ihm die Zeitung entgegen. Dabei kam ihm der Mann mit seinem Gesicht so nahe, dass Donner eine Schnapsfahne riechen konnte.

»Hey, was soll …?«
Er stockte mitten im Satz.
Der Mann hatte nur einen Arm.
Oh Herr, lass Arme oder wenigstens Gehirne regnen!
Was für ein kurioser Start in den Tag. Ein Einarmiger hielt ihm also die aktuelle Tageszeitung vor die Nase. Das war unbestreitbar das Sonderbarste, was Donner in letzter Zeit erlebt hatte. Anscheinend begnügten sich die Irren nicht mehr damit, ihn im warmen Büro aufzusuchen, nein sie fingen ihn jetzt bereits vor Dienstbeginn in der Kälte ab.

Der Mann schmatzte. Er hatte stechend blaue Augen, und ein verkrusteter Popel hing ihm an der Nase. Ununterbrochen wedelte er mit dem Tageblatt.

Im ersten Moment wollte Donner lospoltern, doch dann erinnerte er sich an seine guten Vorsätze.

»Kann ich dir helfen, mein Freund?«

Der Einarmige schniefe und raschelte mit dem Papier. Donner betrachtete die Schlagzeile genauer. Anscheinend hatte jemand einer ehemaligen Richterin das rechte Auge entfernt. Einer Richterin, die zuvor nur noch ein Auge besessen hatte.

»Willst du mir deine Zeitung verkaufen?«, fragte Donner, weil er nicht verstand, was das Ganze zu bedeuten hatte.

Kopfschütteln.

»Was dann?«

»Der Engel von Bethesda«, flüsterte der Mann und schob seinen Kopf fast vollständig ins Auto.

»Der Engel von Bethesda?«, wiederholte Donner.

Der Mann nickte, gab jedoch keine Erklärung.

»Und weiter?«, wollte Donner wissen.

»Sprechen Sie mit *He-Man*!«

»Ich soll was?«

»Sprechen Sie mit *He-Man*!«

Damit verschwand der Einarmige und ließ Donner ratlos und ohne Zeitung zurück.

Kapitel 2

Über eine halbe Stunde wartete Klaus Demmler vor dem Wohnhaus in der Beyerstraße, wo seine Frau seit der Trennung lebte. Am Klingelschild stand noch immer ihr gemeinsamer Nachname: Demmler. Er kontrollierte beinahe täglich, ob sie das Schild schon gewechselt hat – mehrfach hatte sie ihm angedroht, wieder ihren Mädchennamen anzunehmen. Eigentlich hatte sie nicht direkt gedroht, doch er hatte es als Drohung aufgefasst.

Damit seine Frau ihn vom Fenster aus nicht sehen konnte, hielt er sich im Nachbareingang hinter einer Buchsbaumhecke versteckt. Von hier aus hatte er einen passablen Überblick und würde sie nicht verpassen. Ihr Wagen stand auf dem Parkplatz gegenüber des Supermarkts mit den vier weißen Buchstaben. Heute hatte sie Spätschicht. Vorher ging sie immer ins Fitnessstudio. Fast zwei Stunden lang quälte sie sich an den Geräten ab. Hauptsächlich, um das überflüssige Fett an Beinen und Po zu bekämpfen. Fett – von wegen! Jedes Gramm davon musste man mit der Lupe suchen. Erst recht seit ihrer Trennung.

Seitdem war sie regelrecht abgemagert.

Er hatte sie genau beobachtet und sich ihren Tagesablauf penibel notiert. Er kannte ihren Alltag vielleicht sogar besser als sie selbst. Auch über die Besuche beim Psychotherapeuten wusste er Bescheid. Dabei hätte sie die gar nicht nötig, wenn sie vor einem Jahr nicht ausgezogen wäre. Damals, dreizehn Monate nachdem er die rechte Hand bei einem Feuerwehreinsatz verloren hatte und zum Alkoholiker geworden war. Wenn überhaupt jemand Therapiesitzungen brauchte, dann war er es.

Zum Glück gaben ihm die regelmäßigen Kirchenbesuche Kraft. Und den Zuspruch von der Kanzel hatte er bitter nötig. Bis zu diesem schrecklichen Unfall und der anschließenden Trennung hatte er sein Leben im Griff gehabt. Er war sogar Besitzer einer Lebensrettungsmedaille, die irgendwo in einer Kiste lag, weil er vor acht Jahren an einem bitterkalten Wintertag ein Mädchen aus dem Schlossteich gerettet hatte. Eigentlich war er ein Held. Aber was zählte das schon?

Er musste Johanna unbedingt sehen. Nein, nicht nur sehen, er wollte mit ihr sprechen. Bestimmt konnte er sie davon überzeugen, dass sie einen Fehler gemacht hatte. Jemand, der in die Kirche ging, war schließlich kein schlechter Mensch. Höchstens einer mit nur einer Hand. Aber damit kam er mittlerweile klar. Die Schnapsflasche in seiner Innentasche war nur ein temporäres Problem. Früher oder später würde er das in den Griff bekommen. Und Johanna könnte ihm leicht dabei helfen, indem sie seine Liebe erwiderte. Gemeinsam würden sie es schaffen. Vorausgesetzt, sie kehrte zu ihm zurück. Sie konnte doch nicht ernsthaft behaupten, dass sie ohne ihn glücklich war? Er war schließlich ein Lebensretter, verdammt!

Die Haustür ging auf. Schnurstracks eilte seine Frau zum Straßenrand. Sein Herzschlag beschleunigte sich mit jedem Klappern ihrer Absätze. Erst zögerte er, dann folgte er ihr.

»Johanna!«

Erschrocken sprang sie vom Bordstein zurück und presste ihre Handtasche und einen Karton an ihre Brust.

Er versuchte in ihrer Mimik abzulesen, ob sie sich freute, ihn zu sehen. Was er entdeckte, war blanke Abscheu. Vielleicht täuschte er sich. Bei Frauen konnte man niemals sicher sein.

»Was willst du hier?«, fauchte sie.

Sie war immer noch wunderschön. Schöner noch als vor einem Jahr. Trotz der Frühlingskälte wirkte ihre Haut goldbraun. Das konnte nicht allein von der Schminke kommen. Die goldenen Ohrringe waren neu. Deshalb also war sie vorgestern bei Kaufhof in der Schmuckabteilung gewesen.

»Ich wollte dich sehen«, brachte er stotternd heraus und ging auf sie zu.

Johanna wich zurück. Fahrzeuge rauschten vorbei, schluckten Worte. Spaziergänger liefen mit Smartphones in der Hand auf der anderen Straßenseite entlang. Ein älterer Herr mit seinem Hund näherte sich.

»Hör auf, mir nachzustellen!«, sagte sie. »Ich hatte dich gewarnt, dass ich beim nächsten Mal die Polizei rufe!«
Er musterte ihren Mantel mit dem weißen Fellansatz an den Ärmeln. Auch den hatte sie sich erst nach der Trennung gekauft. Schon seit ein paar Wochen trug sie ihn gegen die Kälte. Demmlers Blick verharrte auf dem Karton. Darauf befand sich ein gelber Aufkleber von DHL. Johannas Blick wanderte nun ebenfalls zum Paket.

Plötzlich kam sie ihm doch entgegen. Er lächelte voller Erwartung, sie würde ihm um den Hals fallen, sich für alles entschuldigen.

»Hier, ich wollte es zu unserer Tochter bringen, damit sie es dir übergibt.« Unwirsch drückte sie ihm das Paket gegen den Bauch. »Hätte ich gewusst, dass es für dich ist, hätte ich der Paketzustellerin keine Unterschrift gegeben. Aber jetzt verstehe ich. Du hast es zu mir geschickt, damit du einen Grund hast, hierher zu kommen.«

Als ob es sein Kind wäre, umschloss er das Päckchen mit der verbliebenen linken Hand. Er hielt es fest, als wäre es das Letzte, was sie beide verband.

»Ein Paket?«, stammelte er und las darauf seinen Namen. Vergeblich suchte er nach einem Absender. »Das muss ein Missverständnis sein.«

Sie winkte ab. »Mach, was du willst, aber lass mich in Ruhe! Es ist vorbei. Vorbei! Hast du das endlich kapiert?«

Tränen glänzten in ihren Augen. Tränen der Trauer. Sie hatte ihn doch noch nicht ganz abgeschrieben.

»Johanna, ich …«

»Verschwinde!«, schrie sie.

Erneut setzte sie einen Fuß zurück. Ihr Schuh rutschte mit dem Absatz vom Bordstein. Sie stolperte. Mit dem Armstumpf der rechten Hand wollte er nach ihr greifen, doch sie hatte sich bereits gefangen und blitzte ihn eiskalt an.

»Lass. Mich. In. Ruhe.« Damit überquerte sie die Straße, ohne sich noch einmal nach ihm umzudrehen.

Demmler blieb allein mit dem Paket zurück.

Nachdem Johanna in ihr Auto gestiegen und davongefahren war, betrachtete er den Karton. Er hatte nichts bestellt. Schon gar nicht an Johannas Adresse.

Enttäuscht von ihrer Reaktion setzte er sich auf die Steinbegrenzung der vor dem Haus angelegten Grünfläche. Er wollte wenigstens nachsehen, was sich in dem Paket befand. Garantiert handelte es sich um eine falsche Zustellung. Es kostete ihn Mühe, das Paketband einhändig zu öffnen. Als er den Pappdeckel aufklappte, entdeckte er einen zusammengefalteten Brief.

Du bist ein Stalker, Klaus Demmler. Doch ich kann verstehen, dass du deine Frau zurückhaben möchtest. Ich werde dir helfen, wenn du mir hilfst. Ich werde deinen Seelenschmerz lindern. Durch mich kommst du ganz groß raus. Du musst lediglich ein kleines Opfer bringen, und ich verspreche dir, dass deine Frau zu dir eilen wird. Ich bin dein Retter, der Heiler deiner Gebrechen. All dein Leid verdankst du einem Monster. Doch ich bin gekommen, das Monster zu strafen und die Kranken zu heilen ...

Er kam nicht mehr dazu, die Nachricht zu Ende zu lesen, denn in dem Paket fand er noch etwas. Es lag in einer durchsichtigen Plastiktüte.

Ein menschliches Auge.

Kapitel 3

Auf dem Flur des Kommissariats 11 roch es nach gut durchgebratenen Leichen. Den Duft nahm Donner bereits unten am Einlass wahr. Dort jedoch noch äußerst dezent. Als er Minuten später an der Küche der KPI vorbeikam, machte er auch die Quelle des Geruchs aus. Der Qualm kroch durch die Spalte am Türrahmen. Donner riss die Tür auf. Von Dunstschwaden eingehüllt stand Levi Hentschel am Herd und erstach gerade sein Mittagessen.

»Was zur Hölle machst du hier?«, fragte Donner.

Und warum springt der dämliche Rauchmelder eigentlich nicht an?

»Oh, Herr Hauptkommissar Donner! Sie können gern etwas vom Hackfleisch abbekommen.«

Donner wedelte mit den Armen und blickte zur Zimmerdecke, unter der sich der Nebel dick und bläulich sammelte. Aus den Gehäuseritzen der Dunstabzugshaube tropfte bereits das Fett. Dazu röhrte der Lüfter wie das Kugellager einer Wäschetrommel, das an akutem Schmierstoffmangel litt.

Hustend beobachtete Donner den jungen Polizeibeamten, der aussah wie ein Überbleibsel aus den Achtzigern. Wie jemand, der auf sämtliche Modetrends der letzten Jahre pfiff. Seine Lederklamotten – und vor allem die schwarzen Zottelhaare – würden gewiss den ganzen Tag nach verbranntem Schwein riechen. Immerhin hatte der Junge merklich Farbe im Gesicht bekommen, seit er den Job als Handyverkäufer aufgegeben und den Reihen der Polizei beigetreten war. Natürlich konnten die roten Wangen auch von der Hitze stammen.

Donner hielt die Luft an und trat näher. »Hast du mal auf das Verfallsdatum geschaut?«

»Von Verfallsdaten halte ich gar nichts. Das ist eine Erfindung der Lebensmittelindustrie, um die Menschen zum Neukauf zu zwingen.«

»Von geöffneten Fenstern hältst du wohl auch nichts?«

»Draußen ist es kalt.«

»Okay, also, was genau machst du hier bei der KPI?«

»Ich absolviere mein Praktikum.«
»Im K11?«
Hentschel nickte und stocherte mit einer Gabel im Fleisch herum, dass Saft und Fett nur so spritzten.
»Warum verbringst du deine wertvolle Zeit nicht bei mir in der Kriminalpolizeilichen Erstkontaktstelle? Ich hätte da ein paar Aufgaben, die dich wirklich vorwärtsbringen könnten.« Dabei erinnerte sich Donner daran, dass in irgendeiner Ablage noch die Beschwerde eines Rentners wegen verstrahlter Hundeknochen im Heckert-Gebiet und die Anfrage einer Grundschule auf Unterstützung bei ihrem Tag der offenen Tür warteten. Zwei Dinge, für die Donner weder Zeit noch Muse fand.
»Das wollte ich ja, Herr Hauptkommissar, aber die beim Referat meinten, das wäre keine so gute Idee.«
»Ach ...«
»So ist es besser – für alle Beteiligten.«
Donner schwang herum, denn Anne stand unvermittelt im Türrahmen.
»Ja, Erik, er ist bei mir gelandet.«
»Hallo, Frau Kriminaloberkommissarin Kolka«, sagte Hentschel und wendete eines der Hackfleischstücke.
In der Pfanne zischte das Öl.
»Hallo Levi, es wäre besser, wenn du das Fenster öffnen würdest.«
»Mache ich.« Damit sprang er zum Fenster und riss es auf.
Aha, da scheinen sich zwei ja prächtig zu verstehen. Dabei habe ich das Talent des Vogels entdeckt. Und plötzlich wird der Bubi flügge.
»Schön«, sagte Donner mit einem Lächeln.
Hastig ging er auf Anne zu und küsste sie. Ihm fiel auf, dass sie den rot-weißen Pullover mit den Rentieren trug, den er ihr zu Weihnachten gekauft hatte. Das Kleidungsstück an ihr zu sehen, machte ihn mächtig stolz.
»Wolltest du zu mir?«, fragte Anne hörbar reserviert.
Bei der Arbeit konnte er mit einer gewissen Distanziertheit leben. Wahrscheinlich steckte das gesamte Kommissariat im Stress, nachdem man der ehemaligen Richterin ihr verbliebenes

Auge herausgerissen hatte. Sämtliche Nachrichtenportale kannten aktuell kein anderes Thema.

Er konnte sich noch gut an die Zeit erinnern, als er selbst im K11 ermittelt hatte. Damals, vor ein paar Jahren. Bis irgendein Sesselfurzer der Meinung gewesen war, dass andere den Job besser erledigten als er.

Pah, von wegen!

»Ich musste dich unbedingt sehen.« Das war keineswegs gelogen, allenfalls war es die halbe Wahrheit. Um zu zeigen, dass er es durchaus ernst meinte, streichelte er ihr Kinn und ihren Hals.

»Was machen die Spielzeugschlangen?«

Autsch! Dieser Seitenhieb traf ihn genau dort, wo es richtig wehtat. Bei dem Thema schnitt sie eine lästige und vor allem undankbare Aufgabe an, die man Donner übertragen hatte.

Seit knapp zwei Monaten waren im Bereich der Polizeidirektionen besonders kuriose Fälle von Horrorschlangen aufgetreten. So nannten die Medien die Kunststoff-Reptilien. Irgendwelche Spaßvögel legten täuschend echt aussehende Spielzeugschlangen in der Umgebung aus und erschreckten dadurch ihre Mitmenschen. Natürlich traf es vorwiegend Kinder und alte Leute. In einem Fall war eine Achtzigjährige auf dem Weg zum Canasta-Abend von einer der Gummischlangen derart verängstigt worden, dass man wegen Verdachts auf Herzinfarkt sogar einen Notarzt alarmiert hatte.

Angefangen hatte das Schlangenphänomen mit einem rotschwarz gestreiften Reptil in Oberwiesenthal. Danach hatten sich die Vorfälle über Aue und Annaberg erstreckt, und mittlerweile hatte sich die Schlangeninvasion bis in die Großstadt ausgebreitet. Und spätestens seit dem Auftauchen einer besonders fiesen Horrorschlange in einem Kindergarten war die Sache Angelegenheit der Polizei.

Tja, und da liegt sie nun. Auf meinem Schreibtisch. Mit der Bitte um Erledigung.

»Jaja, mach dich ruhig lustig«, knurrte Donner mit zusammengepressten Kiefern. »Aber diese Schlangensache genießt bei mir höchste Priorität.«

Anne beäugte ihn skeptisch. »Und dein unverhofftes Erscheinen hängt nicht zufällig damit zusammen, dass dich der widerliche Vorfall mit der Richterin interessiert?«

»Keine Sorge, alles, was ich darüber wissen muss, habe ich von einem Bären erfahren.«

»Von einem Bären?«, fragte Hentschel dazwischen.

»Ja, und der sah mindestens so furchteinflößend aus wie dein Hackfleisch.«

Anne verdrehte die Augen.

Bevor sie zu Wort kam, schob er nach: »Aber falls du darüber hinaus weitere Informationen für mich hättest …«

Eine ihrer Augenbrauen hüpfte. Das Signal, dass sie ihn längst durchschaut hatte. »Wir reden in meinem Büro weiter.«

Gehorsam folgte ihr Donner. Obwohl die beiden schon eine Weile ein Paar waren, kam er nicht umhin, immer wieder ihren Hintern zu bewundern. Besonders in engen Jeans.

Im Geschäftszimmer angekommen lehnte sie sich gegen die Tür, damit sie beide ungestört blieben.

»Kanntest du Richterin Feltmann?«, fragte sie.

»Logisch. Vor ihrer Berufsunfähigkeit hatte sie einige Verfahren verhandelt, bei denen ich anwesend war.«

»Dachte ich mir.«

»Und das heißt?«

Sie schüttelte den Kopf. »Ach, nichts. Der Fall ist eigenartig und kommt zum falschen Zeitpunkt. Wir wissen gar nicht, wie wir das beim derzeitigen Personalstand bewältigen sollen. Nicht nur die KPI ist gerade im personellen Umbruch, der gesamten Direktion stehen wesentliche Veränderungen bevor.« Sie kratzte sich die Stelle an der Schulter, wo sie vor einigen Monaten bei einem Schusswechsel schwer verletzt worden war, und Donner um ihr Leben gebangt hatte. Die körperliche Wunde war gut verheilt, die seelische würde sie wie einen Fotoabzug zeitlebens mit sich herumtragen.

Genau wie Donner seine eigene traurige Vergangenheit …

»KPI-Leiter Moll könnte demnächst Revierführer in Aue werden, und der Stuhl unseres Kommissariatsleiters wackelt auch gefährlich«, zählte sie auf, was sich in letzter Zeit auf den obersten Posten tat. »Und Dezernatsleiter Totner hat es als Ersten erwischt. Der ist inzwischen Leiter der Hundestaffel.«

»Ach!« Donner konnte nicht behaupten, dass er über diese Personalie besonders unglücklich war.

»Kennst du schon den neuen Leiter der Polizeidirektion?«

»Ach …«

»Sag bloß, du wusstest es nicht?«

»Doch, klar! Ich …«

»Er heißt Calvin Magerhans.«

Als hätte sie Donner eine Ohrfeige verpasst, stierte er in den Raum. »Du verarscht mich, oder?«

»Nein, wieso?«

Nachdem er die Neuigkeit verdaut hatte, schob er die Hände lässig in die Hosentaschen, stellte sich breitbeinig vor sie hin und sog seine Lunge ordentlich mit Luft voll. »Calvin war beim Studium in Rothenburg mein Mitbewohner. Alles, was der Kerl über unseren Job weiß, hat er von mir gelernt.«

Anne konnte sich ein Kichern nicht verkneifen. »Sei nicht albern, Erik.«

»Ach, du glaubst mir also nicht? Na schön …« Er kehrte ihr beleidigt den Rücken zu. Weshalb er derart übertrieben reagierte, wusste er selbst nicht so genau. Vermutlich aus purem Neid. Nach der Fachhochschule hatten Magerhans und er unterschiedliche Wege genommen. Quasi zwei verschiedene Auffahrten zur Karrierebahn: Magerhans war auf einer Strecke ohne Limit gelandet und Donner in einer Sackgasse.

Erst als Anne ihm den Rücken kraulte, entspannte er sich ein wenig.

»Sag mal, stimmt das mit Magerhans wirklich?«

Als er sich zu ihr umdrehte, ließ ihre Miene keinen Zweifel daran aufkommen.

»Und es kommt noch besser«, legte sie nach. »Angeblich ist ein Filmteam gesichtet worden. Demnächst drehen die hier eine Live-Sendung, in der man Deutschlands Super-Cop sucht.«

»Kurz DSC. Hab davon gehört. Die Werbung des Senders klebt sogar bei McDonalds, direkt neben dem Plakat eines Grünen-Politikers. Ich finde, das allein sagt eigentlich schon alles aus. Aber was wollen die bei uns? Ich meine, unsere Stadt hat so viel Flair, dass sich die Einwohner auf Nachfrage freiwillig als Bielefelder ausgeben.«

»Na, was glaubst du wohl? Wenn es stimmt, was man munkelt, will der neue Präsident unbedingt, dass unsere PD am Wettbewerb der Bundesländer teilnimmt und für Sachsen einen Kandidaten ins Rennen schickt.«

»Ach, neuerdings drehen die *Auf Streife* bei uns? Lächerlich! Möchte mal wissen, welcher Trottel sich für den Quatsch freiwillig zur Verfügung stellt.«

Kapitel 4

Nicht selten lohnt es sich für einen Kriminalbeamten, wenn er seinen Dienst draußen verrichtet. Den Weg zum Krankenhaus in der Flemmingstraße hätte Annegret Kolka sich allerdings sparen können. Ein Anruf hätte genügt, um zu erfahren, dass man die schwer verletzte Richterin ins Universitätsklinikum nach Leipzig verlegt hatte.

Jetzt stand Kolka vor einem greisen Augenarzt mit rötlichgrauem Schnauzbart und musste sich einen Fachvortrag anhören.

»In Leipzig befindet sich die älteste Universitätsaugenklinik Deutschlands«, wurde der Mann nicht müde zu erzählen. »Immerhin seit 1852.« Dabei sah er die gesamte Zeit Hentschel an, der Kolka bisher wie ein Musterpraktikant gefolgt war.

Hentschel nickte nach jeder Pause des Arztes. Als er selbst Luft für eine Entgegnung holte, kam sie ihm zuvor.

»Entschuldigen Sie meine Nachfrage, Herr Doktor, aber ist die Frau inzwischen stabil genug, dass Kollegen sie befragen können?«

»Wo denken Sie hin?«, erwiderte der Arzt, leckte sich zwei Finger und fuhr mit diesen über seinen Bart, woraufhin Hentschel die Bewegung nachahmte, obwohl an seinem Kinn kein einziges Haar wuchs. Wegen seiner glatten Babyhaut fragte sie sich manchmal, ob der Praktikant jemals in die Pubertät kam.

Sie ließ die seltsame Spiegelszene unkommentiert und hörte dem Mediziner weiter zu.

»Frau Karla Feltmann wurde mit einer akuten traumatischen Enukleation des rechten Auges eingeliefert, verursacht durch einen Fremdgegenstand. Der Sehnerv wurde durchtrennt und der komplette Augapfel entnommen.« Der Arzt schüttelte den Kopf, als hätte er eine solche Verletzung niemals zuvor gesehen. »Wir mussten ihr starke Analgetika verabreichen und sie anschließend in Narkose versetzen. Selbst für unser erfahrenes Team stellte die Erstbetreuung eine Herausforderung dar. Um eine optimale Wundversorgung zu gewährleisten, haben wir die Patientin an die

Leipziger Kollegen überwiesen. Es wird mehrere Operationen benötigten, um den Haut- und Nervenbereich der Orbita weitestgehend wiederherzustellen. Die körperlichen Schmerzen werden freilich irgendwann aufhören, aber ich wage nicht abzuschätzen, in welchem Ausmaß die psychischen Langzeitschäden ausfallen werden. Zumal es da diese schreckliche Vorgeschichte der Patientin gibt ...« Er seufzte. Wieder schüttelte er den Kopf. »Ich war es übrigens, der Frau Feltmann damals behandelt hat, nachdem man ihr durch Verätzung das linke Augenlicht genommen hatte.«

»Aha«, meinte Kolka, denn diese Information war neu für sie. »Interessant, dass Sie Feltmann bereits vor ihrer Frühpensionierung kannten.«

»Haben Sie inzwischen etwas über dieses abscheuliche Verbrechen herausgefunden?«, fing der Arzt an, bevor sie ihrerseits nachhaken konnte. »Ich meine, handelt es sich um denselben Attentäter wie damals?«

Auch wenn Kolka erstaunt war, dass der Arzt von ihr Informationen forderte, und sie ihm gern eine andere Antwort gegeben hätte, blieb sie professionell und erwiderte wahrheitsgemäß: »Leider nein. Wir tappen völlig im Dunkeln.«

Ganz toll, Anne! Was für eine saudämliche Floskel.

Falls der Arzt pikiert darüber war, ließ er es sich nicht anmerken. Mit einem allwissenden Kopfnicken nahm er es zur Kenntnis.

Nach drei Sekunden, in denen das Schweigen das Behandlungszimmer ausfüllte, hob Hentschel den Zeigefinger. »Oh, was für ein Wortspiel! Im Dunkeln tappen. Schätze, die Richterin ...«

»Die Richterin hat hoffentlich Angehörige, die ihr nach dem Krankenhausaufenthalt Rückhalt geben«, hakte Kolka ein. »Kein angenehmes Gefühl, wenn man sich vorstellen muss, wie sich ihr Alltag nach diesem feigen Angriff gestalten wird.«

»Sie muss Unvorstellbares durchlebt haben«, bekundete der Arzt und zupfte an den Stiften, die in seiner Brusttasche am Kittel steckten. »Wenn es stimmt, was die Ersthelfer gesagt haben, dann hat der Unbekannte den Augapfel mit einer Art Löffelzange bei vollem Bewusstsein des Opfers entfernt. Karla Feltmann hat sich die Stimmbänder heiser geschrien. Der Notarzt beschrieb es so, dass während der Notversorgung nur noch jämmerliche Pfeiftöne aus ihrer Kehle kamen. Sie war völlig apathisch, hat um sich geschlagen. Anfangs mussten die Retter sie sogar fixieren. Wie schrecklich!«

»Die arme Frau«, sagte Hentschel und seufzte. »Ich kannte mal eine Nachbarin, die ...«

Bevor er gut gemeinten, jedoch unüberlegten Pathos verbreiten konnte, ergriff Kolka die Initiative. »Levi, würdest du mir aus dem Wagen das Formular A38 holen? Meine Mappe liegt im Seitenfach der Tür.«

»Sofort, Frau Oberkommissarin!« Stehenden Fußes stürzte er los, nicht ahnend, dass dieses Formular eine Erfindung aus einem Asterix-Film war.

Kolka würde sich später irgendwie herausreden. Keinesfalls würde sie ihm gestehen, dass sie ihn mit einer Finte davongejagt hatte.

»Der Kollege ist wohl noch nicht so lange dabei?«, fragte der Arzt. Offenbar kannte er den Zeichentrickfilm.

»Nun ja, zumindest nicht offiziell.« Sie dachte daran, wie Hentschel schon als Zivilist in den einen und anderen Kriminalfall verwickelt gewesen war. Verträumt schaute sie zur Tür, durch die der Praktikant verschwunden war. »Aber er wird mal ein richtig Guter.«

»Sicherlich.«

»Ich weiß, dass meine Kollegen vom Dauerdienst gestern Abend hier waren«, nahm Kolka den Faden wieder auf. »Trotzdem, für mich noch einmal zur Bestätigung: Hat Frau Feltmann irgendetwas bezüglich des Täters gesagt? Vielleicht als sie kurzzeitig wach war? Eine scheinbar unbedeutende Äußerung? Eine Beschreibung? Irgendeinen Hinweis ...?«

Ohne zu zögern, verneinte der Arzt. »Tut mir leid, falls Ihre Kollegen keine brauchbaren Aussagen haben, muss ich Sie leider ebenfalls enttäuschen.«

Sie beobachtete die Mimik ihres Gegenübers, ob sie dort etwas Gegenteiliges ablesen konnte. Dem war nicht so. Die Gedanken des Augenarztes waren undurchdringlich. Jedenfalls für sämtliche Beobachtungstechniken, die Kolka aus Fortbildungen kannte.

»Wobei«, fing der Arzt an und griff sich ans Kinn. »Eine Sache könnte Sie interessieren.«

Kolka kniff die Augen leicht zusammen, und der Arzt tat es ebenfalls. Fast wie zwei Verschwörer.

»Tatsächlich war Frau Feltmann zeitweise in einem instabilen Zustand, eine Art Wachzustand innerhalb der Narkose. Während dieser Phase fantasierte sie und redete. Das kommt selten vor. Vermutlich war es das Produkt einer gigantischen traumatischen Belastung.« Er nickte gedankenverloren. »Wir haben die Situation schnell in den Griff bekommen. Mein Team kann Ihnen das bestätigen. Wir ...«

»Schon gut. Was hat sie gesagt?«

»Im Prinzip haben wir nur Bruchstücke verstanden. Nur zwei Worte waren deutlich herauszuhören.«

»Welche?«

»Schwarzer Engel.«

Kapitel 5

Hinter dieser Tür wartete also der neue Polizeipräsident. Calvin Magerhans.

Na schön.

Erwartungsvoll betrat Donner das Büro seines neuen Chefs und musterte den ehemaligen Studienkollegen, der in den vergangenen sechzehn Jahren merklich gealtert war. Exakt so lange hatten sich die beiden nicht mehr gesehen. Nach der Abschlussfeier an der Fachhochschule Rothenburg hatten sie sich aus den Augen verloren. Der inzwischen Dreiundfünfzigjährige sah aus wie siebzig. Mindestens. Tiefe Falten durchzogen das Gesicht des einstigen Strebers, der immer stolz auf seinen Fleiß und seine Bauchmuskeln gewesen war. Die Bauchmuskeln waren einem Bauchkissen gewichen. Auch zeigte seine Haut einen leicht grauen Teint, und als er um den Tisch herumkam, hielt er sich kurzzeitig den Rücken. Offenbar war die Zeit im Staatsministerium für Magerhans zwar karriere-, jedoch keineswegs gesundheitsfördernd gewesen. Immerhin verlieh ihm die Halbglatze mit dem schlohweißen Haarkranz die Aura eines Gurus. Dank des gedrungenen Körperbaus erinnerte er an die leibhaftige Wiedergeburt von Mister Miyagi – der Karatelehrer aus *Karate Kid*. Fehlten nur noch Kutte, Bambusstock und ein Bonsai-Bäumchen auf dem Schreibtisch.

»Lange nicht gesehen, Erik.« Magerhans kam mit ausgebreiteten Armen auf ihn zu. Es kam zur befürchteten Umarmung.

Tapfer ließ Donner sie über sich ergehen. »Und ich dachte schon, man will mich verschaukeln, als ich deinen Namen hörte, Mister Miyagi.«

»Bitte?«

»Wegen der hässlichen Skulptur da.« Donner nickte in eine Ecke, wo eine lebensgroße Holzfigur mit drei Köpfen und sechs Armen stand, die aussah wie ein Indianertotem. Mit etwas Fantasie ging sie auch als Übungsgerät für fortgeschrittene Kung-Fu-Kämpfer durch.

Magerhans' Blick folgte seinem.

Wow, den Polizeipräsidentenblick hat er bereits drauf.

»Schön, dass sie dir gefällt. War ein Geschenk meiner Frau zum Hochzeitstag vor dreizehn Jahren. Sie hat sie damals extra aus Taiwan einfliegen lassen. Die Statue symbolisiert Strebsamkeit und Glück. Zwei Dinge, die man immer gebrauchen kann.« Stolz wie Oskar rieb er sich die Hände. »Mein Motto lautet: Du kannst alles schaffen, was du willst.«

Fürs Erste will ich es nur hier rausschaffen.

Donner betrachtete die Schulterstücke seines neuen Chefs, auf denen Eichenlaub und zwei goldene Sterne aufgestickt waren. »Die Investition scheint sich gelohnt zu haben. Meinen Glückwunsch!«

Jetzt nahm der Polizeipräsident Donner genauer ins Visier. Sein Blick ruhte spürbar auf Donners Narben und Verunstaltungen im Gesicht. »Irre ich mich oder hast du dich verändert?«

»Einige sind der Meinung, ich hätte mich in ein Monster verwandelt.«

Monster. Damit spielte er auf seinen zweifelhaften Spitznamen an, der in der Direktion kursierte.

»Das meinte ich nicht. Du bist zynischer geworden, stimmt's?«

Donner zuckte mit den Schultern. »Mein Motto lautet: Du musst diese Welt mit Humor nehmen.«

Diesmal zeigte Magerhans ein dünnes Lächeln und bedeutete Donner, dass er sich setzen sollte. Donner kam der Aufforderung nach, und der Polizeipräsident kehrte zurück zu seinem Bürostuhl.

Knallrotes Leder. Eine Sache, die sich mit dem Postenwechsel in diesem Raum verändert hatte. Donner fiel außerdem auf, dass sich die Tapete in ein aristokratisches Karomuster verwandelt hatte. Von der sterilen Raufaser, die seine Vorgängerin bevorzugt hatte, war nichts übriggeblieben. Selbst die Lamellengardinen mussten schweren weinroten Vorhängen Platz machen. Und es schwebte ein anderer Duft ihm Raum.

Lack.

Beißender Stiefellack.

Kein Wunder. Aufgereiht wie bei einer Parade standen nicht weniger als fünf Paar Schuhe vor einem Schrank.

Magerhans schien keine Zeit verloren zu haben. Alles, was an die alte Polizeipräsidentin erinnert hatte, war verschwunden. Alles bis auf den monumentalen Eichenschreibtisch, von dem man behauptete, dass bereits Richard Hartmann, der sächsische Lokomotivenkönig, gesessen haben soll. Donner überlegte, ob ihm die Veränderungen gefielen. Er kam zu keinem eindeutigen Ergebnis. Wenigstens vertrieben sie die Trauer über den Verlust seiner ehemaligen Chefin ein wenig.

Er vermisste die Frau.

Das tat er wirklich.

Obwohl Magerhans seinen Dienst in der Direktion erst frisch angetreten hatte, nahm er eine Sitzhaltung ein, als wäre er schon ewig hier. Auf Donner wirkte er wie jemand, der die Sache im Griff hatte.

Ungeduldig wartete Donner auf eine Erklärung, warum man ihn herbestellt hatte. Mit Sicherheit ging es nicht um den Austausch längst vergangener Episoden aus dem gemeinsamen Studentenleben.

»Ich habe eine verantwortungsvolle Aufgabe für dich«, stieg Magerhans direkt ein.

Natürlich traute Donner dem Frieden nicht, dennoch fragte er: »Spielt dabei die Mordkommission eine Rolle?« Denn das war sein einziger Wunsch: endlich wieder im K11 zu ermitteln und den Amtsschlüssel für die lästige Erstkontaktstelle an den nächstbesten Kandidaten abzutreten.

»Mit diesem Interesse deinerseits habe ich gerechnet. Man hat mich bereits darüber unterrichtet, wie es dir in den letzten Jahren ergangen ist. Es tut mir leid, was dir widerfahren ist.«

»Tja, nicht jeder kommt mit Strebsamkeit und Glück weiter.«

»Manchmal zahlt sich ein langer Atem aus.«

»Bis zum allerletzten Atemzug.« Passend zu dieser Bemerkung entdeckte Donner eine tote Fliege unter einem Heizkörper. Anscheinend hatte die Putzkolonne nicht alle Spuren der Vorgängerin beseitigt. Und für Tod hatte Donner ein Gespür.

Magerhans schob eine Zigarettenschachtel beiseite und beugte sich über den Schreibtisch. Goldene Manschettenknöpfe glänzten an seinem Polizeihemd. Gleich würde er Donner ein Angebot machen, das er nicht würde ablehnen können.

Kann ich wohl.

»Wir bekommen Besuch von einem Filmteam«, platzte es aus Magerhans heraus, wobei die Neuigkeit längst keine mehr war.

Donner schwante Schreckliches.

»Wir?«

»Du.«

»Ach!«

»Sicher hast du vom neuen Fernsehformat gehört. Deutschlands Super-Cop. Kurz DSC. Läuft auf TTL2.«

»Nee«, log Donner.

»Umso besser. Demnach kannst du völlig unvoreingenommen an die Sache gehen. Das Filmteam wird sich bei dir melden.«

Donner merkte, wie sich seine Atmung beschleunigte und seine Halsschlagader gefährlich pumpte. Noch hielt er sich zurück.

»Leider sind mir Kaffee und Kuchen ausgegangen.«

»Dann schlage ich vor, du fährst nach unserem Gespräch direkt zum Konditor. Und danach möchte ich, dass du in die Kamera lächelst, unsere Gäste ein wenig durch die Stadt führst und ganz Deutschland zeigst, wie überaus korrekt und geduldig wir hier mit unseren Bürgern umgehen.«

Kampfbereit schlug Donner die Hände ineinander. »Nur über meine Leiche.«

»Auch mit einer solchen Äußerung habe ich gerechnet. Du wirst es dennoch tun, oder unsere Freundschaft ist hier und heute beendet.« Bevor Donner etwas Falsches erwidern konnte, hob Magerhans Einhalt gebietend die Hand. »Und das, mein Lieber, möchtest du nicht erleben. Finde dich damit ab, dass ab sofort ich hier das Sagen habe. Nach den gewaltsamen Todesfällen einiger guter Kollegen will ich den Ruf meiner Direktion mit allen Mittel aufpolieren. Deswegen sehe ich DSC als eine wunderbare Gelegenheit. Außerdem ist die Sache schon entschieden. Ich habe deinen Namen bereits weitergeben.«

»Du hast was?«

»Wie gesagt, ich habe ab jetzt das Sagen.«

Magerhans' Lächeln gefiel Donner nicht. Seinen einstigen Zimmergenossen erkannte er jedenfalls nicht wieder. »Sollten die Fernsehaffen auch nur in die Nähe meines Büros kommen, lernen die mich kennen.«

»Ach, komm schon, Erik! Unterlass die Bockigkeit. Du tust es zum Wohle der Direktion. Wir müssen Gesicht zeigen.«

Für mehrere Sekunden herrschte Stille im Raum. Dann zeigte Donner auf sein Kinn. »Sieht dieses Gesicht so aus, als könnte man es zur besten Sendezeit zeigen? Ich bin ein Monster.«

»Du bist kein Monster. Allenfalls ein Mensch, der manchmal Leute vor den Kopf stößt. Deine Erfolge sprechen zweifellos für dich. Die von TTL2 wollen einen erfahrenen Kriminalisten. Einen Besseren als dich kann ich denen momentan nicht bieten.«

»So ist das also«, wurde Donner aufbrausend. »Da schleife ich dich wie ein lieb gewonnenes Haustier durchs Studium, dann setzt man dich mir Jahre später vor die Nase, und du beißt mir in die Achillesferse.«

Magerhans winkte ab und zeitgleich verdüsterte sich seine Mimik. »Weiß du was?«

»Ich höre.«

»Eigentlich wollte ich dir eine Rückversetzung ins K11 in Aussicht stellen, aber unter diesen Voraussetzungen sehe ich dafür keine Veranlassung.«

Diese Aussage ließ Donner zurück in seinen Stuhl sinken. Die Anspannung in der Magengrube blieb. Vielleicht war es keine gute Idee, es sich mit dem neuen Chef gleich am ersten Tag zu verscherzen. Andererseits würde er für eine TV-Produktion garantiert weder Toto noch Harry spielen. Dafür fehlte ihm eindeutig das Schauspieltalent.

»Ich rate dir hiermit dringend, an deinem Schauspieltalent zu arbeiten, Erik. Am besten versuchst du es mal mit einem Lächeln. Die Unterhaltung ist beendet.« Magerhans klopfte auf die Tischplatte. »Zocky Zonk wird sich bei dir melden.«

Noch während des Aufstehens hielt Donner inne. »Wer ist Zocky Zonk?«
»Dein persönlicher Teletubby. Und nun: winke, winke!«

Kapitel 6

Bei Fliegen befinden sich die Geschmackssinne an den Beinen. Dadurch ertasten sie, ob etwas süß, bitter oder giftig ist. Damit die Geschmacksrezeptoren zuverlässig funktionieren, säubern die Insekten diese durch ständiges Aneinanderreiben der Beine. Dasselbe tat Donner in seinem Büro.

Reiben.

Stoff auf Stoff. Socke auf Socke. Weil es ihn juckte. Es machte ihm etwas aus, dass sein neuer Polizeipräsident Calvin Magerhans hieß, dass man Donner zum Star des Deppenfernsehens erkoren hatte, und dass Levi Hentschel nun für Anne den Laufburschen spielen durfte. Dabei war Donner derjenige, der für dessen Karrieresprung vom Mobilfunkshop in die Polizeidirektion verantwortlich war.

Neben der Verärgerung schmeckte er auch etwas. Nicht an den Füßen wie bei Fliegen, sondern auf seiner Zunge. Ein eigenartiges Aroma von Unheimlichkeit.

Seit dem Morgen ging ihm die verstümmelte Richterin nicht mehr aus dem Kopf. Deshalb hatte er zum *einarmigen Banditen* recherchiert.

Ludwig Grimm. Sechzig Jahre. Letzter Eintrag im polizeilichen System: eine Ordnungswidrigkeit wegen Urinierens in der Öffentlichkeit. Direkt am Karl-Marx-Denkmal, dem Wahrzeichen der Stadt.

Schöne Sauerei! Da hat wohl jemand den Aufstand des Proletariats geprobt.

Die meisten Strafanzeigen gegen Grimm plädierten auf Hausfriedensbruch. Sogar zwei Knastaufenthalte befanden sich in seinem Register. Jeweils Erzwingungshaft, weil er Ordnungsgelder nicht zahlen konnte. Was der Computer über den Mann ausspuckte, war aufschlussreich. Zusammenfassend stellte Donner fest, dass sich Grimms kleinkrimineller Lebenslauf keineswegs wie ein Märchen las. Für Donner war er ein bemitleidenswerter Kerl.

Eines konnte Donner seltsamerweise nirgendwo entdecken: einen Bezug zu Richterin Feltmann. *Also warum hat mir der fellbekleidete Typ den Zeitungsartikel gezeigt? Was meinte er mit dem Engel von Bethesda? Und warum zur Hölle sollte ich mit He-Man reden?* Bei all diesen Fragen konnten ihm möglicherweise die Kollegen vom Kriminaldauerdienst helfen. Kurzentschlossen griff Donner zum Telefonhörer. Den Wählversuch musste er jedoch abbrechen, als die Bürotür aufschwang und zwei Fremde das Zimmer stürmten. Dem Anschein nach ein Südamerikaner und eine Asiatin. Der Mann war mit einem Spazierstock mit goldenem Löwenknauf bewaffnet, und die Frau mit einer Kamera so groß wie eine Kanone.

Richtig waghalsig sahen aber die Glitzerhaare auf dem Kopf des Südamerikaners aus. Im Prinzip waren das keine Haare, sondern silberne Lamettafäden. So etwas hatte Popstar Cher als Perücke in den Neunzigern getragen, aber als Mann?

»Hier versteckt sie sich also!«, flötete der Kerl wie ein Pirol. »Die Allzweckwaffe der sächsischen Polizei.«

Gerade noch rechtzeitig schaffte Donner es, mit den Füßen in die Schuhe zu schlüpfen und zu knurren: »Was zum …?«

»In dieser Geheimzentrale arbeitet Erik Donner!« Der Südamerikaner klopfte prüfend gegen die Betonwände, hielt sein makellos weißes Gebiss in die Kamera und drehte den Daumen in Richtung Donner. »Der Mann, der über Leichen geht.« Er lachte. Eigentlich klang es wie ein Wiehern. »Der Mann, von dem die Kollegen behaupten, er wäre bereits Deutschlands Super-Cop.« Er verstummte abrupt, lächelte übertrieben breit und streckte Donner auffordernd die Hand hin.

Die Kamera schwang auf Donner. Offenbar erwartete die Asiatin, das das Linsenmonstrum auf der Schulter balancierte, dass er die Begrüßung erwidere.

Unfähig zu irgendeiner Reaktion entdeckte er am Gehäuse der Kamera die Aufschrift TTL2.

»Sie müssen etwas sagen«, flüsterte der Südländer. »Wir sind live auf Sendung.«

Donner schwieg, dafür knarrte sein Stuhl. Unten auf der Straße bimmelte die Straßenbahn. Klingelingeling. Es klang wie der Eiermann. Die gesamte Szene kam ihm völlig surreal vor.

Endlich löste er sich aus seiner Starre. Schnaufend erhob er sich. Als er stand, überragte er den Südamerikaner fast um einen Kopf. Anders als sein Mundwerk vermuten ließ, war der Typ ein Zwerg.

Weder reichte Donner seinem Gegenüber die Hand noch sagte er ein Wort. Er stierte abwechselnd den Mann und die Frau an. Wobei die Asiatin – Donner schätzte sie auf Anfang zwanzig – den Eindruck machte, als wollte sie hinter ihrer Kamera in Deckung gehen.

Besser so.

Nach einem Moment des Schweigens sagte der Südamerikaner: »Sie sind wortkarg.«

»Und Sie sind braun«, erwiderte Donner.

Das Lächeln im Gesicht des Südamerikaners verschwand. Die Japanerin gluckste.

»Haben Sie mit meiner Hautfarbe ein Problem?«

Donner schniefte. »Sieht es so aus, als hätte einer mit meiner Visage Vorurteile gegenüber anderen Menschen?«

»Nun, damit wäre das Eis ja gebrochen. Schön Sie kennenzulernen, Herr Donner! Ich bin Zocky Zonk, auch bekannt als Hansdampf des Unterhaltungsfernsehens.«

Zocky Zonk! Der Teletubby.

Eigentlich hatte Donner nach einem Wikipedia-Eintrag des Entertainers suchen wollen, und innerlich hatte er mit dem Schlimmsten gerechnet, aber nicht damit, dass man ihm eine fleischgewordene Comicfigur auf den Hals hetzte. Instinktiv bildeten seine Hände Fäuste, dass die Knöchel knackten. »Machen Sie die Kamera aus! Sofort!«

»Das geht nicht«, protestierte Zonk. »Wir sind mit dem Studio verbunden.«

»Ich verbinde Sie gleich! Los ausmachen!«

Zonk lächelte gequält, aber wenigstens gab er seiner Assistentin ein Zeichen, woraufhin sie die Kamera senkte.

»Ist die auch wirklich ausgeschaltet?«, vergewisserte Donner sich. »Ich kenne euch Fernsehtypen. Ihr lasst immer hübsch den Ton laufen.«

»Herr Donner, wir sind ein seriöser Sender.«

»Klar doch. Und warum steht dann dort TTL2?«

»Bitte, Herr Hauptkommissar ...«

»Kriminalhauptkommissar.«

»Schon gut, wir hätten Sie nicht einfach so überfallen dürfen.«

»Nee, ihr zwei Nasen wärt mal lieber bei *Frauentausch* geblieben. Wir sind doch hier nicht im Streichelzoo, wo jeder mal darf.«

Zonk lachte schallend. »Ah, wenigstens verstehen Sie Spaß.«

»So viel wie Freddy Krüger.«

Schweigen.

Nicht nur die Asiatin hatte bereits mit dem Rücken die Tür erreicht, sogar Zocky Zonk wich einen halben Meter zurück.

»Und was machen wir nun?«, fragte er zögerlich und klopfte mit der Spitze seines Stocks auf den Boden. Offensichtlich sollte die Gehhilfe eine Art Markenzeichen des Showclowns darstellen. Kein Wunder, dass Donner schon vor Langem aufgehört hatte, die Privatsender einzuschalten. Bei ihm liefen in der Regel ARD und ZDF. Gelegentlich auch ARTE, wenn Dokus über den Zweiten Weltkrieg ausgestrahlt wurden. Diese Sender schaute er nicht etwa, weil ihn das Programm in Entzückung versetzte, sondern einfach deshalb, um das Maximum an Entertainment aus den GEZ-Gebühren herauszuholen.

»Und was machen wir nun?«, fragte Zonk erneut.

»Halten Sie mich für behindert, weil Sie die gleiche Frage zweimal stellen?«

Daraufhin stierten die drei Anwesenden sich eine Weile gegenseitig an. Dabei stellte Donner fest, dass das lilafarbene Hawaii-Hemd diesem Zonk irgendwie stand, jedoch keinesfalls zum Wetter passte. Im krassen Gegensatz zum Showmaster trug die Asiatin eine flauschige weiße Wolljacke.

»Und Sie sind?«, fragte Donner beherrschter, weil er in seinem Ohr unwillkürlich Annes Stimme vernahm, die ihn zur Beherrschung ermahnte.

»Das ist Nikon«, antwortete Zonk stellvertretend für die Frau, woraufhin die sich verbeugte. »Nikon redet nicht viel.«

»Ach, woran das wohl liegt?«

Nikon lächelte, und sie sah dabei apart aus. Sie war zierlich und sichtlich scheu, aber das gefiel Donner irgendwie. Zudem trug sie den Schädel kahlrasiert, was sie insgesamt zu einer auffälligen Erscheinung machte. Im Gegensatz zu Zocky Zonk mochte Donner Nikon auf Anhieb. Und das schafften nur die wenigsten Menschen.

Liegt vermutlich daran, weil sie den Mund halten kann.

»Okay«, lenkte Donner ein. »Nachdem wir uns jetzt ja einander vorgestellt haben, schlage ich vor, ihr macht die Fliege.«

»So läuft das nicht, Herr Donner«, gab Zonk sich auf einmal kämpferisch, und er wich auch nicht zurück, als Donner ihn schief anblickte. »Sie sind einer von sechzehn Teilnehmern. Immerhin suchen wir Deutschlands Super-Cop.«

»Den werdet ihr aber hier nicht finden. Ich bin nämlich so etwas wie der Müllhaldenwärter. In diesem Büro landet alles, was man nirgendwo sonst gebrauchen kann. Habe ich mich klar und deutlich ausgedrückt?«

»Wissen Sie was, Herr Donner?«

»Was denn?«

»Sie sind klasse!« Auf erschreckende Weise meinte Zonk das ernst. »Sie machen auf Understatement. Das kommt beim Publikum super an. Bin ich froh, dass der Kerkeling abgesagt hat und ich für ihn einspringen durfte.«

»Etwa Hape Kerkeling?«

Zonk nickte. »Für jedes Bundesland hat man einen Prominenten engagiert, der einen Polizisten auf seinem Streifzug durch die Widrigkeiten des Lebens begleitet darf. Bewaffnet mit Recht und Gesetz. Hier bin ich! Mein Motto lautet: Zocky Zonk mocht dich bekonnt!«

»Sehr originell. Nur hat man für Sachsen wohl keinen Prominenten gefunden. Ich sehe in diesem Raum jedenfalls keinen. Und der einzige Zonk, den ich kenne, ist rot und hat eine ellenlange Nase.«

»Witzig. Sie kennen mich ganz sicher. Vor zwanzig Jahren war ich Talkmaster in der Show *Immer wieder nachmittags*. Na, klingelt es da bei Ihnen?«

Nee.

»Danach arbeitete ich lange Zeit für einen Shoppingsender«, fuhr Zonk fort. »Es gab sogar mal eine Anfrage fürs Dschungelcamp, aber dann hat Michael Wendler sich meinen Platz unter den Nagel gerissen. Tja, und jetzt bin ich zurück. Vor einem Millionenpublikum. Gemeinsam mit Ihnen.«

Donner ließ sich ins Polster sinken und rückte ein paar leere Blätter auf dem Schreibtisch zurecht. »Wenn ich dann weiterarbeiten dürfte.«

»Sehr gut!« Zonk umkreiste den Tisch und zog Nikon zu den freien Stühlen. »Dabei können wir gleich zuschauen.«

»Hm?«, machte Donner. Er überlegte, ob es schadete, die beiden grob vor die Tür zu befördern. Bestimmt würden sie postwendend beim Polizeipräsidenten durchklingeln und Donner anschwärzen. Demnach war es erst einmal klüger, das Spiel mitzuspielen. Wenigstens bis zu einem gewissen Level.

»An was für einem Fall arbeiten Sie gerade?«, fragte Zonk. Neugierig hielt er Notizblock und Stift in der Hand.

Donner ignorierte die Frage und griff zum Telefon für einen neuerlichen Versuch, den Diensthabenden beim Dauerdienst an die Strippe zu bekommen.

Eine Kollegin nahm das Gespräch entgegen.

»Donner hier, Kriminalpolizeiliche Erstkontaktstelle«, meldete er sich vorschriftsmäßig, um einen möglichst guten Eindruck bei den ungebetenen Gästen zu hinterlassen. Anne würde ihm das vermutlich positiv zugutehalten. »Ich brauche Informationen über einen gewissen Ludwig Grimm.«

»Den einarmigen Banditen?«, kam es prompt.

»Genau den.« Zufrieden lehnte Donner sich im Bürostuhl zurück.

Im Gegenzug beugte Zonk sich über die Tischplatte, um besser zuhören zu können.

Mit dem Grinsen hat der beim Teleshopping bestimmt für Zahnpasta Werbung gemacht.

»Ist ein ziemlich trauriger Fall«, sagte die Kollegin. »Wie er seinen Arm verloren hat, weißt du bereits?«

Über Grimm wusste Donner rein gar nichts, wie er feststellte. »Hilf mir auf die Sprünge.«

»Er war mal Pfleger im Tierpark. Ein Bär hat ihm den Arm zerbissen, und zwar so schwer, dass man ihn bis zur Schulter amputieren musste. Tja, und wegen dem angeblich selbstverschuldeten Arbeitsunfall gab es für ihn keinerlei finanzielle Entschädigung. Mittlerweile bekommt er eine so mickrige Rente, da hat sogar mein Kind im Monat mehr Taschengeld.«

Diese bedauerliche Story nahm Donner schweigend hin. »Hab gehört, ihr hattet erst kürzlich mit dem zu tun«, sprach er weiter. »Grimm, meine ich, nicht den Bären.«

»Stimmt. War aber keine große Sache.«

»Weißt du zufällig, wo ich ihn finde?«

»Versuch es mal bei *Haltestelle Lebensweg*. Das ist ein Verein, der sich für die Rechte von behinderten Menschen einsetzt.«

»Ja, von denen habe ich schon gehört.«

»Hat er was ausgefressen?«

Im ersten Moment wollte Donner Richterin Feltmann erwähnen, aber angesichts der neugierigen Blicke von Zonk verkniff er es sich. Ersatzweise griff er zu einem bedruckten Blatt, was bei oberflächlicher Betrachtung gut und gerne als ein hochwichtiges Bürgeranliegen durchging. In Wahrheit war es jedoch nur der Ausdruck eines Wikipedia-Artikels über Absurdistan für ein Referat für Annes Sohn. »Es handelt sich um eine reine Routineüberprüfung. Will ihn zu ein paar Verwüstungen in der Innenstadt befragen. Hab hier ein Beschwerdeschreiben einer besorgten Anwohnerin liegen.« Er wedelte mit dem Papier.

Zonk hob beide Daumen und flüsterte Nikon etwas zu, was Donner nicht verstand.

Dafür hörte er die Kollegin umso deutlicher.

»Bei der Befragung wirst du aber kein Glück haben.«

»Wieso das?«

»Weil Grimm nicht spricht.«
»Quatsch.«
»Doch. Totaler Mutismus. Unser einarmiger Bandit ist stumm.«

Kapitel 7

Damals

In der Küche klapperte Geschirr. Der schwere mehlige Duft von Knödeln, vermischt mit Wasserdampf, wehte in die Stube. Mutter kochte das Abendessen. Dazu summte sie eine Melodie. Ein Lied aus ihrer Heimat Slowenien.

Sascha stand mit nackten Füßen auf dem schwarzen Teppich mit den gelben Blütenstickereien an den Rändern. Er hatte sich immer gefragt, um welche Blumen es sich handelte. Vielleicht Tulpen. Oder auch nicht. Es konnten auch Maiglöckchen sein. Bisher hatte er sich nicht getraut, seinen Vater danach zu fragen. Irgendwann würde er das Rätsel von allein lösen.

Der Vater saß in seinem Rollstuhl und betrachtete seinen Sohn aus dunklen Augen, über denen die Brauen dick wucherten. Eigentlich hatte er blaue Regenbogenhäute, doch die schlechte Beleuchtung im Raum machte alles finster. Seine Haut sah grau aus. Und grau war auch seine Stimmung. Lediglich Milan, der zu seinen Füßen mit Figuren spielte, entlockte ihm ab und zu ein vergnügtes Brummen.

»Du willst mir also nicht verraten, was passiert ist«, hob der Vater die Stimme. »Nicht erzählen, wer deine Jacke und deine Hose zerschnitten hat. Warum deine Lippe aufgeplatzt ist. Nicht erklären, woher die blauen Flecken deines Bruders stammen.«

Trotz der unterschwelligen Drohung schwieg Sascha eisern. Unter Garantie wusste sein Vater, dass etwas Schlimmes vorgefallen sein musste und Tille und seine Kumpels dafür verantwortlich waren. Schlussendlich war es immer Tille. Egal, was sein Vater zu wissen glaubte, Sascha würde ihm nichts von der Tonne, in die man seinen Bruder gesperrt hatte, oder von der Gasflasche mit der Aufschrift Zyklon B erzählen. Auch nicht davon, dass sich in der Flasche letztlich irgendein ungefährliches Gas befunden hatte. Tille hatte den beiden Jungs Angst einjagen und sie quälen wollen, wie er es immer tat. Das war der Bande gelungen, auch wenn sie diesmal noch recht glimpflich davongekommen waren. Deshalb fiel es Sascha selbst zwei Stunden später leicht, die Tränen zu unterdrücken. Das hatte er gelernt: Niemals weinen, niemals betteln.

»Dein Schweigen akzeptiere ich«, redete der Vater weiter im gleichbleibenden, beherrschten Tonfall. »Wir regeln unsere Dinge, indem wir warten. Wir warten darauf, dass Gott eingreift. Das weißt du genau, denn du bist ein kluger Junge.«

In der rechten Hand des Vaters wippte eine Fliegenklatsche. Mit der Linken massierte er die Armauflage am Rollstuhl. Die Armstützen bestanden aus glänzendem Mahagoniholz. Vater putzte sie oft und gern mit Politur und einem Seidentuch. Wenn der Stuhl quietschte, ölte er die entsprechenden Teile oder zog die Schrauben fest. Penibel achtete er darauf, dass die Räder sich leicht drehen ließen. Weil er mobil war, konnte der Vater auf die Jagd nach Fliegen gehen. Er akzeptierte, dass er die Zustände da draußen nicht ändern konnte – da draußen, das war die Welt der anderen Menschen. Was er jedoch nicht akzeptierte, war, wenn man sich in seinem Haus nicht so verhielt, wie er es für richtig hielt.

Fliegen waren Störenfriede. Fliegen ließen sich nicht bändigen. Also musste er sie erschlagen.

»Stell dich gerade hin«, befahl er.

Sofort streckte Sascha den Rücken, woraufhin der Vater zufrieden nickte.

Niemals gab Sascha Widerworte. Wenn sein Vater verlangte, dass er Kohlen aus dem Keller holen sollte, schleppte er immer gleich zwei Eimer. Die Eimer waren schwer und Sascha hatte jedes Mal das Gefühl, er würde sich seine dürren Arme dabei ausreißen. Aber er klagte nicht. Stattdessen unterdrückte er artig das Stöhnen – trotz des Gewichts. Wenn sein Vater ihm auftrug, seinen Geschwistern nach dem Toilettengang den Hintern abzuwischen, machte er das. Wenn er im Winter das Eis von den Fenstern beseitigen sollte, damit gelüftet werden konnte, stellte er sich mit Handschuhen und Mütze in die Kälte und kratzte. Einmal hatte er die Elektrik im Stromkasten auf dem Dachboden reparieren müssen. Es hatte eine Weile gedauert, und er hatte die gesamte Zeit über Angst vor einem Stromschlag gehabt, aber auch das hatte er hinbekommen. Sogar die Wasserpumpe für den Brunnen hatte er repariert.

Solange Sascha die Hierarchieregeln beachtete, gab er Vater keinen Anlass, ihn mit dem Ledergürtel zu züchtigen.

Im Gegensatz zu ihm hatten Saschas Geschwister nie Schläge bekommen. Sie waren hilflos geboren und brauchten Schutz. So hielt es der Vater. Und so sah es auch Sascha.

Einmal hatte er mitbekommen, wie Vater Mutter den Gürtel so doll ins Gesicht gepeitscht hatte, dass die Haut an der Wange aufgeplatzt war. So etwas hatten Saschas Geschwister Gott sei Dank niemals erdulden müssen.

»Tritt näher«, verlangte sein Vater.

Sascha gehorchte.

Mit der freien Hand griff Vater ihn am Kinn und drehte seinen Kopf nach links und nach rechts. Dann schob er ihn von sich.

»Das Veilchen wird heilen.«

Er tätschelte Milan das Haar, was der allerdings nicht mitbekam. Stattdessen ließ der Siebenjährige seine *He-Man*-Puppen gegeneinander kämpfen, bis Arme und Beine aus den Plastikgelenken brachen.

»Er ist anders als du.« Damit meinte Vater Milan. »Dein Bruder braucht deinen Schutz. Deine beiden anderen Geschwister brauchen deinen Schutz ebenso. Denn du bist ein Gottgesandter. Nicht am Körper gestraft wie deine Geschwister, deine Mutter oder ich. Wir fünf sind anders. Aber du …«

Anders. So wie die X-Men in den Comics, die Sascha unter seinem Bett aufbewahrte. Oder vielleicht war er auch mehr wie *He-Man*, der ein magisches Schwert besaß und die Welt vor dem Bösen rettete. Sascha wusste, dass er mit besonderen Menschen unter einem Dach zusammenlebte.

Plötzlich rollte der Vater rückwärts. »Komm mit ins Zimmer.«

Das Zimmer.

Sascha schluckte, als sein Vater ihn für einen Augenblick aus den Augen ließ. Mit dem Zimmer meinte er den Gebetsraum. Der heiligste Ort auf Erden – nach der Kirche.

Während Milan spielend in der Stube zurückblieb, folgte Sascha dem Rollstuhl. Allein mit seinem Vater betrat er den tapetenlosen Raum, dessen Wände mit schwarzer Farbe gestrichen waren. Die Kerzen brannten bereits. Vater hatte alles vorbereitet. Selbst das Kabel des Kassettenrekorders steckte in der Steckdose.

»Schließ die Tür und sperr ab.«

Zitternd kam Sascha der Aufforderung nach.

»Zieh dich aus.«

Auch das tat Sascha, bis er splitternackt war.

»Hock dich hin.«

Die Bodenbretter fühlten sich eiskalt an, denn hier gab es keinen Ofen. Doch in wenigen Minuten würde er die Kälte nicht mehr spüren. Sobald die Waden und die Knie von der Sitzhaltung brannten.

Er spürte, wie Vaters raue Finger über seinen Kopf und die Schultern glitten.

»Dich hat der Himmel geschickt, mein Sohn. Denk immer daran. Du bist für uns verantwortlich. Nur durch deine Stimme kann ich meine Krankheit ertragen. Solltest du irgendwann nicht mehr sein, sterbe ich. Wir brauchen dich. Du linderst unsere Leiden. Du bist ein Engel.« Seine Stimme brach. Er schluchzte. Eine Träne fiel auf den Stoff seiner Hose. »Du bist in jeder Hinsicht makellos.«

Das stimmte nicht. Sascha war zwölf und er war bereits reif genug, um zu wissen, dass sein Vater sich in dem Punkt irrte. Sascha war weder ein Engel noch makellos.

Er war anders.

Diese Wahrheit traute er sich jedoch nicht gegenüber dem Vater zu vertreten. Jeden Tag fragte er sich aufs Neue, wann er den Mut aufbringen würde, um es ihm beichten zu können.

Wahrscheinlich nie.

Diese Bürde schmerzte mehr, als alles, was er innerhalb des Hauses oder da draußen erdulden musste.

Und dann schaltete der Vater den Kassettenrekorder ein, und alsbald begann Sascha mit dem Singen.

Kapitel 8

Heute

Haltestelle Lebensweg e.V.

Bis hierher folgten Donner der redselige Zocky Zonk und die schweigsame Nikon. Jeglichem Protest war der Showmaster damit begegnet, dass die Teilnahme an DSC von höchster Stelle abgesegnet war. Und dieses Argument konnte Donner schwerlich entkräften. Also spielte er mit – nach seinen Regeln.

»Ich rede, Sie halten den Mund«, stellte er klar.

»Ich halte den Mund, Sie reden«, bestätigte Zonk, wobei ihm anzusehen war, dass er sich bei der Umsetzung schwertun würde.

»Sie reden schon wieder.«

»Ich dachte, das gilt erst hinter der Tür.«

»Nein, das gilt seit fünf Sekunden, und zwar solange, bis ich es Ihnen wieder erlaube.«

»Dadurch wird es für Sie schwierig, beim Publikum zu punkten.«

»Ich denke, damit kann ich leben.«

Nikon schulterte die Kamera und betätigte ein paar Knöpfe, was Donner zu einem Nachsatz nötigte.

»Und die Kamera bleibt aus. Ich kann es nicht leiden, wenn man mir auf Schritt und Tritt folgt.«

»Tut mir leid«, sagte Zonk. »Regeln sind Regeln. Bei der Gelegenheit fällt mir ein Rätsel meines Vaters ein. Wollen Sie es hören?«

»Nein.«

»Dachte ich mir, aber ich erzähle es Ihnen trotzdem. Eigentlich ist es mehr ein Sinnspruch.«

»Kein Interesse.«

Unbeeindruckt fuhr Zonk fort. »Es gibt zwei Menschen, die dich von der Geburt bis zum Tod begleiten. Wie heißen sie?«

Im ersten Moment wollte Donner abwinken, dann überlegte er es sich anders. »Bei meiner Geburt wart *ihr* beiden jedenfalls nicht dabei. So viel steht mal fest, andernfalls wäre ich zurück in den Leib meiner Mutter gekrochen. Und ich glaube kaum, dass ihr mir ins Grab folgen werdet. Und das ...« Er hob den Zeigefinger und bleckte die Zähne.»... ist die beste Nachricht des Tages.« Damit drehte er sich um. Zonks darauffolgendes Gemurmel überhörte er.

Vor dem Gebäude, dessen Fassade dringend eine Frischzellenkur benötigte, waren die Gehwegplatten leicht abgesackt. Deshalb hatte sich an dieser Stelle eine Regenpfütze gebildet. Mit einem Sprung rettete Donner sich über die Wasserlache.

Bin mal gespannt, wie ein Gehbehinderter das Hindernis überwindet, ohne hinterher über nasse Socken zu klagen. Vielleicht taucht ja Moses an der Pforte auf und teilt das Wasser.

Vorerst teilten sich lediglich die Glasflügel der Eingangstür durch eine Automatik. Ein angenehmer Duft von Apfelsinen wehte Donner entgegen. Hinter der Tür empfing ihn eine Treppe mit drei Stufen, daneben eine Rampe für Rollstuhlfahrer. Keine Frage, hier hieß man Menschen mit körperlichen Einschränkungen willkommen. Sogar die Linienbusse der CVAG hielten an einer Haltestelle unmittelbar vor dem Eingang.

Eine Haltestelle vor der Haltestelle.

Die Nähe zu einer Menge behinderter Menschen erinnerte Donner schlagartig an sein eigenes Schicksal. Den Dachsturz vor etlichen Jahren, der ihn beinahe in einen Krüppel verwandelt hätte. So war er zwar am gesamten Körper von Narben gezeichnet, aber wenigstens funktionierte er sonst tadellos. Bis auf die unmerkliche Bewegungseinschränkung im linken Knie. Aber mit der hatte Donner gelernt zu leben. Trotz der Versteifung konnte er, wenn es sein musste, sogar über eine gewisse Distanz sprinten. Danach ging ihm regelmäßig die Puste aus. Die Jahre sportlicher Aktivitäten lagen eben weit in der Vergangenheit. Aber mit zweiundvierzig zählten andere Qualitäten. Zum Beispiel, dass sein Magen-Darm-Trakt noch wie ein Schweizer Uhrwerk tickte. Donner kannte etliche Beamte, die unter Sodbrennen oder Schlimmerem litten und kaum zehn Minuten ruhig auf einem Stuhl sitzen konnten. Erst kürzlich hatte ein Bürgerpolizist ihm sein Leid über einen gewissen *Morbus Crohn* geklagt. *Morbus Crohn.* Eine chronische Entzündung im Darmbereich. Von Bauchschmerzen, Durchfall und Blutungen hatte er gesprochen. Die Details hatte Donner geflissentlich überhört.

Jedenfalls kam es nicht selten vor, dass im Intranet ein Nachruf für einen stets eifrigen Kollegen auftauchte, und wenn man nachfragte, hieß es nur lapidar: »Krebs. Hat den kompletten Darm zerfressen.«

Donner klopfte sich auf den Bauch. Auf eine gute Verdauung kam es eben an. Und nur darauf.

»Hübsch«, meinte Zonk.

Hübsch bunt und still.

Kommentarlos betrat Donner das Vereinsgebäude. Niemand am Empfang. Zumindest glaubte er, dass es sich bei dem wuchtigen Möbelstück an der Wand um eine Art Empfangstresen handelte. Ein Computermonitor und eine Vase mit Frühlingsblumen standen darauf.

Gedämpfte Gespräche waren von überall und nirgendwo zu vernehmen. Er lauschte, um auszumachen, woher die Stimmen kamen. Deckenlautsprecher untermalten die Ruhe, die im Eingangsraum herrschte, mit Musik. Esoterikklänge und wabernde Chorallaute. Keine Stilrichtung, die Donner sein inneres Gleichgewicht finden ließ. Er hasste solche Töne.

»Ich liebe diese Klänge, du auch Nikon?«

Auf Zonks Bemerkung hin nickte Nikon bloß. Donner konnte an ihrer Mimik nicht ablesen, ob sie es ernst meinte oder einfach aus Anstand zustimmte.

Entschlossen durchschritt er die Räumlichkeiten und landete schließlich in einem kleinen Saal, in dem sich zwei Personen befanden. Eine Frau saß in einem Rollstuhl und las einem Mann, dessen Hände zitterten, der aber sonst äußerlich keinerlei Behinderungen erkennen ließ, aus einer bunten Broschüre vor. Irrtum! Da war doch eine Auffälligkeit: Der Mann war nämlich blind.

Die beiden schienen Donner nicht wahrzunehmen, selbst als er mit seiner Gefolgschaft bis in die Mitte des Raumes trat.

»Ähm ...«, begann er, wurde jedoch unterbrochen.

»Kann ich Ihnen helfen?«
Donner schwang herum.
Die Frauenstimme kam von hinten. Und tatsächlich stand da plötzlich eine zierliche, aber hochgewachsene Frau mit harten Gesichtszügen. Sie hatte kurze pechschwarze Haare, dazu trug sie ein schlichtes Kostüm, unter deren Blazer Donner eine gelbe Bluse erkannte.

»Ja, das können Sie bestimmt«, ergriff Zonk prompt das Wort, als wäre er hier der Ermittler. »Der Kommissar hätte da ein paar Fragen.«

Überrascht vom Auftauchen der Frau und von Zonks Unverfrorenheit kamen über Donners Lippen nur vereinzelte Blubberlaute. Die Frau trat näher und reichte jedem die Hand.

»Mein Name ist Alexandra Benz, ich bin stellvertretende Leiterin des Vereins. Und Sie sind?«

»Zocky Zonk!«, flötete Zonk. »Wir suchen Deutschlands Super-Cop.«

»Interessant, nur werden Sie den hier bei uns garantiert nicht finden.«

»Den Eindruck habe ich allerdings auch«, sagte Zonk und schielte hinüber zu Donner.

Die zwei Komiker drehen doch in Wirklichkeit für die versteckte Kamera. Und in mir haben sie einen dankbaren Trottel gecastet.

Er beschloss, die Konfrontation mit dem Fernsehclown auf später zu verschieben.

Unterdessen betrachtete Benz die Besucher, als hoffte sie, dass drei neue Mitglieder dem Verein auf einen Schlag beitreten würden.

»Donner«, stellte Donner sich vor und brachte sich in Front, indem er Zonk zur Seite schubste. »Kriminalhauptkommissar Donner.« Er streckte die Hand zur Begrüßung aus.

Benz erwiderte den Handschlag. Sie hatte schmächtige Arme und äußerst zartgliedrige Finger. Trotzdem war ihr Griff angenehm fest für eine Frau.

»Lassen Sie mich wieder los?«, fragte sie mit einem Schmunzeln.

Erst jetzt bemerkte er, dass er ihre Hand festgehalten und die glatte Haut befühlt und bestaunt hatte. Außerdem bewunderte er den Nagellack. Gelb war keine Farbe, die Frauen häufig für ihre Nägel benutzten. Anne bemalte ihre nur in Ausnahmefällen. Das schätzte er an ihr, sie war von Natur aus hübsch.

Er räusperte sich und kramte in seiner Mantelinnentasche nach dem ausgedruckten Bild von Ludwig Grimm. »Entschuldigung, ich war noch nie hier.«

»Trotzdem kommen Sie mir bekannt vor«, sagte sie.

Donner schüttelte den Kopf. »Vielleicht haben sich mich mal in irgendeiner Zeitung gesehen.«

»Sind Sie so gut?«

Endlich hatte er das Papier gefunden, entfaltete es und hielt es ihr hin. »Ich suche den einarmigen Banditen.«

»Er hat *einarmiger Bandit* gesagt«, flüsterte Zonk Nikon zu.

Benz' Gesichtszüge wurden hart und sie schob das Bild beiseite. »Sie wissen schon, dass wir uns in dieser Einrichtung für die Rechte und die Anerkennung von behinderten Menschen einsetzen. Entsprechend empfinde ich Ihre Äußerung als völlig unangebracht.«

»Ach kommen Sie schon. Wollen Sie mir etwa weismachen, dass hier nicht der eine oder andere Behindertenwitz kursieren würde?«

Aus dem Augenwinkel nahm er wahr, wie Zonk der Mund offenstehen blieb. Wenigstens einmal hatte es ihm die Sprache verschlagen.

Benz' Mimik verdunkelte sich dagegen, was ihre Augen geradezu finster hervortreten ließ. Sie senkte die Stirn leicht und wippte mit der Spitze des linken Schuhs. Vermutlich erwartete sie von ihm, dass er sich entschuldigte.

Offenbar mögen die hier wirklich keine Witze.

»Okay, ich habe es nicht so gemeint.«

Daraufhin spitzte sie ihre Lippen wie eine Oberlehrerin, die die Lüge eines Schülers längst enttarnt hatte.

»Also schön.« Donner hob entschuldigend die Hände, dann wackelte er mit dem Papier. »Es tut mir leid. Können Sie mir nun etwas zu Ludwig Grimm erzählen?«

»Er schaut gelegentlich vorbei.«

»Und was macht er hier so?«

»Wir unterstützen ihn bei seiner Post und bei Behördengängen. Außerdem wärmt er sich manchmal einfach nur bei einer Tasse Kaffee auf.«

Donner rückte sich den Mantel über den Schultern zurecht und dachte an die Temperaturen, die in diesem Jahr bis in den April Frost brachten. »Stimmt es, dass er unter absolutem Mutismus leidet?«

»So ist es. Niemand hat ihn je sprechen hören.«

»Aber das ist kein Beweis, dass er nicht doch gelegentlich spricht.«

Benz zuckte mit den Achseln. »Wenn Sie ihn sehen, dürfen Sie es ruhig versuchen. Es tut ihm gut, wenn jemand sich mit ihm unterhält. Und vielleicht können Sie ja auch Stumme zum Reden bringen.«

Oh ja, Schätzchen, ich habe in meiner Laufbahn schon genügend Leute zum Singen gebracht.

»Wann war er zuletzt hier?«

»Vor drei Tagen.«

»Und das wissen Sie ganz genau?«

»Sicher. Man muss Ludwig im Auge behalten.«

Donner stutzte. »Wie meinen Sie das?«

»Er sitzt immer in diesem Sessel.«

Sie deutete in eine Ecke neben einer Säule. Dort stand ein gemütlicher Ledersessel mit einem Kissen. Sofort stupste Zonk Nikon an, die mit ihrer Kamera darauf schwenkte. Dann faselte er noch etwas von »Verdächtiger« und »heiße Spur«.

»Ermitteln Sie in einer Strafsache?«, wollte Benz wissen. Vermutlich hatte Zonk sie mit seinem Gerede angesteckt.

Donner schüttelte den Kopf. »Warum muss man Ludwig Grimm im Auge behalten?«

»Sehen Sie das Bild dort?«

Donners Blick folgte dem ausgestreckten Arm von Benz. An der Wand schräg gegenüber dem Sessel hing ein Gemälde. Ein Bildnis mit einem übergroßen schwarzen Engel.

Zonk eilte sofort dorthin und betrachtete es aus der Nähe. »Scheint religiös angehaucht«, verkündete er quer durch den Raum.

Zeitgleich gab er Nikon Anweisungen, denen sie wie ein dressiertes Hündchen folgte. Das Mädchen hatte anscheinend keinen eigenen Willen. Bei passender Gelegenheit würde Donner Nikon zur Seite nehmen und mit ihr darüber sprechen, ob sie nicht merkte, was für ein Quotentreiber ihr Chef war.

»Kommen Sie«, sagte Benz und winkte Donner hinter sich her. »Ich erkläre es Ihnen gern.«

Kurz darauf stand Donner mit geneigtem Kopf vor dem Gemälde. Darauf fuhr vom oberen Bildrand ein dunkler, muskulöser Engel mit ausgebreiteten Armen zur Erde. Unten befanden sich Menschen. Diese hielten sich in einer Art römischen Badehalle mit einem Wasserbecken in der Mitte auf, und sie schauten hinauf zu dem Himmelswesen. Seltsam war, dass die Menschen modern gekleidet waren. Bauarbeitermonturen, Trainingsanzüge, Sommerkleider, Jeans, feiner Zwirn mit Krawatte. Sogar eine Krankenschwester und ein Polizist standen in der Menge.

Donner brauchte weniger als drei Sekunden, um festzustellen, dass es ihm nicht gefiel.

»Können Sie etwas mit dem Begriff *Brunnen von Bethesda* anfangen?«, fragte Benz.

Bethesda!

Das Wort hatte Grimm auch benutzt, als er Donner die Zeitung gezeigt hatte. »Hat wohl etwas mit der Bibelgeschichte zu tun.«

»Exakt«, antwortete sie, aber weiter kam sie nicht, weil Zonk sich erneut einmischte.

»Laut Bibel gab es das Wasser von Bethesda, in das einmal im Jahr ein Engel hinabstieg«, gab Zonk sein Wissen kund, was bei Donner ein gewisses Erstaunen hervorrief. »Unzählige Kranke warteten auf diesen Moment, denn wer nach der Berührung des

Engels als Erster das Wasser erreichte, wurde geheilt. Egal, welches Gebrechen man mitbrachte.«

»Bravo, das ist die biblische Erklärung«, bekundete Benz. »Und wie sie feststellen, ist das Gemälde eine zeitgenössische Szenendarstellung der Überlieferung. Man erkennt es an der Kleidung der abgebildeten Menschen und an den Gegenständen, die sie mitführen.« Sie zeigte auf eine Frau im Rollstuhl. Ein solch modernes Fahrgerät hatte es zu Jesus' Zeit unter Garantie nicht gegeben. Daneben deutete Benz auf ein Kofferradio und einen schwarzen Aktenkoffer. »Bethesda ist der Name einer historischen Zisterne in Jerusalem.«

»Sehen Sie das da, Herr Donner!«, sagte Zonk und tippte auf die untere rechte Ecke des Bildes. »Hier über dem Rahmen stehen die Initialen des Künstlers.«

P. von H.

»Peter von Hetzel«, sprach Benz den vollen Namen aus. »Ein regionaler Maler.«

Und vermutlich kein sonderlich erfolgreicher …

»Schön und gut«, wurde Donner ungeduldig. »Und was hat das Bild nun mit Ludwig Grimm zu tun?«

Benz schmunzelte, weil sie die Frage wohl belustigend fand. »Er will es stehlen.«

Kapitel 9

»Notruf der Polizei.«

»Ja, hier … ich muss eine Meldung machen …«

Der Beamte im Führungs- und Lagezentrum hörte zu und stellte anhand der im Leitsystem übermittelten Telefonnummer fest, dass der Anruf von einem öffentlichen Fernsprecher kam.

»Sie wollen eine Meldung abgeben, gut. Haben Sie einen Notfall?«

In der Leitung knackte es. »Hm … Ja, also nein, kein Notfall. Eine Meldung. Oder doch, ich denke, es handelt sich tatsächlich um einen Notfall.«

»Okay, wie ist Ihr Name?«

»Mein Name …«

»Ja, ich benötige Ihren Namen.«

»Ich möchte ein Verbrechen melden.«

»Ein Verbrechen?«

»Ja, vielleicht einen Mord.«

Der Beamte wiederholte das letzte Wort leise. »Wie ist Ihr Name?«

»Ich bin verwirrt.«

»Das merke ich. Sagen Sie mir Ihren Namen.«

Stille. Die Verbindung stand. »Höchstwahrscheinlich ist es doch kein Mord.«

Der Beamte hatte vor der Nachtschicht schlecht geschlafen und seufzte. »Möchten Sie nun eine Straftat melden? Dann nennen Sie mir bitte Ihren Namen, um Ihre Glaubhaftigkeit zu untermauern.«

»Untermauern … sicher … klar. Demmler. Ich heiße … Also, ich möchte doch lieber anonym bleiben …«

»Verstehe. Rufen Sie deshalb von einem Münzfernsprecher an?«

»Wie bitte?« Die Frage kam mit gehöriger Verzögerung. Der Mann am anderen Ende schien nervös. Vermutlich hatte er Alkohol getrunken.

»Hören Sie, guter Mann, hier ist der Notruf der Polizei. Sie haben die 110 gewählt. Also, möchten Sie nun einen relevanten Sachverhalt mitteilen?«

»Relevanten Sachverhalt …«, kaute der Unbekannte die Worte wieder. »Ja, das sagte ich bereits. Es geht um die Sache aus der Zeitung. Die Sache mit dem Auge. Sie wissen schon …«

»Demnach möchten Sie einen Zeugenhinweis geben«, schlussfolgerte der Beamte. »Sie meinen sicherlich den heutigen Presseartikel. Die Körperverletzung an der pensionierten Richterin.«

»Hm, ich bin mir nicht ganz sicher …« Pause. Schwere Atemgeräusche. »Ich habe hier ein Paket.« Erneut verstrichen die Sekunden. »Darin befindet sich ein … ein …«

»Ja, ich höre Ihnen zu«, bekundete der Beamte, weil ihm das Gespräch zu lange dauerte.

»Ein Auge.«

Erneute Stille.

»Was ist damit?«

»Hören Sie mir denn nicht zu?«, wurde der Mann am anderen Ende aufbrausend.

»Doch, das tue ich. Am Anfang sprachen Sie noch von einem Mord.«

»Nein. Also ja, ich bin durcheinander. Herrgott, ich …«

»Sie brauchen nicht gleich laut zu werden. Ich unterhalte mich ganz normal mit Ihnen.«

»Entschuldigung. Ich wollte nicht …« Schweres Husten, dann ein Fluchen. »Tut mir leid, vergessen Sie meinen Anruf. Ich habe mich geirrt.«

Aufgelegt.

Ende des Notrufs.

Kapitel 10

Ratternder Eisenbahnlärm. Stahlräder über Schienen. Till Baumann wachte mitten in der Nacht in der Bazillenröhre auf. Bazillenröhre. Eine Bezeichnung aus dem Volksmund für die Unterführung neben dem Hauptbahnhof, die über eine Strecke von 217 Metern unter den Gleisen entlangführte. Es war ein Tunnelgewölbe, durch das Fußgänger die Dresdner Straße von der Bahnhofstraße aus erreichten. Vor ein paar Jahren hatte hier die Gruppe *Kraftklub* das Musikvideo zum Lied *Schüsse in die Luft* gedreht.

Baumann hasste *Kraftklub*.

Eigentlich hasste er die ganze Welt. Allein seine Hündin Elza liebte er.

Halb benommen vom Schlaf tastete Baumann nach dem Fell der Mischlingshündin. Er griff ins Leere.

Elza war verschwunden.

Stattdessen stand da wie aus dem Nichts ein Karton umwickelt mit braunem Paketklebeband.

»Elza!«

Kein Jaulen, kein Bellen.

»Elza, komm zu Tille!«

Tille. So hatte man Baumann bereits in frühster Kindheit genannt.

Ein weiterer Zug donnerte über seinen Kopf hinweg. Dem Poltern an den Schienenübergängen nach zu urteilen, mussten es acht oder neun Waggons sein. Der Lärm störte ihn nicht besonders. Er war froh, dass er im Trockenen saß, auch wenn es hier verdammt zugig war.

Heute hatte ihn die Bundespolizei nicht davongejagt. In unregelmäßigen Abständen kontrollierten die Bullen die Bazillenröhre. Jedes Mal packte Baumann dann wortlos seine Sachen. Man kannte ihn. Er war einer von jenen Sozialfällen, die keinem etwas taten, die man jedoch ungern duldete. Vor etlichen Jahren hatte er aufgehört, Andersdenkende zu tyrannisieren. Als seine Kameraden sich von ihm abgewandt hatten, hatte er mit dem ganzen Nazidreck gebrochen – bis auf die Springerstiefel, die Bomberjacke und das Hakenkreuz auf der Haut über dem Herzen. Und seine politische Gesinnung hatte er ebenfalls nicht aufgegeben. Für Unbefangenheit gab es in der Welt einfach zu viele Arschlöcher.

Auf einer zerlöcherten Decke sitzend schaute Baumann nach rechts und links. Danach spähte er auf seine Armbanduhr mit dem gesprungenen Glasgehäuse.

01:38 Uhr.

Als er aufblickte, brannte das Licht der Neonröhren an der Tunneldecke auf seiner Netzhaut und tauchte die unzähligen Graffitis an den Wänden in psychedelische Farbtöne.

Scheiße, wo war Elza nur? Wenn er sonst immer schlief, bewegte sich die Hündin kaum mehr als fünf Meter von ihm weg.

»Elza«, krächzte Baumann erneut. Der Geschmack von Schnaps klebte in seiner Mundhöhle und machte ihm die Zunge schwer.

Er erinnerte sich an den Vorabend. Von den zwanzig Euro, die er verdient hatte, hatte er sich am Bahnhofsimbiss einen Flachmann und ein belegtes Brötchen gekauft. Die Wurst hatte er an Elza verfüttert. Die treue Seele hatte sie gierig verschlungen und ihn anschließend dankbar mit ihrer Zunge gestreichelt. Mit den restlichen fünfzehn Euro hatte er sich Crystal Meth für einen Schuss Glücksgefühle besorgt. Billiger Stoff aus Tschechien, aber wenigstens stammte er von einem Dealer, dem Baumann vertraute. Zuvor hatte er sich für das Geld von einem Fettsack ficken lassen. Mit Gummi. Ohne kam auch schon mal vor. Häufiger, als er sich eingestehen wollte. Aber Scheiße, sein Leben war ohnehin nichts wert. Hätte er Elza nicht, er wäre vermutlich längst vor die nächstbeste Bahn gesprungen.

Und jetzt war die verdammte Töle auf einmal weg!

Was sollte er denn nun machen?

Baumann kratzte sich die tätowierten und von Nadeln zerstochenen Arme. Die Unruhe und die Ratlosigkeit machten ihn nervös. So sehr, dass es ihn am ganzen Körper juckte.

Das Paket! Jemand hatte es neben seine Habseligkeiten gestellt. Sogar sein Name stand in windschiefen schwarzen Buchstaben darauf.

Für Tille.

Verfickt! Welcher Stricher kannte ihn? Baumann hatte keine Freunde. Erst recht keine, die ihm Geschenke machten. Wobei das Päckchen nicht wie ein Geschenk aussah. Eher wie eine Falle.

Im ersten Moment wollte er aus dem Tunnel rennen und nach Elza suchen, dann ließ er jedoch sein Springmesser klacken. Nachsehen konnte kein Fehler sein. Er wischte sich mit dem Jackenärmel den Rotz von der Nase und setzte die Messerspitze mittig am Paketdeckel an.

Etwas unwohl war ihm schon, als die Klinge das Klebeband durchtrennte. Sekunden darauf blickte er in den Karton hinein. Obenauf lag ein Brief ohne Umschlag. Maschinenschrift. Er las nur die obersten Zeilen.

Hallo Tille,

du bekommst deinen Hund wieder, wenn du genau das machst, was ich von dir verlange. Andernfalls werde ich deinem Tier die Haut bei lebendigem Leibe abziehen und ihm alle vier Pfoten abhacken.

»Du verficktes Stück Scheiße!«, zürnte Baumann und warf das Papier zu Boden.

Falls der Verfasser des Briefes seiner Elza auch nur ein Haar krümmte, würde Baumann den Unbekannten finden und ihn grausam quälen. Wie damals. Baumann hatte schon früher Menschen leiden lassen. Und heute würde er für Elzas Leben Unvorstellbares tun. Jawohl, das würde er! Die Hündin war alles, was er noch besaß.

Außer sich vor Wut riss er die Seitenwände des Kartons auf und betrachtete den restlichen Inhalt. Eine Rolle Klebeband fiel auf den Boden. Unter in Folie verpacktem Verbandszeug entdeckte er zudem eine Astschere.

»Was für ein kranker Mist«, hauchte Baumann und stierte wie gebannt auf die Gegenstände. Reflexartig nahm er den Brief wieder zur Hand.

Nimm die Schere und schneide dir einen Finger der linken Hand ab. Egal welchen, nur muss er von der Linken sein, die Rechte wirst du noch brauchen.

Als wäre er weiterhin in dem Meth-Traum von eben gefangen, schüttelte Baumann den Kopf und las weiter.

Bei einem Junkie wie dir habe ich selbstverständlich an Betäubungsmittel gedacht. Es ist exzellenter Stoff, damit wirst du die Schmerzen kaum spüren. Sieh das Zeug als Geschenk an.

In einer kleinen Plastiktüte sah er eine kristalline Substanz. Wie winzige Glassplitter. Ein Blick genügte ihm, um die Droge zu identifizieren: Methamphetamin.

Schneide dir den Finger ab und bring ihn zum Pfortensteg. Dort legst du ihn pünktlich um 04:00 Uhr oben auf den Mülleimer am Geländer. Leg ihn einfach auf den Deckel. Das alles wirst du tun. Ich weiß es, denn dein Leben ist einen Dreck wert. Nur das Leben deiner Hündin liegt dir am Herzen. Du wirst mir gehorchen!

»Einen Scheiß werde ich!«

Und dann wirst du noch etwas für mich tun ...

Ein letztes Mal schaute Baumann in den Karton. Dort fand er einen Knopf. Nein, keinen Knopf. Ein winziges Elektronikteil.
Allerdings war das nicht der Gegenstand, der ihn erschreckte.
Das, was seinen Herzschlag zum Rasen brachte, lag ganz unten im Paket.
Eine Handgranate.

Kapitel 11

Kurz nach 22 Uhr. Seit sechs Stunden hatte Donner Feierabend. Trotzdem ließ ihn die Arbeit nicht los. Einen Tag kannte Donner Zocky Zonk jetzt. Gewöhnlich vergaß Donner solche Leute so schnell, wie er sie kennengelernt hatte. Doch den Showmaster hatte er innerhalb kürzester Zeit zu seinem Erzfeind erklärt. Er verabscheute ihn, als wäre der Typ hinter Donner her wie der Teufel hinter dem Sünder. Oder viel eher wie so ein Quietsche-Entchen ohne Räder, dass man jemandem ans Bein gekettet hatte, und das umso heftiger quiekte, sobald man es losbinden wollte. Zonk war zweifellos ein Schnattertier. Und in diesem Moment lächelte der Mann, umrahmt von seinen glitzernden Haaren, wie die Lichtgestalt des deutschen Fernsehens aus dem TV-Gerät in Annes Wohnzimmer. Es erweckte sogar den Anschein, als grinste Zonk aus dem Studiosessel Donner direkt an.

Um sich den Abend nicht weiter zu vermurksen, sprang Donner auf und griff nach der Fernbedienung.

»Finger weg!«, protestierte Anne, als sie das Zimmer betrat und sich dabei die Haare vom Duschen mit einem Handtuch trocknete. »Um nichts auf der Welt möchte ich DSC verpassen. Jetzt, wo mein Freund ein Fernsehstar ist.«

»Fernsehstar? Hast du mal einen Blick auf das erste Zuschauer-Voting geworfen? Ich liege an drittletzter Stelle. Und somit noch hinter diesem stinkfaulen Kettenraucher aus Sachsen-Anhalt.«

Anne pflückte ihm die Fernbedienung aus den Fingern und schubste ihn auf die Couch. Sie setzte sich neben ihn und legte ein Bein über seine Oberschenkel. »Die von TTL2 haben jetzt sogar eine offizielle Erik-Donner-Fanpage bei Facebook eingestellt.« Sie küsste ihn auf die Wange. »Mein Like habe ich dir bereits hinterlassen.«

»Es gibt eine offizielle Facebook-Seite von mir?« Donner rang nach Worten und Fassung. »Ich meine, muss ich da nicht irgendwo meine Zustimmung geben?«

»Schau mich nicht so an! Ich habe keinen Anteil daran.« Sie hob zwei Finger zum Schwur und grinste.

»Ich hasse Zocky Zonk.«

»Nein, du hasst niemanden«, berichtigte Anne ihn. Genau das tat sie in letzter Zeit ständig, sobald er über jemanden schimpfte. Dadurch wollte sie erreichen, dass er mehr Nachsicht mit seinen Mitmenschen übte.

»Tue ich nicht?«, vergewisserte er sich.

»Nein, vertrau mir.«

Drauf gepfiffen! Jemanden zu hassen, ist das Grundrecht jedes freien Bürgers.

»Ich denke, ich hasse ihn trotzdem …«

»Ich liebe diesen Mann!«, posaunte Zonk bei DSC wie aufs Stichwort und der Sender blendete Donners Konterfei auf einem Bildschirm im Hintergrund ein. Natürlich hatten die Idioten das Bild derart ausgeleuchtet, dass seine Gesichtsentstellungen besonders gut zum Vorschein kamen. Mit seinem körperlichen Schicksal wollte man vermutlich Mitleid beim Publikum erheischen.

Prompt ertönte aus den Fernsehlautsprechern Applaus.

Garantiert vom Band.

»Siehst du«, sagte Anna. »Man liebt dich.«

Abwarten.

Donner wollte die Sendung – und vor allem Zonk – ignorieren. Entsprechend wandte er sich einem anderen Thema zu. »Gibt es eigentlich Neuigkeiten im Fall der Richterin?«

Anne schaute demonstrativ weiter stur geradeaus. Offenbar ahnte sie bereits, dass er versuchte, sich in die Ermittlungen einzumischen. Exakt so, wie er es in der Vergangenheit oft getan und was regelmäßig zu Schwierigkeiten geführt hatte. Wie nebenbei schwang sie um. »Bist du denn bei den Spielzeugschlangen weitergekommen?«

Jaja, nutz meine Situation ruhig aus für den Hierarchiekampf in unserer Beziehung. Aber ich habe Neuigkeiten für die brillante Ermittlerin!

»Und ob! Es ist nur noch eine Frage der Zeit, bis es die ersten Festnahmen gibt.«

»Sieh an!«
»Das Zauberwort heißt Korea.«
»Korea?«
Donner nickte zufrieden. »Laut einer von mir erstellten Vergleichsreihe stammen 93% der aufgefundenen Schlangen von Spielzeugfabriken aus Südkorea. Billigstes Gummi. Das Zeug kann man übrigens auch in mancher Damenunterwäsche finden. Ich habe das Material mit deinen Slips abgeglichen.«
Sie knuffte ihn gegen die Brust, was er mit einem gespielten Aufschrei quittierte. »Ich sehe die Nachricht bei DSC schon bildlich vor mir: *Supercop rettet das Erzgebirge vor Spielzeugschlangeninvasion.*«
»Wenn schon, dann Horrorschlangen. Die Zeitungen sprechen von Horrorschlangen.« Damit war das Thema für ihn durch, denn in Wahrheit hatte er in Sachen Schlangen keinen Finger krummgemacht. Würde er auch nicht mehr, denn er spekulierte darauf, dass die Angelegenheit sich im Alleingang klärte. So wie die meisten Dinge im Leben. Spätestens dann, wenn die Bevölkerung des Themas überdrüssig war und die nächste Modeerscheinung Schlagzeilen machte.
»Und?«, fragte er.
»Was und?«
»Richterin Feltmann.«
Sie stöhnte und rückte ein Stück von ihm weg. »Ich wünschte, du würdest dich mit dem gleichen Leuchten in den Augen für meine E-Sport-Erfolge interessieren. Das wäre mal ein Thema für eine abendliche Unterhaltung.«
Er lachte auf. »Was denn für Erfolge?«
Meinte sie damit etwa den fünften Platz bei diesem unwichtigen Gruppenturnier in Counter-Strike vor zwei Wochen? Zwar hatte Donner in seinem früheren Leben auch gern Computerspiele gezockt, aber von Sport konnte man dabei wahrlich nicht sprechen.
Wenn überhaupt, ist das Vergeudung wertvoller Lebenszeit.

Er bemerkte, dass Anne ihn mit finsterer Miene anstierte. Vermutlich hatte sie etwas gesagt, was er in Gedanken versunken nicht verstanden hatte.

»Es tut mir leid«, beeilte er sich zu sagen. Das meinte er ernst, denn ihm war klar, dass er ihr gegenüber Aufmerksamkeit und Verständnis aufbringen musste, falls er sie nicht irgendwann verlieren wollte. Und das wollte er um keinen Preis.

Zum Zeichen, dass er es ehrlich meinte, kuschelte er sich an sie. Er genoss ihre Nähe jedes Mal aufs Neue. Und dann roch ihr langes Haar zitronig vom Waschen.

»Du gibst ja doch keine Ruhe«, lenkte sie ein. »Bei Feltmann kommen wir nur äußerst mühsam voran. Bisher gibt es kaum brauchbare Hinweise. Die Geschädigte ist weiterhin nicht vernehmungsfähig.«

»Also hat niemand etwas gesehen«, schlussfolgerte Donner aus seinen Erfahrungen heraus. Wobei das nicht stimmte, denn in Wahrheit sah oder hörte immer irgendjemand etwas. Das war ungeschriebenes Gesetz der Kriminalistik. Das Problem bestand darin, diesen Jemand zu finden.

Anne schüttelte den Kopf. »Heute hat sich ein gewisser Demmler über den Notruf gemeldet und wollte etwas mitteilen, hat dann aber einfach aufgelegt. Ich habe mir die Bandaufzeichnung angehört. Es klang, als hätte der Anrufer erhebliche Angst gehabt.« Sie biss sich auf die Unterlippe. »Zumindest stand er hörbar unter Stress.«

»Ein Spinner.«

»Kein Spinner. Falls sich unsere Recherchen bestätigen, handelt es sich um Klaus Demmler. Ein ehemaliger Feuerwehrmann. Er musste seinen Beruf allerdings aufgeben, nachdem er seine Hand verloren hatte.«

»Ach, sieh an!« Diese Information machte Donner stutzig und brachte ein paar Rädchen in seinem Gehirn zum Drehen. »Klaus Demmler.«

»Ich weiß, dass du ihn kennst.« Auf einmal sah Anne ihn komisch an – richtiggehend musternd. »Genau das bereitet mir Sorge, Erik. Deshalb wollte ich mit dir nicht darüber sprechen.

Seine von ihm getrennt lebende Frau war vor einiger Zeit bei dir im Büro und hat sich beraten lassen, was sie aus polizeilicher Sicht gegen das Nachstellen von Demmler unternehmen kann.«
»Ich habe ihr zu einer Strafanzeige geraten.«
»Genau. Und sie ist deinem Rat gefolgt, nur wurde die Anzeige von der Staatsanwaltschaft wegen fehlender Tatbestandsmerkmale eingestellt.«
Darüber dachte Donner eine Weile nach. »Das muss nichts heißen.«
Annes Blick verriet ihm, dass sie anderer Meinung war. Und noch etwas stimmte sie nachdenklich. »Wie gut kennst du eigentlich Richterin Feltmann?«
»Sie hat Tötungsdelikte verhandelt. Daher kennen wir uns. Und deshalb interessiert mich der Fall auch.«
»Genau das habe ich befürchtet.«
Beide sahen sich schweigend an. Irgendwann würde die Arbeit zur Zerreißprobe für ihre Beziehung werden. Sein gesamtes Leben wohnte er in dieser Stadt, und gut die Hälfte der Zeit davon hatte er Schwerverbrecher gejagt. Kein Wunder, dass er die meisten Ganoven kannte und einige nicht gut auf ihn zu sprechen waren. Das barg immer ein Risiko. Aber die Gefahr schob Donner weit von sich. Stattdessen dachte er über den einarmigen Banditen Ludwig Grimm und den Besuch bei dem Behindertenverein nach.
»Hast du eine Bibel im Haus?«
»Eine was?«
»Altes Testament, neues Testament. Himmel und Hölle. Sintflut, Antichrist, Apokalypse und so.«
»Verasch mich nicht, ich weiß, was du mit Bibel meinst. Für was brauchst du die?«
»Ich suche Erkenntnis.«
Anne kam zu keiner Antwort mehr. Im TV platzte Zonk mit einer Neuigkeit heraus, die sie erstarren und Donner fast von der Couch purzeln ließ.
»Kriminalhauptkommissar Donner ist zum sechzigsten Geburtstag seines zukünftigen Schwiegervaters eingeladen …«,

verkündete der Showmaster, als würde er eine Preisverleihung vornehmen.

»Ich bin was?«, fragte Donner, als könnte Zonk ihn im Fernsehen hören.

Selbst Anne stand der Mund offen, und sie stierte regungslos auf den Bildschirm.

»Jawohl!«, flötete Zonk und zwinkerte in die Kamera. »Aus sicherer Quelle wissen wir, dass es zwischen dem Kriminalhauptkommissar und dem Jubilar in der Vergangenheit einige delikate Meinungsverschiedenheiten gab. Demnach wird diese Feier unter Garantie ein Kracher!«

Kapitel 12

Baumann lauerte hinter einem Gebüsch. Der Stoffverband um seine linke Hand war bereits durchgeblutet, doch noch waren die Schmerzen erträglich. Beim Durchtrennen des Knochens am kleinen Finger hatte es tatsächlich weniger weh getan als befürchtet. Viel eher hatte ihn das Geräusch der aneinander wetzenden Klingen der Astschere erschreckt. Zum Glück hatte er das Methamphetamin bekommen. Ecstasy und solche Kinderkacke wären wirkungslos geblieben. Aber das Crystal hatte geholfen.

Bisher.

Er merkte bereits, wie die Wirkung der Droge nachließ und die Schmerzen in der Hand mit jeder Minute zunahmen.

Zunächst beschäftigte ihn jedoch ein viel größeres Problem:

Nachdem er das Paket geöffnet hatte, war er auf der Suche nach seiner Hündin mehrere Stunden ziellos durch die Innenstadt geirrt. Lediglich ein abgemagerter Straßenköter war ihm vor dem Dönerstand an der Zschopauer Straße über den Weg gelaufen. Von Elza dagegen fehlte weiterhin jede Spur.

Zeitweilig hatte er darüber nachgedacht, bei der Polizei anzurufen. Schlussendlich hatte er es unterlassen. Mit den Bullen stand er auf Kriegsfuß.

In seiner Verzweiflung hatte Baumann keinen anderen Ausweg gesehen, als auf die Bedingungen des Unbekannten einzugehen. Für seinen Hund würde Baumann alles tun. Wirklich alles. Was zählte da schon ein Finger?

»Scheiße«, murmelte er hinter seiner Deckung aus Zweigen. »Wenn ich den Wichser kriege, mache ich ihn fertig!«

Den Inhalt des Kartons hatte er inzwischen im Rucksack verstaut. Auch die Handgranate. Mal sehen, was er von den Gegenständen noch brauchen konnte. Vorerst verließ er sich auf sein Springmesser. Mit ausgeklappter Klinge hielt er es in der rechten Hand.

Unterdessen zerrte ein eisiger Wind an seiner Jacke. Er rieb sich übers Gesicht. Trotz der Kälte schwitzte er. Das Meth hatte seine Sinne eine Zeit lang benebelt, ihn auf eine aufregende Achterbahnfahrt geschickt. Jetzt war er wieder in der beschissenen Realität ausgestiegen.

Als er den abgeschnittenen Finger gemäß Anweisung auf der Abdeckung des Mülleimers am Pfortensteg abgelegt hatte, hatte er sich zuerst weit vom Ort entfernt. Keine Viertelstunde später war er zurückgekehrt. Eigentlich hatte er mit weiteren Aufforderungen gerechnet. Doch diese waren bisher ausgeblieben.

Anweisungen. Darauf lief es hinaus, oder? Wozu hatte der Unbekannte ihm sonst diesen verdammten James-Bond-Ohrstöpsel gegeben?

Er kratzte sich am rechten Ohr, wo das winzige Elektronikteil steckte. Der Kopfhörer blieb stumm, als wäre er defekt. Vielleicht war er das auch. Baumann kannte sich mit derartiger Technik nicht aus. Eigentlich brauchte er sie sowieso nicht. Es gab andere Wege der Kommunikation. Nämlich von Angesicht zu Angesicht.

Oh ja, das würde eine Überraschung werden. Der Hundeentführer würde schon sehr bald Augen machen. Baumann war cleverer als der Blödmann.

Aus genau diesem Grund war er vor gut zehn Minuten zur Holzbrücke zurückgekehrt. Inzwischen war es fast 4:45 Uhr. Auf den Straßen setzte der morgendliche Verkehr ein. Ganz in der Nähe ratterte eine Straßenbahn über die Schienen. Niemand konnte ihn sehen. Er stand im Schatten hinter dem Gebüsch. Hier lauerte er.

Kein normaler Bürger schlich um diese Uhrzeit über den Pfortensteg. Höchstens Penner auf der Suche nach etwas Brauchbarem. Baumann kannte Ecken wie diese. Er musste schließlich selbst zusehen, wie er über die Runden kam.

Er lebte ständig in Unsicherheit.

Bei einer Sache war er sich dagegen sicher: Der nächste Mensch, der die Brücke überquerte, wusste ganz gewiss, wo Elza war.

Volltreffer! Da näherte sich jemand von der Fabrikstraße. Eine dunkle Gestalt. Ein Mann.

Baumann wollte vor Glück fast jubeln. Der Penner war wirklich so dumm und kam hierher, um sich den abgelegten Finger zu schnappen.

Was für ein Perversling!

Im Laufe seines Lebens war Baumann selbst tief gesunken, aber der, der im Schutze der Nacht auf ihn zukam, der war der größte Drecksack auf Erden. Das wusste Baumann ganz genau – und er wollte es dem Hundeentführer bitterböse heimzahlen.

Genau in dem Moment, als der Unbekannte vor dem Müllbehälter stehen blieb und den darauf befindlichen Finger betrachtete, stürzte Baumann nach vorn.

Der Fremde schwang erschrocken herum. Schützend hob er einen Arm vors Gesicht, als Baumann mit erhobenem Messer vor ihn trat.

»Jetzt steche ich dich ab!«, schrie Baumann, wobei Spucke auf dem Jackenärmel des Gegenübers landete.

»Bitte nicht!«, flehte der Unbekannte.

Baumann riss ihm die Deckung nach unten und hielt ihm die Klinge an den Hals. Obwohl der andere kräftiger gebaut war als er, wimmerte dieser wie ein kleiner Junge. Das Gesicht hatte Baumann nie zuvor gesehen. Es gehörte einem Mann Mitte vierzig, mit halbwegs vernünftigem Haarschnitt. Er roch sogar nach anständigem Parfüm und seine Klamotten sahen deutlich besser aus als seine eigenen.

»Was hast du mit Elza gemacht?«

»Elza?«, stammelte der andere, während er seinen Rücken über das Brückengeländer beugte, weil Baumann den Druck auf dessen Oberkörper erhöhte. »Ich kenne keine Elza.«

»Wo ist mein Hund, du Sackgesicht?«

»Bitte nicht!«

»Hör auf zu flennen und sag mir, wo du meinen Hund hingebracht hast, und was du mit meinem Fing…«

Als Baumann den Jackenärmel des Fremden packte, stockte er.

Was für eine kranke Scheiße ging hier vor sich? Der Mann hatte nur eine Hand. Die Rechte fehlte vollständig.

Sammelte der Mistkerl etwa Körperteile, um sich eine Neue zusammenzuflicken?

Angewidert trat Baumann ein Stück zurück. Die Messerspitze hielt er weiterhin drohend nach vorn gerichtet.

»Wie heißt du?«

»Dem… Demmler. Klaus Demmler.« Der Mann griff sich an den Hals. Ein feiner Schnitt leuchtete im Mondschein. Beim Betasten verschmierte das Blut auf der Haut. »Jemand hat mich beauftragt, hierher zu kommen. Ich sollte etwas abholen.«

»Verarsch mich nicht!« Baumann zeigte auf den abgeschnittenen Finger, der in einer Plastiktüte auf dem Mülleimer lag. »Den wolltest du dir holen, nicht wahr? Bist du ein Scheißkannibale?«

Jetzt würgte der Mann und presste sich die Hand auf den Mund. »Ist das … Oh Gott, ist das ein Echter?«

»Du verfickter Lügner!«

»Was?«

»Wo ist mein Hund?«

»Ich weiß nicht, wovon Sie reden!«

»Ach ja, warum bist du dann hier?«

»Ich habe keine Ahnung. Sie müssen mir glauben, ich …«

Baumann ließ die Messerhand vorschnellen und stoppte die Klinge kurz vor dem Jackenstoff über dem Herzen. »Ich könnte dich einfach hier im Dunkeln abstechen und verbluten lassen. Besser, du redest!«

»Bitte, ich weiß wirklich nicht, was hier los ist. Ich habe doch nur dieses schreckliche Paket mit einem Brief bekommen.«

»Ein Paket?«

Der Mann nickte eifrig. Auf Baumann wirkte die Geste sonderbar ehrlich. Dennoch fiel es ihm schwer, diesem Demmler zu vertrauen. Außerdem machten ihn die Schmerzen in der verletzten Hand allmählich rasend.

»Entweder sagst du mir jetzt, wo meine Elza ist, oder ich schneide dir nacheinander die Finger deiner gesunden Hand ab.«

Tränen standen in Demmlers Augen. Baumann betrachtete die fehlende Hand und ihm kam eine Idee.

»Na schön, schätze, du hast tatsächlich keine Ahnung.«

Demmler nickte. »Ja, ja …«

»Halt die Schnauze und hör mir zu!« Baumann fuchtelte mit dem Messer, dann streifte er seinen Rucksack vom Rücken. »Los, steck ihn ein!«

»Den Finger?«, fragte Demmler zögerlich.

»Nee, den ganzen Mülleimer! Na klar, den Finger! Deswegen bist du doch hier, oder?«

Demmler schluckte.

»Wenn du nicht weißt, wo mein Hund ist,«, sagte Baumann und öffnete seinen Rucksack, »kannst du wenigstens etwas für mich tun.«

»Ich verstehe nicht …«

»Du sollst die Fresse halten! Ich will es dir doch erklären, du Arsch. Los, nimm endlich den Finger!«

Sichtlich angewidert griff Demmler nach dem Plastiktütchen und ließ es in seiner Jackentasche verschwinden.

»Gut!« Baumann grinste überdreht von den Schmerzen, der abstrusen Situation und den Nachwirkungen des Crystals. »Ich habe nämlich auch einen Brief bekommen. Und weißt du, was da drinstand?« Er hielt Demmler die Handgranate unter die Nase. »Ich soll die hier dem Nächstbesten in die Hand drücken.«

Kapitel 13

Angeblich können Fliegen in die Zukunft blicken. Diese Behauptung ist natürlich völliger Unsinn. Selbst wenn Beelzebub, der Herr der Fliegen, direkt an einem Fleck säße, an dem sich in Kürze die Hölle auftun würde, könnte er dieses Ereignis niemals vorhersehen. Genauso wenig wie Donner, der ebenfalls eine Art Herr der Fliegen war, erahnen konnte, dass in unmittelbarer Nähe seines Aufenthaltsorts bald das Chaos ausbrechen würde.

Entsprechend ahnungslos klingelte Donner gegen Mittag an der Wohnungstür von Johanna Demmler.

Baumann wusste nicht, ob er das Richtige getan hatte, als er Klaus Demmler hatte laufen lassen. Er wusste nur, dass die Wunde an seiner Hand beinahe aufgehört hatte zu bluten. Dafür wies die Verletzung erste Anzeichen von Taubheit auf. Allerdings blieb die Selbstverstümmelung für ihn so lange nebensächlich, bis er Elza gefunden hatte. Und er würde sie finden. Koste es, was es wolle.

Im Moment brauchte er nur abwarten und beobachten. Der Unbekannte, der ihm das Paket gegeben hatte, würde mit Sicherheit hierher zum Einkaufsmarkt an der Beyerstraße kommen. In Kürze würde an diesem Ort nämlich ein explosives Schauspiel stattfinden. Und Baumann war sich hundertprozentig sicher, dass der Unbekannte dieses unter keinen Umständen verpassen wollte. Der Unbekannte hatte die Hölle schließlich vorhergesehen.

Um Klaus Demmler herum tobte die Apokalypse. Er sah einen brennenden Himmel. Menschen mit offenstehenden Mündern, denen aufgrund der Höllenhitze die Haut abblätterte und das Blut dick aus den Wunden sickern ließ. Autokarossen, die von einer Druckwelle wie Laub durch die Luft gewirbelt wurden. Glasscheiben, die in einem Scherbenregen zersplitterten. Und zuletzt sah er einen schwarzen Engel, der von oben herabstieg, mit seinen Flügeln den Boden berührte und die verdorbene Erde von sämtlichem Leid befreite.

Die Schreckensvision verging.

Demmler stand auf dem Parkplatz des Einkaufsmarktes wie jemand, der sich verlaufen hatte. Alles wirkte nur oberflächlich hektisch. Insgesamt ging es friedlich um ihn herum zu. Fahrzeuge wurden wie immer in Parklücken gelenkt. Die Rollen von Einkaufswagen ratterten über den asphaltierten Platz. Ein angeleinter Hund kratzte sich hinterm Ohr und jaulte kurz auf. In unmittelbarer Nähe klapperte ein Blechpapierkorb im Wind.

Obwohl Schreckliches bevorstand, war Demmler aus voller Zuversicht hergekommen. Er musste es tun. Der Engel von Bethesda hatte es ihm aufgetragen. Er hatte seinen Boten geschickt, diesen Junkie mit dem Messer. Die wenigsten Menschen hätten einem solch heruntergekommenen Subjekt vertraut, aber die Boten Gottes zeigten sich in vielerlei Gestalt. Daran glaubte Demmler fest, denn er war von seinen Eltern zum gläubigen Christen erzogen worden. Zeit seines Lebens hatte er die Kirchenbank gedrückt. Auch letzten Sonntag. Da hatte der Pfarrer vom göttlichen Licht gesprochen, das einem jeden den Weg zur Erlösung deutete.

Und dann war noch die Rede gewesen von Dingen, die zusammenfinden würden. Jetzt wusste Demmler, dass der Geistliche Recht gehabt hatte. Demmler konnte seine Frau zurückgewinnen. Dafür musste er sie aus der Hand eines Monsters befreien. Ein Monster hatte seine Frau gegen ihn aufgewiegelt. Dieser hässliche Kommissar! Er hatte Johanna eingeflüstert, sie müsste ihren Ehemann anzeigen.

Demmler würde das Monster bezwingen und Johanna bekehren. Auch wenn es für ihn selbst schmerzlich werden würde.

Mit Licht ließ sich so manches Monster vertreiben.

Deshalb trug er eines in seiner Hand.

Es war so weit, es zu entzünden.

Er begann, den Namen seiner Frau in den Himmel zu schreien.

Kurz vor Mittag ging im Lagezentrum der Polizei der erste Notruf ein. Vor einem Supermarkt fuchtelte ein Wahnsinniger mit einer Handgranate herum.

Kapitel 14

Donner stand zusammen mit dem Fernsehteam vor dem Wohnhaus.

»Warum sind wir jetzt heute schon zum zweiten Mal bei der Frau?«, fragte Zonk.

»Weil wir vor drei Stunden niemanden angetroffen haben«, gab Donner mürrisch Auskunft und senkte seinen Daumen erneut auf den Klingelknopf neben dem Schild, auf dem *J. Demmler* stand.

»Ich sehe schon, Sie wollen nicht mit mir reden«, ließ Zonk nicht locker, obwohl Donner ihm provokativ den Rücken zugewandt hatte, damit er weder das Gesicht des Showmasters noch dessen rosafarbene Daunenjacke anblicken musste. Zonk sah aus wie eine schwangere Barbie mit Bartansatz.

Die Wechselsprechanlage blieb stumm, der Türsummer gab auch keinen Ton von sich. Donner knurrte. Frau Demmler war heute unentschuldigt der Arbeit ferngeblieben. So viel hatte Donner bereits herausgefunden. Zu Hause war sie offensichtlich auch nicht. Das war sonderbar, denn laut Aussage ihrer Arbeitskollegen war sie stets zuverlässig.

Trotzdem sah Donner keinen Anlass, seine Besorgnis mit Zonk zu teilen. Jedes Wort, jede Mimik wurde von Nikon eingefangen. Zonk hatte sich nach dem gestrigen Tag an den Polizeipräsidenten gewandt, der daraufhin Donner unmissverständlich klargemacht hatte, dass die Videokamera jeden seiner Schritte filmen durfte. *Jeden.*

»Man könnte meinen, Sie würden klammheimlich an dem Fall der Richterin arbeiten«, sagte Zonk. »Was hält eigentlich der Herr Magerhans von so viel Eigeninitiative?«

Das darf doch alles nicht wahr sein! Jetzt droht mir Silberlocke schon unterschwellig.

Beobachtet vom Auge der Kamera schwang Donner herum und hielt Zonk den ausgestreckten Zeigefinger unters Kinn. »Vorsicht! Der Letzte, der meine Nerven einer Zerreißprobe unterzogen hat, wurde dabei selbst zerfetzt.«

»Pah! Verschwenden Sie Ihre Energie lieber, um endlich Ihr Image aufzupolieren«, konterte Zonk. »Wir suchen einen Super-Cop, keinen Super-Flop.«

»Lächerlich«, zischte Donner. »Wenn Sie einen Tanzbären brauchen, gehen Sie in den Zoo.«

»Apropos Bär. Ihr Hallenser Kollege hat in der Nacht einen entlaufenen Bären eingefangen.«

»Was denn? Der Kettenraucher?«

Zonk zuckte mit den Schultern. »Ob der Bär raucht, weiß ich nicht. Auf jeden Fall war das Tier in eine Damenmodeboutique gestürmt und hat die gesamte Einrichtung zertrümmert. Zum Glück war der Kommissar zufällig dort und hat den Bären mit gutem Zureden in ein sanftes Lamm verwandelt. DSC nennt ihn schon jetzt den Bärenflüsterer. Und in der heutigen Sendung wird ihm das einen ordentlichen Sympathie-Bonus und damit einen Sprung nach oben im Wettbewerb bescheren.«

»Scheiß auf den Sympathie-Bonus. Die Zuschauer sollten sich lieber fragen, was ein Kommissar in einer Damenboutique zu suchen hat.«

»Vielleicht hat er schicke Dessous für seine Freundin gekauft.«

»Wohl kaum. Soweit ich informiert bin, ist der Kollege Single.«

»Aha!«, frohlockte Zonk. »Sie haben offensichtlich Erkundigungen über Ihre Mitbewerber eingeholt.«

»Also ... das ist ja wohl ...« Weil Donner die Argumente ausgingen, ruderte er hilflos mit den Armen. Dann rempelte er Nikon an, die auf ihren hochhackigen Schuhen in den schwarzweißen kniehohen Strümpfen ziemlich wacklig dastand. »Und du? Du kannst ruhig auch mal was sagen.«

»Lassen Sie sie aus dem Spiel«, regierte Zonk. »Ich habe Sie entlarvt.«

»Mist.«

»Wenigstens geben Sie es zu. Das ist ein guter Anfang.« Zonk lächelte wie ein Sieger. »Aus Ihnen machen wir schon noch einen Superstar.«

Klar. Und dafür soll ich vermutlich bald wie Superman die Schlüpfer über der Hose tragen.

»Das meinte ich nicht«, sagte Donner.

»Bitte?«

»Mist deshalb, weil niemand zu Hause ist.« Er schob die Hände in die Manteltaschen und stapfte davon.

Zonk rief ihm irgendwas hinterher, was Donner jedoch nicht verstand. Vielmehr bemerkte er etwas Seltsames auf der gegenüberliegenden Straßenseite. Direkt auf dem Parkplatz vor dem Supermarkt spielten sich Szenen ab, wie man sie nur aus Hollywood-Produktionen im Kino kannte.

Panisch flüchtende Menschen.

Blendete man die Windgeräusche und den Verkehrslärm aus, konnte man auch die Schreie hören.

Donner brauchte keine fünf Sekunden, um die Situation zu erfassen.

»Hey, hören Sie mir eigentlich zu?«, fragte Zonk und zupfte an seinem Jackenärmel.

»Rufen Sie Verstärkung!«, brüllte Donner ihn an.

Dann rannte er über die Straße.

Wegen ihm mussten Fahrzeuge mit quietschenden Reifen abbremsen. Autohupen lärmten. Der Wind und das Kreischen der Menschen dröhnten in seinen Ohren. In der Ferne vernahm er Sirenengeheul.

»Der sprengt hier alles in die Luft!«, kreischte eine Frau.

Sie meinte den Mann, der knapp zehn Meter vor dem Eingang zum Markt stand. Klaus Demmler. Donner erkannte ihn sofort. Der Mann war mal ein Held gewesen. Er hatte ein Kind vor dem Ertrinken gerettet. Später hatte er seine Hand verloren. Die rechte.

Jetzt war er ein Irrsinniger.

Das Leben ist ein Karussell, bei dem man mal in der Sonne und mal im Schatten sitzt.

Und in Demmlers linker Hand erkannte Donner das Objekt, das all die Panik auslöste.

Das wird gleich richtig übel.

Reflexartig griff er sich an die Seite, wo er das Holster mit der Dienstwaffe tragen sollte. Eigentlich. Aufgrund seiner Abneigung gegen Schusswaffen lag seine Pistole im Waffenfach der KPI.

»Lassen Sie die Granate fallen!«, brüllte er Demmler an.

Demmler nahm Donner ins Visier. Er schüttelte den Kopf und hob die Hand, an der die Handgranate mit Panzertape festgebunden war. »Bleiben Sie stehen, Sie Monster!«

Ganz ruhig und ohne hektische Bewegungen hielt Donner seine Kripo-Marke in die Luft. »Ich bin Polizist! Ich möchte mich mit Ihnen unterhalten, Herr Demmler.«

Sofort reagierte Demmler auf die Anrede, indem er überrascht zusammenzuckte und den Arm langsam sinken ließ. »Ach, auf einmal wollen Sie mit mir quatschen!«

Donner verharrte in kürzester Entfernung – wohl wissend, dass die Distanz niemals ausreichen würde, um einer Explosion unbeschadet zu entkommen. Falls Demmler den Ring mit den Zähnen zog, blieben Donner nur ein paar Sekunden, um sich in Deckung zu bringen.

»Ich kenne Sie aus der Zeitung«, sprach Donner laut und deutlich. »Sie haben damals ein Kind gerettet.«

»Das ist vorbei. Ich habe alles verloren. Anerkennung, meine Ehre, meine Arbeit, meine Hand und zuletzt meine Frau. Meine Johanna …«

»Ich höre Ihnen zu.« Während Donner sprach, versuchte er, die Lage einzuschätzen. Seit ein paar Minuten kam niemand mehr aus dem Supermarkt heraus. Auch das Umfeld war frei von Personen. Vereinzelt bemerkte er Köpfe, die hinter Fahrzeugen hervorlugten. »Möchten Sie mit Ihrer Frau sprechen?«

Ein Streifenwagen rauschte heran. Der Krach des Martinshorns schluckte Donners Worte.

Demmler schüttelte den Kopf. »Sie kommen zu spät. Meine Frau wird mir nachtrauern, sobald sie erkannt hat, wie sehr sie mich liebt.«

»Sie wollen mit Ihrer Frau sprechen? Schön, ich organisiere das. Ich bekomme das hin. Ein Gespräch unter vier Augen.«

»Nein, Sie lügen!« Er führte die Handgranate zum Kinn. »Ich habe Sie durchschaut. Sie sind ein Monster. Sie sind das Monster, dass der Engel von Bethesda erst erwürgen muss, damit die Leidenden erlöst werden können.«

»So ein Schwachsinn«, widersprach Donner. »Ich bin nur ein Bulle, der Ihnen helfen will.«

Noch mehr Streifenwagen erreichten den Parkplatz. Links und rechts positionierten sich Polizisten. Einer lud die Maschinenpistole durch.

»Machen Sie keinen Fehler!«, versuchte Donner es weiter.

Demmler grinste traurig. Seine Zähne berührten den Ring der Handgranate.

»Weg!«, war das Letzte, was Donner schrie, bevor er sich hinter ein parkendes Fahrzeug warf.

Kapitel 15

Nach der Explosion war es Donner, der als Erster reagierte. Er stürmte auf den am Boden liegenden Klaus Demmler zu. Der Mann mit der Granate war nicht gestorben. Winselnd und mit schmerzverzerrtem Gesicht wand er sich hin und her. Gestöhne und gestammelte Laute drangen aus seiner Kehle.

Donner hatte erhebliche Mühe, den Schwerverletzten festzuhalten.

Anders als erwartet hatte die Handgranate keine Spur der Verwüstung hinterlassen. Keine gesplitterten Scheiben, keine herumgeschleuderten Einkaufswagen oder Fahrzeuge. Keine toten Menschen. Lediglich den schwer verwundeten Verursacher.

Die Explosion hatte Demmler fast die komplette Hand abgerissen. Dort, wo sich vor knapp einer Minute noch Finger bewegt hatten, war nur noch ein blutiger Stumpf übrig. Ein schwarzer Fetzen des ehemals grauen Klebebandes hatte sich mit der verkohlten Haut verschmolzen. Schädigungen durch die Verbrennungen zeigten sich auch auf Demmlers Jacke, am Hals und im Gesicht.

»Wo bleibt denn der verdammte Notarzt?«, schrie Donner, während er Demmlers Oberkörper zu Boden drückte, damit der Verletzte sich nicht unkontrolliert bewegen und sich damit weiteren Schaden zufügen konnte.

»Mei oh«, krächzte Demmler.

Es klang wie *Mein Ohr*. Bestimmt hatte er ein Knalltrauma oder einen Hörsturz davongetragen. Ein Wunder, dass er überhaupt noch lebte. Offenbar war die Sprengkraft der Granate verringert worden. Darüber machte Donner sich vorerst keine Gedanken. Wichtiger war im Moment, dass Demmler überlebte.

»Bring mir Verbandszeug«, befahl er dem erstbesten Schutzpolizisten, der in sein Sichtfeld trat.

Der Angesprochene nickte und rannte los.

In dem ganzen Durcheinander vernahm Donner Zonks Stimme von irgendwoher.

»Hey, ich gehöre zu ihm!«

Damit meint Silbermännchen wohl mich.

Engagierte Revierkollegen hielten Zonk und Nikon zurück und drängten sie hinter einen Block aus Uniformierten.

»Wir haben ein Recht darauf, das zu filmen«, protestierte Zonk. »Heilige Scheiße, damit heben wir ab! Der Sender wird ausflippen.«

»Es kommt Hilfe«, redete Donner unterdessen völlig unbeeindruckt von den Gebärden des Showmasters auf Demmler ein. »Hören Sie mich? Ein Arzt ist unterwegs.«

Der Angesprochene verdrehte die Augen bedenklich. Donner hörte sogar das Knacken der Zähne, als Demmler sie fest zusammenbiss.

Neuerliches Sirenengeheul. Sekunden später wurde ein Rettungswagen an die Stelle gelotst, wo Donner sich mit dem Verbandszeug aus einem Erste-Hilfe-Kasten abmühte.

»Bleiben Sie wach!« Donner klatschte Demmler leicht gegen die Wangen.

Vergeblich – er sank in die Bewusstlosigkeit. Die Schmerzen im Arm und der Schock mussten ihn ohnmächtig gemacht haben. Kaum zu glauben, dass er überhaupt so lange durchgehalten hatte. Auch wenn Donner gern mehr erfahren hätte, Demmler würde ihm keine einzige Frage beantworten.

Somit blieb Donner mit seinen eigenen Überlegungen zurück.

Engel gegen Monster. Dies hier ist nur der Anfang von etwas abscheulich Großem.

Der Engel von Bethesda, echote es wie ein böses Omen in Donners Hinterkopf. Der Engel tauchte überall auf ...

»Vitalfunktionen vorhanden«, gab er dem Sanitäter Auskunft, der neben Donner auftauchte. »Er hat eine Handgranate in seiner Hand gezündet.«

»Was für eine kranke Welt!«, meinte der Sani. »Wir übernehmen.«

Donner nickte und machte Platz.

Ja, das wäre schön, wenn ihr meinen Job übernehmen und ein paar Drecksäcke verknacken würdet. Wobei ... Nein, das wäre gar nicht gut.

Was sollte ich denn dann machen? Etwa Halbtote wieder zusammenflicken?

Niemals, schwor er sich, während er von oben auf Demmler hinabblickte. Donner liebte den Tod – und der Tod liebte ihn. Der Tod hatte ihm eine ganz besondere Lampe in die Hand gedrückt, damit er selbst die dunkelsten Orte der Welt ausleuchten konnte. Ecken, die normale Menschen besser nicht zu Gesicht bekamen, weil es sie zutiefst verstören würde. Donner war alles andere als ein normaler Mensch, er war ein Monster. Er konnte Dinge ertragen, wozu niemand sonst in der Lage war. Und der Lohn dafür würde einmal einer der vordersten Plätze an der Tafel des Todes sein. Gemeinsam mit dem Sensenmann würde er dann ein Bierchen trinken, und sie würden sich über die kuriosesten Todesfälle unterhalten.

Das würde ein Spaß werden.

Bis es jedoch so weit war, musste Donner mit seiner Lampe weiter hinter dem Tod aufräumen.

Aber heute war niemand gestorben. Und Donner war seltsamerweise froh darüber, denn gewöhnlich verrieten ihm die Toten mehr als die Lebenden.

»Verdammt, was sind Sie nur für ein Teufelskerl?« Es war Zonk, der Donner von der Seite ansprach.

Donner beachtete ihn kaum. Vielmehr versuchte er, die Umstände zu erfassen, die überhaupt zu der gefährlichen Situation geführt hatten. Suchend durchkämmte er das Umfeld.

»Sie haben unfassbar gelassen reagiert. Ich meine, es ging alles so …« Zonk stieß einen trillernden Laut aus und schnaufte anschließend durch. »Bumm! Er hat sich die Hand abgesprengt, und Sie handeln, als wäre es das Normalste der Welt. Hatten Sie denn keinen Schiss?«

»Das fragen Sie besser meine Unterhose«, gab Donner zurück, während er die Reihen der Umstehenden mit seinem Blick scannte.

Die Beamten der beiden Stadtreviere schauten ihn an und erwarteten Anweisungen. Unterdessen kümmerten sich Notarzt und Sanitäter mit Verbandszeug, Medikamenten und Trage um

Demmler. Die ersten Kameraden der Feuerwehr rückten an und erkundigten sich, ob es drinnen im Markt Vorfälle gab. Und Nikon ... die fing auf Zonks Befehl hin alles mit der Kamera ein.

Donner stand nur da und schaute über die Köpfe der Rettungskräfte hinweg. Ihn interessierte, wer sich unter die Schaulustigen gemischt hatte.

»Sperrt den gesamten Parkplatz und den Supermarkt ab«, gab Donner einem Hauptkommissar vom Revier Südwest den Auftrag. »Und stellt umgehend die Personalien sämtlicher Anwesender fest.«

»Von allen?«, fragte der Beamte verdutzt und deutete auf die Menschenmasse.

»Ihr dürft gern nach dem Ausschlussverfahren vorgehen.« Donner knurrte. »Nein, selbstverständlich von allen!«

Der Hauptkommissar nickte und gab die undankbare Aufgabe an seine Leute weiter.

»Hey, ich habe eine Idee«, ließ Zonk nicht locker. »Wie wäre es, wenn wir für Sie eine Handgranatenattrappe besorgen, und sie posieren damit vor unserer Kamera?«

»Wie wäre es, wenn ich Ihnen vor laufender Kamera eine echte Granate in den Arsch schiebe?«

Zonk klappte die Kinnlade runter. Er schluckte und fand seine Stimme wieder. »Okay, Nikon, *das* schneiden wir raus ...«

Donner ließ den völlig überdrehten Mann stehen. Selbst Annegret Kolka, die direkt auf ihn zugelaufen kam, ignorierte er.

»Kannst du mir mal verraten, was hier ...«

»Jetzt nicht«, wimmelte er sie ab, denn er hatte jemanden entdeckt.

Mitten in der Menschenmenge war ihm ein wohlbekanntes Gesicht aufgefallen. Und der dazugehörige Mann blickte Donner direkt an. Bis er zwischen den Schaulustigen abtauchte.

Kapitel 16

Annegret Kolka konnte es nicht fassen: Erik rannte einfach davon. Er pflügte regelrecht durch die Menschentraube hindurch. Nachdem sich die Schneise hinter ihm geschlossen hatte, war er außer Sicht.

Typisch Erik. Chaos anrichten und dann abhauen. Darüber reden wir noch, Freundchen.

Viel Zeit, darüber nachzudenken, welche Rolle Erik am Tatort spielte, blieb ihr nicht. Vorerst hatte sie genug Arbeit. Als das Lagezentrum sämtliche verfügbaren Kräfte zum Supermarkt geschickt hatte, war sie umgehend mit Praktikant Levi Hentschel und K11-Kollegin Marie Lehnhard hergedüst. Dank Lehnhards Fahrkünsten waren sie noch vor den Kripoleuten vom Dauerdienst eingetroffen.

Nachdem sich der Dienstgruppenführer vom Revier Südwest bei ihr erkundigt hatte, ob sie nun das Sagen hätte, gab er ihr einen kurzen Abriss vom Geschehen.

»Fast zeitgleich mit der Explosion sind meine Leute hergekommen«, berichtete er. »Selbst, wenn wir ihn erschossen hätten, wäre die Granate hochgegangen.«

Kolka nickte. Gedanklich war sie bereits einen Schritt weiter. In Kürze würden die Worte *Anschlag* und *Terror* durch die Medien geistern. Aber an einen solchen Beweggrund des Täters wollte sie nicht recht glauben. Auf jeden Fall kamen unruhige Zeiten auf sie als leitende Ermittlerin zu. »Gibt es sonst noch Verletzte?«

»Bisher wissen wir von keinem Weiteren.«

»Ein Wunder.« Sie versuchte, sich ein Bild vom Tathergang und der Motivation des Täters zu machen. Ausgerechnet Demmler. Der Mann, den sie im Zusammenhang mit Richterin Feltmann gesucht hatte. An einen Zufall wollte sie nicht glauben. Mit Sicherheit gab es Hintergründe, deren aktuelle Geschehnisse die Vorboten noch viel schlimmerer Absichten waren. Und das beunruhigte sie erheblich mehr, als die Tatsache, dass nur wenige Minuten zuvor ein Mensch in aller Öffentlichkeit den Sicherungsstift einer

Handgranate gelöst und damit sich selbst und andere in Lebensgefahr gebracht hatte. »Haben wir Zeugen, die uns Genaueres sagen können?«

»Kommt drauf an.«

»Kommt drauf an?«

»Einer Marktangestellten war der Mann schon eine Stunde vorher aufgefallen, weil er scheinbar ziellos über den Parkplatz geirrt ist.«

Wieder nickte Kolka. Sie ahnte, warum Demmler sich ausgerechnet diesen Supermarkt ausgesucht hatte. In Sichtweite, direkt auf der anderen Straßenseite, wohnte seine Noch-Ehefrau.

»Hat er zuvor mit irgendjemandem gesprochen?«

»Der Verrückte?«, fragte der Dienstgruppenführer. Kolkas hochschnellende Braue reichte aus, um ihn zum Weiterreden zu animieren. »Eine Kundin hat Demmler beobachtet, weil sie glaubte, er wäre ein Streuner auf der Suche nach ein paar leeren Pfandflaschen. Sie hatte bereits zwei Euro für ihn aus ihrem Portmonee gekramt, bis sie gemerkt hat, dass er sich für das Geld nicht interessierte.« Er schaute zum Himmel, wo nur vereinzelte weiße Wolken vom Wind umhergetrieben wurden. »Angeblich hat er ständig etwas vom Donner gemurmelt.«

Kolka erschrak. »Donner?«

»Ja, und von Engeln.«

Donner! Oh, Erik, ich ahne Schlimmes ...

»Okay, Marie, der Kollege bringt dich zu der Zeugin. Bei der fangen wir mit den Vernehmungen an.«

»Mach ich«, sagte Lehnhard und trottete davon.

Besorgt über das, was sie soeben gehört hatte, schaute Kolka der kleinen Kriminalkommissarin nach. Sie war die geborene Befehlsempfängerin. Fleißig und nett. Ohne solche Leute lief es in keiner Abteilung richtig rund. Kolka bedauerte es, dass der Kollegin eine kräftige Portion Selbstbewusstsein und Durchsetzungsvermögen fehlten, andernfalls wäre Lehnhard längst Hauptkommissarin. Sobald sich das Arbeitsaufkommen einigermaßen beruhigt hatte, würde Kolka für sie ein gutes Wort einlegen. Aktuell war es jedoch ein verdammt schlechter Zeitpunkt, um mit Vorgesetzten über Personalien zu sprechen. Der neue Polizeipräsident musste erst zeigen, aus welchem Holz er geschnitzt war. Sie bezweifelte stark, dass sich Magerhans allein auf dem Erfolg, dass die Polizeidirektion an DSC teilnehmen durfte, ausruhen könnte. Das, was in der Sendung gezeigt wurde, war keine richtige Polizeiarbeit, auch wenn das Fernsehen sie als solche verkaufte.

Obwohl sie den richtigen Kandidaten für ein solches Format gefunden haben ...

»Wenn ich eine Vermutung abgeben dürfte, Frau Kriminaloberkommissarin Kolka,«, begann Hentschel höflich wie immer, »dann würde ich darauf wetten, dass der Mann durchkommt.«

»Eines solltest du dir in diesem Job merken«, erwiderte Kolka. »Wette lieber nicht.«

»Nun, ich habe mir die Verletzungen angesehen. Und vor meiner Zeit als Handyverkäufer habe ich bei eBay mit medizinischen Fachbüchern gehan…«

Bevor er weitersprechen konnte, fasste sie ihn am Arm und führte ihn ein Stück weg. »Mit deinen Talenten solltest du vielleicht ins Showgeschäft einsteigen. Da!« Mit ausgestrecktem Arm zeigte sie auf Zocky Zonk, der mit seiner laufenden Kamera im Schlepptau über den Platz eilte und sämtliche Polizeibeamte von ihrer Arbeit abhielt. »Kümmere dich bitte um den Mann, solange der eigentliche Protagonist verschwunden ist.«

»Sie meinen Kriminalhauptkommissar Donner?«

»Genau den.«

»Soweit ich weiß, steht die Teilnahme bei DSC ganz hoch oben auf der Prioritätenliste unseres Polizeipräsidenten. Ich glaube nicht, dass er es gern sieht, wenn ein Praktikant mit Herrn Zonk redet. Der Mann ist ein Weltstar, und ich …«

»Mach einfach eine gute Figur für unsere Polizei, okay? Meinetwegen kannst du auch das rasierte Mäuschen mit den auffälligen Ringelstrümpfen und dem Lackröckchen bezirzen. Die Kleine sieht etwas schüchtern aus.«

»Die Kamera?«

Nirgendwo sonst liegen Genie und Wahnsinn so eng beieinander wie bei dir, Levi.

»Mach schon!«

Indem er die Hacken seiner Schuhe zusammenknallte, verabschiedete Hentschel sich. »Sie können sich auf mich verlassen, Frau Kriminaloberkommissarin!«

Jede Wette.

Endlich stiefelte er los.

Bevor Kolka Kontakt zu ihren Kollegen vom KDD aufnehmen und das weitere Vorgehen besprechen konnte, stürzte ein Polizeiobermeister heran.

»Sie leiten die Ermittlungen?«, fragte er überstürzt.

»Denke schon.«

»Gut, der Notarzt verlangt nach Ihnen.«

Nach einem Nicken folgte Kolka dem Kollegen. Noch immer knieten die Retter am Boden über dem reglosen Körper von Klaus Demmler. So wie es aussah, war dessen Zustand kritisch. Sie vertraute dennoch dem Können des Notarztes. Der erfahrene Mann würde schon wissen, welche medizinischen Maßnahmen zu treffen waren. Vorausgesetzt, er erklärte ihr in den nächsten Sekunden nicht, dass Demmlers Herz aufgehört hatte zu schlagen.

Sie stellte sich schräg hinter den Mediziner. »Gibt es Neuigkeiten?«

»Hier«, antwortete der Notarzt und drückte ihr zwei Plastikbeutel in die Hand. »Wir können mit hundertprozentiger Sicherheit davon ausgehen, dass diese Körperteile nicht zum Patienten gehören.«

»Körperteile?«, stammelte Kolka und betrachtete die beiden durchsichtigen Tütchen. Ihren Schauder verbarg sie, so gut es ging.

»Den Augapfel und den kleinen Finger haben wir in den Jackentaschen des Verletzten gefunden.«

Kapitel 17

Donner verfolgte den einarmigen Banditen. Der Alte hatte einen ganz schönen Schritt drauf.

Zu schade, dass ihm kein Bein fehlt.

Der Mann mit der Bärenfelljacke rannte über den Parkplatz eines weiteren Supermarktes, dann ungeachtet des starken Straßenverkehrs über die Paul-Jäkel-Straße und bog um die Ecke auf die Wattstraße. Donner lief ihm hinterher. Gut dreißig Meter trennten die beiden. Der Obdachlose hatte nicht ein einziges Mal zurückgeblickt. Fast hatte es den Anschein, als wüsste er nicht, dass ihm jemand auf den Fersen war. Aber Donner ahnte, dass der Einarmige es sehr wohl wusste. Mehrfach hatte Donner Grimm beim Namen gerufen und ihn aufgefordert, stehenzubleiben. Jede Menge andere Menschen hatten sich umgedreht, weil sie geglaubt hatten, sie wären gemeint gewesen.

Als Donner die Einmündung erreichte, sah er gerade noch, wie der Flüchtende durch ein Loch im Gitterzaun schlüpfte.

»Stehenbleiben!«, brüllte Donner. »Ludwig Grimm, bleiben Sie sofort stehen!«

Vergeblich. Der einarmige Bandit war verschwunden. Verschluckt vom verwilderten Gelände einer Industriebrache.

Donner eilte zu der Stelle, wo er Grimm verloren hatte. Härchen vom Fell, die an einem abstehenden Draht am Zaun hängen geblieben waren, taumelten im Wind. Äste von Büschen wucherten durch die Umzäunung. Der Boden dahinter war matschig. Donner konnte deutlich eine Schuhspur in der Erde erkennen. Daran würde er sich später erinnern und sie durch einen Kriminaltechniker sichern lassen.

Ausgepowert von der Verfolgung atmete Donner schwer. Allein der Sprint hatte ihn ordentlich außer Puste gebracht. Kaum vorstellbar, dass der Obdachlose in besserer Kondition sein sollte. Bisher war er Donner entkommen. Das musste sich ändern, denn Donners Jagdinstinkt war jetzt erst recht geweckt.

Allerdings wollte er keineswegs blindlings über das unbekannte Gelände stürzen. Er wusste nicht einmal, was früher auf dem Firmengelände produziert worden war. Gut möglich, dass der Obdachlose sich hier versteckte, weil er sich an diesem Ort auskannte oder hin und wieder sogar nächtigte. Viel wahrscheinlicher war allerdings, dass im Inneren auf Donner eine Überraschung wartete.

Deshalb zögerte er.

Er spürte, wie sich sein Puls trotz der Anspannung beruhigte. Er durfte nicht unüberlegt handeln, musste klar denken. Vermutlich würde der einarmige Bandit entkommen, wenn Donner jetzt zurück zum Supermarkt lief und Verstärkung holte. Andererseits konnte er auch einfach Anne anrufen und so lange warten, bis Revierunterstützung eintraf.

Wenn man will, dass etwas zufriedenstellend verläuft, muss man es selbst machen.

Seit dem Tag, an dem er sich äußerlich in ein Monster verwandelt hatte, arbeitete er allein. Nur dadurch konnte er ausschließen, dass andere Menschen ihm im Weg standen. Außerdem war gleichfalls sichergestellt, dass Zonk ihn in Ruhe ließ. Entsprechend schob er jegliche Bedenken beiseite und bückte sich durch das Loch im Zaun. Mit beiden Armen kämpfte er das Gestrüpp nieder. Er folgte den Schuhspuren von Grimm, bis sie sich auf Asphalt verloren.

Wieder hielt Donner inne. Vor seinen Füßen lag ein übergroßes verrostetes Blechschild, auf dem man den Schriftzug der einstigen Firma kaum noch lesen konnte. *VEB Kombinat Farben und Lacke.*

Das also war in den grauen Gebäuden, die sich vor Donner erstreckten, hergestellt worden. Vor mehr als zwanzig Jahren. Jetzt produzierte die Zeit Rost und Unkraut. Der Asphalt war an diversen Stellen aufgeplatzt. Glasscheiben suchte man in den Fenstern der Baracken vergeblich. Der Wind pfiff durch sämtliche Ritzen und verursachte eine schaurige Melodie.

Donner lauschte und spähte umher. *Dort!* Da waren ein paar Erdreste vom Schuhprofil des Flüchtigen. Die Spur führte nach links, hin zu einer größeren Halle.

Donner setzte sich in Bewegung. Grimm war in diese Richtung gelaufen.

Während er sich dem Gebäude näherte, fragte er sich, wie gefährlich ihm ein Einarmiger werden konnte. Und welchen Grund es geben konnte, dass der Mann ihn hinterrücks angreifen sollte.

Keinen.

Keinen vernünftigen.

Die Vergangenheit hatte Donner jedoch gelehrt, dass es Menschen gab, die anderen aus den unerfindlichsten Gründen Leid zufügten. Sogar extrem schweres Leid. Bis hin zum Tod.

Er erreichte eine Tür. Verschlossen. Er lief weiter, schaute durch die Fenster, ob er im Inneren jemanden entdeckte. Nichts. Lediglich brüchige Wände und jede Menge Unrat.

Halt! Da kniete jemand. Mitten in der Halle.

Nein, nicht irgendjemand, sondern Ludwig Grimm.

Der einarmige Bandit sah aus wie ein zusammengerollter Bär.

»Hey, du, aufstehen!«, schrie Donner von außen.

Grimm reagierte. Er hob den Kopf. Dann legte er den Zeigefinger auf seine Lippen und anschließend hielt er die flache Hand schräg an sein Ohr. Donner enträtselte die Geste: still sein und lauschen.

Er dachte gar nicht daran. »Entweder kommst du raus, oder ich komme rein.«

Der Einarmige schüttelte den Kopf, dann schaute er zur Seite, als interessierte ihn Donners Aufforderung nicht im Geringsten.

Warum habe ich mit so einer Antwort gerechnet?

Donner spähte nach links und rechts. Keine weitere Tür in Sichtweite. Es half nichts, er musste zum Fenster hineinklettern. Fluchend hob er einen großen Stein auf und beseitigte notdürftig die Scherbenreste im Fensterrahmen.

Mit seinem verbliebenen Arm deutete Grimm nach links. »*He-Man* will mit Ihnen sprechen.«

Und alle behaupten er wäre stumm! Dabei ist er sogar ein sprechender Bär. Mit der Nummer komme ich ganz groß raus.

Plötzlich hatte es Grimm eilig. Als er erkannte, was Donner vorhatte, rannte er los. Er verschwand in die entgegengesetzte Richtung, in die er gezeigt hatte, und tauchte in die Schatten ein.

Mit einem kurzen Anlauf hechtete Donner über das Fensterbrett, das sich auf Brusthöhe befand. Als er das Hindernis überwunden hatte, war Grimm verschwunden.

Also schön, spielen wir Verstecken.

»Okay, Grimm, ich habe ausgezählt, und jetzt hole ich dich!«

Keine Reaktion.

Als Donner den ersten Schritt in die Richtung machte, in die der Obdachlose davongeeilt war, vernahm er plötzlich eine Stimme. Diese kam jedoch aus einem Raum hinter ihm.

Überrascht und unschlüssig, was er tun sollte, schwang er herum. Die Stimme klang seltsam mechanisch.

Schließlich siegte seine Neugier.

Donner folgte der Geräuschquelle.

»Bei der Macht von Grayskull, was ist das?«

Am Eingang zum Raum blieb er wie angewurzelt stehen. Zwischen Bauschutt und Abfall stand eine neuwertige Spielzeugfigur. Circa dreißig Zentimeter groß. Ein Modell wie Kinder es in den Achtzigern und Neunzigern sammelten.

Es war *He-Man*.

Und *He-Man* sprach in Dauerschleife zu Donner: *»Wenn du das Geheimnis des Bildes entschlüsseln willst, Erik Donner, dann geh zum Hafen.«*

Kapitel 18

Im Inneren des Transporters herrschte Dunkelheit. Nur der Lichtschein des Smartphones spendete Licht. Es war mittels einer Halterung an der Karosseriewand befestigt. Livebilder eines Nachrichtensenders flackerten über das Mäusekino. Scharf genug, um den Supermarkt vor Johanna Demmlers Wohnung zu erkennen. Ein Reporter hielt ein Mikrofon mit dem Logo des Fernsehsenders in die Kamera. Im Hintergrund sah man flatterndes Absperrband, Blaulicht, Polizisten und Rettungssanitäter.

... die Umstände sind selbst nach mehr als einer Stunde noch völlig unklar. Fakt ist, dass ein Mann versucht hat, sich mit einer Handgranate in die Luft zu sprengen, wie das folgende Zuschauervideo beweist ...

Ein wackliges Amateurvideo wurde am oberen linken Bildschirmrand eingeblendet. Darauf sah man eine Person, die vor dem Discounter auf und ab lief. Augenscheinlich ein Mann. Das Bild schwenkte hin und her. Die Person lieferte sich ein Wortgefecht mit einer anderen. Was die beiden redeten, verstand man nicht.

Sekunden später erschien ein Feuerblitz. Entgegen den Erwartungen war die Explosion der Granate geringer ausgefallen. Dennoch lag eine Person schwerverletzt am Boden.

Johanna Demmler, die gefesselt vor dem Smartphone saß, erkannte ihren Mann aufgrund des kleinen Bildschirms nicht. Trotzdem erschreckten sie die furchtbaren Szenen so sehr, dass sie ihre Augen mehrfach zusammenkniff. Vergeblich zerrte sie am Klebeband, das ihre Handgelenke fesselte. Sie war eine Gefangene und wusste nicht, was mit ihr geschehen würde. Der Unbekannte hatte ihr nur aufgetragen, die Sendung zu verfolgen. Er hatte gesagt: »Sehen Sie es sich ganz genau an!«

... Inzwischen ist eine Sondereinheit für unkonventionelle Sprengmittel vom LKA Sachsen eingetroffen. Sie sehen hinter mir die Beamten

in den dunklen Anzügen. Wir versuchen von der Polizeiführung Aufklärung über diesen Anschlag – so will ich ihn nennen – Informationen zu bekommen, damit wir unsere Zuschauer umfassend aufklären können. Nach ersten Aussagen der Polizei ist die Lage unter Kontrolle, es gibt keine Hinweise, dass weitere Gefahr besteht. Natürlich sind sämtliche Kräfte der Polizeidirektion in Alarmbereitschaft versetzt worden, für den Fall, dass es in der Stadt zu erneuten Angriffen kommt. Bestätigt wurde, dass der Tatverdächtige mit einem Rettungswagen in die zentrale Notaufnahme gebracht wurde. Über seinen Gesundheitszustand ist derzeit nichts bekannt. Das Krankenhaus auf der Flemmingstraße wurde durch die Polizei abgeriegelt.

Johanna Demmler verstand nicht, was das alles mit ihr zu tun haben sollte. Voller Todesangst saß sie gefesselt in einem Rollstuhl, dessen Räder am Fahrzeugboden verankert worden waren, und mit dem ein Fremder sie in das Heck des großen Wagens geschoben hatte. Selbst ihre Beine waren daran festgebunden. So sehr sie sich auch bemühte, sie konnte die schlimmsten Vorstellungen von Folter nicht aus ihrer Fantasie vertreiben. Vor Jahren hatte sie im Fernsehen einmal einen gruseligen Thriller gesehen, in dem ein Mann seine Opfer auf verschiedene abartige Weisen getötet hatte. Damals hatte sie sich eingeredet, dass es ein solches Grauen in Wirklichkeit nicht gab.

Heute würde sie sterben ...

Die Hecktür wurde aufgerissen. Gleißendes Tageslicht drang in den Innenraum des Wagens.

»Perfekt!«, erschallte die Stimme ihres Peinigers.

Johanna Demmler zuckte zusammen. Schreien konnte sie nicht, denn der Unbekannte hatte ihren Mund mit Klebeband versiegelt. Andernfalls hätte sie um ihr Leben geschrien.

»Sie waren eine gute Geisel, meine Liebe. Jetzt sind Sie mir nicht mehr von Nutzen.« Der Unbekannte stieg ein und trat vor sie. »Ich hoffe, Sie haben sich die Bilder ganz genau eingeprägt. Er hat es für Sie getan. Für Sie!«

Er?

In Johanna Demmler stieg ein entsetzlicher Verdacht auf.

»Nun gut, ich bin fertig mit Ihnen. Danke, dass sie brav mitgespielt haben.«

Dann hielt er ihr ein großes Messer vor die Augen.

Kapitel 19

»Wo ist sie?«, fragte Kolka ungeduldig, als sie die Notaufnahme des Klinikums betrat.

Lehnhard und Hentschel hatten Mühe, mit ihrem Tempo mitzuhalten.

»Hier entlang«, antwortete eine Krankenschwester und führte die drei Beamten zu einem Zimmer, dessen Tür geschlossen war und vor der zwei Revierkollegen wachten.

Ohne Begrüßung griff Kolka nach der Klinke. Die Krankenschwester hielt sie zurück.

»Frau Demmler wurde erst vor einer Stunde eingeliefert. Sie ist noch völlig verstört, bitte gehen Sie behutsam mit ihr um.«

Kolka stierte die Schwester an. Für echte Emotionen stand sie zu sehr unter Erfolgsdruck. Fast minütlich klingelte ihr Handy, weil entweder ihr Kommissariatsleiter, die Pressestelle oder irgendein anderer Wichtigtuer eine Auskunft zur Lage forderte. Erst recht, nachdem man Johanna Demmler außerhalb der Stadt mitten auf einer Schnellstraße aufgegriffen hatte.

Von Entführung war die Rede.

Entsprechend beließ Kolka es bei einem knappen Nicken und stemmte sich gegen die Tür. Ihren beiden Kollegen hatte sie zuvor aufgetragen, draußen zu warten.

Johanna Demmler war nicht allein. Eine blutjunge Krankenpflegerin, vermutlich eine Auszubildende, saß neben ihr auf einem Stuhl und hielt der Patientin die Hand.

»Sind Sie von der Polizei?«, fragte Frau Demmler.

»Ich bin von der Kripo. Ich heiße Annegret Kolka«, gab Kolka Auskunft. Und an die Schwester gewandt: »Würden Sie uns kurz allein lassen?«

Wortlos stand das Mädchen auf und verließ das Zimmer.

»Ich musste mir die Nachrichten ansehen«, fing Johanna Demmler von selbst an. »War es mein Mann?«

Kolka wunderte sich, wie gefasst die Frau bei der Frage war. Offenbar hatte das Klinikpersonal sie bisher nicht informiert und gewartet, bis das die Polizei übernahm. Kolka sah keinen Grund, sie anzulügen.

»Ja, es war ihr Ehemann.«

Johanna Demmler senkte den Kopf und nickte mit aufeinandergepressten Lippen. Die Haare fielen ihr ins Gesicht. Kolka entgingen die Tränen nicht. Sie griff an einen Spender an der Wand und reichte ihr eines von den Papiertüchern.

»Ich bin wegen einer kurzen Befragung hier«, sagte Kolka. »Fühlen Sie sich dazu imstande?«

»Sie wollen etwas zu meinem Entführer wissen …«

»Demnach war es ein Mann?«

Die Angesprochene nickte schwach.

»Und kannten Sie ihn?«

»Ich denke nicht. Er trug eine schwarze Maske. So eine Stoffmütze.«

Kolka hörte aufmerksam zu.

»Seine Stimme war …« Sie überlegte. »Seltsam. Sie klang wie so ein …«

»Einen Stimmenverzerrer, meinen Sie?«

»Ja, könnte sein. Oder auch nicht. Ich weiß es nicht.« Sie schluchzte heftig, putzte sich die Nase.

»Sie machen das gut«, lobte Kolka sie. In ihrer Jackeninnentasche vibrierte ihr Handy. Sie hatte es auf lautlos gestellt und würde jetzt nicht rangehen. »Können Sie sich an weitere Details erinnern?«

»Na ja, er war etwas größer als Sie. Keine eins achtzig. Stämmig. Mit Bauchansatz. Unförmig.« Sie presste sich die Hand auf den Mund, als müsste sie sich jeden Augenblick übergeben.

Kolka näherte sich ihr vorsichtig und berührte sie am Arm.

»Ein Bauchansatz, sagen Sie. Und weiter?«

»Er war komplett schwarz gekleidet, trug Handschuhe. Am Anfang wusste ich nicht, was mit mir passierte. Das war während der Fahrt.«

»Während der Fahrt?«

»Es war ein großes Auto. Ein … ein …«

»Transporter?«

»Ja, ein Transporter. Ich wachte hinten im Laderaum auf. Es war dunkel. Er hatte mich in einem Rollstuhl festgebunden.«

Kolka wusste bereits, dass Johanna Demmler mit Klebeband um Handgelenke und Mund aufgefunden wurde. Somit erübrigte sich eine Nachfrage. »Er hat Sie betäubt und in den Transporter gesperrt.«

»So muss es gewesen sein. Ich erinnere mich nicht mehr an alle Einzelheiten.«

»Ich verstehe. Deshalb hat man Ihnen Blut abgenommen, um Hinweise auf ein mögliches Anästhetikum zu bekommen. Es tut mir leid, aber eine Ärztin muss eine Untersuchung an Ihnen durchführen.«

Johanna Demmler schaute Kolka an, als stünde ihr ein besonders schwerer medizinischer Eingriff bevor.

»Keine Sorge, das Personal ist entsprechend geschult. Die kümmern sich sehr gut um sie.« Kolka bemühte sich um ein Lächeln. »Es wird weniger schlimm, als Sie befürchten. Natürlich ist Ihre Mithilfe notwendig. Manchmal lassen sich dadurch Spuren des Täters finden. Und das möchten Sie doch, nicht wahr?«

Sofort kratzte Johanna Demmler sich an ihren Unterarmen, als hätte sie etwas Unreines an sich.

Kurz überlegte Kolka, welche Fragen am dringendsten waren. Schlussendlich entschied sie sich für eine Einzige. »Können Sie mir erklären, weshalb Klaus Demmler das getan hat?«

Es dauerte eine Weile, bis die Frau die Lippen bewegte. Sie zuckte dabei mit den Schultern. »Er ist krank.«

Über diese Antwort dachte Kolka kurzzeitig nach, dann verabschiedete sie sich. »Eine Kollegin wird später nach Ihnen sehen, wenn das in Ordnung ist.«

Johanna Demmler schaute starr zu der Wandseite, wo sich das Fenster befand.

Erst als Kolka die Tür erreicht hatte, sprach sie weiter.

»Da wäre noch etwas …«

Mit hochgezogenen Augenbrauen drehte Kolka sich um.

»Ich habe mir das Autokennzeichen gemerkt.«

Kapitel 20

Baumann lief durch die nächtlichen Straßen der Stadt und folgte der Stimme im Ohr. Mit seinem Tunnelblick nahm er die Lichtbuchstaben der Leuchtreklame und auf den Abfahrttafeln der Verkehrsbetriebe nur schemenhaft wahr. Einem Rauschzustand gleich. Seine Drogenration war längst aufgebraucht. Er hatte sie gegen die Schmerzen in der Hand genommen.

Er schlurfte am Kulturzentrum DAStietz vorbei und verfluchte den Unbekannten, der ihm den Hund geraubt hatte. Entgegen seiner Erwartung hatte er am Supermarkt niemanden entdeckt, der mit ihm noch eine Rechnung offen hätte.

»Wohin führst du mich, verdammtes Arschloch?«

Eine Gruppe Jugendlicher drehte sich nach ihm um. Er hatte zu laut gesprochen.

»Ist was, ihr Arschfratzen?«, fauchte er.

Ein paar gemurmelte Beschimpfungen kamen als Antwort zurück.

Baumann ignorierte die Umstehenden. Er ging weiter und fingerte aus seiner Jackentasche eine selbstgedrehte Zigarette und das Feuerzeug.

»Geh zum Bahnhof«, echote es.

Unwillkürlich griff Baumann sich ans Ohr. Es war ungewohnt, unbequem und nervig, dass ihm jemand direkt ins Ohr sprach. Am liebsten hätte er sich den Knopf herausgerissen und unter seinen Schuhsohlen zertreten. Wie einen schwarzen Käfer. Wenn man ordentlich zutrat, hörte es sich bestimmt wie das Knacken einer Insektenhülle an.

»Bei Odin, ich schwöre, ich mache dich kalt.«

Der andere konnte ihn nicht hören. So viel hatte Baumann mitbekommen. Die Kommunikation funktionierte nur in eine Richtung. Direkt in sein Gehör und von dort ins Hirn.

»Ich mach dich alle«, schwor er und überquerte die Augustusburger Straße bei Rot.

Eine Autohupe ertönte dicht neben ihm. Hinter der Frontscheibe eines Golfs erkannte er einen wild gestikulierenden Schemen. Baumann schlug mit seiner verletzten Hand auf die Motorhaube der Nervensäge und streckte drohend den Zeigefinger. Die Stelle, an der er sich den kleinen Finger abgetrennt hatte, zierte mittlerweile ein fetter Batzen Klebeband. Im Scheinwerferlicht machte die Geste unweigerlich Eindruck.

Ein Zug an der Zigarette, ein fieser Blick, dann lief er weiter.

»Der dämliche Kerl hat doch tatsächlich den Ring gezogen«, sagte er bitter lachend.

Er meinte Demmler. Klaus Demmler war nun ein Fernsehstar. Dafür hatte er jetzt keine Hände mehr.

»Zur Bazillenröhre«, kam die Anweisung aus dem Ohrstöpsel.

»Wohin auch sonst«, antwortete Baumann dem imaginären Gesprächspartner. Hätte er sich eigentlich denken können. Alles im Leben endete dort, wo es angefangen hatte. Vielleicht würde es dort auch für den Unbekannten enden, sobald Baumann ihm die Kehle aufschlitzte.

Durch den Stoff der Hose spürte er sein Messer.

Kaum drei Minuten später hatte er die Bazillenröhre erreicht. Er schaute sich um. Am Bahnhof fuhr ein Transporter der Bundespolizei los. Niemand beachtete ihn. Gut so. Er regelte seine Angelegenheiten gern im Geheimen.

Entschlossen bildete er eine Faust und ließ die Knöchel knacken.

»Tritt ruhig ein und komm näher«, kam die Aufforderung aus dem Knopf im Ohr.

Ganz langsam betrat Baumann den Fußgängertunnel. Inzwischen hielt er das Messer in der Hand. Die Klinge war ausgefahren.

»Ich bin bereit«, flüsterte er. »Bist du es auch, Arschloch?«

Er musste fast bis zum Ende des Tunnels gehen, ehe er der dunklen Gestalt mit der Sturmhaube begegnete.

»Bleib dort stehen«, kam der Befehl, diesmal nicht aus dem Elektronikteil, sondern der Unbekannte redete direkt mit ihm.

Es war eine eigenartige Stimme. Sie erinnerte Baumann an die deutsche Synchronisation von diesem einen Schauspieler ... Steve Buscemi! Oder wie *Spongebob* – dieser amerikanische Drecksschwamm. Jedenfalls mochte Baumann die Stimme nicht. Sie klang irgendwie unecht, was auch an der Akustik innerhalb der Röhre liegen konnte. Egal, was es war, gleich würde der andere in sämtlichen Tonlagen singen.

Mit vorgestrecktem Messer ging er auf den Unbekannten zu. Bis sich an einem langen Stab in der Hand des Fremden Blitze entluden.

»Besser du bleibst, wo du bist«, warnte der Unbekannte.

»Ich habe ein Messer, siehst du das nicht, Arschloch?«

»Und ich bin der, der einen Elektroschocker besitzt. Möchten wir herausfinden, wer schneller ist?«

Baumann zögerte. Keine Ahnung, was genau passieren würde. Bekäme er die Chance zum Zustechen, wenn seine Muskeln vom Schocker verkrampften? Der andere schien sich seiner Sache jedenfalls sicher.

»Wo ist mein Scheißhund?«

»Er lebt. Ich finde, das ist eine gute Nachricht für dich. Allerdings hat er Hunger und ich fürchte, ich habe vergessen, Hundefutter einzukaufen.«

»Wichser!«

»Das bin ich wohl.«

Der Unbekannte trug eine schwarze Lederkluft. Er war stämmig, unter der Jacke zeigte sich eine Wampe, dazu breite Schultern. Von der Optik war er Baumann kräftemäßig deutlich überlegen, auch wenn Baumann ein Stück größer war. Zumindest hatte es den Anschein.

»Wer bist du?«, fragte Baumann.

»Ach komm, so dämlich bist du nicht.«

»Der Engel von Bethesda«, wisperte Baumann und die Bezeichnung klang im Gewölbe seltsam schaurig. Wie etwas Heiliges, sobald man in einer Kirche mit Flüstern begann.

»Ich bin der Gesandte. Die göttliche Verbildlichung von Reinheit. Der Schimmer, der dem Morgen Glanz verleiht. Ich bin der

Wahre. Das Dunkel und das Licht. Ich heile die Kranken, indem ich der Welt den Blindenschleier herunterreiße. Ich komme mit Macht und Unbarmherzigkeit, um des Sieges Willen. Ich bin einzigartig. Wahrlich, ich bin ein Engel.«

»Klingt ja echt übel. Für mich bist du ein Spinner, der seine Flügel vergessen hat.«

»Wozu Flügel, wenn man sich beamen kann?«

Baumann war ein amphetaminsüchtiger Stricher, aber der Kerl vor ihm war definitiv ein Geisteskranker. Ein ziemlich gerissener Geisteskranker, musste er zugeben. »Reicht es dir nicht, dass sich der andere Typ fast in die Luft gesprengt hat? Ich habe gemacht, was du verlangt hast. Also was willst du noch?«

»Ich hoffe, du trägst die Schere noch bei dir.«

»Was?«

»Einen weiteren Finger. Das will ich von dir.«

Sofort versteckte Baumann seine linke Hand hinter dem Rücken. »Hast du 'ne Vollmeise? Du bekommst höchstens einen Arschtritt.« Er hob die Klinge ins Licht. »Ich will endlich meinen Hund zurück.«

»Erst den Finger. Zur Strafe, weil du unartig warst und versucht hast, mich anzugreifen.«

Der Unbekannte rührte sich keinen Millimeter vom Fleck. In seiner dunklen Kleidung sah er jedenfalls kein bisschen wie ein Engel aus, höchstens wie das personifizierte Böse. Und plötzlich verspürte Baumann etwas, das er in dem Ausmaß bisher noch nie gefühlt hatte.

Blanke Furcht überkam ihn.

Sekunden später stellte er seinen Rucksack auf den Boden und suchte nach der Astschere. »Bekomme ich dann meine Elza?«

»Diesmal brauche ich deinen Mittelfinger«, überging der Unbekannte seine Frage.

Baumann brauchte nicht lange zu überlegen. Hastig tauschte er das Messer gegen die Schere. Elza war auch zwei Finger wert.

Er setzte die Schneiden an. Es würde ganz schnell gehen. Verbandszeug hatte er noch. Aber Drogen ... Das war ein Problem.

»Hier!«, hielt der Unbekannte ihn auf. Zu seinen Füßen stand ein Paket. Nach einem Tritt schlitterte es über den Boden. »Da drin findest du etwas gegen die Schmerzen, schließlich bin ich ein Engel.« Es klang unehrlich.

»Ein ziemlich großes Päckchen für einen Dealer.«

»Außerdem befindet sich darin deine Uniform.«

»Wozu eine Uniform?«

»Tut mir leid, dass ich sie nicht mehr bügeln konnte. Pass auf, dass du sie nicht vollblutest.«

Baumann kniete sich hin und öffnete den Karton. Obenauf lag ein Foto. Das Bild zeigte eine ältere Frau.

Diesmal machte der Unbekannte einen Schritt nach vorn, und dadurch wirkte seine Aura umso bedrohlicher. »Wie wäre es, wenn du dich um die Frau kümmerst?«

»Hör zu«, hob Baumann mutig die Stimme, weil ihm nicht gefiel, was hier ablief. »Ich gebe dir den Scheißfinger und dann will ich meinen Hund.«

»Du wirst mir deinen Finger geben«, sprach der Fremde ruhig. »Dann wirst du genau das tun, was in dem Brief steht.«

»Welcher …?« Baumann begriff. Im Paket befanden sich weitere Anweisungen.

»Andernfalls wird diese Welt bald einen Köter weniger ertragen müssen. Im Gegensatz zu den meisten Menschen habe ich kein Mitgefühl mit Tieren.«

Klack!

Baumann schrie auf. Der Schmerz schoss bis in seine Eingeweide. Sofort biss er die Zähne aufeinander. Ihm wurde schwindelig, nachdem er sich den Mittelfinger abgetrennt hatte.

»Hier!«, presste er hervor und warf ihn dem anderen vor die Füße. »Schieb ihn dir in den Arsch!«

Der Fremde lachte und bückte sich, ohne Baumann aus den Augen zu lassen. »Schätze, das wird ein tierisches Vergnügen.«

Als Baumann im Paket nach Verbandszeug und Drogen kramte, beides schließlich fand und wieder aufschaute, war der Unbekannte verschwunden.

»Scheiße, der Typ kann sich wirklich beamen.«

Kapitel 21

Damals

Es passierte auf dem Heimweg.

Seit drei Monaten fuhr Sascha mit dem Fahrrad auf einem Schleichweg nach Hause. Er war das einzige Kind der Familie, das die Realschule in Rabenstein besuchen durfte. Es war ein Privileg, das er ernst nahm. So viel Glück hatten seine drei Geschwister nicht. Aufgrund ihres Behinderungsgrades blieb zwei von ihnen sogar die Förderschule verwehrt.

Direkt nach Unterrichtsende hatte er sich auf sein Fahrrad geschwungen und war losgestrampelt.

Es war ein wolkenloser Tag im Hochsommer. Die Weizenähren tanzten hin und her, und das Feldrauschen erinnerte ihn an ein Flüstern mit den Kohlweißlingen, die überall umherflatterten. Es duftete nach Korn, und die ganze Welt wirkte harmonisch.

Saschas Vater würde sich über die Eins in der Mathematikarbeit freuen. Schon allein aus diesem Grund wollte Sascha so schnell wie möglich nach Hause. Die Wärme der Sonne machte ihn glücklich. Er trat kräftig in die Pedale, vorbei an den Felsendomen, einem ehemaligen Kalkbergwerk. Die Fahrradkette und die Radachsen waren gut geölt – exakt so, wie er es von Vaters Rollstuhl kannte. Selbst der Wind war heute gnädig und gab Sascha ordentlich Antrieb. Auf der Heimfahrt streifte eine Fliege seine Stirn.

Vom Feldweg bog er auf die abgelegene Asphaltstraße ab und dann …

… direkt in die Arme von Tille und dessen Gang.

Durch den Schrecken verlor er die Kontrolle über sein Rad.

Vorderbremse.

Rücktritt.

Er riss den Lenker herum, um eine Kollision mit den Jungs zu vermeiden.

Das Vorderrad kam ins Schlingern.

Er stürzte.

Sekunden später fand er sich mit aufgeschürften Knien und Unterarmen auf dem Asphalt wieder. Blut klebte an seinen Fingerkuppen. Sein Ranzen war von seinen Schultern gerutscht und lag neben ihm. Die Schmerzen waren nichts im Vergleich zu der Angst, die er verspürte, als sich die fünf Halbstarken über ihn beugten.

Er schrie auf, als Tille ihm mit dem Springerstiefel auf die Hand trat.

»Sieh mal einer an, der Krüppel dachte, er könnte uns austricksen.«

»Yeah, das Mistvieh scheißt sich gleich ein, weil er uns in die Falle gegangen ist«, ergänzte einer der anderen. Dieser zog den Nasenrotz geräuschvoll in den Rachenraum und spuckte ihn Sascha in die Haare.

Das amüsierte die Gruppe.

Einer machte sich über Saschas Ranzen her.

»Mal sehen, ob das Baby Windeln eingepackt hat.«

Sascha war kurz davor in Tränen auszubrechen, als er mit ansehen musste, wie seine Hefte und Bücher ausgekippt wurden. Seine Brotbüchse klapperte über den Boden.

»Was denn? Keine Medikamente?«, fragte Tille gespielt verwundert. »Ich dachte, so ein Behindi muss täglich seine Pillen einwerfen, um die Birne in Schwung zu bringen und nicht dauernd in die Hose zu pinkeln.« Er tippte Sascha mit dem Zeigefinger grob gegen die Stirn.

»Apropos pinkeln«, stimmte wieder ein anderer ein. »Geben wir ihm doch Medizin. Direkt aus meinem Schwanz.«

»Ja, soll er unsere Pisse schlucken.«

Sie grölten und tanzten um ihn herum wie Aasgeier.

»Boah, ey Tille, schau dir das Mal an, der Behindi macht einen auf Streber.« Er hielt seinem Anführer die Mathearbeit entgegen.

Unwirsch riss Tille ihm das Papier aus den Fingern. Er verzog die Mundwinkel abschätzig beim Lesen. »Bist wohl ein ganz Schlauer, was? Mal sehen, was dir dein Hirn nützt, wenn wir dich bearbeiten. Los, runter mit ihm von der Straße! Wir brauchen keine neugierigen Blicke.«

Die vier Befehlsempfänger packten Sascha an den Haaren und der Kleidung und zerrten ihn zum Feldrand. Er gab keine Gegenwehr, denn das hätte ihm nur Schläge eingebracht. Exakt so kannte er es aus der Vergangenheit. Die Gruppe wartete nur darauf, dass er sich wehrte. Bereits jetzt war Sascha klar, dass er – wenn er das hier überlebte – nackt nach Hause gehen musste. Und bestimmt würden sie sein Fahrrad vollständig demolieren.

Saschas Vater würde kochen vor Wut, weil Sascha nicht aufgepasst hatte …

Aus dem Augenwinkel nahm er wahr, wie Tille ein Feuerzeug entzündete und die Flamme an eine Ecke der Mathearbeit hielt.

»Ich liebe den Geruch von Feuer«, rief er Sascha zu. »Was glaubst du wohl, wie verbrannte Menschenhaut riecht?«

Plötzlich schaute Tille zur Seite. »Los, schnell, weg mit ihm! Da kommt jemand.«

Tatsächlich näherte sich ein Fahrzeug. Ein laubfroschgrüner Trabant. Sascha kannte das Auto. Jeden Sonntag sah er es beim Kirchengang.

Der Wagen hielt und ein Mann stieg aus.

Es war der Pfarrer, der seit knapp fünf Monaten die örtliche Gemeinde betreute.

Die Jungs nahmen Sascha wie einen der ihren in die Mitte und feixten.

»Ist alles in Ordnung mit dir, mein Junge?«, sprach der Pfarrer Sascha direkt an.

Er war ein hagerer Mann. Noch keine vierzig, doch die Graufärbung der Haare nahm von Begegnung zu Begegnung zu. Er trug ein blütenweißes Hemd und eine schwarze Stoffhose. Mit der großen Narbe auf der rechten Wangenseite, der Kreuztätowierung auf dem linken Handrücken und dem Stoppelbart sah er immer ein wenig wie ein Pirat aus. Die Leute munkelten, dass er die Tätowierung aus dem Knast hätte. Vielleicht war er tatsächlich ein geläuterter Ex-Sträfling. Aber was wusste Sascha schon?

Im Moment war er zu sehr eingeschüchtert, um zu antworten. Was sollte der Mann allein gegen die Gruppe ausrichten können? Nein, Sascha würde seinen Mund halten. Vater hatte es ihm eingebläut: Er musste seine Dinge selbst regeln, indem er geduldig auf das Eingreifen Gottes wartete.

»Verpiss dich, Pfaffe!«, übernahm Tille die Wortführung. »Das hier geht dich nichts an.«

»Ist das so?«, erwiderte der Pfarrer ruhig.

»Ja, das ist so, und nun schwing deinen Arsch in deine Karre und zieh Leine.«

»Natürlich. Du hast hier das Sagen.«

»Darauf kannst du dreimal Halleluja pfeifen.«

Die Gruppe lachte wieder. »Genau! Halleluuuuja!«, sangen sie schief.

»Dann verschwinde ich besser«, sagte der Pfarrer. Und an Sascha gewandt: »Ich erwarte dich am Sonntag zum Gottesdienst.«

Große Scheiße! Vermutlich wusste Tille es bereits, aber der Mann hätte Sascha nicht auch noch verpfeifen müssen, dass er jedes Wochenende in die Kirche rannte. Ausgerechnet jetzt, wo der Mann ihn im Stich ließ …

Der Pfarrer stieg nicht sofort in den Trabant ein, sondern öffnete den Kofferraum.

»Ist noch was, Alter?«, fragte Tille.

Der Geistliche gab keine Antwort. In aller Seelenruhe kramte er in seinem Wagen.

»Ey, Alter, ich rede mit dir!«

Unvermittelt schwang der Pfarrer herum, und in seinem Gesicht hatte eine Veränderung stattgefunden. Sah er eben noch wie ein gemütlicher Seebär aus, wirkte er auf einmal düster wie der Schrecken der Meere. Und in seiner Hand hielt er ein langes, rostiges Nageleisen.

»Ich habe es mir anders überlegt«, sagte der Pfarrer. »Ich werde nicht einfach davonfahren.«

»Hast du ein Rad ab?«, fragte Tille, doch er wirkte nicht mehr so überheblich wie zuvor. »Wir sind zu fünft.«

»Aber ich bin ja wohl derjenige, der die besseren Argumente mitführt.« Mit dieser Feststellung machte er einen Satz nach vorn und hämmerte Tille das Nageleisen gegen das Knie. Augenblicklich knickte der Getroffene ein und winselte.

»Scheiße! Der Typ ist völlig geisteskrank.«

»Oh, das würde ich nicht behaupten. Ich akzeptiere lediglich keinen Frevel. Und ihr fünf seid Frevler vor dem Herrn.«

Die anderen vier Heranwachsenden ließen Sascha los und stürzten nach vorn. Doch als der Pfarrer mit dem Eisen zum Schlag ausholte, verharrten sie einträchtig in der Bewegung.

»Nur zu«, sagte er. »Für jeden Sünder gibt es die passende Buße.«

Schwer getroffen rappelte Tille sich auf. »Kommt, weg hier! Wir klären das ein anderes Mal.«

Wenig später war die Gruppe verschwunden, und Sascha blieb mit seinem Retter allein zurück.

»Du brauchst dich nicht zu bedanken«, sagte der Pfarrer und pfefferte das Nageleisen in den Kofferraum.

Daran hatte Sascha auch keinen Gedanken verschwendet. Mucksmäuschenstill sammelte er die Schulsachen zusammen und stellte das Rad auf dem Seitenständer ab.

Der Schatten des Pfarrers kam über seinem eigenen zum Vorschein. Der Mann, der es eben der Gruppe gezeigt hatte und so gar nicht wie ein Gottesmann – jedenfalls nicht wie ein gewöhnlicher – agiert hatte, baute sich nun beängstigend vor Sascha auf.

»Du bist ein Schwächling, weißt du das?«

Die Frage kam überraschend, aber die enthaltene Aussage stimmte wohl. Deshalb nickte Sascha mit gesenkter Stirn.

Der Pfarrer winkte ab. Dann packte er ihn bei den Schultern, wobei sich seine Fingernägel tief in den T-Shirt-Stoff bohrten. Sein Blick wurde schneidend. Ja, ganz sicher, der Mann hatte mehr von einem Piraten als von einem Geistlichen.

»Jede Hilfe hat ihren Preis.«

Obwohl Sascha klug war, verstand er diese Aussage nicht. Stumm hörte er zu.

»Ich finde, du solltest mich besuchen, mein Junge. Dann reden wir. Komm morgen nach der Schule zu mir nach Hause. Wirst du das tun?«

Kapitel 22

Heute

Das Abendessen verlief schweigsam. Donner saß mit Anne und ihrem siebzehnjährigen Sohn Malte am Esstisch, und jeder löffelte still für sich seine Maronensuppe. Bis auf das Klappern der Löffel und einem gelegentlichen Räuspern startete niemand eine Unterhaltung. Auch wenn Anne niemals einen Michelin-Stern für ihre Kochkünste abräumen würde, schmeckte die Suppe vorzüglich. Kein Vergleich zur Tütenvariante, mit der Donner sich als Single arrangiert hatte. Seit er Anne kannte, lernte er mehr und mehr schätzen, wie schön ein gemeinsames Essen und dessen Zubereitung waren.

Nur heute Abend stimmte etwas nicht. Und so sehr Donner sich auch anstrengte, ihm wollte einfach nicht einfallen, weshalb Anne kaum ein Wort mit ihm wechselte.

»Da ist es mir ja lieber, wenn ihr über die Arbeit sprecht«, durchbrach Malte irgendwann das Schweigen. »Ehrlich, ihr hockt da wie ein altes Ehepaar, das sich nichts mehr zu sagen hat.«

Donner und Anne sahen ihn erstaunt an.

Aha, da will wohl jemand den Mann im Haus spielen. Das kann ich auch.

»Es war ein harter Tag«, war alles, was Donner einfiel.

»Ja«, bestätigte Anne knapp. Auch sie wirkte unschlüssig, was sie darauf erwidern sollte.

»Jetzt stellt ihr euch an wie zwei dämliche Teenager«, kam es von ihrem Sohn. »Hast du Erik schon den Schlüsselanhänger gegeben, den du extra für ihn gekauft hast?«

Was soll ich denn mit einem Schlüsselanhänger?

Donner sah Anne fragend an.

»Nein«, antwortete sie und schob sich einen Löffel voll Suppe in den Mund. »Das war wohl eine Schnapsidee von mir. Auf kleine Aufmerksamkeiten legt Erik nämlich keinen Wert.«

»Sagt wer?«, protestierte Donner.

»Du magst keine kitschigen Sachen.«
»Was für Sachen?«
»Solche, die Verliebte sich nun mal gegenseitig schenken.«
»Schlüsselanhänger?« Anne zischte. »Unwichtig.«
»Sie redet von einem Anhänger mit einem Bildchen von euch beiden«, schaltete Malte sich ein und nickte zur Küchenzeile. Donners Blick folgte ihm. Tatsächlich, auf der Arbeitsplatte lag etwas. »Und damit mache ich was?«
Annes Besteck krachte auf den Tisch. »Ich fasse es nicht!« Malte verdrehte die Augen und schob seinen Teller von sich. »Okay, ich gehe in mein Zimmer. Mir ist der Appetit vergangen.«
»Malte!«, wollte Anne ihn zurückhalten, aber der Junge stand einfach auf und lief zur Zimmertür. Dort drehte er sich noch einmal um und sah Donner an. »Zockst du nachher noch *Diablo* mit mir?«

»Ähm ...« Er hatte ihm eine Computerspielrunde versprochen, obwohl er eigentlich nur noch die Beine auf Annes Couch ausstrecken wollte. »Starte schon mal den Rechner, und mach dich auf eine Abreibung gefasst.«

Malte verzog die Mundwinkel und nickte lahm. Offensichtlich hatte er die Lüge enttarnt. Gesenkten Hauptes nahm er die Treppe in den ersten Stock.

»Ganz toll, Erik«, fing Anne an.
»Was denn?« Unschuldig hob er die Arme. »Du redest nicht mit mir und sagst auch nicht, was los ist.«
»Was los ist?« Sie rückte mit dem Stuhl ein Stück weg vom Tisch und verschränkte die Arme vor der Brust. »Der Junge und ich, wir mögen dich, aber so kann es nicht weitergehen. Du investierst einfach zu wenig in unsere Beziehung.«

»Ach, und dass ich deinen Kaffeeautomaten repariert habe, zählt wohl gar nicht?« Natürlich war dieser Einwand Blödsinn, weil er nichts zum eigentlichen Thema beitrug, doch Donner wollte es trotzdem erwähnt haben.

Daraufhin stierte Anne ihn eine Weile verständnislos an. »Liebst du mich?«

»Klar.«

»Ich meine, so richtig.«

Er kräuselte die Lippen. Er liebte sie wahrhaftig, das spürte er in seinem Herzen, doch aus irgendeinem Grund gelang es ihm nie, es wirklich zu zeigen. Und das war die eigentliche Herausforderung in ihrer Partnerschaft. Nicht die Arbeit, sondern sein eigenes Ego und seine Unfähigkeit, Gefühle auszudrücken.

»Wir haben guten Sex.«

»Das reicht mir nicht, Erik.«

Weil es Donner auf seinem Stuhl zu unbequem wurde, stand er auf und lief umher. »Was erwartest du denn?«

Dämliche Frage! Wirklich dämlich.

Wieder dauerte es eine halbe Ewigkeit, bis sie sprach. »Weiß du, vielleicht solltest du heute bei dir zu Hause schlafen.«

»Heute?«

»Und die nächsten Tage. Bis du dir im Klaren darüber bist, was du eigentlich willst.«

Das sagen die Frauen immer, sobald es unbequem wird, wobei sie im Grunde meinen, dass es aus ist.

»Du musst auch nicht mit zum Geburtstag meines Stiefvaters kommen«, redete sie weiter. »Wenn du ehrlich bist, empfindest du die Feier sowieso nur als eine Pflichtveranstaltung.«

Das stimmte. Er konnte Hermann Becker nicht leiden – und umgekehrt galt das ebenso. Trotzdem spürte Donner, dass der Geburtstag Anne wichtig war. Das Feld wollte er ihr dennoch nicht ohne Weiteres überlassen.

Er blieb an der Stelle stehen, wo der Schlüsselanhänger lag und nahm ihn in die Hand. Er zeigte ein bezauberndes Bild von ihnen beiden. Anne war wunderschön. Die ebenen Gesichtszüge, ihre Wangen, die unscheinbaren Fältchen an ihren Augen, ihr vergnügtes und zugleich stolzes Lächeln, dazu die vollen Lippen. All das mochte er an ihr. Letztlich jedoch war es ihre Stärke und ihr liebevolles Wesen, die sein Herz im Sturm erobert hatten. Vom ersten Tag ihrer Begegnung an hatte sie über das Monster hinweggeblickt und in ihm einen verletzten Menschen erkannt. Fast wie in diesem kitschigen Disneyfilm *Die Schöne und das Biest*, den Donners verstorbene Tochter so sehr geliebt hatte.

Er umschloss den Schlüsselanhänger mit seiner Hand und drückte ihn gegen seine Brust. Auf dem Foto steckten beide die Köpfe zusammen und lächelten in die Kamera. Es war in Prag auf der Karlsbrücke entstanden. Ihre bloße Anwesenheit retuschierte seine Hässlichkeit.

Es stimmt: Das schönste Schmuckstück eines Mannes ist die Frau an seiner Seite.

»Hör zu, Anne, ich liebe dich, und ich werde unsere Beziehung nicht einfach aufgeben.«

»Und wie willst du das anstellen?« Sie klang traurig, als glaube sie längst nicht mehr an eine gemeinsame Sache.

»Es ist nur ... die momentanen Ereignisse.«

»Hör auf, Erik! Du läufst immer nur zur Höchstform auf, wenn es um Mord und Totschlag geht.«

»Nein, dieser Fall beschäftigt mich zu sehr, als dass ich ihn ignorieren könnte.«

»Genau das ist dein Problem.«

»Merkst du denn nicht, dass unser Täter mit uns spielt?«

»Du meinst wegen der Spielzeugfigur?« Jetzt stand auch Anne auf und fing an, das Geschirr wegzuräumen. Donner wollte ihr zur Hand gehen, doch sie stieß ihn zur Seite. »Heute Mittag hättest du mich unterstützen können, doch stattdessen bist du wortlos davongestürzt und hast mal wieder den einsamen Wolf gespielt.«

»Ich habe einen Verdächtigen verfolgt ...«

»... und *He-Man* gefunden. Keine Sorge, ich kenne die Fakten.« Sie riss den Geschirrspüler auf und belud ihn, sodass Teller und Besteck klapperten. »Darum geht es nicht. Es geht darum, dass du mich nie miteinbeziehst.«

»Das ist nicht wahr. Ich habe dir und deinen Leuten von meiner Begegnung mit Klaus Demmler und mit dem einarmigen Banditen berichtet. Ich habe getan, was man von mir als Beamten verlangt. Die Spielzeugfigur habe ich sogar persönlich bei der Kriminaltechnik zur Untersuchung abgegeben.

»Du warst zuvor ohne Absprache bei Johanna Demmlers Wohnung.«

»Ich bin meinem Bauchgefühl gefolgt.«

Anne machte mit der flachen Hand eine Wischbewegung, als wollte sie jede weitere Diskussion beenden. »Weißt du was? Mach, was du willst. Ich mache das, was man von mir als leitende Ermittlerin erwartet. Ich kann mich nicht auch noch um ein großes Kind kümmern.«

»Wer ist hier das Kind?«

Kommentarlos drehte sie sich um. Weil Donner regelmäßig kopflos in Sachen Beziehung agierte, wollte er das Thema beenden. Unauffällig ließ er den Schlüsselanhänger in seiner Hosentasche verschwinden.

»Ihr habt nach der Entführung mit Johanna Demmler gesprochen. Hat sie euch irgendwelche Hinweise gegeben?«

Anne schwang kopfschüttelnd herum. »Du bist unglaublich, Erik! Ich versuche, dir begreiflich zu machen, dass es so mit uns nicht weitergehen kann, und du fragst mich doch glattweg aus.«

»Ich will den Fall mit dir gemeinsam lösen.«

»Ach, ist das so?« Sie verließ den Küchenbereich, durchschritt das Wohnzimmer und holte aus der Garderobe im Flur Donners Jacke. Diese drückte sie ihm in die Hand. »Soweit ich weiß, bin ich bei der Mordkommission. Und du bist nach eigener Aussage die Fehlbesetzung in einer Fernsehshow. Da sehe ich keine Basis für eine Zusammenarbeit.«

Damit wies sie ihm die Tür.

An der Türschwelle blieb Donner noch einmal stehen. Vielleicht war es tatsächlich besser, wenn sie heute getrennt einschliefen. Anne würde sich schon wieder beruhigen. Ein so schlechter Kerl war er nämlich gar nicht.

Und ich werde mir garantiert nicht die alleinige Schuld daran geben, falls das hier das Ende ist.

»Hat Johanna Demmler nun das Autokennzeichen erkannt, ja oder nein?«, versuchte er es noch einmal.

Zu seinem Erstaunen gab Anne ihm sogar die erhoffte Auskunft. »Die Kennzeichen waren als gestohlen gemeldet.«

»Von wem?«

»Ich denke nicht, dass dich das etwas angeht. Selbstverständlich überprüfen wir die Person, aber höchstwahrscheinlich hat sich der Entführer die erstbesten Kennzeichentafeln von einem PKW abgeschraubt und benutzt.«

Daran wollte Donner nicht glauben. Nicht nach dem, was in den letzten Tagen passiert war.

»Dieser Typ überlässt nichts dem Zufall.«

Kapitel 23

Am nächsten Morgen reagierte Anne einfach nicht mehr auf Donners Anrufe. Während er durch die Flure der KPI eilte, steckte er sein Handy weg. Selbst von Kollegen ließ sie sich verleugnen. Blieb noch ihr Büro. Dort traf er jedoch lediglich Levi Hentschel an, als dieser mit einem Schraubendreher an Annes CD-Spieler hantierte.

»Was machst du da?«, fragte Donner.

»Ich repariere die Musikanlage.«

»Lass mich raten: Du bist ein Doppelagent und dein Deckname ist Tech-Nick.«

»Nein, in meiner Freizeit wälze ich Elektronik-Zeitschriften. Man lernt, indem man hier und da was aufschnappt.«

Ich schnappe auch gleich auf! Schlösser knacken, Mobiltelefonberatung, Stollen backen ... Junge, du solltest dir dringend ein Mädchen besorgen – und es definitiv besser behandeln, als ich meins.

»Weißt du, wo Anne steckt?«

»Ja.«

Donner wippte ungeduldig auf den Schuhspitzen. »Und?«

»Was und?«

»Na, wo finde ich sie?«

»Tut mir leid, Herr Hauptkommissar Donner.« Hentschel legte den Schraubendreher zur Seite, hob eine Hand wie am Tage der Vereidigung und zupfte mit der anderen an seiner Hosennaht herum. »Ich würde gern, doch ich habe hoch und heilig versprochen, es Ihnen nicht zu verraten.«

»Ach, sieh an! Seit Neuestem machst du also gemeinsame Sache mit *ihr*.«

»So sollte das nicht rüberkommen.«

»Zu spät. Ruf mich nie wieder an!« Damit machte Donner kehrt und schlug die Tür hinter sich zu.

Nur Sekunden später betrat er das Büro erneut.

»Du hast nicht zufällig mitbekommen, wem die falschen Kennzeichen an dem Fahrzeug gehören, mit dem man Johanna Demmler entführt hat?«

»Klar doch. So etwas merke ich mir sehr genau.«

»Und hast du dahingehend auch hoch und heilig versprochen, es mir nicht zu verraten?«

Hentschel feixte. »Soweit ich mich erinnern kann, nicht. Das Kennzeichen gehört einem gewissen Manuel Daniel.«

Im Kopf notierte Donner sich diese Information. »Und gibt es sonst noch Neuigkeiten bezüglich unseres sadistischen Engels?«

Hentschel schien zu überlegen, was und wie viel er Donner verraten durfte. Unschlüssig gab er nur undefinierbare Laute von sich. Fast klang er selbst wie eine kaputte Musikanlage.

Donner ging auf den Praktikanten zu und legte ihm väterlich die Hand um die Schultern, um ihm die Entscheidung zu erleichtern. »Mir kannst du vertrauen. Wir beide müssen doch zusammenhalten, oder?«

Tatsächlich hellte sich Hentschels Miene auf. Er sah auf einmal sogar richtig stolz aus. »Sie haben recht, Herr Hauptkommissar Donner! Immerhin will ich mal so werden wie Sie.«

Nicht doch!

»Also, so erfolgreich, meine ich.«

Kommt drauf an, was man unter Erfolg versteht. Sozialkompetenzmäßig bin ich anscheinend nicht gerade der Mann des Jahrhunderts.

»Ein löblicher Vorsatz«, bekundete Donner. »Fürs Erste solltest du allerdings deine Ausbildung mit guten Noten beenden, danach werde ich sehen, was ich für dich tun kann.«

Jetzt fingen Hentschels Augen regelrecht an zu leuchten, und Donner bereute sein Versprechen bereits, denn in der Direktion hatte er so viel zu sagen wie eine Klofliege.

»Sie würden mich in Ihr Team holen?«, kam prompt die Frage.

»Na ja, als Team würde ich meine Abteilung nicht gerade bezeichnen … Also, um die Sache abzukürzen: Was hat das K11 rausgefunden?«

Hentschel straffte sich. »Die haben herausgefunden, von wem der abgetrennte Finger stammt, den man neben dem Augapfel der Richterin bei Klaus Demmler gefunden hat.«

»Von wem?«, fragte Donner, wobei er seine Ungeduld unterdrückte.

»Den Namen konnte ich bisher nicht in Erfahrung bringen, weil das wohl ziemlich geheim ist. Seine Fingerabdrücke sollen jedoch angeblich in der zentralen Datenbank beim BKA einliegen.«

Was für ein Zufall! Unser Täter weiß offenbar bestens Bescheid, wie man der Polizei Hinweise gibt. Und er spielt ein Katz-und-Maus-Spiel mit uns.

»Und Anne hat nicht zufällig mit dir gesprochen?«

»Nein, ich schwöre es! Sie hat die Dakty-Auswertung erst vor knapp einer Stunde bekommen und ist dann sofort aufgebrochen.«

Somit wusste Donner wenigstens, welche Spur Anne verfolgte. Vermutlich hatte sie Hentschel absichtlich bei der KPI gelassen, damit er nicht zu viel aufschnappte.

»Okay«, sagte Donner. »Falls du sie siehst, sag ihr, sie soll mich anrufen. Ich möchte ihre Stimme hören.«

»Es geht mich zwar nichts an, aber haben Sie etwas gutzumachen bei ihr?«

»Du sagst es, das geht dich nichts an. Richte es ihr einfach aus.«

Als Donner erneut in Richtung Tür ging, flog die ihm direkt entgegen. Im Engelskostüm betrat der Leibhaftige den Raum.

»Ha!« Die Arme ausgebreitet wie der Gekreuzigte stürzte Zocky Zonk herein. Er trug eine kunterbunte Sternsonnenbrille und eine goldfarbene Jacke, rundherum besetzt mit glänzenden Strasssteinen. An den Jackenärmeln hingen zudem goldschimmernde Fransen, wodurch er wahrlich aussah wie ein dicker glitzernder Engel – zumindest bei flüchtiger Betrachtung. Auf den zweiten Blick erinnerte er mehr an eine armselige Ausgabe von Elvis Presley.

»Hier stecken Sie also, Herr Donner!«

»Haben Sie eine Rettungsdecke zerschnitten und sich daraus Kleidung genäht?«

Zonk betrachte den Stoff über seinen Schultern und schob dann die Brille ein Stück das Nasenbein hinunter, um über den Rand zu spähen. »Sie sind flüchtiger als mein Monatslohn.«

»Und Sie sind anhänglicher als eine Schmeißfliege«, konterte Donner.

Nikon, die mit ihrer Kamera auf dem Flur wartete, wurde von Zonk wild gestikulierend hereingewunken. »Die Zuschauer sollen ruhig sehen, wie sich unser Kandidat vor seiner Verantwortung drückt.«

»Verantwortung?« Donner konnte es nicht fassen. »Wusste gar nicht, dass das Wohl der Gesellschaft von dieser Sendung abhängt.«

Zonk setzte ein Lächeln auf und warf sich die langen silbernen Haare über die Schulter. Seine Geste wirkte wie die einer Diva. »Falsch. Vorerst hängt allenfalls Ihre Zukunft vom Wohl der Zuschauer ab. Ihr Umfragewerte sind so gruselig, dass der Sender bereits über eine Horrorstaffel mit Ihnen in der Hauptrolle nachdenkt.«

Donner schnappte nach Luft.

Zonk hob den Zeigefinger. »Und bevor Sie gleich wieder lospoltern, Sie Rhinozeros, das hat absolut nichts mit Ihrem Äußeren zu tun, sondern einzig und allein mit Ihrem Ego. Halleluja, können Sie eigentlich selbst mit sich einschlafen?«

»Keine Sorge. Mein Psychiater verschreibt mir regelmäßig die passende Einschlafhilfe. Aber das geht Sie ja wohl einen Scheißdreck an, oder durchwühlen Sie gern den Alltag anderer?« Zur Bekräftigung schlug Donner sich auf die Brust und trat drohend auf Zonk zu. »Sie sind tatsächlich wie eine Schmeißfliege, ständig auf der Suche nach Kadavern, an denen Sie sich ausgiebig laben und in die Sie Ihre Eier ablegen können.«

»Verstehen Sie eigentlich, was ich Ihnen versuche zu sagen, Herr Donner?«

»Sie wollen, dass ich als Quotentanzbär steppe. Leider bin ich nicht nur ein mieser Schauspieler, sondern vor allem ein mieser Tänzer.«

»Ganz Deutschland fragt sich, warum Sie Klaus Demmler nicht einfach erschossen haben, als Sie die Handgranate gesehen haben.«

Volltreffer! Wenn bekannt wird, dass ich im Außendienst keine Dienstwaffe mitgeführt habe, werde ich als dämlichster Bulle Deutschlands in die Geschichte eingehen.

Und dieser unrühmliche Titel war nun selbst einem Erik Donner alles andere als egal.

»Ringsherum waren mir zu viele Leute«, fand er für die Kamera eine Erklärung. »Ich wollte kein unnötiges Risiko eingehen und umstehende Unbeteiligte nicht gefährden.«

»Da muss ich Herrn Donner recht geben«, sprang Hentschel ihm zur Seite. »Als erfahrener Kriminalhauptkommissar hat er die Situation vollkommen richtig eingeschätzt.«

»Da hören Sie es«, nutzte Donner die Chance sogleich und zeigte auf Nikon. »Ich hoffe, sie hat das im Kasten!«

So wie Zonk seine Lippen spitzte, schien er seine eigenen Schlüsse zu ziehen. »Deswegen, und weil Sie heute zu Drehbeginn mit Abwesenheit geglänzt haben, will der Polizeipräsident ohnehin mit Ihnen sprechen.«

»Das glaube ich gern, nur leider bin ich gerade beschäftigt, nicht wahr?« Donner stellte sich neben Hentschel und klopfte ihm auf den Rücken. Eine Antwort des Praktikanten wartete er jedoch nicht ab, sondern redete weiter mit Zonk. »Er wird sich also einen Termin bei mir geben lassen müssen.«

Wie aufs Stichwort klingelte Donners privates Handy. Er zog es aus seiner Tasche, weil er mit einem Anruf von Anne rechnete. Zu seiner Verwunderung handelte es sich jedoch um die Apparatenummer des Präsidenten.

»So ein Zufall«, sagte Zonk. »Gehen Sie ruhig ran.«

Donner hatte soeben auf dicke Hose gemacht, jetzt musste er auch zeigen, dass sie ihm passte. Um dem Showmaster zu verdeutlichen, dass er vor niemandem kuschte, nahm er das

Gespräch an. Dabei drehte er sich weg und hielt zusätzlich die Hand vor den Mund.

»Erik, sag mir, dass du nur verschlafen und das Fernsehteam nicht absichtlich versetzt hast«, fing Polizeipräsident Magerhans auch sogleich an.

»Ich ...« Er kam nicht weiter, denn Magerhans redete sich in einen Rausch.

»Ich bin gerade mal drei Tage im Amt, und vor mir liegen bereits fünf Beschwerden von Bürgern, die während der Öffnungszeiten niemanden in der Erstkontaktstelle angetroffen haben. Soweit ich weiß, bist du der einzige Mitarbeiter dort. Also, wer soll für dich die Stellung halten?«

Donner öffnete den Mund für eine Erwiderung. Beim Öffnen des Mundes blieb es allerdings auch.

»Und warum springt an deinem Diensttelefon jedes Mal die Mailbox an und teilt mir mit, dass momentan niemand erreichbar ist?«, hakte Magerhans nach.

Auch dafür hatte Donner selbstverständlich eine Erklärung parat, die sein Gesprächspartner im Augenblick offenbar nicht hören wollte. Vielmehr schien er an einem ganz anderen Problem interessiert.

»Das Lagezentrum hat mich vorhin informiert, dass in der Nacht wieder zwei neue Fälle von täuschend echten Spielzeugschlangen aufgetaucht sind. Eine Zeitungsausträgerin ist vor Schreck gestolpert und hat sich ein Bein gebrochen. Man musste sie mit einem Rettungswagen ins Krankenhaus bringen. Kümmerst du dich eigentlich noch um die Angelegenheit?«

»Das läuft.«

»Ja, fragt sich nur, wohin?«

»Wohin du möchtest, Chef.«

»Spar dir den Zynismus, Erik! Wir können froh sein, dass Herr Zonk wegen deines Fernbleibens kein Fass aufmacht.«

Herr Zonk!

Donner schaute Zonk an, und wenn er gekonnt hätte, wären aus seinen Pupillen Blitze geschossen und hätten das Herz des

Showmasters in einen schwarzen, dampfenden Ascheklumpen verwandelt.

»Also du hörst mir jetzt genau zu, Erik! Ich bin kein Fan von TTL2 und ich halte DSC für die Bankrotterklärung der deutschen Fernsehlandschaft, aber du wirst die Sache durchziehen und alles Erdenkliche tun, um vor der Kamera eine gute Figur abzugeben.«

»Nee!«

»Oh doch! Am Ende des Wettbewerbs will ich, dass jedes Kind in Deutschland deinen Namen kennt und in der Schule beim Kästchen *Traumberuf* Polizist ankreuzt. Hast du das kapiert? Du wirst dich also mit Herrn Zonk und seiner Kollegin in deinen Wagen setzen, und dann wirst du den beiden die schönsten Flecken der Stadt zeigen. Und wehe du mischst dich noch einmal in die Arbeit des K11 ein. Dann gnade dir Gott!«

Krach!

Magerhans hatte aufgelegt.

Donner hatte weder zustimmen noch sich verteidigen können.

Neuer Polizeipräsident, alte Leier. Donner blieb der Fußabtreter der Nation.

Als er sein Handy in die Tasche zurückschob, fragte Zonk sogleich: »Und?«

»Wir fahren.«

»Wohin?«

»Dorthin, wo man eine Person wahrhaftig verschwinden lassen kann. Oder auch zwei ...« Bevor er das Büro endgültig verließ, drehte er sich noch einmal zu Hentschel um. »Halt mich auf dem Laufenden, wenn es Neuigkeiten von *He-Man* gibt.«

Hentschel nickte pflichtbewusst.

»*He-Man?*«, fragte Zonk verdutzt. »Wieso sprechen Sie mit *He-Man?*«

Donner war zu sehr in Gedanken, um ihn aufzuklären. Stattdessen murmelte er: »*He-Man* meinte, ich soll zum Hafen gehen. Leider gibt es in dieser beschissenen Stadt keinen Hafen.«

»Ähm«, räusperte Hentschel sich. »Sie suchen einen Hafen?«

»Wie gesagt, bis auf den ehemaligen Flughafen an der Stollberger Straße, kenne ich keinen.«

»Unter Umständen kenne *ich* da einen Hafen.«

Kapitel 24

»Sie fahren mit uns ernsthaft in einen Puff?«
»Ich hatte keine Ahnung«, umkurvte Donner Zonks Frage.

Zu viert standen sie vor dem Etablissement, an dessen abgewetztem Klingelschild man das Wort *Hafen* lesen konnte. Dem Showmaster war die Anwesenheit in einem der Hinterhöfe auf der Lortzingstraße sichtlich peinlich. Seine goldfarbene Jacke hatte er vorsorglich gegen eine weniger auffällige kakifarbene Kutte mit Kapuze getauscht. Auch Nikon tippelte unsicher von einem Bein auf das andere und hob und senkte die Handkamera unschlüssig, weil sie nicht wusste, ob und was sie von der Szene filmen sollte.

Für fremde Augen mochte der Auftritt der Gruppe wirken, als feilschten gerade vier hypersexuell Gestörte darum, wer sich von ihnen als Erster im Bordell vergnügen durfte.

Mit einer Handbewegung gab Zonk Nikon zu verstehen, dass sie die Kamera vorerst besser ausgeschaltet ließ.

»Das ist der einzige Hafen, den ich kenne«, wiederholte Hentschel seine vorherige Eingebung.

»Ganz große Klasse!«, kommentierte Zonk und schaute sich nach allen Seiten um. »Die haben hier bestimmt versteckte Kameras. Wenn Ausschnitte davon auf Facebook oder YouTube gelangen, kann ich meine Karriere im Showbusiness an den Nagel hängen.«

»Sehr viel schlimmer kann Ihre Karriere doch gar nicht mehr laufen«, konnte Donner sich einen Seitenhieb nicht verkneifen, denn irgendwo im Internet war von Privatinsolvenz des Entertainers die Rede. Demnach war er jahrelang abgetaucht, bis er plötzlich in Donners Büro aufgetaucht war. »Immerhin müssen Sie sich mit mir herumärgern, während Markus Lanz die vollbusige Kollegin aus Hamburg begleiten darf.«

»*Sex sells* gilt eben nicht in jedem Fall«, erwiderte Zonk. Dabei kratzte er am Klingelschild, weil er wohl nicht wahrhaben wollte, dass sie im Rotlichtmilieu ermittelten.

»Sie und ihre Kamera bleiben draußen«, entschied Donner. Zonk atmete erleichtert auf. »Erwarten Sie bloß keine Rückendeckung, falls Sie da drinnen schlappmachen.«

»Keine Sorge, ich passe zwar in kein Fernsehformat, doch für solche Aufgaben bin ich potent genug.«

»Und ich?«, brachte Hentschel sich in Erinnerung.

»Du kommst natürlich mit rein, immerhin hast du die Hafentour organisiert.«

»Aber Herr Kriminalhauptkommissar, ich …«

Bevor der Praktikant flinke Füße bekam, packte Donner ihn an der Lederjacke und zog ihn an seine Seite.

Während sie auf den Türsummer warteten, hatte Zonk die Hände zum Gebet gefaltet und murmelte etwas von »DSC« und »Letzter Platz«.

Endlich ging die Tür auf. Donners Herz begann heftiger zu klopfen als zuvor. Und das kam keineswegs von der Vorfreude. Entgegen seinem Auftreten vor Zonk, war der Bordellbesuch für ihn nämlich alles andere als Routine. Obwohl noch gar nichts passiert war, hatte er allein aufgrund seiner Anwesenheit hier ein schlechtes Gewissen gegenüber Anne. Hoffentlich hielt Hentschel die Klappe. Der Kerl konnte ein ganz schönes Plappermaul sein. Das war in Ordnung, solange es Donner zum Vorteil gereichte …

Eine ältere Dame begrüßte Donner und Hentschel im Alltagsoutfit. Jedenfalls versprühte ihre Pullover so viel Erotik wie ein Kühlschrank aus den Achtzigern. Von luftiger Seidenwäsche, wie es billige Filme vorgaukelten, war in diesem Etablissement bisher nichts zu sehen. Aber das konnte ja noch kommen. Donner hoffte, dass die Prostituierten attraktiver gekleidet waren als die Puffmutter.

Insgesamt wirkte die Umgebung wie ein normales Wohnhaus. Das änderte sich jedoch schlagartig, als die Dame den beiden Männern einen Raum zuwies, in dem sie auf einer Couch warten sollten. Die sanfte Stimme eines Schmusesängers drang aus Lautsprechern und umspielte die geheimnisvolle Atmosphäre. Die Tapeten waren in einem warmen, dunklen Ton gehalten. Ein Flachbildfernseher war an einer Wand angebracht, auf dem abwechselnd Fotos nackter Frauen gezeigt wurden. Unter jedem Bild wurde der Name der Dame eingeblendet, sodass man bereits eine Vorauswahl treffen konnte.

Beide nahmen Platz. Sofort bemerkte Donner Hentschels Unruhe. Der Praktikant rückte auf dem Polster herum und fand keine bequeme Sitzposition. Fürsorglich legte Donner ihm seine Hand auf den Oberschenkel. »Ganz ruhig, das hier ist eine Dienstleistung wie bei einem Handyverkauf. Damit kennst du dich ja aus.«

»Als Mobilfachverkäufer musste ich mich nie ausziehen.«

Weil sich Donner prompt eine Frage aufdrängte, flüsterte er in Hentschels Ohr: »Bist du eigentlich noch Jungfrau?«

»Na ja, einmal wäre ich beinahe intim geworden. Da gab es diese grüne Frau ...«

Donner winkte ab. »Erspar es mir!«

Fast im selben Moment kam die Puffmutter zurück und lehnte sich gegen den Türrahmen. Sofort blieb ihr Blick an Donners Hand hängen, die noch immer auf Hentschels Bein ruhte.

Hastig zog Donner sie weg und lächelte die Puffmutter an. So wie die Frau durch ihre Brille spähte, wirkte sie streng, jedoch keineswegs voreingenommen gegenüber den beiden Besuchern. Sicherlich verkehrten hier die seltsamsten Typen, denn diese Adresse konnte man nicht unbedingt als Edelpuff bezeichnen. Dabei hätte Donner wetten können, dass sie niemals zuvor einen ähnlich im Gesicht entstellten Herrn wie ihn, und einen fetthaarigen und blassen Kerl wie Hentschel gleichzeitig bedient hatte.

»Habt ihr bereits einen Wunsch?«, fragte sie. »Soll es für den Vater etwas Älteres und für den Sohn etwas Jüngeres sein? Oder umgekehrt?«

»Ähm, ich bin nicht sein ...«, begann Hentschel. Sogleich biss er sich auf die Lippen, als Donner ihn mit dem Ellenbogen anstieß.

»Was können Sie uns anbieten?«, ergriff Donner die Initiative.

Er hatte sich zuvor mit Hentschel die Internetseite des Bordells und die dort vorgestellten Damen angesehen. Zu einer Entscheidung, mit welcher er sprechen sollte, war er dabei nicht gekommen.

»Soll ich die Damen vorführen lassen?«

Donner nickte. Wenn sie schon mal hier waren, konnte ein wenig Fleischbeschau nicht schaden. Und Hentschel konnte dabei sicher noch etwas lernen.

Keine Minute später stolzierte eine rassige Schönheit im knappen Höschen, straffem BH und High Heels in den Raum. Donner schätzte sie auf Mitte zwanzig, und ihr Herkunftsland lag garantiert im finstersten Osten.

»Hi, ich bin Darleen«, säuselte sie und gab den beiden Männern die Hand.

»Und ich bin Levi«, antwortete Hentschel höflich und sprang dazu auf, was der Dame – und vor allem Donner – sichtlich peinlich war.

Donner zog Hentschel am Hosenbund zurück auf die Couch und die Prostituierte verschwand.

Ihr folgten fünf weitere nicht weniger leicht bekleidete und hübsche Mädels. Die Älteste schätzte Donner auf knapp über vierzig.

»Und?«, fragte die Puffmutter nach der Vorführung. »Habt ihr euch entschieden?«

Donner kratzte sich das Kinn. »Wir würden gern etwas Ausgefallenes erleben … Wen können Sie uns da empfehlen?«

»Ihr beiden teilt euch eine Frau?« Die Puffmutter neigte den Kopf leicht, als wollte sie Donners Vorlieben genauestens ergründen. »Meinst du, richtig ausgefallenen Sex? Sex, den ihr garantiert sonst nirgendwo bekommt? Perversen Sex?«

Ein Glucksen entfleuchte Hentschel.

Donner blendete die Schluckgeräusche aus und rief sich in Erinnerung, dass *He-Man* ihn zum Hafen geschickt hatte. Also musste es einen Grund geben. »Exakt das suchen wir.«

»Dann dürfte euch Lucy gefallen.«

»Lucy?«, fragte Donner, weil er den Namen auf der Internetseite nicht gelesen hatte.

»Das Mädchen wird nur auf explizite Anfrage gezeigt. Das hat seinen Preis. Halbe Stunde hundert Euro pro Mann. Eine Stunde hundertfünfzig.«

Gemächlich zog Donner sein Portmonee aus der Gesäßtasche.
»Was ist an Lucy so besonders?«
»Sie ist behindert.«

Kapitel 25

Kolka betrat den Besprechungsraum der Kriminalpolizeiinspektion verspätet. Unter den Augen von Polizeipräsident Magerhans, seinem Stellvertreter – der, wie man munkelte, selbst mit dem obersten Posten der Direktion geliebäugelt hatte –, KPI-Leiter Moll und der Chefin der Pressestelle huschte Kolka nach hinten, wo noch freie Plätze waren. Keiner der vier machte eine zufriedene Miene, im Gegenteil. Sie zogen Gesichter, als wollten sie das Ende der Polizeidirektion verkünden.

Magerhans saß an der Stirnseite und wartete, bis Kolka einen Stuhl gefunden hatte. Ein letztes Stühlerücken, eine letzte Begrüßung unter Kollegen. Nachdem Ruhe eingekehrt war, stemmte Magerhans beide Fäuste auf die Tischplatte. Anschließend schaute er der Reihe nach alle K11-Ermittler an, die derzeit am *Engelsfall* arbeiteten. »Wer kann mir erklären, was aktuell in meiner Direktion los ist?«

In seiner Direktion! Offensichtlich hat er sich schnell an den neuen Posten gewöhnt.

Kolka senkte den Blick, um nicht zur Zielscheibe des Polizeipräsidenten zu werden.

»Wer reißt in meiner Stadt Menschen Augen aus und schneidet ihnen die Finger ab?«, stellte der Präsident eine weitere Frage. »Warum können wir auf Presseanfragen nur mit Standardfloskeln reagieren?«

Schweigen. Dieses wurde gelegentlich vom Räuspern und dem Scharren von Schuhsohlen unter dem Tisch unterbrochen. Unterbrechen ließ Magerhans sich dagegen nicht.

»Und erzählen sie mir nichts von irgendwelchen biblischen Wesen mit Flügeln. An derlei Firlefanz glaube ich nämlich nicht, sondern daran, dass wir es mit einem Geisteskranken aus Fleisch und Blut zu tun haben. Dementsprechend kann ich ja wohl verlangen, dass wir der Öffentlichkeit schnellstmöglich einen Verdächtigen präsentieren. Ich fordere saubere und zügige Arbeit. Die Aufklärungsquote ist entscheidend. Daran messe ich meine KPI.«

Ein Vorgesetzter, wie ihn das Staatsministerium liebt. Mein ehemaliger Dezernatsleiter hätte seine Freude an diesem Präsidenten gehabt. Für eine derartige Komposition hätten die beiden glattweg ins selbe Horn blasen können.

Kolka bemerkte, wie Kommissariatsleiter Henry Stark sich den Schlips am Hals lockerte. Anscheinend wusste er bereits, was gleich auf ihn zukommen würde.

»Herr Stark«, nahm Magerhans ihn auch direkt ins Visier. »Sie als Leiter des K11 können mir sicher ein paar Antworten geben.«

»Selbstverständlich«, erwiderte Stark mit belegter Stimme. Auffällig lange schob er seine Unterlagen vor sich zurecht und blätterte darin. »Brandneu ist die Tatsache, dass wir wissen, wem der abgeschnittene Finger gehört.«

»Das hört sich nach einem Teilerfolg an«, hakte Magerhans ein. »Ich hoffe, dabei springt etwas heraus, das zur Aufklärung der Taten beiträgt.«

»Sicher doch«, sagte Stark eilig. An seinen Schläfen lief schon der Schweiß herunter, weil ihn solche Runden regelmäßig ins Schwitzen brachten. Dann tat ihr Vorgesetzter Kolka jedes Mal leid. In Stark steckte eben ein besserer Kriminalist als ein Redner.

»Meine Kollegin Annegret Kolka wird Ihnen als leitende Ermittlerin die Details erörtern. Bitte schön!«

Auffordernd und mit hochrotem Kopf nickte er ihr zu.

Bäng! Durchs Genick direkt ins Auge.

Kolka brauchte ein paar Sekunden, um zu realisieren, dass Stark ihr soeben die Verantwortung und somit den schwarzen Peter zugeschoben hatte. Natürlich war sie als Oberkommissarin so ziemlich das schwächste Glied in der Runde – abgesehen von Marie Lehnhard vielleicht –, demzufolge konnte sie nicht einfach kneifen.

Schnell schlug sie ihre Dokumentenmappe auf, in der sich die wichtigsten Notizen zum *Engelsfall* befanden. Befinden sollten! Stattdessen fand sie ein paar uralte Aufzeichnungen zu einem Fall, bei dem ein Schneeleopard eine Rolle gespielt hatte, und dessen Aufklärung bereits mehrere Jahre zurücklag. In der Hektik hatte sie die falschen Unterlagen geschnappt. Schuld war das Chaos-

Gen, von dem sie immer noch nicht wusste, wer von ihren Vorfahren ihr das vererbt hatte.

Keine Panik, Anne! Du hast einen Freund, der dich für einen Kumpel hält. Ein Kumpel, mit dem man prima über die Arbeit quatschen kann und der nebenbei noch Brüste und eine Vagina hat. Also wirst du das hier wohl mit links packen.

Demonstrativ hob sie die rechte Hand, zum Zeichen, dass sie die von Stark angesprochene Ermittlerin war. Gleich darauf fand sie die Geste albern. Sie stand auf, um besser Luft zu bekommen, und straffte kämpferisch ihre Brust, was sichtlich Eindruck beim Polizeipräsidenten machte. »Till Baumann«, warf Kolka den Namen wie ein saftiges Stück Fleisch vor eine Meute hungriger Raubtiere in den Raum.

Es funktionierte. Sämtliche Augen waren auf sie gerichtet, was ihr ungeteilte Aufmerksamkeit schenkte. Neben Stark schien KPI-Leiter Moll am nervösesten, denn nach den Vorfällen im letzten Herbst, wackelte auch sein Stuhl bedenklich. Jeder im Raum wusste das.

»Der abgetrennte Finger, den Klaus Demmler bei sich trug, gehört einem gewissen Till Baumann«, erklärte Kolka. »Wir haben es hier mit einem Mann ohne festen Wohnsitz zu tun, der aufgrund diverser Delikte verurteilt und bereits drei Haftstrafen abgesessen hat. Neben Körperverletzungsdelikten häufen sich die Anzeigen wegen verfassungsfeindlicher Straftaten und Verstößen gegen das Betäubungsmittelgesetz. Wir haben ihn umgehend zur Fahndung ausschreiben lassen. Die Kollegen von der Bundespolizei unterstützen uns bei der Suche nach möglichen Aufenthaltsorten von Baumann. Wir gehen sämtlichen Hinweisen nach. Exakt in diesem Moment lassen wir der Reihe nach alle Örtlichkeiten durch Kriminalbeamte und den Streifendienst der Reviere überprüfen.«

»Soll das heißen, wir haben diesen Baumann noch gar nicht gefasst?«, fragte Magerhans.

»Das ist nur noch eine Frage der Zeit«, wich Kolka aus. Sie registrierte, wie die Pressestellenleiterin aufmerksam mitschrieb. Natürlich würde ihre Abteilung niemals Informationen ohne Abstimmung mit dem K11 an Pressevertreter herausgeben, aber

Kolka wollte trotzdem aufpassen, was sie preisgab.»Daneben sind wir nicht untätig, sondern werten die Aussage der wichtigsten Zeugin aus: Frau Johanna Demmler. Entsprechend konzentrieren wir uns auf die Recherche zum genannten Transporter mit den gestohlenen Kennzeichen. Leider stellt sich die Auswertung des Fahrzeugtyps als schwierig und vor allem als langwierig heraus, denn allein im Stadtgebiet sind knapp achttausend weiße Kleintransporter angemeldet. Vorerst lassen wir daher das Umland außen vor, was nicht heißt, dass unser Täter nicht von dort oder im ungünstigsten Fall aus einer völlig anderen Ecke Deutschlands stammt.«

»Um den Arbeitsaufwand bewältigen zu können«, unterbrach Moll,»habe ich veranlasst, dass Mitarbeiter aus anderen Abteilungen das K11 unterstützen.«

»Das gefällt mir«, lobte Magerhans den KPI-Leiter.»In besonders schwierigen Zeiten müssen wir über Abteilungsgrenzen hinwegdenken. Diese Philosophie teile ich mit Ihnen, Herr Moll. Bitte weiter, Kollegin Kolka!«

»Im Zusammenhang mit den für die Entführung genutzten Autokennzeichen ist uns ein interessantes Detail aufgefallen.« Sie ließ eine bedeutungsschwangere Pause entstehen, um die Spannung bei den Anwesenden zu erhöhen und sich wenigstens für den Moment im Licht zu sonnen.»Die gestohlenen Kennzeichen gehören einem gewissen Manuel Daniel. Das allein ist nicht erwähnenswert. Interessanter ist der Fakt, dass Manuel Daniel und Till Baumann vor Jahren gut befreundet waren und zusammen einige krumme Dinger gedreht haben.«

Magerhans beugte sich sichtlich interessiert nach vorn.»Demnach ist auch dieser Daniel ein Schmutzfuß. Da wäre es von Vorteil, Kollegin Kolka, wenn Sie in alten Anzeigen zu ihm stöbern.«

»Da bin ich ganz bei Ihnen, weshalb ich das soeben veranlasst habe. Entschuldigen Sie mein Zuspätkommen.«

»Es gibt nichts zu entschuldigen«, kehrte er ihr Fehlverhalten unter den Tisch.»Weiter im Text!«

»Dank Johanna Demmler haben wir eine erste Beschreibung des Täters. Diese fällt zwar äußerst dürftig aus, aber sie ist besser als nichts. Weitere Merkmale zur Identifizierung der Person erhoffen wir uns von Klaus Demmlers Aussage. Von dem Mann, der sich die Finger mit einer Übungshandgranate der Bundeswehr abgesprengt hat.«

»Eine Übungshandgranate?«, wunderte sich Magerhans und einige andere, die den LKA-Bericht der Abteilung für unkonventionelle Spreng- und Brandvorrichtungen noch nicht kannten.

»So ist es«, bestätigte Kolka. »Wir wissen inzwischen, dass Klaus Demmler gezwungen wurde, die Granate in aller Öffentlichkeit zu zünden. Dazu war der Sprengkörper mit Klebeband an seiner Hand befestigt. Der Unbekannte – Demmler nannte ihn den Engel von Bethesda, ähnlich wie auch Richterin Feltmann und Johanna Demmler ihre Peiniger als Engel bezeichnet hatten – wollte anscheinend nicht, dass Demmler oder jemand anderes stirbt. Wir vermuten, dass es unserem Täter nur darum geht, Menschen zu verstümmeln. Und dafür sucht er sich Opfer aus, die bereits an körperlichen Einschränkungen leiden. Entsprechend passt es ins Bild, dass Johanna Demmler rein äußerlich keinerlei Schaden entstanden ist. Alles deutete darauf hin, dass der Engel kein wirkliches Interesse an ihr hatte.«

Gemurmel und Kopfschütteln in der Runde. Jeder schien sich der Abartigkeit der Taten bewusst zu werden.

In der Stadt verstümmelte jemand Behinderte.

Kolka verzichtete darauf, es explizit auszusprechen.

»Eine Vernehmung von Klaus Demmler war bisher nicht möglich. Ebenso wenig wie mit Richterin Feltmann. Sobald uns die Ärzte grünes Licht geben, erhoffen wir uns zielführende Erkenntnisse.«

Für ein paar Sekunden herrschte Stille. Jeder der Anwesenden schien die Informationen für sich zu verarbeiten.

»Gute Arbeit, Kollegin Kolka«, äußerte Magerhans seine Zufriedenheit. »Können Sie mir etwas zu Kriminalhauptkommissar Erik Donner sagen?«

Ein heiß-kalter Schauer ging Kolka über den Rücken.

Weiß Calvin Magerhans, dass wir irgendwie zusammen sind? Bestimmt weiß er es. Magerhans macht einen klugen Eindruck. Nur was genau soll ich ihm erzählen?

»Was möchten Sie wissen?«, entschied Kolka sich für die offensichtlichste Option, um nicht direkt ins Messer zu laufen.

»Anscheinend hatte Erik den richtigen Riecher, denn er war als Erster am Ereignisort, bevor Klaus Demmler größeren Schaden anrichten konnte«, konkretisierte Magerhans. »Auch wenn ich Eriks Methoden manchmal kritisch betrachte, schätze ich ihn dennoch als engagierten und zuverlässigen Polizeibeamten. Deshalb möchte ich erfahren, welche Rolle er in der ganzen Sache spielt?«

Innerlich schrie Kolka auf. Nach außen hin ließ sie es sich dagegen nicht anmerken, dass sie ungern über Erik sprechen wollte. Doch so wie Magerhans schaute, war er an Details interessiert. Offenbar sollte sie mehr preisgeben, als ihr lieb war. Sie musste dem Polizeipräsidenten ein paar Brocken zum Kauen hinwerfen.

»Erik geht davon aus, dass ein einarmiger Bandit in den Engelsfall verwickelt ist.«

»Ein einarmiger Bandit?«, fragte Magerhans. »Was hat denn ein Spielautomat mit einem ausgerissenen Auge zu tun?«

»Kein Spielautomat, sondern ein Behinderter. Ein stummer Obdachloser mit Cowboyhut und nur einem Arm.«

»Aha.« Daraufhin sackte der Präsident auf seinem Stuhl zusammen, schaute in die Gesichter der Sitzenden, ob jemand über seinen Patzer lachte, und massierte sich nachdenklich die Wangen. Bald schon fand er zu seiner selbstbewussten Haltung zurück.

»Schön, schön, Kollegin Kolka ... Eine letzte Frage: Was um Himmelswillen macht Erik Donner während der Dienstzeit in einem Bordell?«

Kapitel 26

Das Zimmer mit der samtroten Tapete und dem Futonbett schien zu klein für Donner und Hentschel. Vor allem angesichts der Tatsache, dass sie sich in Kürze eine Frau würden teilen müssen. Auch der gigantische Wandspiegel, in dem Freier die Dame ihrer Wahl und sich selbst beim Liebesspiel beobachten konnten, änderte nichts an dem Engegefühl, welches Donner überdeutlich verspürte. Woher der Anflug von Platzangst kam, wusste er nicht so recht. Vor ein paar Jahren hatte er selbst regelmäßig Trost bei einer Prostituierten gesucht – während der ganz harten Zeit, nach dem Tod von Frau und Tochter –, aber in einem Bordell war er nie zuvor gewesen. Demnach musste es an der Örtlichkeit liegen, dass er sich unbehaglich fühlte. Vor allem wusste er nicht, was ihn erwartete, wenn diese Lucy gleich auftauchte.

Hentschel wirkte weniger nervös. Aufmerksam inspizierte er die Liste mit den Extrawünschen, die als DIN A4-Seite neben einer Schale mit Kondompackungen und einer Küchentuchrolle auf einem kleinen Schrankteil lag. Wahrscheinlich machte es ihm Mut, dass er die Konfrontation mit der Professionellen nicht allein durchstehen musste.

Donner hatte es sich in dem einzigen Sessel gemütlich gemacht – jedenfalls so gemütlich, wie es sich ein Mann, der lieber mit Toten als mit Prostituierten verkehrte, machen konnte. Von seinem Sitzplatz aus musterte er das Zimmer. Die Löcher im Spannbettlaken erinnerten ihn daran, dass es sich bei diesem Etablissement keineswegs um einen Luxusschuppen für Liebesdienste handelte. Bei genauerem Hinsehen erkannte man auch, dass die Auslegware längst nicht mehr als neuwertig durchging. Das schummrige Licht der Lavalampen kaschierte die unzähligen Flecken nur bedingt.

Absätze klapperten.

Gemächlich öffnete sich die Tür. Finger mit langen, pink lackierten Nägeln bogen sich um das Türblatt. Eine schokobraune Schönheit mit lockigem Haar, tiefschwarz geschminkten Augen und knallroten Lippen betrat den Raum. Beim Anblick von Donner wurde ihr Lächeln unsicher.

»Hi«, hauchte sie. Dann nannte sie ihren Namen. »Lucy.« Sie zeigte auf das Bett, wo zwei kleine Handtücher lagen, die die Puffmutter, zusammen mit dem Hinweis wo sich die Dusche befand, bereitgelegt hatte.

»Wir achten hier auf Sauberkeit«, sagte Lucy im akzentfreien Deutsch.

Sicher doch. Alles schön safe. Und 'ne Bahnhofstoilette ist so steril wie mein Erste-Hilfe-Kasten im Wagen.

»Ich denke, duschen können wir uns sparen«, entgegnete Donner und rief Hentschel wie ein braves Hündchen an seine Seite.

»Hi«, sagte der und wedelte Lucy mit der Hand zu. »Wir haben uns noch nicht kennengelernt.«

Die Vierzigjährige schenkte dem Jungen einen Augenaufschlag, der betörend war. Eine Weile blieb Hentschel der Mund offenstehen, und ein Spuckefaden lief an seinem linken Mundwinkel hinab. Auch wenn Donner vom Blick der Schönheit ebenfalls kurzzeitig gefangen war, machte er zwei Schritte zum Schränkchen hin und reichte seinem Begleiter ein Tuch, damit er sich den Sabber wegwischen konnte.

Weniger reizend fand Donner dagegen die gelangweilten Kaubewegungen von Lucy. Fehlte bloß noch, dass sie eine Kaugummiblase machte und die Masse nach dem Platzen rings um ihren Mund klebte.

»Ihr beiden mögt es schmutzig, was?«

Sie schritt zum Bett und setzte sich auf die Kante. Ihren schwarzen Seidenmantel lockerte sie am Ausschnitt ein Stück. Darunter konnte man die wohlgeformten Brüste bereits erahnen. D-Körbchen. Jede Wette! Wobei man da kaum noch von Körbchen reden konnte. Garantiert waren die Dinger unterm Skalpell entstanden, aber das musste ja nichts Schlechtes bedeuten.

»Seid ihr verklemmt, Jungs? Wollt ihr euch in die Jacken wichsen?«, fragte sie. »Wie wollen wir es uns denn gemütlich machen bei den ganzen Klamotten?«

»Gemütlich klingt gut«, antwortete Donner, wobei er keine Ahnung hatte, wie er zu seinem eigentlichen Anliegen kommen sollte. »Was kannst du uns bieten?«

Lasziv warf Lucy ihren Kopf zur Seite und machte ihre Beine breit. Erst jetzt verstand Donner, was die Puffmutter gemeint hatte, als sie sagte, Lucy wäre besonders.

Gleich darauf öffnete sie den Gürtel ihres Mantels und legte Ober- und Unterkörper frei. Die Brüste waren wirklich D-Größe, aber in jeder Hinsicht Nebensache.

»Heilige Scheiße!«, rutschte es dem sonst so höflichen Hentschel heraus, und er schob sich ein Stück hinter Donner, als hätte sich die Schönheit urplötzlich in einen reißenden Vamp verwandelt.

Lucy lachte. Sie schien die Verunsicherung der beiden Männer zu genießen. »Soll ich sie abnehmen? Ist es das, worauf ihr steht?«

Sie meinte ihre Beinprothesen. Unter dem Mantel, dessen Saum bis zu den Stöckelschuhen reichte, hatte man die Behinderung nicht gesehen. Dort wo das Fleisch über den Knien endete, führten Kunstfaser und Metall die Beine zum Abschluss.

»Sie tragen Beinprothesen«, stellte Donner überflüssigerweise fest.

»Der letzte Gast wollte, dass ich mit den Metallfüßen seinen Schwanz massiere. Zuletzt musste er unbedingt an meinen Oberschenkelstümpfen riechen.«

»Ich wusste nicht …«

»Was? Dass es Nutten ohne Beine gibt?« Lucys Ton wurde rauer. »Baby, du glaubst gar nicht, was Männer bereit sind zu zahlen, um 'nen Krüppel zu ficken.« Provokativ spreizte sie die Beine, so weit es ihre Sitzposition ermöglichte, und fuhr sich mit einer Hand in den Schritt. »Also, wollt ihr jetzt meine Muschi sehen oder habt ihr es euch anders überlegt?«

»Ich habe es mir anders überlegt«, schoss es aus Hentschel heraus. »Nichts gegen Sie, Madame, aber ich will mir meinen natürlichen Sexualtrieb erhalten.«

»Levi, halte die Klappe«, rief Donner ihn zur Beherrschung. Er trat vor und griff nach Lucys Seidenstoff. Behutsam schob er beide Mantelhälften zusammen. »Wir wollen nur reden.«

»Reden?« Lucy stieß seine Hände weg. »Seid ihr Bullen?«

»Erzählen Sie mir, wie das passiert ist?« Er nickte in Richtung ihrer Prothesen.

»Was gibt es da zu erzählen? Badeunfall.«

»Fremdeinwirkung?«

»*Fremdeinwirkung!*«, wiederholte sie zynisch und wedelte vor Donners Nase mit dem Zeigefinger herum. »Oh ja, Baby, du bist ein Bulle! Ich wette, keiner deiner Vorgesetzten weiß, dass du hier rumschnüffelst. Was würde wohl passieren, wenn ich jetzt nach dem Ordnungsdienst rufe?«

»Dann hätten Sie es längst getan.«

Lucys skeptische Miene wich einem Lächeln, bei dem man ihre makellosen Zähne sah. Keine Frage, die Frau legte trotz der Behinderung Wert auf Körperpflege.

»Scheiße«, stieß sie wenig ladylike aus. »Ich war früher mal Model, bis ich in Zypern betrunken von einer Klippe ins Meer sprang. Es war einer meiner ersten großen Auftritte, den ich mit anderen Mädels feiern wollte. Wir waren Anfang zwanzig und träumten alle von den Laufstegen dieser Welt. Leider hatte ich den verfickten Felsen im Wasser nicht beachtet. Tja, und dann war's das gewesen. Ein Wunder, dass ich nicht verblutet bin.«

»Glauben Sie mir, ich kann nachvollziehen, wie es ist, wenn man tief fällt und hart aufschlägt.« Donner zeigte auf sich selbst und fuhr sich übers Gesicht, wo die Überbleibsel seines Sturzes bis über den Tod hinaus sichtbar bleiben würden.

»Was deine Frage betrifft ... Nein, es gibt niemanden, den ich für mein Handicap verantwortlich machen kann. Niemanden, dem ich liebend gern den Kopf abreißen würde. Also falls du nach irgendeinem Racheding Ausschau hältst, Hübscher, dann bist du bei mir an der falschen Adresse.«

»Keine Nummer unter diesem Anschluss, was?«, wurde Hentschel mutiger, was Donner mit einem Stoß gegen seine Rippen quittierte.

»Falscher Zeitpunkt, um den Clown zu spielen«, murmelte Donner.

Augenblicklich verstummte der Praktikant.

»Sie sind wegen des Verstümmlers hier, nicht wahr?«

»Verstümmler?«, fragte Donner nach, weil er nicht gleich verstand.

»Man hört es ja ständig in den Nachrichten, und die anderen Frauen ziehen mich andauernd damit auf, dass mich der Verstümmler auf dem Heimweg wegfangen könnte.«

»Die Presse nennt ihn den Engel von Bethesda.«

»Mir gleichgültig, wie der verdammte Bastard heißt. Hauptsache, die Bullen legen ihm endlich das Handwerk.«

»Sie wissen etwas. Und Sie haben furchtbare Angst.«

»Nicht mehr.«

»Was heißt das?«

Lucy machte eine Pause, als überlegte sie, was sie erzählen durfte. »Die Wahrheit ist, er war bereits da.«

Stille.

Donner brauchte einen Moment, um diesen Satz zu begreifen.

»Sie meinen, der Engel war hier?«

Sie schüttelte den Kopf. »Nein, er hat mir auf dem Heimweg aufgelauert. Zuerst dachte ich, es wäre ein Kunde, der unzufrieden mit der Leistung war und sein Geld zurückwollte, aber dann merkte ich schnell, dass der Typ ein anderes Kaliber war.«

»Können Sie ihn beschreiben?«

»Warum überrascht mich die Frage nicht?«

»Können Sie oder können Sie nicht?«

»Schwarze Kleidung, dunkle Stimme. Reicht das? Der achtete penibel darauf, auf Distanz und im Schatten zu bleiben.«

»Wenn er Sie nicht angefasst hat, warum sind Sie nicht weggelaufen?«

Bitter lachend klopfte Lucy sich gegen eine der Prothesen. »Und was denkst du, Baby, hätte mir das genützt? Nein, der Typ wusste, dass ich ihm zuhören würde. Er wusste, dass ich genügend andere Männer kenne, die eine Frau allzu gern misshandelten. In meinem Gewerbe hält man einiges aus.«

»Er hat Ihnen also nichts getan.«

»Nein, er wollte nur reden. Er sagte mir, dass mich ein Mann mit furchtbaren Gesichtsverunstaltungen aufsuchen würde. Ein Bulle, ein Monster.« Sie fuhr sich über ihre eigene Stirn und Wange und spiegelte dadurch Donners Verunzierungen. »Er sagte mir, ich sollte dir helfen.«

»Wann war das?«

»Vor vierzehn Tagen.«

Vor vierzehn Tagen schon?

»Und Sie haben es niemanden gemeldet?«

»Was hätte ich denn melden sollen?« Sie schnaubte belustigt. »Dass mich ein Spinner um Mitternacht angequatscht und mir die Zukunft gelesen hat?«

Zugegeben, bis vor Kurzem hätte selbst Donner diese Geschichte für einen Anflug geistiger Umnachtung abgetan. Und einer Nutte hätte vermutlich niemand geglaubt.

»Was hat er Ihnen noch erzählt?«

»Dass du dich für ein Gemälde mit einem schwarzen Engel interessieren würdest. Ein Engel, der die Kranken heilt, indem er ein Wasser berührt …«

Weil sie nicht weitersprach, hakte Donner nach: »Und?«

»Ich habe ausgiebig darüber nachgedacht. Ich glaube, ich habe ein solches Bild einmal gesehen. Damals vor etlichen Jahren, in einer Mietwohnung bei einem meiner Stammfreier. Der Mann saß im Rollstuhl, hat keinen mehr hochbekommen. Ich musste mich vor dem Alten immer selbst befriedigen. War leicht verdientes Geld.« Sie kicherte. Zumindest hörte es sich wie ein Kichern an. Im Nachhinein hätte es auch ein Schluchzen sein können.

Donner war es egal, welche Erinnerungen die Frau mit der Vergangenheit verband. Er brauchte die bloßen Fakten. »Erzählen Sie weiter.«

»Der Kunde hat mich damals andauernd als einen gefallenen Engel bezeichnet. Ich habe nie gefragt, weshalb er mich so nannte. Der Mann war seltsam. Wortkarg und irgendwie auch unheimlich. Jedenfalls nahm ich an, er spielte auf meine Beine an.«

»Können Sie sich an den Namen oder die Adresse erinnern?«

»Das war irgendeine Hartz-IV-Bude auf dem Sonnenberg. Für die genaue Straße und Hausnummer liegt das verdammt lang zurück. Nur der Name ist mir im Gedächtnis geblieben …«

Donner wartete darauf, dass sie weitersprach.

»Aber diese Information kostet selbstverständlich extra.«

Kapitel 27

Kolka hatte sich bei der Lagebesprechung ganz gut geschlagen. Sogar der sonst so reservierte KPI-Leiter Moll hatte sie an der Zimmertür abgefangen, ihr auf die Schultern geklopft und gesagt: »Wir verlassen uns auf Sie!«

Mal sehen, ob ich rausbekomme, wen er mit wir *meint. Ich schätze mal, er wollte mich eigentlich bitten, dass ich für ihn die Welt retten soll. Tja, Herr Moll, leider sind meine Extraleben für diese Woche aufgebraucht.*

Wehmütig dachte sie daran, wie ihre drei Clan-Mitglieder heute Abend ohne sie die von Gamern seit Monaten fieberhaft erwartete neue Counter-Strike-Arena stürmten. Die Männer der Spielerunde hatten zuletzt mehrfach angedeutet, dass sie sich einen Ersatzmann oder besser eine Ersatzfrau für Kolka suchen wollten. Bisher hatte sie es als einen Scherz aufgefasst, aber innerlich ahnte sie, dass mehr dahintersteckte.

Sollen Sie ruhig, diese Nerds! Von uns habe ja wohl ich den verantwortungsvollsten Beruf. Damit leiste ich wenigstens einen Dienst an der Gesellschaft.

Aber tat sie das wirklich?

Schon lange verfolgten sie Zweifel. Was konnte sie denn tatsächlich ausrichten in einer Welt, die mit jedem Tag böser zu werden schien?

Sobald sie einen Mörder aus dem Verkehr zog, schlüpfte zur gleichen Zeit irgendwo ein stinkreicher Bonze durchs Netz. Jemand, der durch die eigene Profitgier unzählige Kleinanleger in den Bankrott und damit in den Ruin getrieben hatte. Und selbst wenn sie den Engel von Bethesda dingfest machte, lud irgendwo ein anonymes Dreckschwein brandneues pornografisches Material von Kindern ins Internet, und niemand würde je erfahren, welches Schicksal die Opfer erleiden mussten. Oder die ganze Sache mit der Zwangsprostitution …

Das rief Kolka schlagartig Magerhans' Worte ins Gedächtnis. Sie hatte ebenfalls keine Antwort auf die Frage gewusst, was Erik in einem Bordell machte. Sie wollte es jedoch herausfinden.

Just in dem Moment, als sie ihr Handy zur Hand nahm, klingelte es. Sofort erkannte sie die Telefonnummer der Rechtsmedizin. Dass der Anruf auf ihrem Privattelefon erfolgte, konnte nur eines bedeuten: Es war Dr. Clemens van de Wal, dieser alte Casanova.

»Woher haben Sie meine Nummer?«, fragte sie, als sie das Gespräch annahm.

»Die haben Sie mir auf einen Zettel geschrieben und ihn mir auf meinen Nachtschrank gelegt, nachdem sie sich aus meinem Bett geschlichen haben, Frau Kolka.« Der Rechtsmediziner erzeugte ein anzügliches Geräusch mit seiner Zunge.

»Lassen Sie den Quatsch! Und unterstehen Sie sich, noch einmal meine Privatnummer zu wählen.«

»Soll das heißen, es ist aus zwischen uns zwei Hübschen?«

Den Drang, das Gespräch einfach zu beenden, überwand sie, indem sie in die Offensive ging. »Nichts gegen ältere Männer, aber uns trennen gut und gerne einhundert Jahre. Man munkelt, dass sich bereits 1945 im Kriegslazarett Leute geweigert hätten, sich von Ihnen behandeln zu lassen, Sie Knochenbrecher.«

Van de Wal kicherte wie dieser steinalte Knacker aus der Serie *Die Simpsons* – Mr. Burns.

»Charmant, darauf stehe ich.«

Kolka blies scharf die Luft aus. »Sonst noch was?«

»Ich bin enttäuscht, weil Sie mir schon lange keine Toten mehr vorbeigebracht haben. Stattdessen schicken sie mir einen halb vertrockneten Augapfel.«

»Ja, wegen einer äußerst wichtigen DNA-Untersuchung.«

»Es ist immer äußerst wichtig.«

»Stammt das Auge nun von Richterin Karla Feltmann?«

»Zweifellos.«

»Gut, schicken Sie mir das Ergebnis per Fax.«

»Ich liebe es, wenn Sie so einen Befehlston an den Tag legen.«

Kolka verdrehte die Augen und zwang sich, sich nicht vorzustellen, wie der Doktor in einem sterilen Raum an sich herumspielte, weil er das dienstliche Telefonat mit einer Sexhotline verwechselte.

»Ich brauche es – sofort!«

»Da wäre noch eine Kleinigkeit, die ich Ihnen gern persönlich zeigen würde.«

Ja, deine Kleinigkeit.

»Vergessen Sie es, Dr. van de Wal.«

»Schade! Mir ist an dem Augapfel nämlich eine winzige Tätowierung aufgefallen.«

Plötzlich war Kolkas Neugier angestachelt. »Was sagen Sie da?«

»Jemand hat das Auge tätowiert.«

»Ich dachte, so etwas wäre nicht möglich, weil die Tinte durch den feuchten Film des Auges verlaufen würde.«

»Wie gesagt, das Ding hier ist längst nicht mehr so feucht. Apropos feucht …«

»Dr. van de Wal, unterstehen Sie sich!«

»Hey, Sie wissen doch gar nicht, was ich sagen wollte«, antwortete er simuliert beleidigt.

»Leider kenne ich Sie und Ihre schlüpfrigen Äußerungen. Also um was für eine Tätowierung handelt es sich?«

»Eigentlich sollten Sie sich das lieber selbst ansehen, aber wenn Sie es unbedingt am Telefon hören wollen … Für meinen beschränkten kriminalistischen Spürsinn könnte es sich um irgendwelche Geheimzeichen handeln.«

»Sie meinen eine Art Code?«

»Das herauszufinden, überlasse ich Ihrem Ermittlerinnenhirn. Hier steht jedenfalls: P1817.«

Nach dem Besuch bei Lucy – die Prostituierte, die mit richtigem Namen Lucille Almera hieß – fühlte Donner sich irgendwie schmutzig. Während Zonk ihm etwas hinterherrief, beeilte Donner sich, so schnell wie möglich die Gegend zu verlassen. Seine Gedanken rasten. Er versuchte, die bisherigen Informationen in einen Zusammenhang zu bringen. Für weitere zweihundert Euro hatte er von der Prostituierten einen neuen Namen bekommen. Einen Namen, den Donner schon etliche Jahre nicht mehr gehört hatte.

Den Namen eines Mörders.

Donner zog sein Diensthandy aus der Tasche und schaltete es ein, wobei er sich selbst wunderte, dass ihm die PIN überhaupt noch einfiel.

Achtzehn verpasste Anrufe. Darunter die Apparatenummer des Polizeipräsidenten. Donner würde keine Einzige davon zurückrufen. Stattdessen rief er das Adressbuch auf, was angesichts des Mittelaltermodells von Nokia – *gibt es die Firma überhaupt noch?* – alles andere als bedienerfreundlich war. Erst recht nicht, für Leute, die wenig bis gar keine Ahnung von Technik hatten. Für Donner mussten Geräte funktionieren. Und zwar einfach.

Endlich fand er die Rufnummer der Justizvollzugsanstalt Dresden.

Er ließ es klingeln und landete in einer Warteschleife, bis sich eine Frau von der Vermittlung meldete.

»Hier spricht Kriminalhauptkommissar Donner, ich bräuchte eine Auskunft zu einem Insassen.«

»Zu welcher Dienststelle gehören Sie?«

Anstandslos gab Donner Antwort.

»Soll ich Sie mit einer bestimmten Abteilung verbinden?«, fragte die Angestellte. »Außerdem benötige ich das Aktenzeichen Ihres Falls, für den Sie die Auskunft möchten.«

»Tut mir leid, ich bin gerade nicht an meinem Arbeitsplatz, deshalb kann ich Ihnen keine Vorgangsnummer nennen, denke aber, dass es daran nicht scheitern wird. Sie sollen für mich lediglich etwas in Ihrem Computer überprüfen.«

Es folgte ein gelangweilter Laut, dann fragte die Angestellte: »Um wen geht es?«

»Stanislav German.«

Die Dame gab keine Erwiderung, ob sie den Namen richtig verstanden hatte. Im Handy konnte er jedoch das Klappern einer

Computertastatur hören. Es dauerte eine Weile, bis sie sich zurückmeldete. »Stanislav German, meinen Sie?«

»Exakt. Ich hoffe, der Mann ist noch in Ihrer JVA untergebracht.«

»Nein, ist er nicht mehr.«

»Wohin wurde er verlegt?«

»Auf den Friedhof.«

Donner brauchte einen Moment, um zu verstehen, dass die Frau es in vollem Ernst gesagt hatte. »Er ist tot?«

»Vor vier Monaten gestorben.«

»Woran?«

»Für alle weiteren Auskünfte würde ich Sie nun doch lieber vermitteln.«

»Nein!«, protestierte Donner vergeblich. Im Ohr vernahm er bereits die Melodie der Warteschleife.

Zur selben Zeit, als Donner auf dem Gehweg wie ein eingesperrter Tiger auf und ab ging, klingelte Zocky Zonks Smartphone. Zum Takt von DJ Bobos *Somebody Dance With Me* tänzelte der Showmaster ein Stück abseits und wippte mit den Schultern. Ein Anruf mit unterdrückter Rufnummer. Demnach rief wohl keiner vom Sender an.

Zonk sah es nicht ein, warum er sich mit Namen melden sollte. »Ja, bitte?«

Keine Erwiderung. Nur ein schweres Atmen.

»Hallo? Wer ist da?«, fragte Zonk. »Haben Sie sich verwählt?«

»Nein, ich habe mich nicht verwählt, Herr Zonk.« Der männliche Anrufer sprach ruhig und klar.

Aus einem Reflex heraus nahm Zonk das Smartphone kurzzeitig vom Ohr. Auf einmal erfasste ihn Furcht.

»Ich weiß nicht, wer sie sind«, erwiderte der Entertainer.

»Ich denke schon, dass Sie genau wissen, wer hier spricht«, widersprach der Unbekannte.

»Was wollen Sie?«

»Ich möchte Ihnen die Augen öffnen.«

Zonk erschrak, weil er unwillkürlich an das Schicksal der Richterin denken musste. »Sagen Sie mir Ihren Namen oder ich lege auf.«

»Sie kennen meinen Namen. Den Namen, den man überall in den Nachrichten benutzt.«

»Verstümmler.«

So titelten die Zeitungen.

»Oh, nicht doch.«

»Sie sind ein Monster«, gab Zonk kämpferisch von sich, wobei er beobachtete, ob Donner etwas von dem Telefonat mitbekam. Aber der Kommissar schien wie immer seine eigenen Probleme zu haben. »Sie sind ein grausamer Mann, der Spaß daran hat, andere Menschen zu verstümmeln.«

»Tue ich das?« Ein zynisches Schnauben folgte. »Anstatt das wahre Monster, dem Sie wie ein Köter einem Knochen hinterherlaufen, zu verherrlichen, sollten Sie sich lieber ein paar Meinungen über mich im Internet einholen. Dann werden Sie erkennen, dass ich meinen Opfern einen Gefallen getan habe. Ich zähle auf Sie, Herr Zonk! Auf Sie und Ihre Sendung.«

Danach war die Verbindung tot.

Auf der Intensivstation des Universitätsklinikums Leipzig zeigte der Vitaldatenmonitor von Richterin Karla Feltmann eine erhöhte Herzfrequenz.

Kapitel 28

Damals

Zu dritt saßen sie in der schlecht beleuchteten Küche, in der sie vor ein paar Minuten Karten gespielt hatten. Sascha, der Pfarrer und dessen Stiefbruder Ludwig Grimm. Aus einem Kassettenrekorder auf dem Fensterbrett drang der vierstimmige Gesang eines Chors. Die Kirchenmusik erinnerte Sascha ein wenig an die Kassette seines Vaters, die dieser nur im Gebetsraum abspielte. Saschas Vater sah es gern, dass sein Sohn in letzter Zeit öfter im Haus des freundlichen Geistlichen verkehrte. Nach Meinung des Vaters konnte er dadurch einige wertvolle Dinge fürs Leben lernen.

Bis zum heutigen Tag kannte Sascha den sonderbaren Grimm immer nur daher, wenn der vor Betreten der Kirche seinen Cowboyhut abnahm. Ohne Hut sah er wie ein Kinderfänger aus. Irgendetwas hatte er an sich, was Sascha an einen Räuber erinnerte.

Wäre der Pfarrer nicht anwesend, hätte der Zwölfjährige sich vor dessen Bruder versteckt. Vor allem, weil dieser schlechte Zähne hatte und komische Kaubewegungen machte, als wollte er den Jungen bei der nächstbesten Gelegenheit fressen.

Aus einem der Hängeschränke holte der Pfarrer Teller heraus. Das Geschirr klapperte. Ohne sich umzudrehen fragte er: »Kennst du die Märchen der Gebrüder Grimm?«

Sascha wackelte mit dem Kopf, was der Pfarrer nicht sehen konnte. Der Junge kannte ein paar Märchen. Der Froschkönig, die Bremer Stadtmusikanten …

»Ludwig kennt sie alle«, antwortete der Pfarrer, woraufhin Grimm grinste und dabei den Brummlaut eines Bären nachahmte. »Besonders *Fitchers Vogel* hat es ihm angetan. Es ist eines der grausamsten Märchen, bei dem ein Hexenmeister junge Frauen entführt und abschlachtet.« Der Pfarrer schwang herum, in jeder Hand hielt er einen Teller mit duftendem Fleisch und Kartoffeln.

Er lächelte Sascha an wie ein netter Onkel. »Deswegen versuche ich ihm seit Jahren begreiflich zu machen, dass sich Bibel und Märchenbuch wie Himmel und Hölle vertragen. Aber er versteht das nicht.«

Er trat zum Tisch, setzte sich und stellte einen Teller an seinen Platz und den anderen in die Tischmitte. Das Essen dampfte und Sascha kam nicht umhin festzustellen, dass das Fleisch deutlich rosafarbener aussah, als bei seiner Mutter.

»Du bist doch klug, Sascha.«

Sascha schaute auf. Das stimmte wohl, aber er traute sich nicht, zu nicken. Für einen guten Christen schickte es sich, demütig zu bleiben. Der Pfarrer sollte das entscheiden. Wenn er es so sah, war Sascha zufrieden.

»Wusstest du auch,«, begann der Pfarrer und tippe nacheinander Messer und Gabel an, »dass die Erstfassung der Grimmschen Märchen von 1812 mehrfach umgeschrieben und entschärft wurde?«

Nein, das wusste Sascha natürlich nicht. Es klang jedoch interessant. Anscheinend bemerkte der Hausherr seine Neugier, denn er fuhr mit der Erklärung fort.

»Wusstest du, dass am Ende von Schneewittchen ursprünglich Tauben den bösen Schwestern die Augen ausgehackt haben?« Der Pfarrer schüttelte den Kopf, wobei er damit Saschas Kopfbewegung nachahmte. »Oder nehmen wir Rotkäppchen. Wohl eines der bekanntesten Märchen. Wusstest du, dass der Wolf die Großmutter getötet und anschließend ihr Fleisch in handliche Portionen geteilt hat? Nein, auch das wusstest du nicht. Und erst recht nicht, dass der Wolf Rotkäppchen später mit ihrer eigenen Großmutter verköstigt hat.«

Unwillkürlich blieb Saschas Blick an dem Teller in der Mitte hängen, auf dem ein Stück geschnittener Braten in Soße lag.

»Hunger?«, fragte der Pfarrer.

Sascha nickte.

Grimm nickte ebenfalls.

»Gut, du bist schließlich nicht nur zum Lernen hier.« Der Pfarrer tätschelte seinem Stiefbruder den Kopf, schaute jedoch beim Sprechen Sascha an. »Kommen wir zu einer neuen Lektion.« Mit dem Zeigefinger klopfte er auf den Rand des Tellers, der in der Mitte stand. »Kannst du dir vorstellen, worum es heute geht?«

Teilen.

Davon war schließlich in der Bibel dauernd die Rede.

Eine Weile passierte nichts, bis Grimm auf einmal beide Arme ausstreckte und nach dem zweiten Essen griff. Blitzschnell schlug der Pfarrer seinen Stiefbruder so hart auf den Hinterkopf, dass dessen Stirn nach vorne kippte, und der Getroffene jaulte. Sofort darauf zog er die Hände zurück.

»Du sollst lernen, dir das zu nehmen, was dir gehört«, beschrieb der Pfarrer die Lektion. »Oder glaubst du, es würde dich weiterbringen, wenn er den Braten auffrisst?« Mit dem Daumen deutete er auf seinen Bruder.

Der rieb sich den Kopf und leckte sich mit der Zunge über die Lippen, als klebte daran bereits die leckere Soße.

Sascha wusste nicht, wie er sich verhalten sollte. Allzu gern hätte er von dem vorzüglich anmutenden Mahl gekostet, aber er wollte keineswegs mit dem anderen Erwachsenen darum streiten. Doch so wie sich die Situation gestaltete, würde der Pfarrer keinen dritten Teller und kein drittes Besteck holen.

Wieder verging einige Zeit. Der Pfarrer klapperte ungeduldig mit seiner Gabel.

»Gefällt dir mein Essen nicht?«, kam die Frage mit unterschwelliger Verärgerung.

Diese Art von Klangfarbe kannte Sascha allzu gut von seinem Vater, wenn der gereizt war.

»Du musst ihn dir nur nehmen«, flüsterte der Pfarrer und schaute wie hypnotisiert auf den Teller in der Mitte. »Es ist ganz leicht …«

Sascha spürte, wie es in seinen Fingerspitzen kribbelte. Ja, es war ganz leicht. Es war ein Test. Nur eine Lektion. Der Hausherr würde seinen eigenen Bruder garantiert nicht verhungern lassen. Sobald Sascha den ersten Bissen gemacht hatte, würden die beiden Erwachsenen lachen und die Mutprobe beenden.

Es war so einfach.

Wie von selbst krabbelten Saschas Finger über die Tischdecke. Zentimeter um Zentimeter näherten sie sich dem Essen. Wie Ameisen, die ein Festmahl entdeckt hatten.

Als er den Tellerrand berührte, beugte Grimm sich von seiner Seite zur Tischmitte und packte ebenfalls zu.

»Meiner!«, brüllte er Sascha an.

Der Junge schrak so heftig zurück, dass er mit dem Stuhl kippte. Zum Glück verhinderte die Wand den Sturz.

Grimm wollte den Teller auf seine Seite ziehen, aber der Pfarrer fuhr auf und prügelte seinen Stiefbruder, bis der wimmernd zu Boden ging.

Dann herrschte er Sascha an. »Was denkst du dir, Junge? Dass das hier alles nur ein Spiel ist?« Sein Gesicht glühte feuerrot wie das eines Teufels. Die einzelne Glühbirne, die von der Decke baumelte, tauchte ihn in aschfahles Licht. »Oh ja, du kannst spielen, aber dann werden Till Baumann und die anderen dich fertigmachen. Willst du ewig ein Schwächling bleiben?«

Vor Angst über den plötzlichen Wutausbruch rutschte Sascha vom Stuhl.

»Willst du das?«, schnaufte der Pfarrer und machte einen Schritt auf Sascha zu. »Oder kannst du Befehle erteilen? Du musst stark sein, um anderen helfen zu können. Ein Schwacher kann keinem Schwachen helfen. Verstehst du das endlich?«

Sascha verstand gar nichts mehr.

Er robbte davon, sprang auf die Beine und rannte. Er rannte zur Wohnungstür. Dort rüttelte er an der Türklinke.

Abgesperrt.

Der Pfarrer stand im Korridor und verdunkelte ihn fast vollständig.

»So nützt du mir nichts, Junge. So nicht«, murmelte er.

Ganz langsam, wie in Zeitlupe, näherte er sich.

Hinter ihm tauchte Grimm auf.

»Los, hol die Schlüssel«, wies der Pfarrer seinen Stiefbruder an, nachdem er Sascha im Nacken gepackt hatte. »Wir machen eine kleine Spazierfahrt. Es wird Zeit, dass er das Atelier kennenlernt.«

Kapitel 29

Heute

Donner dirigierte Hentschel und das Fernsehteam über den städtischen Friedhof an der Reichenhainer Straße. Sie liefen vorbei am Denkmal von Richard Hartmann, der als Eisenbahnkönig in die Geschichte eingegangen war. Wegen des industriellen Aufschwungs Ende des 19. Jahrhunderts verdankte ihm die Stadt sogar den Titel *sächsisches Manchester*. Von der damaligen Konjunktur konnte man heutzutage nur noch träumen. In einer breit angelegten Werbekampagne verkaufte das Rathaus die Großstadt zwar als Stadt der Moderne, aber um wirklich modern zu sein, fehlte es vor allem an jungen Leuten, die hier sesshaft wurden. Faktisch lag das Durchschnittsalter hierzulande jenseits von Gut und Böse. Sogar mit seinen zweiundvierzig Jahren ging Donner noch als Jungspund durch.

»Verraten Sie mir endlich, was wir an diesem Ort suchen?«, fragte Zonk, der sich bemühte, mit Donner Schritt zu halten.

»Einen Toten«, antwortete Donner knapp.

»Ach, das ist einer Ihrer Witze.«

»Laut Auskunft der Friedhofsverwaltung müsste das Grab da hinten sein«, redete Hentschel dazwischen. Der Praktikant hatte für Donner die lästigen Erkundigungen und die damit verbundene Telefoniererei übernommen. »Wir müssen an den Gebäuden vorbei, dann dürften wir es sehen.«

Es war gar nicht lange her, dass Donner zuletzt auf dem städtischen Friedhof an einem Grab gestanden hatte. Ende des vergangenen Jahres zur Beisetzung eines aufrichtigen Kollegen und erfahrenen Außendienstleiters. Wehmütig blickte Donner zur Halle, wo damals die Trauerfeier stattgefunden hatte.

Gegenüber der Feierhalle befindet sich die Leichenhalle. Direkt in der Mitte von beiden Gebäuden hatte man eine Statue von Jesus Christus aufstellen lassen. Über vier Meter groß und aus weißem Marmor.

Das Bildnis fing auch sofort Zonks Interesse ein. »Halt da mal schön drauf!«, wies er Nikon an.

Er selbst trat nah an den Sockel heran und las die Inschrift laut vor: »*Ich lebe und ihr sollt auch leben.*«

Donner ging daran vorbei. Für Sightseeing fehlten ihm Zeit und Muße.

Bald holte Zonk ihn ein.

»Sind Sie eigentlich gläubig?«, wollte er wissen.

Zuerst sah Donner keinen Bedarf, darauf zu antworten, schließlich tat er es doch – wohl wissend, dass Nikon alles in Bild und Ton festhielt. »Ich glaube an meinen Gehaltszettel und daran, dass es Menschen geben muss, die dem Abschaum dieser Gesellschaft die Stirn bieten.«

»Ah, quasi ein Auftrag von höherer Position.« Zonk deutete zum Himmel. »Und sind Sie ein solcher Mensch?«

»Ich …«, setzte Donner an, doch Hentschel kam ihm zuvor.

»Herr Kriminalhauptkommissar Donner ist der Beste, den ich kenne. Auch wenn er es ungern zugibt, aber das Wohl der Bürger liegt ihm am Herzen.«

Donner schlug sich gegen die Stirn.

Oh je, jetzt macht der hier Werbung, und morgen karren sie die Rentner mit Reisebussen an, damit sie mir das Büro einrennen.

»Levi, was faselst du denn da?«

»Keine Sorge, Herr Donner, die DSC-Zuschauer können das ruhig hören. Sie sollen erfahren, dass Sie sich unter Selbstaufopferung in jedes Wagnis stürzen.«

Aufmerksam lauschten Zonk und Nikon. Solange bis Donner den Unfug beendete.

Er packte Hentschel am Ärmel der Lederjacke und schob ihn vorwärts. »Los jetzt, da vorn wartet *dein* Wagnis.«

Mit einem überdrehten Lächeln tätschelte Zonk die Kamera. »Nur damit Sie es wissen, Herr Donner, das habe ich im Kasten.«

Gedanklich winkte Donner ab. Schnurstracks führte Hentschel ihn zu der Grabstelle, die er gesucht hatte.

Stanislav German.

Der Grabstein sah neuwertig aus. Das Sterbedatum datierte tatsächlich auf vor vier Monaten, wie es die Angestellte der JVA ihm mitgeteilt hatte.

»Ein Grab also«, resümierte Zonk und verschränkte die Arme vor dem Bauch für eine stille Andacht.

»Fangen Sie bloß nicht an zu beten«, sagte Donner. »Der Mann war ein Mörder.«

»Und hat der Tote etwas mit den aktuellen Geschehnissen zu tun?«

Auch wenn der Verdacht nahelag, kam Donner nicht zu einem eindeutigen Ergebnis. »Momentan greifen wir einfach nach jedem Strohhalm. Erst am Ende ziehen wir Bilanz.«

»Wir?«, fragte Zonk erstaunt. »Auf mich macht es eher den Eindruck, dass Sie hier Ihre Auf-eigene-Faust-Mission durchziehen.«

»Oberflächlich gesehen«, kürzte er die Diskussion ab und deutete auf die Grabstelle. »Fällt Ihnen etwas auf?«

Zonk gab sich nicht wirklich Mühe, zu erforschen, was Donner meinte. Genervt antwortete er: »Erwarten Sie, dass ich Ihren Job mache?«

»Anscheinend wird das Grab gepflegt. Die Erde ist locker und unkrautfrei. Außerdem sehe ich frische Blumen.«

Donner sagte es mehr zu sich selbst. Jetzt musste er nur noch denjenigen ausfindig machen, der sich um Stanislav Germans letzte Ruhestätte kümmerte.

»Hier!«, rief Hentschel plötzlich, der um das Grab herumgelaufen war. »Hier hinten steht etwas geschrieben.«

Donner umrundete das Grabmal ebenfalls und betrachtete das pinkfarbene Graffiti auf der Rückseite des Grabsteins.

Drei Buchstaben.

PVH.

»Was heißt das?«, fragte Zonk.

»Erinnern Sie sich an das Gemälde beim Behindertenverein?«, half Donner ihm auf die Sprünge.

Zonk drehte sich eine silberne Haarsträhne zu einer Locke und kam nach einer Weile des Nachdenkens selbst darauf. »Ah, Sie meinen den Künstler, der das Bild gemalt hat.«

»Peter von Hetzel.«

»Und was bedeutet das?«, fragte Hentschel.

Dass uns jemand an der Nase herumführt.

Donners Narbe auf dem Kopf juckte. Er kratzte sich und schaute sich in der Umgebung um. Andere Friedhofsbesucher beseitigten Laub und Zweige von den Gräbern ihrer Angehörigen. Der Wind bewegte sanft die Blätter der Bäume, wobei das Rascheln eine eigenartig andächtige Melodie ergab. Ein Minibagger stand unweit ihres Standorts wie fehl am Platz. Auf dem Hauptweg lief eine Friedhofsangestellte mit einer Schubkarre voller Äste entlang.

»Hallo, Sie!«, rief Donner und eilte ihr entgegen.

Die Frau stellte die Karre ab und rieb sich die in Arbeitshandschuhen steckenden Hände.

»Können Sie mir etwas zu der Grabstelle da hinten sagen?«, kam Donner zu seinem Anliegen und deutete auf das Grab von Stanislav German. »Haben Sie in letzter Zeit jemanden in der Nähe gesehen?«

»Geht es Ihnen um die Schmierereien?« Sie schüttelte den Kopf. »Wir haben das bereits dem Polizeirevier Südwest gemeldet. Zwei Beamte haben eine Anzeige wegen Störung der Totenruhe aufgenommen.«

»Wann war das?«

»Heute Morgen.«

»Also hat jemand über Nacht das Graffiti angebracht?«

Die Frau zuckte mit den Schultern und hob ihre Schubkarre an. »Oder in den Nächten davor. Wir kontrollieren nicht ständig jeden Grabstein.« Damit trottete sie davon.

Nachdenklich schaute Donner ihr nach. Im selben Moment stand bereits Hentschel an seiner Seite.

»Ich störe Sie ungern, Herr Donner, aber ich möchte möglichst viel von Ihnen lernen. Also können Sie mit all dem etwas anfangen?«

Donner schaute sich nach dem Fernsehteam um, die mehr Interesse an dem Grab, als an Donners Überlegungen zu haben schienen.

»Als Stanislav German wegen Mordes festgenommen wurde, war das mein allererster Tag beim K11«, berichtete Donner. »Und wenn ich mich recht erinnere, war Karla Feltmann die Richterin, die ihn zu lebenslanger Haftstrafe verurteilt hat.«

Kapitel 30

Den Kopf auf beide Arme gestützt beugte Kolka sich über ihre Schreibtischplatte. Gedanklich tauchte sie ein in ein Meer aus Papier. Die Tablette musste erst wirken, dann konnte sie aufatmen. Ihre Kopfschmerzen waren nichts im Vergleich zu der Arbeit, die man ihr mit dem Engelsfall aufgehalst hatte. Neuerdings überging der KPI-Leiter den Kommissariatsleiter und erkundigte sich persönlich über ihren Büroapparat, ob sie alle nötige Unterstützung hatte, die sie bei der Aufklärung der Verbrechen brauchte. Und nicht nur Moll ging ihr mehrmals täglich auf den Wecker ...

»Hier«, sagte Stark, nachdem er die Zimmertür aufgestoßen hatte, als wollte er sie komplett herausreißen. Unwirsch reichte er Kolka einen handgeschriebenen Zettel. »Du sollst die Kollegen in Leipzig anrufen. Es geht um die Richterin.«

Kolka riss ihm die Notiz mit der Telefonnummer aus den Fingern. »Ist die Geschädigte endlich aus dem Koma erwacht?«

»Sieht so aus, aber da fragst du besser selbst nach.«

Stark schien eingeschnappt. Offenbar missfiel ihm, dass sie derzeit so hoch im Kurs von Moll und Magerhans stand. Dafür litt ihr Privatleben im gleichen Maße.

Kaum hatte Stark sich umgedreht, da hatte Kolka die Nummer vom Zettel auf dem Telefon gewählt. Erwartungsvoll lauschte sie dem Tuten. Am anderen Ende der Leitung meldete sich eine Kollegin der Mordkommission Leipzig.

»Hier spricht Kriminaloberkommissarin Annegret Kolka, ich sollte zurückrufen.«

»Das trifft sich gut, ich sitze gerade an dem Bericht für Sie. Heute Vormittag konnten wir Karla Feltmann kurz befragen. Die behandelnde Ärztin gibt an, dass die bisherigen Operationen sehr gut verlaufen sind und die Verletzungen besser als erwartet heilen. Trotzdem ist Feltmanns Zustand kritisch.«

»Was zu erwarten war ...«

»Es ist ein Wunder, dass das Opfer mit uns relativ gefasst sprechen konnte. Natürlich stand sie unter erheblichem Einfluss von Medikamenten. Anders könnte sie die Schmerzen wohl kaum ertragen.«

Gedankenversunken spielte Kolka an der Telefonstrippe. Auch wenn ihr das Schicksal der Richterin naheging, wollte sie sich derzeit ungern mit deren Gesundheitszustand aufhalten. Andere Fragen waren deutlich wichtiger. »Konnte Frau Feltmann Hinweise zum Täter geben?«

»Der Unbekannte hat ihr nach dem Einkaufen direkt vor der Wohnung aufgelauert und sie in ihrem eigenen Wagen überrascht. Er trug eine Maske. Aber selbst ohne diese, hätte die Richterin wohl unmöglich sagen können, ob es sich bei dem Täter um einen früheren Beschuldigten handelte, bei dem sie die Verhandlung geleitet hat.«

»Vor knapp zehn Jahren wurde Karla Feltmann mit Säure im Gesicht verletzt«, führte Kolka einen nicht unerheblichen Fakt an. »Dadurch hatte sie bereits ein Auge eingebüßt. Könnte es sich um ein und denselben Täter handeln?«

Während sie gespannt auf die Antwort wartete, kritzelte sie auf ein leeres Blatt Papier ein dickes Fragezeichen.

»Wie gesagt, Frau Feltmann hat das Gesicht ihres Peinigers nicht gesehen. Weder damals noch heute.«

Mit dieser Aussage hatte Kolka gerechnet, doch zufriedengeben wollte sie sich damit keineswegs. »Okay, und jetzt mal außerhalb des Protokolls: Was sagt Frau Feltmanns innere Stimme? Oder wollen Sie mir sagen, Sie hätten sie nicht auf Vermutungen angesprochen?«

Die Kollegin zögerte mit einer Erwiderung. »Ihr Gefühl sagt ihr, dass es sich um die gleiche Person handelt.«

»Danke. Diese Aussage wird selbstverständlich niemals in der Akte auftauchen.«

»Selbstverständlich … Da wäre noch etwas …«

»Ich höre.«

»Wie Sie bereits wissen, bezeichnete der Unbekannte sich als Engel von Bethesda.«

»Ja, und die Presse hat den Namen dankbar aufgeschnappt.«
»Scheint, als jagt ihr bei euch einen biblischen Fanatiker.«
»Es spricht einiges dafür.«
Um nicht zu sagen: fast alles.
Erst jetzt registrierte Kolka, dass Stark das Zimmer gar nicht verlassen hatte. Mit beiden Händen in den Hosentaschen sah er aus, als wartete er auf bessere Zeiten. Anscheinend hatte er gehofft, Kolka würde das Telefon auf Lautsprecher stellen. Falsch gedacht! Und seit sie bei Moll einen Stein im Brett hatte, hielt er sich mit Forderungen weitestgehend zurück. Das verdeutlichte ihr einmal mehr, dass Stark für den Posten des Kommissariatsleiters eine gehörige Portion Durchsetzungsvermögen fehlte. So oder so, als guter Kriminalist würde er sich aus ihrem Gemurmel sein eigenes Gesprächsprotokoll stricken.

»In dem Zusammenhang ist Frau Feltmann etwas deutlich im Gedächtnis geblieben«, hörte Kolka die Kollegin sagen. »Der Täter hat ihr einen Satz ins Ohr geflüstert, kurz bevor er sein unfassbar grausames Werk verrichtete.«

»Welchen Satz?«

»Die Augen des Herrn merken auf die Gerechten und seine Ohren auf ihr Schreien.«

Kolka schloss kurzzeitig ihre Augen, um den Inhalt gedanklich zu verarbeiten. »Stammt der Spruch aus der Bibel?«

»Psalm 34, Vers 15. Das Protokoll der Befragung schicke ich Ihnen vorab als elektronischen Beitrag.«

Das Gespräch endete.

»Und?«, brachte Stark sich in Erinnerung. »Gibt es Neuigkeiten?«

Kolka kam nicht dazu, ihn ins Bild zu setzen, denn erneut ging ihre Bürotür auf. Es war Marie Lehnhard, die eintrat.

»Gut, dass ich euch beide hier antreffe!« Sie musste erst nach Luft schnappen, weil sie offenbar einen Sprint über den Gang hingelegt hatte. »P1817! Die Tätowierung auf dem Augapfel. Wir haben einen Treffer.«

Kapitel 31

Kolka musste auf der Rückbank des alten Dienstwagens Platz nehmen. Anweisung von Kriminalhauptkommissar Henry Stark. Ihr Vorgesetzter bestand darauf, beim Einsatz am Bahnhof dabei zu sein. Angeblich hatte seine Frau ihm sowieso mehr Bewegung und weniger Mahlzeiten verordnet. Außerdem half frische Luft bei der Verdauung des Kuchenstücks, das er sich kurz vor Aufbruch in den Mund gestopft hatte.

»Gute Arbeit, Marie«, murmelte Stark vom Beifahrersitz aus und biss von einem Apfel ab.

Angesichts des unerwarteten Lobs legte Lehnhard den falschen Gang ein, woraufhin das Getriebe des Golfs kreischte. Als sie die richtige Hebelstellung gefunden hatte, trat sie gleich ordentlich aufs Gaspedal, denn Bundespolizei und Angestellte der Deutschen Bahn warteten bereits auf das Eintreffen der Kripo.

Ja, sehr gute Arbeit, Marie! Und wer ist auf die Idee mit den Schließfächern gekommen?

P1817.

Die Tätowierung auf dem Augapfel hatte Kolka am Morgen mehr als eine Stunde beschäftigt. Dank einer Eingebung hatte sie Kriminalkommissarin Lehnhard beauftragt, sämtliche öffentlichen Schließfächer der Stadt überprüfen zu lassen. Direkt am Hauptbahnhof hatte sie einen Volltreffer gelandet. Dort gab es tatsächlich ein Schließfach mit der Nummer P1817.

Lehnhard raste über die Dresdner Straße und beobachte Kolka im Rückspiegel. Ihre Blicke trafen sich.

Bilde ich mir das ein oder hat da jemand ein schlechtes Gewissen fürs Einheimsen der Lorbeeren?

Kolka blickte abwechselnd aus beiden Seitenscheiben nach draußen. Rechts zogen die Gleise und links erst ein Burger-Imbiss und danach eine Spielothek an ihr vorüber. Bald erreichten sie den Neubau des Technischen Rathauses am ehemaligen Conti-Loch. Von hier war es nur noch eine Ampel bis zum Bahnhof.

Kaum eine Minute später parkte Lehnhard den Wagen direkt vor den Stufen des Haupteingangs, wo die Kollegen von der Bundespolizei bereits mit den Armen wedelten.

»Der Sprengstoffsuchhund hat nichts Verdächtiges festgestellt«, sagte einer der Bundespolizisten. Dem Dienstgrad nach vermutlich der Dienstgruppenführer der Bahnhofswache.

»Habt ihr das Schließfach schon geöffnet?«, wollte Stark wissen.

»Negativ. Wir haben auf euch gewartet. Immerhin habt ihr höchste Warnstufe ausgegeben.«

»Haben wir das?«, wunderte Stark sich und schaute über die Schulter zu Kolka.

Kolka schüttelte unwissend den Kopf und gab den Blick weiter an Lehnhard.

»Na ja, das Schließfach könnte in Verbindung mit einem Verbrechen stehen. Und nach der Sache mit der Handgranate habe ich einen Gefahrenhinweis rausgegeben.«

Alle schauten Lehnhard an, bis Kolka das Wort ergriff.

»Marie hat korrekt gehandelt. Besser wir gehen kein Risiko ein.«

Mit dieser Ansage betrat die Gruppe den Hauptbahnhof.

Das gesamte Gebäude war in den letzten Jahren umfangreich saniert worden. Ein Prestigeprojekt der Stadt. Leider rollten hier seit über zehn Jahren keine Fernverkehrszüge mehr. Dafür konnte man neuerdings direkt vom Bahnsteig mit der Straßenbahn starten.

Unter der Führung der Bundespolizei liefen sie schnurstracks zu den Schließfächern. Der Bereich war weiträumig abgesperrt. An allen Ecken standen schwer gerüstete Beamte. Maschinenpistolen hingen an Gurten um die Schultern. Funksprüche wurden gewechselt. Ein Hundeführer hielt seinen vierbeinigen Gefährten gehorsam an der Seite. Vermutlich der Sprengstoffsuchhund. Insgesamt mutete das Szenario an wie nach einer Terrordrohung. Beiläufig nahm Kolka ein Blitzlicht wahr. Anscheinend kam es von einem Reporter, der einen Tipp bekommen hatte und sich nun ein hübsches Sümmchen für die Schnappschüsse ausrechnete.

Sogleich stürzten sich ein paar Uniformierte auf den Mann und drängten ihn außer Sichtweite.

»Wer hat den Schlüssel?«, fragte Kolka mitten in die Runde.

»Das bin ich«, meldete sich eine ältere Dame, perfekt gestylt in blauer Uniform der Deutschen Bahn.

»Okay, dann folgen Sie mir hinter das Absperrband.« Kolka hielt das rot-weiße Flatterband der abgesperrten Zone hoch und ließ der Angestellten den Vortritt. Diese schien wenig begeistert. Sicherlich hatte man ihr nur die nötigsten Informationen mitgeteilt. Entsprechend konnte sie nicht wissen, was sie in dem Schließfach erwartete.

»Können Sie mir Auskunft geben, wer das Schließfach angemietet hat?«

Die Angesprochene verneinte. »Eigentlich sollte die Anlage längst demontiert werden. Wegen Terror und all den Gefahren. Bis dahin kann sich hier noch jeder bedienen, wie es ihm beliebt.«

»Ungünstig.« Kolka blickte den Bundespolizisten an, der unter seinen Leuten das Sagen hatte. »Videoüberwachung?«

Der Kollege lachte. »Im nächsten Jahrhundert vielleicht oder wenn wir den Datenschutz endlich abschaffen.«

Auch damit hatte Kolka gerechnet. Die Debatte über den Einsatz von Videoüberwachungstechnik auf öffentlichen Plätzen und in Anlagen scheiterte immer an den gleichen Hürden.

Gemeinsam mit der Angestellten trat Kolka vor das Schließfach mit der Beschriftung P1817.

Stark zupfte sie am Jackenärmel. »Was denkst du, was befindet sich da drin?« Er sprach so leise wie möglich, aber die Umstehenden hörten es trotzdem.

Natürlich hatte Kolka sich darüber bereits Gedanken gemacht, zu einem Ergebnis war sie allerdings nicht gekommen. »Hoffentlich etwas, dass uns weiterhilft.«

Unter Garantie ist etwas darin, das uns weiterhilft – zu den Bedingungen unseres Gegners.

Damit gab sie der Angestellten das Zeichen, dass sie aufschließen sollte. Die führte den Schlüssel zum Schloss, zögerte und zog schlussendlich die Hand weg.

»Ich kann das nicht.«

»Kein Problem«, beruhigte Kolka sie und zupfte ihr den Schlüssel aus den Fingern. »Wir alle haben da diese Bilder von solchen … Hollywood-Filmen im Kopf, nicht wahr?«

Ohne zu antworten, huschte die Angestellte unter dem Absperrband hindurch und verschwand.

»Bist du dir sicher, dass wir das nicht lieber den Kollegen der USBV-Abteilung überlassen sollen?«, flüsterte Stark hinter Kolka, als sie den Schlüssel für einen zweiten Versuch ansetzte. Sie konnte seine Angst, dass etwas schiefgehen könnte, förmlich spüren. Er durfte sich keinen weiteren Fehltritt erlauben, falls er den Leiterposten nicht freiwillig räumen wollte.

Doch wie stand es eigentlich um ihre eigene Karriere?

»Falls uns gleich alles um die Ohren fliegt, Henry, sag den Sprengstoffexperten, du hättest mich vorher gewarnt …«

Als das Schloss klackte, hielten sämtliche Anwesenden die Luft an. Zumindest fühlte es sich für Kolka so an, denn in dieser Sekunde stand die Welt still. Anders als nach außen zur Schau gestellt, hatte auch sie ein ungutes Gefühl bei der Sache.

Langsam öffnete sie mit den Fingerspitzen das Fach.

Leer.

Gebürsteter Stahl zierte das Innenleben.

Nicht mal eine Fussel war darin zu erkennen.

Kolka gab den Blick frei und wandte sich ab. Irgendetwas stimmte nicht. Oder hatten sie sich bei dem Schließfach geirrt?

Auch Lehnhard schien enttäuscht. Vermutlich würde Stark das Lob in Kürze zurücknehmen. Vorerst gab er jedoch an die Umstehenden Entwarnung.

»Negativ!« Mit ausgebreiteten Armen gab er den Einsatzkräften zu verstehen, dass der Aufwand umsonst war. »Falscher Alarm!«

»Warte!«, unterbrach Kolka ihn. »Marie!«

Die Kollegin schaute überrascht.

»Du hast doch immer einen Schminkspiegel einstecken …«

Verdutzt kramte Lehnhard in ihrer Umhängetasche. »Natürlich. Hier.«

Dankend nahm Kolka ihr den Spiegel ab. Sie trat erneut vor das Schließfach. Statt irgendwelche Verrenkungen zu vollführen, hielt sie die Spiegelfläche so, dass sie die Decke des Fachs betrachten konnte. Und sie entdeckte etwas.

Windschiefe Zahlen und Buchstaben – in Stahlblech geritzt.

Stark, der über ihre Schulter blickte, konnte seine Neugier nicht unterdrücken. »Was steht da?«

»Ich glaube, es heißt 1. Mose 50, Vers 5.«

Kapitel 32

Seine Wohnung kam Donner jeden Tag ein Stück befremdlicher vor. Erst recht, wenn er sie in schummrigem Licht betrachtete. Oft schlief er nicht mehr hier. Und trostlos war es innerhalb der Räume schon immer gewesen, aber seit Neuestem kam noch ein Aspekt hinzu, der Donner vorher nie aufgefallen war: Erbärmlichkeit.

Jetzt, wo er sich genau umsah, fiel es ihm deutlich auf: An den meisten Möbeln platzte das Furnier ab, im Korridor funktionierte nur noch eine von vier Lampen – natürlich die sauteuren Halogenstrahler –, und der Kühlschrank schaffte gerade einmal die Energieklasse E. Und das auch nur an besonders harten Frosttagen.

Als er das Wohnzimmer betrat, bemerkte er, wie das letzte Blatt seiner Zimmerpalme abfiel. Tot. Das einzige Lebewesen, das sich mit Donner die Wohnung geteilt hatte, war soeben verstorben.

Mein Lebensstil ist schlicht und ergreifend jämmerlich. Ich fühle mich wie Homer Simpson ohne Marge. Oh je, ich bin ärmer dran als Homer Simpson.

Dieser Umstand verdeutlichte ihm, wie sehr er sich an Annes lebendig eingerichtetes Haus und die Annehmlichkeiten einer Familie gewöhnt hatte. Meistens wurde er bereits von Anne oder Malte begrüßt, wenn er von der Arbeit heimkehrte – oder umgekehrt. Dann wartete er mit klopfendem Herzen auf die beiden.

Das war schön. Und vergänglich, wenn man nicht aufpasste.

Einsam im Zimmer stehend zog Donner den Schlüsselanhänger, den er heimlich mitgenommen hatte, aus der Hosentasche und betrachtete das Bild von Anne und ihm. Ein kleines Porträt und doch ein großes Glück. Er musste es nur festhalten, wie diesen Anhänger, den sie ihm ursprünglich zum Geschenk hatte machen wollen. Bis er es vergeigt hatte. Wie so oft …

Erneut wählte er auf seinem Handy Annes Nummer. Wieder ging sie nicht ran.

Weil er sie trotz mehrmaliger Versuche nicht ans Telefon bekam, suchte er eine Ablenkung. Die fand er beim Zappen durchs Fernsehprogramm, wo er zu seiner eigenen Überraschung bei einer Folge von DSC hängen blieb. Aktuell berichteten sie von einer wilden Verfolgungsjagd durch Hannovers Innenstadt, wobei die Kamera die flotten Sprüche eines MEK-Beamten einfing.

Zweifellos hatte Niedersachsen bei diesem Wettbewerb ihren Besten geschickt ...

Während im Beitrag der Flüchtende kurz darauf an einer Ampel mit Signalhorn und Blaulicht gestoppt werden konnte, und sich der Halunke als schwerhöriger Rentner herausstellte, knetete Donner eine schwarz-gelbe Spielzeugschlange, die er als Beweismittel an irgendeinem Tatort sichergestellt hatte. Er legte die Beine hoch und griff nach der auf dem Tisch liegenden Taschenbibel, die er nach Dienstschluss gekauft hatte. Eine Luther-Übersetzung. Er entfernte die Schutzfolie und musste an seinen Vater denken, der ein wesentlich gläubiger Mensch war als er selbst. Und möglicherweise war er auch ein besserer Kriminalbeamter gewesen. Möglicherweise ...

Donner schlug die Bibel auf, und ein seltsam heiliges Empfinden überkam ihn. Vielleicht ging von den Seiten doch eine besondere Kraft aus. Vielleicht war das alles aber auch nur fauler Zauber. Zuletzt hatte er vor einer halben Ewigkeit im Religionsunterricht die Bibel gewälzt. Wälzen müssen.

Schon damals hatte er begriffen, dass in der Bibelgeschichte mehr Mord und Totschlag enthalten waren, als in irgendeinem Krimi.

Dank seines Notizblocks fiel es Donner leicht, sich in dem Buch zurechtzufinden. Ein paar Textstellen hatte er sich zuvor aufgeschrieben. Vor allem interessierte ihn das 5. Kapitel aus Johannes. Darin wird geschildert, wie eben an jenem Teich Bethesda Jesus Christus einen gelähmten Mann heilt. Zuvor wurde die Heilungsstätte kurz beschrieben.

[Vers 2] Es ist aber zu Jerusalem bei dem Schaftor ein Teich, der heißt auf Hebräisch Bethesda und hat fünf Hallen, [Vers 3] in welchem

lagen viele Kranke, Blinde, Lahme, Verdorrte, die warteten, wann sich das Wasser bewegte. [Vers 4] (Denn ein Engel fuhr herab zu seiner Zeit in den Teich und bewegte das Wasser.) Welcher nun zuerst, nachdem das Wasser bewegt war, hineinstieg, der ward gesund, mit welcherlei Seuche er behaftet war.

Das war alles. Es war die einzige Erwähnung des Engels von Bethesda in der Bibel. Nach göttlichen Gesichtspunkten war es ein Wunder. Und nichts anderes als ein Wunder wollte der leibhaftige Engel schaffen. Ein schreckliches Wunder.

Ziemlich dünn die ganze Geschichte, um daraus eine großartige Verbrechensstory zu stricken. Aber gut, bei einem Psychopathen setzt auch niemand einen besonders hohen Intelligenzquotienten voraus.

Allerdings wusste Donner längst, dass dieser Täter alles andere als dumm war. Sein Vorgehen war extrem tückisch und fantasievoll.

Im Laufe des Tages hatte Donner weit mehr herausgefunden: Abgesehen von der biblischen Erwähnung gibt es im New Yorker Central Park den sogenannten Bethesda Fountain. Einen Brunnen, in dessen Mitte eine Bronzestatue steht: Angel of the Waters.

Doch auch mit diesem Wissen kam er vorerst nicht weiter. Vielleicht brachten andere Bibelstellen Erleuchtung. Er knetete die Spielzeugschlange, betrachtete seine Notizen und wurde vom Fernseher abgelenkt. Dort tauchte gerade Zocky Zonk in Häftlingskluft auf. Natürlich handelte es sich um keine richtige Gefängniskleidung, aber das schwarz-weiß gestreifte Hemd kam der Sache schon ziemlich nahe.

»Was für ein aufregender Tag mit Kriminalhauptkommissar Donner«, posaunte Zonk. »Dieser Mann macht mich wahnsinnig! Ich liebe ihn jeden Tag ein bisschen mehr.«

Donner fühlte sich schlagartig unwohl. »Fragt mal einer, wie es mir geht?«, redete er mit dem Fernsehgerät, als könnte das Publikum seine Sicht der Dinge hören.

»Erik Donner ist der deutsche Jason Statham.«

Mann, da legt sich aber einer ins Zeug! Hoffentlich findest du allein wieder aus meinem Hintern raus.

Wie zum Trotz wurden Donners Umfragewerte aufgerufen. Inzwischen war er auf den vorletzten Platz abgerutscht. In eingeblendeten Interviews äußerten sich einige Zuschauer bereits dahingehend, dass man Donner durch Levi Hentschel ersetzen sollte. Angeblich hätte der Praktikant bei seinen Kurzauftritten einen wesentlich besseren Polizeibeamten abgegeben.

Das gab selbst Donner zu denken. Beschämt rutschte er auf der Couch hin und her und ließ seinen Frust an der Spielzeugschlange aus, indem er sie würgte und verdrehte. Dabei stellte er sich vor, er hielte Zonks Hals in den Händen.

Derweil grinste der Entertainer quicklebendig in die Kamera und schlenkerte seine langen Haare in alle Richtungen.

»Du klebst dir das Lametta doch nur an den Kopf, damit man dein Gesicht von deinem Hintern unterscheiden kann«, zürnte Donner, weil er die Visage nicht mehr ertragen konnte.

Andererseits ließ sich eine gewisse Neugier bezüglich des Fortgangs der Sendung nicht leugnen. Zonk hatte nämlich soeben eine Überraschung angekündigt. Und die wollte Donner sich nicht entgehen lassen – und die Spielzeugschlange auch nicht, denn ihr Blick war auf einmal ebenfalls nach vorn gerichtet.

Weil er sich plötzlich wie ein Kleinkind vorkam, warf er das Gummitier in die Ecke.

Der Moderator von DSC – ein gewisser Ken – wollte von Zonk wissen, was das für eine Ankündigung sei. Daraufhin holte Zonk zu einem seiner gewohnt theatralischen Auftritte aus.

»Weiß du, Ken, dieser Mann ... Erik Donner ... Dieser Mann hat einen Traum ...«

Pause.

Selbst Donner ahnte nicht, worauf Zonk hinauswollte.

»Er hat einen Traum, dass wir alle, jeder Einzelne von uns, in einer Welt ohne Verbrechen leben können.«

»Dann wäre ich arbeitslos, du Betrüger!«, fauchte Donner.

»Deshalb befindet Erik Donner sich auf einer Mission«, redete Zonk weiter. Keine Frage, der Typ meinte das ernst. »Er bekämpft das Verbrechen bis zur Selbstaufopferung. Der Mann lebt für seinen Job. Er wurde nicht für die Mordkommission ausgebildet, er wurde für die Mordkommission geboren. Ich habe ihn die letzten Tage begleitet und das ungezähmte Raubtier in seinen Augen entdeckt. Einen Prädator, der niemals zur Ruhe kommt. Nicht bevor dieser heimtückische Verstümmler gefasst wurde ...«

Verstümmler! Er hatte das Wort Verstümmler benutzt, um die gesamte Grausamkeit der Taten auf den Punkt zu bringen. Zonk wusste wahrlich, wie man die Massen einfing. Ähnlich wie der Rattenfänger von Hameln.

Und Zonk redete noch mehr Quatsch.

»Aus diesem Grund konnte ich nicht tatenlos dabei zusehen, wie Erik Donner in einem Büro vom Reiz einer Tupperdose vegetiert, und habe ein gutes Wort für ihn eingelegt ... Bitte schön!«

Zonk machte eine ausladende Armbewegung und das Bild schwenkte um ...

... direkt ins Büro des Polizeipräsidenten.

Im Fernsehen sah Magerhans noch ein gutes Stück kleiner – dafür aber breiter – aus als in der Realität. Selbstverständlich handelte es sich bei dem Filmmaterial um eine Aufzeichnung, denn im Einspieler begrüßten sich Zonk und der Präsident mit Handschlag. Nach einem kurzen Smalltalk räusperte Magerhans sich und sprach direkt in die Kamera.

»Natürlich gehört Kriminalhauptkommissar Donner zu unseren besten Leuten«, sagte er mit einem weltmännischen Lächeln. »Deshalb habe ich mich dafür eingesetzt, ihn für DSC gewinnen zu können. Und selbstverständlich bin ich darüber informiert, dass Herr Donner bisher erstklassige Arbeit im Engelsfall geleistet hat ...«

Donner traute seinen Ohren nicht. War das eine besonders komische Ausgabe von DSC?

Zonk setzte den Präsidenten durch geschicktes Nachfragen mächtig unter Druck, und der reagierte, indem er verkündete: »Selbstverständlich habe ich Herrn Donners Abordnung längst bewilligt. Ich bin sicher, dass K11 bekommt durch ihn ...«

Den Rest hörte Donner schon nicht mehr. Plötzlich war er zurück im K11! Er fühlte sich euphorisiert und gleichzeitig wie vor den Kopf gestoßen. Hätte er nicht bereits gesessen, ihm wären die Beine weggeknickt.

Ab sofort durfte er offiziell im Engelsfall ermitteln. Das hatte Magerhans zwar nicht explizit verlauten lassen, aber zwischen den Zeilen blieb kein Spielraum für eine andere Interpretation. Dafür würden Zonk und das DSC-Rampenlicht schon sorgen.

Aus Donners Handy spielte *Touch Too Much* von *AC/DC*. Es war Anne. Sicherlich schaute sie ebenfalls DSC und wollte ihm als Allererste zur Versetzung gratulieren.

Erfreut nahm er an.

»Fein,«, begann sie, »du hast also Zocky Zonk für deine Sache ausgenutzt.«

»Was denn? Du denkst ernsthaft, ich hätte den Paradiesvogel bezirzt, damit er mir aus der Hand frisst?«

»Warum nicht? Für eine Stelle beim K11 würdest du die Welt aus den Angeln heben.«

»Auch meine Ideale verraten?« Diesmal war Donner massiv beleidigt. »Ich dachte, du kennst mich mittlerweile besser. Mit diesem Schachzug tut Zonk nur sich selbst einen Gefallen. Wenigstens bekomme ich so die Chance, dass du mit mir redest.«

Anne schwieg. Sicher ärgerte sie sich gerade, dass sie angerufen hatte. »Wenn du denkst, dass ich bei unseren Ermittlungen eine Kamera zulasse …«

»Ich denke gar nichts«, unterbrach er sie. »Das Einzige, was ich weiß, ist, dass ich dich vermisse.«

Ein Glucksen, gefolgt von Stille.

»Das sagst du doch nur, um an Informationen ranzukommen.«

»Und hast du welche für mich?« Er schmunzelte. »Immerhin arbeiten wir jetzt als Team.«

Annes Tonlage hellte sich auf. »Da ich weiß, dass du keine Bibel zu Hause hast, sage ich nur: 1. Mose 50, Vers 5. Viel Glück!«

Überraschung!

»Aber ich habe Internet. Zeitweise …« Gleichzeitig griff er lächelnd zur Taschenbibel und schlug die genannte Stelle auf. Während Anne redete, las er …

Mein Vater hat einen Eid von mir genommen und gesagt: Siehe, ich sterbe; begrabe mich in meinem Grabe, das ich mir im Lande Kanaan gegraben habe. So will ich nun hinaufziehen und meinen Vater begraben und wiederkommen.

Die Bibelzeilen verschwammen vor Donners Augen, und übrig blieben die wichtigsten Wörter.

Eid. Vater. Grab. Wiederkommen.

Der Engel hinterließ seine Botschaften auf eine abartige und rätselhafte Weise.

»Hörst du mir noch zu?«, drang es aus dem Hörer.

»Ja, ich … denke nach …«

»Nein, du tauchst schon wieder in deine eigene grausame Welt ein, in der du als einsamer Rächer die dunkelsten Ecken betrittst. Dabei merkst du nicht, wie du allmählich selbst zur Dunkelheit wirst.«

»Anne, ich …« Donner rief sich zur Besinnung, denn urplötzlich traf ihn tatsächlich eine göttliche Eingebung. »Hast du Lust auf einen nächtlichen Ausflug in eine meiner dunklen Ecken?«

»Du bist einfach unglaublich«, entgegnete sie barsch. »Kein Interesse! Egal, was du am Wochenende machst, vergiss die Geburtstagskarte für meinen Stiefvater nicht.«

Seinen Einwand vernahm sie schon nicht mehr, denn sie hatte das Gespräch beendet.

Unschlüssig blieb Donner zurück. Weder wusste er, was er falsch gemacht hatte, noch was er als Nächstes tun sollte. Er wusste nur eins: Stanislav Germans Grab und das Bethesda-Bildnis von Peter von Hetzel standen im Zusammenhang.

Es klingelte erneut. Zuerst dachte Donner, dass Anne noch einmal anrief, um sich mit ihm zu versöhnen, doch es war eine andere Stimme, die ihm einen guten Abend wünschte.

»Hier ist Levi. Levi Hentschel, Herr Donner.«

»Sei nicht albern, ich weiß, wer du bist.«

»Entschuldigen Sie die späte Störung, aber ich habe die Sendung gesehen.«

»Wie unerwartet«, blaffte Donner, wobei sein Ärger den Falschen traf.

»Also, es tut mir jedenfalls leid, was die Leute da in den Interviews über Sie gesagt haben. Ich wollte keinesfalls besser dastehen als Sie. Ich ...«

»Levi!«, unterbrach Donner ihn. »Halt die Klappe, ja?«

Als von der anderen Seite nichts mehr kam, sah Donner seine Chance gekommen. »Hast du zufällig einen Spaten im Keller?«

»Ja, ich denke ...«

»Gut! Dann entstaub das Ding und zieh dir Klamotten an, mit denen du dich richtig dreckig machen kannst.«

Kapitel 33

»Ich sagte, du sollst einen Spaten mitbringen, stattdessen präsentierst du mir *das*«, raunzte Donner Hentschel an, als sie sich kurz vor Mitternacht wie vereinbart auf dem Parkplatz vor dem Friedhof trafen.

»Keine Sorge, Herr Kriminalhauptkommissar! Das hier ist ein Klappspaten der Bundeswehr. Damit haben die Soldaten schon mannstiefe Gräben ausgehoben.«

Ungläubig riss Donner dem Praktikanten das zusammengeklappte Werkzeug aus der Hand. »Ich war selbst bei der Armee. Aber du! Du willst mir doch nicht weißmachen, dass du jemals beim Biwak oder auf der Hindernisbahn warst.«

»Aber ich habe früher das offizielle Bundeswehrspiel auf dem Computer gespielt. Da wurde sogar geschossen. Ich finde, das kommt der Sache relativ nahe.«

»Ach so, na dann ist das natürlich was anderes.« Kopfschüttelnd presste Donner Hentschel den Spaten gegen die Brust und trottete davon. »Los, komm schon, du Scharfschütze!«

Wie eine Gazelle springend folgte Hentschel ihm. Er war sichtlich aufgeregt angesichts der nächtlichen Unternehmung. Ein wenig hatte Donner ja ein schlechtes Gewissen, weil er den Jungen für seine Sache ausnutzte. Andererseits hatte Anne ja kein Interesse gezeigt, mit ihm zusammen diese Nacht-und-Nebel-Aktion anzugehen. Wobei von Nebel weit und breit nichts zu sehen war, im Gegenteil: Es war eine sternenklare, eiskalte Aprilnacht.

»Danke, dass du mir hilfst«, knirschte Donner durch die Zähne.

Wie erhofft, hatte Hentschel das Gestammel nicht richtig verstanden. »Haben Sie was gesagt?«

»Du sollst nicht trödeln.«

»Und Sie sind sicher, dass wir nicht lieber Verstärkung rufen sollten?«, fragte Hentschel, als sie an der Reichenhainer Straße an der Friedhofsmauer entlangeilten.

»Wozu Verstärkung?«, entgegnete Donner. »Ich dachte, du hättest dich mit Kriegsspielen fit gehalten.«

»Auch wieder wahr.«

»Jetzt aber Konzentration!«, rief Donner seinen Partner zur Ordnung, als sie das Eingangstor erreichten, wo ein anderes Problem auf sie wartete. »Du hast doch damals dieses Wohnungsschloss geknackt ...«

Hentschel klopfte sich gegen die Lederjacke. »Hab die Ausrüstung stets dabei.«

Donner deutete auf die Verriegelung. »Dann dürfte das ja ein Kinderspiel für dich sein.«

»Und wie!« Statt sein Dietrich-Set auszupacken, betätigte Hentschel die Klinke am Tor, woraufhin es mit einem Quietschen aufschwang. »Voilà! Das hätten wir. Allerdings bin ich mir nicht sicher, ob das so sein sollte.«

Erstaunt, dass das Tor nicht verschlossen war, kratzte Donner sich den Bartansatz. »Nein, bestimmt nicht. Ich bin mir sogar ziemlich sicher, dass die Angestellten es nach achtzehn Uhr immer abschließen.«

»Und jetzt?«

»Halt einfach die Augen offen.« Mit dieser Ansage stieß Donner den Flügel des Tores vollständig auf und beide huschten durch die Öffnung.

Augenblicke später standen sie an Stanislav Germans Grab, an dem man das Graffiti noch immer nicht beseitigt hatte.

»Sind Sie schon in Sachen Peter von Hetzel, diesem Künstler, weitergekommen?«, fragte Hentschel und tippte auf das Kürzel PVH.

»Darum werde ich mich morgen kümmern«, wich Donner aus. »Derzeit interessiert mich nur dieses Grab. Anders als angenommen wurde es nämlich nicht gepflegt, sondern ausgehoben.« Er bückte sich und zerbröselte ein paar Erdklumpen. »Siehst du, Levi? Frisch.«

»Sie meinen, jemand hat in dem Grab herumgebuddelt?«

»Jede Wette.«

»Wozu?«

»Das finden wir heraus. Was glaubst du wohl, weshalb du das *Ungetüm* da mitbringen solltest?«

»Verstehe.« Hentschel hielt sich das Kinn wie ein weltmännischer Denker. »Aber ist das nicht eigentlich illegal?«

»Los, schwing den Spaten! Das hier ist eine polizeiliche Angelegenheit.«

Eifrig baute der Angesprochene das Werkzeug zusammen und stemmte die Spitze in die Graberde. »Nicht, dass ich Ihnen nicht vertraue, aber weiß Kriminaloberkommissarin Kolka über unsere Aktion Bescheid?«

»Hab vorhin mit ihr telefoniert«, grummelte Donner und schaute zu, wie Hentschel sich abmühte. Weil der Praktikant kaum Erde aushob, gab er ihm Anleitung, die jedoch genauso wirkungslos blieb. Kurzerhand nahm Donner ihm das Arbeitsgerät ab. »Zur Seite!«

Er wuchtete die Schaufel ins Erdreich.

Knüppelhart.

Die eisigen Temperaturen hatten ganze Arbeit am Boden geleistet.

»So wird das nichts«, resümierte Donner und schaute sich um. Sein Blick fing den Minibagger ein, der noch am selben Fleck wie am Tag stand. »Kannst du mit deinen Dietrichen auch ein Fahrzeug kurzschließen?«

Jetzt erahnte Hentschel, was Donner vorhatte. Er klopfte Schmutz von seinen Lederhandschuhen und folgte dem Kommissar über den Friedhof. »In der Regel lassen die Arbeiter den Schlüssel stecken.«

»Quatsch, so nachlässig ist niemand.« Doch zu Donners Erstaunen hatte Hentschel recht. Die Tür der Fahrerkabine ließ sich problemlos öffnen und im Zündschloss steckte wahrhaftig der Schlüssel.

Man sollte eben niemals die Gesamtsumme der Dummheit aller Menschen unterschätzen. Hat mein Vater damals schon gesagt …

Plötzlich hatte Donner das Gefühl, dass jemand sie beobachtete. Woher die Unruhe kam, wusste er selbst nicht. Irgendwie war das alles zu einfach. Vermutlich war es aber bloß sein Gespür für

Tod an diesem besonderen Ort. Tote konnten nämlich manchmal sehr lebendig sein.

Vorsichtshalber spähte er durch die Nacht. Überall nur Grabsteine, Bäume und Sträucher. Nichts. Absolut nichts.

Donner blinzelte. Hatte er da eben eine Bewegung bemerkt? Eine, die nicht vom Wind kam?

Er kniff die Augen leicht zusammen und erkannte einen geflügelten Schatten. Vielleicht fünfzig oder sechzig Meter entfernt, zwischen zwei Grabsteinen.

»Was ist?«, flüsterte Hentschel und spähte in die gleiche Richtung.

Donner rieb sich übers Gesicht. Nein, da war nichts. Nur eine optische Täuschung. Schatten und Sträucher. Die Plackerei der letzten Tage, die Überstunden, die Uhrzeit und dieser Ort zerrten sowohl an Physis als auch an Psyche.

»Hast du jemals einen Bagger bedient?«, fragte er Hentschel und stieg ohne eine Antwort abzuwarten selbst auf den Fahrersitz.

So schwer kann das ja nicht sein, lernt man ja quasi schon im Sandkasten. Immerhin habe ich mal ein Schneeräumfahrzeug vom ASR gefahren. Und das nicht einmal schlecht ...

Tatsächlich rumpelte Sekunden später der Motor.

»Ziemlich laut«, kämpfte Hentschel von draußen gegen den Maschinenlärm des Minibaggers an.

»Es dauert ja nicht lange.«

Mit ein paar Handgriffen an den Hebeln und Knöpfen schaffte er es sogar, dass sich das Fahrzeug in Bewegung setzte. Sorge bereitete ihm vor allem, dass er beim Fahren keines der anderen Gräber zerstörte. Dank Hentschels Armzeichen lenkte Donner sein Gefährt bis zu Stanislav Germans Grabstelle.

Dort ließ er die Schaufel ins Erdreich krachen.

Es funktionierte. In Windeseile schwand die Erde, und unter dem wachsamen Auge von Hentschel entstand ein ordentlicher Aushub.

»Halt!«, brüllte Hentschel plötzlich.

Donner würgte den Motor ab.

»Hast du was?«

»Könnte sein …« Hentschel kniete sich auf den Boden und schabte mit dem Spaten im Loch herum.»Das ist jedenfalls kein Sarg.«

Bestimmt nicht, das wusste auch Donner. In der Regel lagen die Särge zwei bis drei Meter unter der Erde. Das hier war kaum einen Meter tief.

»Was ist es?«

Mit zittrigen Händen brachte Hentschel einen eckigen Gegenstand zum Vorschein.»Eine Metallkiste. Sie ist eiskalt.«

Beseitigt von Schmutz und Erde sah die Schachtel neuwertig aus. Ein schmuckloses graues Blechbehältnis.

»Sie hat kein Schloss«, bemerkte Hentschel und schaute ihn erwartungsvoll an.

Donner gab ihm ein Zeichen, die Kiste zu öffnen.

Kurz klemmte der Deckel, dann betrachteten beide das Innere. Vorsichtig schob er Styropor und Folie beiseite, und ein heutzutage kaum noch gebräuchlicher Gegenstand kam zum Vorschein.

»Die neusten Charthits wird das Ding garantiert nicht enthalten«, meinte Hentschel mit großen Augen, weil ihn die Entdeckung offenbar genauso verblüffte wie Donner.

»Das erinnert mich an jede Menge Bandsalat«, überspielte Donner seine Verwunderung. Er hatte mit allem Erdenklichen gerechnet, sogar mit weiteren abgeschnitten Körperteilen, aber nicht mit dem, was er jetzt sah.

Eine Magnetbandkassette.

Schnell streifte er sich ein paar Einweghandschuhe über und nahm sie ihm ab.

Erstaunt betrachtete er sie im Mondlicht. Jemand hatte die ursprüngliche Beschriftung beseitigt und stattdessen einen Satz mit schwarzem Marker darauf geschrieben:

Oftmals unterscheiden sich die Engel nur durch ihre Flügel von den Monstern.

In dem Spruch mochte eine gewisse Wahrheit stecken, aber für allzu philosophische Reden fehlte Donner seit jeher die Begeisterung. Falls jemand unbedingt ein paar Weisheiten über das Leben brauchte, konnte er in ausschweifendem Maße über den Tod referieren. Denn der Tod war der Schlusspunkt eines jeden.

Todsicher war Donner sich auch dabei, dass es sich bei dem handschriftlichen Spruch um keine Passage aus der Bibel handelte. Vielmehr hatte der Unbekannte ihm eine weitere perfide Botschaft hinterlassen.

Engel und Monster. Am Ende geht es nur darum, so viele wie möglich auf seine Seite zu ziehen.

»Was bedeutet das?«, riss Hentschel ihn aus seinen Gedanken.

»Hast du einen Kassettenspieler im Auto?«

Während die beiden diskutierten, schlichen sich im Schutze der Dunkelheit zwei Gestalten an.

Kapitel 34

Anderthalb Stunden später hockten Donner und Hentschel beim Kriminaldauerdienst wie zwei Gesetzesbrecher, denen ein Verhör bevorstand.

Unmittelbar nach dem Fund der Tonbandkassette war eine Streifenbesatzung des Polizeireviers Südwest aus dem Schatten der Bäume getreten und hatte die beiden Leichenfledderer auf *frischer Tat* ertappt.

Zum Glück hatten sie Donner als jemand aus den eigenen Reihen erkannt. Ein stadtbekannter K-Beamter, der zusätzlich ein Beweismittel in einem Verbrechen vorweisen konnte. Natürlich hatten die Kollegen ziemlich skeptisch dreingeblickt, als er den Grund der Baggerarbeit genannt und ihnen die Kassette und die Metallbüchse gezeigt hatte.

Laut den zwei Schutzpolizisten war ein anonymer Notruf von einer Telefonzelle im Führungs- und Lagezentrum eingegangen.

»Herrgott, Erik, was hast du dir dabei gedacht?«, kam die Frage von Henry Stark.

Donner blickte von seinem Stuhl auf. Vor mehr als einer Stunde hatte der Dienstgruppenführer des Kriminaldauerdienstes den Leiter des K11 aus dem Schlaf geweckt und ihn mit den neusten Nachrichten überrascht. Nun stand Stark schnaufend vor Donner. Er hielt ein Stofftaschentuch in der Hand, um sich in den kommenden Minuten den Schweiß von der Halbglatze zu wischen. Solche Unterredungen waren für ihn nämlich regelmäßig unbequeme Pflichten. Konflikte mit Kollegen saß er lieber aus. Nach Donners Meinung taugte er deshalb auch nur bedingt zum Vorgesetzten.

»Hörst du mir überhaupt zu, Monster?«, wurde Stark lauter, während Donner grübelte.

Heute ließ es sich der sonst so besonnene Stark nicht nehmen, ihn mit dem unrühmlichen Beinamen Monster anzureden. Obwohl Donner keine großen Stücke auf den Dicken hielt, überhörte er es diesmal. Stattdessen überlegte er, wie er den nächtlichen Einsatz vor dem Erzrivalen rechtfertigen konnte.

Seit seinem ersten Tag beim K11 kannte er den Dicken. Und beide hatten sich damals schon nicht leiden können. Danach hatten sie sich jedoch nicht einfach ignoriert, sondern waren regelrecht in einen Konkurrenzkampf getreten. Wobei Donners Bilanz sowohl bei der Aufklärungsquote als auch bei den Eskapaden deutlich höher ausfiel.

»Du hättest dir wenigstens zuvor beim Lagezentrum eine Einsatznummer geben lassen können«, belehrte Stark ihn.

Ein Straftatverdacht wegen Störung der Totenruhe gegen Donner und Hentschel war zwar ausgeräumt, aber nichtsdestotrotz machte das Handeln der beiden einen sonderbaren Eindruck, was das kriminalpolizeiliche Vorgehen im Engelsfall anging.

»Wie spät ist es denn eigentlich?«, wich Donner aus, obwohl er die Uhrzeit jederzeit von seiner Armbanduhr ablesen konnte.

»Halb zwei«, gab der Dienstgruppenführer vom KDD hörbar gereizt Auskunft. »Und vier Reviere brauchen unsere Unterstützung, aber drei von denen müssen wir vertrösten, weil eines meiner Teams auf dem städtischen Friedhof auf der Suche nach Spuren ist. Und das, nachdem du und dein Schattenläufer überall rumgetrampelt seid.«

»Warum weckt ihr nicht die Bereitschaft der Kriminaltechnik?«, konterte Donner.

»Oh, keine Sorge, Erik, einer der Kollegen ist bereits mit einem besonders großen Spurensicherungskoffer auf dem Anmarsch, damit wir auch ja nichts übersehen. Als ich ihm den Einsatzort genannt habe, hat er in den Hörer geschimpft wie Rumpelstilzchen.« Stark betrachtete Hentschel, der bisher noch keinen Mucks von sich gegeben hatte. »Den alles andere als jugendfreien Wortlaut des KT-Manns möchte ich hier nur ungern wiedergeben.«

»Und Anne?«

»Annegret?« Stark kniff ein Auge zu, als müsste er Donner ganz genau ins Visier nehmen. »Die weiß bisher noch nichts von deiner Aktion. Und dafür bist du mir hoffentlich einmal im Leben dankbar.«

Donner senkte den Kopf und rieb sich den Nacken. Inzwischen spürte er die Müdigkeit bleischwer in sämtlichen Gliedern.

»Darf Levi wenigstens gehen?«

Stark zog sich einen Stuhl heran und ließ sich darauf plumpsen, als leide er an einem plötzlichen Schwächeanfall. Auch seine harten Gesichtszüge weichten auf. Mit einem Wink gab er Hentschel zu verstehen, dass er verschwinden konnte. »Meinetwegen! Der Junge kann ja nichts dafür, dass er einem Mann nacheifert, der selbst noch ein Kindskopf ist. Du kannst froh sein, dass der neue Polizeipräsident einen Narren an dir gefressen hat. Und nur die Götter im SMI mögen wissen, warum.«

Den Kindskopf nahm Donner Stark übel. Lieber hätte er ihn ein zweites Mal Monster nennen sollen, aber Kindskopf?

Für ein Gegenargument fehlte Donner allerdings die Energie. Außerdem sah er ein, dass eine vorherige Absprache mit dem Lagezentrum eine verdammt gute Idee gewesen wäre. Aber daran hatte ihn sein Ego gehindert, für den nicht gänzlich abwegigen Fall eines Irrtums seinerseits.

Nun gut, zweifellos habe ich einen Volltreffer gelandet. Ich finde, das könnte man ruhig mal positiv erwähnen.

»Was ist nun mit der Kassette?«, ging er in die Offensive.

»Nur die Ruhe«, antwortete Stark und tätschelte einen bereitgestellten Kassettenrekorder wie sein liebstes Kind. »Bevor wir das Band einlegen, untersucht ein Kollege den Tonträger auf Daktyspuren und macht einen DNA-Abstrich.« Er schaute zum Dienstgruppenführer, der seinerseits zustimmend nickte.

Stark beugte sich vor. »Bis dahin wirst du mir haarklein erzählen, woher du das mit dem Grab wusstest. Und falls du mich belügst, werden wir beim Abspielen des Bandes auf deine Anwesenheit verzichten, einverstanden?«

Daraufhin berichtete Donner – von der entschlüsselten Botschaft der *He-Man*-Figur, seiner Begegnung mit der Prostituierten, vom Anruf in der JVA Dresden und der Information, dass Stanislav German vor vier Monaten in seiner Zelle Suizid begangen hatte, und von der Bibelstelle, die Donner so gedeutet hatte, dass der Täter zum Grab zurückkehren würde. Letzteres war exakt so eingetreten, denn jemand musste die Schatulle mit der Magnetbandkassette vor wenigen Tagen vergraben haben.

»Was für eine haarsträubende Geschichte«, meinte Stark abschließend und legte die Kassette in das Abspielgerät.

Er drückte mit seinem fleischigen Zeigefinger die Play-Taste und war sich bewusst, dass ihn alle Anwesenden erwartungsvoll dabei beobachteten. Was in den kommenden Minuten folgte, versetzte selbst Donner in Bestürzung.

Zuerst hörte man ein Rauschen, dann Schritte, gefolgt vom Geklapper metallischer Gegenstände. Darunter dröhnten nicht zu identifizierende Geräusche aus den Lautsprechern. Doch eine Sache konnten die Zuhörer sehr deutlich vernehmen: die grässlichen Laute eines Menschen, der gequält wurde.

Zuerst hatte Stark in die Runde gefragt, ob das ein Tier wäre, das dort winsle, kurz darauf war er zu der Erkenntnis gekommen, dass es sich möglicherweise um eine Frau handelte. Doch je länger das Tonband lief, umso mehr verfestigte sich bei Donner die Gewissheit, dass die Jammerlaute von einem Mann stammten. Dieser sagte nichts, er schrie noch nicht einmal richtig. Er quiekte, grunzte, heulte, wimmerte.

In Donners Fantasie entstand ein unbeschreibliches Folterszenario, das er niemals in Worte hätte fassen können. In diesem Moment begriff Donner die Perversität des Gegenspielers in seiner Gesamtheit. Nie zuvor hatte Donner geahnt, welch erschreckende Hilflosigkeit eine solche Bandwiedergabe in ihm auslösen konnte. Obwohl es kein Bild zu den Tönen gab, war es furchtbar unmenschlich.

Wir jagen weder einen Menschen noch einen Engel, wir jagen den Leibhaftigen.

Das Band lief neunzig Minuten. Und abgesehen von einigen Pausen, in denen das Opfer verstummte – wohl vor Bewusstlosigkeit –, dauerte das Martyrium des Fremden über die volle Länge an.

Obwohl es sich um eine sehr alte Kassette handelte, vermutete Donner, dass die Aufnahme erst kürzlich gemacht worden war. Unter Berücksichtigung der Betroffenheit aller im Raum behielt er seine Meinung für sich.

Irgendwann stellte Stark den Rekorder ab. Lange Zeit danach schüttelte er den Kopf, bis er Donner fest anblickte.

»Weißt du, Erik, was mir in den letzten anderthalb Stunden eingefallen ist?«

Donner wusste, was er meinte, wartete jedoch darauf, dass Stark es selbst aussprach.

Das tat er auch. »Ich erinnere mich daran, dass du in der Mordsache gegen Stanislav German dabei warst. Du und ... wie hieß er gleich?«

»Rainer Goldstein.«

»Genau, Kriminalhauptkommissar Goldstein«, ergänzte Stark.

»Goldstein?«, fragte der Dienstgruppenführer. »Der ist doch schon ein paar Jahre in Pension.«

Auch das wusste Donner. Überhaupt war Goldstein ein ziemlich eigenartiger Kerl gewesen. Donner konnte sich noch sehr gut an den ersten Tag beim K11 erinnern. Der Tag, an dem er zusammen mit dem alten Kommissar den im Rollstuhl sitzenden Stanislav German festgenommen hatte.

Kapitel 35

Verkatert und mit zwei Kopfschmerztabletten intus betrat Donner in den Morgenstunden Annes Büro. Abgesehen davon, dass er sie unbedingt sehen wollte, empfand er es als Pflicht, sich bei der leitenden Ermittlerin zu melden. Jetzt, wo er zurück war im K11, musste er einen möglichst positiven Eindruck hinterlassen.

»Guten Morgen!«, begrüßte sie ihn überraschend froh gelaunt.

»Ausgeschlafen?«

Im Gegensatz zu ihm sah sie ausgeruht und top gestylt aus. Ihr langes schwarzes Haar hätte ebenso gut zum Fotoshooting einer Schauspielerin gepasst, und ihr Langarmshirt im Army-Look hatte etwas Kämpferisches und Wildes. Besser, er gab sich zurückhaltend.

Donner grummelte eine Entschuldigung für sein Zuspätkommen.

»Oh, gib dir keine Mühe«, fiel sie ihm ins Wort. »Ich brauche keine Erklärung für deine nächtlichen Aktivitäten. Wahrscheinlich bin ich sogar schuld daran, weil ich dir gestern Abend am Telefon nicht richtig zugehört habe.«

»So?« Donner war erstaunt von dem versöhnlichen Ton, den sie da anschlug.

»Ja, so.« Sie stand auf, doch anstatt ihn zu umarmen, wie sie es immer getan hatte, lief sie schnurstracks an ihm vorbei und bewegte ein paar Akten ohne erkennbaren Nutzen von einem Ablagefach ins nächste. »Mit Henry habe ich mich bereits abgestimmt, was deine Abordnung zum K11 betrifft. Wir tun einfach so, als wärst du ein vollwertiges Mitglied unserer Abteilung. Wir werden dich weder ignorieren noch kannst du auf irgendeinen Bonus hoffen, weil du mit der leitenden Ermittlerin im Bett gewesen bist …«

Na, das klingt ja alles hübsch förmlich.

Sie war also eingeschnappt. Gut, damit konnte er leben. Wenn er schön brav in ihrem Team mitspielte, würde sich ihre Laune bald bessern. Einer Versöhnung stand somit nichts mehr im Weg.

Falls er durchhielt, und sie irgendwann zu der Einsicht kam, dass ihr Benehmen kindisch war ...

»... du kannst mein Benehmen für kindisch halten, aber anders komme ich nicht mehr an dich heran, Erik.«

»Anne, ich ...«

»Nein, belassen wir es dabei. Es wartet jede Menge Arbeit auf uns. So gesehen ist es sogar hilfreich, dass wir einen Mann mehr haben.«

Obwohl er die Aufklärung von Verbrechen liebte wie Fruchtfliegen fauliges Obst, konnte er unter diesen Umständen niemals befreit arbeiten. Ohne die Rückendeckung von Anne war es ihm fast ein Gräuel hier zu stehen. Leider wusste er im Moment nicht, wie er sich verhalten sollte. Entsprechend wortkarg fiel seine Reaktion aus.

»Ja, hm ... ich ... wir ...«

»Jetzt, wo du mit Henry über Stanislav German gesprochen hast, will er sich um die Überprüfung der Angehörigen kümmern.«

»Aber ich könnte ...«

Sie schüttelte den Kopf und ihre gesamte Haltung drückte Kompromisslosigkeit aus. »Kannst du nicht. Das macht Henry.«

Toll, ich habe die ganze Sache ins Rollen gebracht und jetzt ernten andere die Lorbeeren.

»Ich weiß, was du denkst«, schob Anne nach. »Aber ich verstehe, dass du dich erst wieder daran gewöhnen musst, im Team zu arbeiten. In der Erstkontaktstelle warst du immer auf dich allein gestellt, und das hat dir ja nie gepasst.«

So kann man es sich natürlich auch zurechtlegen.

»Zu dumm, dass sich keiner in der Abteilung bereiterklärt, mit dir als Partner zusammenzuarbeiten.«

»Was ist denn mit Levi Hentschel?«, hakte Donner ein.

»Den Jungen lässt du gefälligst in Ruhe, kapiert? Falls du keinen Mist baust – und unter uns: Ich gehe davon aus, dass du schneller, als uns allen lieb ist, Mist bauen wirst –, wird Henry dir zeitnah einen Partner zur Seite stellen. Dahingehend laufen bereits Mitarbeitergespräche.«

Donner stellte sich gerade hin, weil er es hasste, dass sie ihn wie einen kleinen Bengel behandelte. Seine Laune kletterte gar nicht mehr aus dem Keller heraus, im Gegenteil. Die Szene, die sie ihm machte, war sogar der Hass auf der Kellertreppe. Und zwar gänzlich auf der untersten Stufe.

»Jeder Mitarbeiter, der mit mir zusammenarbeiten darf, sollte darüber froh sein.«

»Ha, genau das meine ich«, hakte sie ein. »Du hast dich gerade selbst entlarvt. Jeder andere ist deiner nämlich nicht würdig. Du bist der Himmelsstern, um den sich alles dreht, der Glanz auf der Oberfläche des Polizeiapparats, der Fingerzeig, der die Richtung vorgibt. Und solange du diese Einstellung beibehältst, halte ich es für einen Fehler, dass du im K11 arbeitest.«

»Ha, jetzt hast du dich verraten.« Triumphierend boxte Donner sich in die eigene Hand.

Statt es zuzugeben, machte Anne auf dem Absatz kehrt und ging zurück an ihren Schreibtisch, wo sie ein Dossier unter einem Stapel Akten hervorzog. »Wie es der Zufall will, hat mir das LKA bezüglich deiner Spielzeugfigur ein Untersuchungsprotokoll geschickt. Die KT-Leute von Abteilung 6 haben *He-Man* in seine Bestandteile zerlegt und dabei überraschende Ergebnisse bekommen.«

»Sie haben etwas gefunden?«

»Gratuliere, so könnte man es auch ausdrücken.« Sie ließ eine Pause, wohl um Donners Neugier zusätzlich anzustacheln. »Bei der Figur handelt es sich um ein beliebtes Sammlerobjekt aus dem Jahr 1982. Originalverpackt kann man im Internet schon mal fünfhundert Euro verlangen. Wie du bereits geahnt hast, wurde die Elektronik samt Lautsprecher und Mikrochip für die Sprachwiedergabe nachträglich eingebaut. Eine überaus kunstfertige Handwerksarbeit, die niemals von einem Laien ausgeführt werden könnte.«

»Demnach ist unser Unbekannter ein Elektronikfachmann?«

Anne zuckte mit den Schultern und redete weiter, ohne die Frage zu beantworten. »Jetzt liegt es an uns, in mühseliger Recherche herauszubekommen, woher die Einzelteile stammen.«

»Das kann Jahre dauern.«

»Bei unserer derzeitigen Manpower definitiv. Glücklicherweise konnten die Kriminaltechniker im Inneren der Figur ein vollständiges Menschenhaar sichern ...«

»Im Ernst?«

»Nein, in *He-Man*. Und weil die Kollegen mit Hochdruck an der Sache gearbeitet haben, liegt bereits ein DNA-Treffer vor.«

»Du meinst ...«

»Der Mann, von dem das Haar stammt, liegt bereits im polizeilichen Auskunftssystem ein. Es handelt sich um Manuel Daniel. Er ist Tätowierer. Vor Jahren war er einmal mit dem gesuchten Till Baumann befreundet.«

»Baumann. Der Typ, dessen abgeschnittenen Finger ihr bei Klaus Demmler gefunden habt, als der sich die halbe Hand weggesprengt hat«, fasste Donner zusammen.

Anne nickte. »Wie es der Zufall will, ist Daniel derjenige, dem man die Autokennzeichen gestohlen hat. Er betreibt einen Laden für skurrile T-Shirts, düstere Deko-Artikel und Schmuck. Außerdem hat er eine Leidenschaft für Sammlerfiguren wie eben *He-Man*.«

Für Donner ergab sich ein neuer Ansatz. Dieser Daniel war eine ausgesprochen heiße Spur.

»Also knöpfen wir ihn uns vor.«

»Falsch. Du richtest deinen Schreibtisch ein und studierst die Akte, damit du auf dem aktuellen Stand bist. Außerdem brauche ich dich bei dem Fall, um mir Zocky Zonk und die Show vom Hals zu halten.«

»Komm schon, Anne! Das ist sicher nicht das, was der Polizeipräsident möchte.«

»Was Calvin Magerhans sich dabei gedacht hat, ist mir schnurzegal. Ich habe keine Lust, mich erklären zu müssen, wenn Interna an die Öffentlichkeit gelangen. Die Leute da draußen drehen eh gerade durch, angesichts der Tatsache, was in unserer Stadt gerade los ist. Hast du eine Ahnung, wie groß das Interesse und die Anteilnahme der Bevölkerung am Schicksal von Richterin Feltmann und Feuerwehrmann Demmler ist? Die haben bei Facebook eine Petition zur Finanzierung der Behandlungen und Rehabilitation für die beiden gegründet. Das Ding hat bereits jetzt schon fast eine halbe Million Likes. Dabei wurde das entsprechende Posting gerade mal vor zwei Tagen eröffnet.« Sie meinte es ernst, dass sie ihn nicht dabeihaben wollte. Ihr gnadenloses Lächeln ließ keinen Zweifel offen. »Daniel knöpfen Marie und ich uns vor.«

Kapitel 36

Auf dem Weg zum Laden von Manuel Daniel redete Kolka kaum. Stattdessen stierte sie gedankenverloren durch die Seitenscheibe. Genauso stumm lenkte Lehnhard den Dienstwagen. Im Radio lief ein Hit von *Adele*. Kolka schenkte dem Gesang kaum Beachtung. Sie war dankbar, dass ihre Kollegin und Hentschel sie nicht auf ihre Stimmung ansprachen. Der Konflikt mit Erik machte ihr arg zu schaffen. Sie hasste es, dass sie mit ihm auf diese Weise umgehen musste. Er begriff einfach nicht, wie viel es ihr bedeutete, wenn er sie in seine Überlegungen miteinbezog und nicht ständig auf eigene Faust handelte. So funktionierte eine Beziehung schließlich nicht – und Kriminalarbeit ebenso wenig.

Kolka merkte gar nicht, wie Lehnhard den Motor abstellte. Erst als sie die Stimme erhob, reagierte Kolka. Ihre Kollegin hatte den Golf auf der Markusstraße direkt vor dem Geschäft geparkt. Unweit davon befindet sich die Markuskirche. Diese wurde Ende des 19. Jahrhunderts erbaut und sie fällt besonders durch ihre Backsteingotik auf, die ihr eine rötliche Färbung verleiht.

Für eine genauere Betrachtung des kirchlichen Gebäudes fehlte Kolka die Zeit. Vielmehr schaute sie an der Fassade des Mehrfamilienhauses nach oben und las das Ladenschild über der Schaufensterscheibe: *Castle Grayskull – Metal-Ware und Tattoo-Studio*.

Das sagte wohl einiges darüber aus, was die drei Beamten hier erwartete. Natürlich hatte Kolka sich zuvor im Internet über das Geschäft und den Inhaber kundig gemacht. Aber eine Vor-Ort-Begehung förderte regelmäßig neue Erkenntnisse und Eindrücke zutage.

Der Dreiergruppe voran stürmte sie in den Shop. Ein mittelalterliches Glockenspiel ertönte.

»Komme gleich«, drang eine Männerstimme aus den hinteren Räumlichkeiten.

Kolka, Lehnhard und Hentschel schauten sich im Verkaufsbereich um. Der Duft von Weihrauch benebelte Kolkas Sinne. Auch die psychedelischen Harfenklänge, die von irgendwoher drangen, entsprachen nicht ihrem Geschmack. Eine Mischung aus Techno und Mittelaltermusik.

»Ich finde das Ambiente ziemlich cool«, bemerkte Hentschel, der in seiner Lederkluft perfekt mit der Umgebung verschmolz. Konvergent dazu interessierte er sich auch sogleich für die Kleiderauswahl mit den schwarzen T-Shirts, die mit allerlei Emblemen von Heavy-Metal-Bands bedruckt waren.

Als wären die von der Decke hängenden Traumfänger Spinnenweben, traute Lehnhard sich dagegen nicht, irgendetwas anzufassen. Wie verirrt blieb sie am Eingang stehen und hielt sich mit beiden Händen an ihrer Handtasche fest. Angesichts der unzähligen Totenschädel, die direkt auf dem Verkaufstresen neben der Tür lagen, verzog sie abfällig die Mundwinkel.

Unterdessen sah Kolka sich um. Auf einem übergroßen Tisch standen Kelche aus Messing und Silber sowie Figuren aus Keramik. Drachen, Jungfrauen, Sensenmänner, Wasserspeier, Feen, Teufel, Engel und andere Fantasiewesen …

Engel.

Offenbar waren sie hier richtig.

An einer Wand befand sich zudem ein übergroßes Poster mit einem weiß gekleideten fliegenden Himmelsgeschöpf, das zwei Schwerter vor der Brust kreuzte. Doch das Bild war nicht das, was ihre Aufmerksamkeit erregte. Es waren die in Schachteln verpackten Spielzeugfiguren in einem der Regale, das bis unter die Raumdecke reichte.

Kolka trat näher und nahm eine Box mit einer Figur heraus. *Masters of the Universe.* Sie konnte sich sehr gut an ihre Kindheit erinnern, als täglich die Zeichentrickserie mit *He-Man* und *Skeletor* lief. Bei den Mädchen aus ihrer Klasse waren derartig martialische Serien verpönt, aber sie war schon immer ein Stück mehr Junge gewesen. *Marshall Bravestarr, Defender of the Earth* und *Saber Rider* waren die Helden, die sie geprägt hatten. Durch diesen Spleen war sie wohl auch irgendwie leidenschaftliche Computerspielerin geworden.

»Ah, Sie interessieren sich für *Tri-Klops*«, ertönte es plötzlich neben ihr.

Wie ertappt stellte Kolka die Figur mit dem Zyklopenauge zurück. »Nicht wirklich«, beeilte sie sich, zu entgegnen.

Vor ihr stand ein Mann etwa in ihrem Alter, mit Pferdeschwanz und einem Bauchansatz. Er trug ein graues ausgefranstes T-Shirt und darüber eine schwarze Lederweste mit jeder Menge Nieten und Abzeichen. Darunter befand sich auch ein Anstecker vom Aussehen eines teuflischen Smileys.

Insgesamt wirkte der kräftige Mann selbst wie ein Mitglied irgendeiner Metal-Band. Vielleicht der Schlagzeuger …

»Sind Sie Manuel Daniel?«, fragte Kolka.

»Ja, aber bis heute weiß niemand, welcher der beiden Namen mein Vorname ist«, scherzte Daniel. Seine Arme waren bis unter die T-Shirt-Ärmel tätowiert. Schlangen, barbusige Frauen, eine Sonne, ein Mond, ein Tiger, Flammen und jede Menge undefinierbare Zeichen und Symbole. Es grenzte jedes Mal an ein Wunder, wie viel Kunst auf so wenig Haut passte.

Still für sich musste Kolka zugeben, dass die Tattoos äußerst hochwertig und ästhetisch aussahen.

»Ich bin Kriminalkommissarin Kolka«, stellte sie sich vor. Auf einen Handschlag verzichtete sie, denn sie bemerkte, dass Daniels rechte Hand dick verbunden war.

»Und ich bin Polizeimeisteranwärter Levi Hentschel«, kam es plötzlich von der Seite. »Ihr Laden ist sehr geschmackvoll eingerichtet, wenn ich das sagen darf.«

»Danke«, äußerte Daniel zurückhaltend und mit skeptisch schweifendem Blick von einem Beamten zum nächsten. »Geht es noch mal um meine geklauten Kennzeichen? Dazu habe ich doch längst eine Aussage gemacht.«

»In gewisser Weise ja«, bestätigte Kolka. Bevor sie weitersprach, beobachtete sie aufmerksam Daniels Mimik, wie er reagierte. Oftmals verriet die Körpersprache deutlich mehr als Worte. »Wir hätten noch ein paar Fragen. Immerhin handelt es sich um einen Entführungsfall.«

»Nicht für mich«, wurde Daniel mutig. »Auf meiner Anzeigenbescheinigung steht Diebstahl. Also ich kann Ihnen nichts weiter dazu sagen. Es ist gerade auch ungünstig, weil ich den Laden geöffnet habe.«

»Das sehe ich«, erwiderte Kolka mit einem Lächeln. »Und wir sind die einzigen Kunden.«

Daniel schwieg und rückte ein paar der Figuren im Regal zurecht, als wäre es im Augenblick das Wichtigste der Welt.

»Was ist mit ihrer Hand passiert?«, wurde Kolka neugierig.

»Hab sie mir an der Kofferraumklappe eingeklemmt.«

»Hat es geblutet?«

»Was glauben Sie denn?«

Kolka nickte. Vorerst ließ sie es dabei bewenden. »Diese Figuren da ... Befand sich da in letzter Zeit auch *He-Man* darunter?«

Daniel schaute sie fast bewundernd an. »Sie kennen sich aus, was? *He-Man* ist viel wert. Also die ganz alten Figuren, meine ich.«

»Das beantwortet nicht meine Frage.«

»Nein, den letzten *He-Man* habe ich vor etwa einem Jahr verkauft. Seitdem bin ich auf der Suche nach Ersatz.«

»Und wissen Sie auch noch, an wen Sie die Figur verkauft haben?«

Lehnhard trat näher und hielt Stift und Notizblock bereit, um die Aussagen zu notieren. Immerhin war das hier eine rein informatorische Befragung und keine Vernehmung. Streng genommen musste Daniel auf keine einzige Frage antworten. Aber wer nichts zu verbergen hatte, der redete.

Immer.

»An einen Stammkunden«, antwortete Daniel knapp. »Reicht das oder wollen Sie auch noch Name und Anschrift?«

»Ich bitte darum.«

»Ich kenne nur den Namen, der wohnt aber hier irgendwo.«

Auf Kolkas Nicken hin nannte er diesen und Lehnhard schrieb mit.

»Danke«, übernahm Kolka wieder. »Haben Sie eigentlich Till Baumann in letzter Zeit gesehen?«

Daniel stutzte. Mit dieser Frage hatte er offenbar nicht gerechnet. Dafür war sein Mienenspiel zu echt.

»Till Baumann?«, wiederholte er. »Warum fragen Sie mich ausgerechnet nach dem?«

»Weil Sie früher viel Zeit mit ihm verbracht haben.«

»Das ist aber schon eine Unendlichkeit her.« Daniel winkte ab und schien verärgert, dass er auf Baumann angesprochen wurde. »Um ehrlich zu sein, möchte ich nicht über den Typen reden. Der Kerl ist ein Nazi, und durch ihn wäre ich damals beinahe auf die schiefe Bahn geraten.«

»Beinahe?«, stichelte Kolka. »Immerhin haben Sie mit ihm etliche Straftaten begangen. Darunter Einbrüche.«

»Ja, aber die Scheiße habe ich hinter mir gelassen. Mit Tille habe ich seit über fünfzehn Jahren nichts mehr zu tun. Bitte akzeptieren Sie das!«

Kolka sah hinüber zu Lehnhard, um herauszufinden, was diese davon hielt. Unauffällig schüttelte die Kollegin den Kopf, was wohl so viel bedeutete, dass Kolka nicht weiter nachbohren brauchte. Es gab andere Möglichkeiten, den Wahrheitsgehalt seiner Worte zu überprüfen.

Kurz überlegte sie, ob sie den Tätowierer direkt auf das aufgefundene Haar in der *He-Man*-Figur ansprechen sollte, entschied sich aber schlussendlich für eine alternative Taktik.

»Gut, dann eine weitere Frage«, sagte Kolka. »Kennen Sie einen Peter Jonsen?«

»Gott, warum fragen Sie mich das alles?«, wurde Daniel schlagartig aufbrausend und hämmerte den Unterarm gegen das Regal. »Kümmern Sie sich lieber darum, dass der Diebstahl meiner Kennzeichen aufgeklärt wird.«

»Das tun wir gerade«, blieb Kolka besonnen. »Gott wird uns dabei allerdings nicht helfen. Also? Peter Jonsen.«

Daniel schloss die Augen, atmete einmal tief ein und aus und sprach dann ruhig: »Nie gehört.«

Kolka schnippte mit den Fingern. »Ach, ja? Das ist erstaunlich! Wissen Sie, manchmal holt einen die Vergangenheit ein. Und weil es mein Job ist, habe ich in Ihrer Vergangenheit geforscht, und da bin ich auf eine Vernehmung von Ihnen gestoßen. Eine scheinbar unbedeutende Spontanäußerung Ihrerseits in einer Beschuldigtenaussage hat mich nachdenklich gemacht. Ärgerlich, dass die Sache nie überprüft wurde, weil man von einem Ammenmärchen ausging ... Aber ich glaube an Märchen. Besonders an die Unschönen.« Jetzt hörte sie sich schon an wie Erik. Sie machte einen Schritt auf Daniel zu, sodass der bis ans Regal zurückwich. »Ich glaube alles. Also wollen Sie mir von damals erzählen? Vom Einbruch? Von der Kirche und von dem, was Sie dort entdeckt haben?«

Kapitel 37

Damals

Eine laue Sommernacht. Zu fünft schlichen sie durch die Büsche. Till Baumann, Manuel Daniel und die drei anderen Jungs. Vom nahen Waldrand echote der Ruf eines Kauzes herüber zum Kirchengrundstück.

»Und du bist sicher, dass niemand da ist?«, fragte Daniel.

»Hast du etwa Muffensausen?«, antwortete Baumann. »Du hast doch vorhin den Pfaffen selbst wegfahren gesehen. Ihn und seinen spastischen Stiefbruder.«

»Ja schon, aber eine Kirche ... Mann, ich bin ja nicht abergläubisch, aber denkst du nicht, dass das Unglück bringt?«

»Halt einfach dein Maul, Manuel, ja, tust du das? Glaubst du ernsthaft, Gott wird uns irgendwann vor die Hunde gehen lassen?«

Der Rest der Gruppe lachte. Daniel presste die Lippen aufeinander und verdrängte die Furcht. Es war schließlich nicht das erste Objekt, in das sie einbrachen. Wenn er sich das Kreuz auf dem Dach wegdachte, war es ein stinknormales Gebäude aus Ziegeln und Verputz.

»Los, bringt das Stemmeisen!«, befahl Baumann, als sie die Hintertür erreicht hatten.

Einer der Jungs, der mit den breitesten Schultern, trat vor und schaute sich ein letztes Mal um. Auf der Hauptstraße, die am Rabensteiner Wald vorbeiführte, durchschnitten Scheinwerfer die Düsternis. Ein Fahrzeug rauschte in hohem Tempo heran. Das Licht brach sich zwischen den Bäumen entlang der Straße.

»In Deckung!«, rief Baumann und presste den Rücken als Erster an die Wand.

Daniel und die anderen taten es ihm gleich. Als die Rücklichter des Wagens immer kleiner wurden, krachte das Eisen gegen die Kirchentür. Das Holz knirschte, als es auf Höhe des Türschlosses splitterte. Kurz darauf vertrieb Daniel die Dunkelheit im Inneren des Gebäudes mit seiner Taschenlampe. Stützpfeiler ragten zur Kuppel auf wie steinerne Riesen. Die Schatten der Kirchenbänke ergaben ein sonderbar symmetrisches Muster, das je nach Ausrichtung des Lampenstrahls mal nach links und mal nach rechts wogte. Fast wie das Schattenspiel einer Ziehharmonika.

»Huhu!«, kreischte Baumann und sein Echo taumelte im gesamten Saal wie die unheilvolle Stimme eines mächtigen Wesens. »Hey, Scheißgott, bist du zu Hause?«

»Sei doch still!«, flüsterte Daniel.

»Wieso?«, kam es von Baumann. Mit ausgestrecktem Arm zeigte er zum Altar. »Denkst du etwa, Jesus steigt vom Kreuz und macht uns fertig?«

»Ja, wir sind hier die Kings!«, stieg der Kerl mit dem Stemmeisen in den Übermut des Anführers ein.

»Genau, dem Scheißpfaffen verpassen wir einen Denkzettel, dann kann er heulend zu seinem Herrn rennen!«, sagte ein anderer und stemmte gemeinsam mit dem fünften Kumpel den Taufstein um.

Dumpf krachend schlug der sakrale Gegenstand auf dem Boden auf. Vom Rand platzte ein großes Stück Stein ab und polterte über den Granitboden.

Durch den Gruppenzwang nahm Daniel seinem Kumpel das Stemmeisen ab und wuchtete es auf die Lehne einer Sitzbank. Wegen der Härte des Holzes verursachten seine Schläge nur minimale Einkerbungen.

»Was bist du denn für ein Schlaffi?«, kam es gehässig, begleitet von erneutem Gelächter.

Daniel ließ von dem hölzernen Gegner ab und wandte sich dem Altar zu. Daran hing ein mit Goldfarbe überzogenes Kreuz. Vielleicht konnte er sich Lob und Anerkennung der Gruppe verdienen, wenn er es aus der Verschraubung löste.

Er kam nicht weit, weil Baumann murrte.

»Wo sind denn die beschissenen Kerzenleuchter und Kelche?«, rief er und verschwand hinter einer Mauer.

Bei der Planung des Einbruchs hatten sie von echten Goldgegenständen gesprochen. Solche Gegenstände wollten sie eigentlich klauen. Und nun sah es so aus, als gab es nicht mal ein paar Münzen zu holen.

Daniel und die anderen folgten ihrem Anführer zu einer weiteren Tür. Vermutlich führte die in ein Kellergewölbe.

»Los aufmachen!«, kommandierte Baumann.

Im Gegensatz zur Hintertür dauerte es diesmal fast volle vier Minuten, bis sie nachgab. Die mit Eisenbändern beschlagene Tür verbarg tatsächlich einen Treppenabgang.

»Geht ziemlich tief runter«, bemerkte Daniel. Keinesfalls wollte er als Erster in die Gruft hinabsteigen. An den Wänden hingen sogar Fackelhalter aus schwarzem Metall, wie man sie von alten Burgen kannte. Allerdings ohne Fackeln.

»Mal sehen, welche schmutzigen Geheimnisse unser feiner Pfarrer Jonsen da unten versteckt«, meinte Baumann und machte einen vorsichtigen Schritt auf die oberste Stufe. Das Klacken seines Stiefelabsatzes hallte schwer und langanhaltend.

Irgendwo tropfte Wasser auf Stein. Das stetige, helle Geräusch verunsicherte Daniel. Ein solches Gemäuer kannte er sonst nur aus Gruselfilmen. Er wunderte sich, dass die anderen so cool blieben. Aber er war der Jüngste in der Truppe, wenngleich nur wegen eines Monats.

»Ist das geil«, sagte jemand. »Hier unten kann man locker ein paar Leichen verstecken.«

»Ja, vielleicht lassen wir dich zurück«, kam die passende Antwort.

Am Ende der Treppe befanden sich weitere Türen. Die Düsternis wirkte beinahe erdrückend. Fast fühlte es sich für Daniel an, als drückte die Dunkelheit wie eine große schwere Kralle auf seinen Brustkorb. Mittlerweile atmeten auch die anderen gehetzter. Die Intensität der Gespräche nahm ab. Bald flüsterten sie nur noch. Es schien, als erwartete jeder, dass in Kürze etwas Unheilvolles auftauchte. Der Übermut verflog.

Sie schauten in den ersten Raum und fanden leere Regale.

»Ist ja öde.«

Bis auf eine Tür waren alle unverschlossen. In diesen Räumen waren keine Sachen von Wert oder bei denen es sich wenigstens lohnte, sie zu zerstören. Gebannt wartete jeder darauf, was sich hinter der verschlossenen Tür verbarg.

»Ich wette, jetzt knacken wir den Jackpot«, war Baumann sich sicher. Er spuckte aus und wischte sich mit dem Unterarm über die Lippen.

Als Nächstes knackte er das Schloss. Baumann selbst ließ die Tür von einem anderen öffnen, dann schauten sie gespannt hinein.

»Was ist denn das für ein Mist?«, traute Daniel sich, etwas zu sagen.

Baumann trat als Erster ein und griff in eines der Regale.

»Das sind Farbtöpfe!«

»Sieht aus wie ein ... Malerzimmer«, drückte es einer umständlich aus.

»Atelier nennt man das«, half Daniel.

Tatsächlich lagerten in dem Raum unzählige Bottiche und Gefäße mit Farben. Es roch feucht, nach Lack und Verdünnungsmitteln. Dazu gab es mehrere große Stapel Leinwände. Fast mittig stand eine Staffelei mit einem halbfertigen Gemälde. Daniel erkannte das Motiv als einen schwarzen Engel, der zur Erde fuhr. Und da war noch ein blauer Kreis. Vermutlich sollte da später ein Brunnen oder ein Teich entstehen.

»Aha!«, jubelte Baumann plötzlich.

Es rasselte. Aus einem Versteck zog er eine riesige Eisenkette, an deren Ende sich Schellen befanden, in denen man Handgelenke fixieren konnte. Zusätzlich fand er eine Eisenmaske, die man mit drei Verriegelungen um einen Erwachsenenkopf schließen konnte. Keine Mundöffnung. Lediglich zwei Augenschlitzen befanden sich darin.

»Krass!«, sagte einer der Gruppe, als Baumann das Teil ins Licht hielt.

»Jetzt kommen wir der Sache schon näher«, erwiderte er nickend. »Würde zu gerne das Gesicht des Pfaffen sehen, wenn er sein Spielzeug sucht.«

»Willst du das Ding etwa mitnehmen?«, fragte Daniel.

»Warum nicht? Damit kann man herrlich Leute erschrecken. Bin echt gespannt, was wir hier noch so finden.«

Es polterte, als er die Eisenwaren achtlos zu Boden warf. Zudem stieß er ein Gefäß mit dunkelroter Farbe um. Die Flüssigkeit tropfte vom Regal – es sah aus wie Blut.

»Und ihr steht nicht blöd rum, sondern verziert lieber den Raum«, bestimmte Baumann. »Am besten hinterlassen wir eine Botschaft. *Der Teufel war hier* oder so …«

Mit dem Oberkörper kroch er regelrecht in eines der Regalfächer.

»Scheiße!«, schrie Baumann Sekunden darauf. Er stolperte rückwärts und fiel zu Boden. Mit panisch aufgerissenen Augen und wedelndem Zeigefinger deutete er zum Regal, in dem er eben noch gesucht hatte. »Da … da … hat mich was angeglotzt!«

»Quatsch!«, sagten jetzt die anderen und lachten über ihren Anführer. »Du spinnst voll.«

Daniel schüttelte den Kopf, weil er dachte, Baumann verarschte sie. Als er selbst nachsah und ein Einmachglas mit mindestens fünf eingelegten Augen in einer gelbstichigen Brühe hervorholte, musste auch er kreischen. Er brüllte um sein Leben.

Alle taten es.

Es dauerte eine Weile, bis sie sich alle wieder beruhigt hatten.

»Was machen wir jetzt?«, kam bald die Frage.

»Wir müssen es mitnehmen und den Bullen zeigen«, war Daniel sich sicher.

»Bist du bescheuert?« Baumann stieß ihn an, nahm ihm das Glas aus den Händen und stellte es zurück ins Regal. »Die Bullen, klar! Mann, wie blöd bist du eigentlich?« Er klopfte Daniel mit der Faust mehrfach hintereinander gegen die Stirn. »Überleg mal, wir haben gerade einen Knack begangen. Was denkst du, würde das für unsere Zukunft bedeuten?«

»Tille hat recht«, sagte jemand. »Ich verpiss mich.«

»Ruhig«, verlangte Baumann. »Wir verschwinden gemeinsam. Und keiner spricht darüber je wieder ein Wort. Ist das klar?«

Einträchtiges Nicken.

Daniel konnte es nicht fassen. Zu tief saß der Schock. Vermutlich hatte Baumann tatsächlich recht. Sie mussten hier raus.

Ein letztes Mal leuchtete er in das Regal des Schreckens. Als der Lichtstrahl sich in einem weiteren Glas mit einer Flüssigkeit brach, packte ihn endgültig das Entsetzen.

Dort schwamm eine Kinderhand.

Kapitel 38

Heute

Mit der Degradierung zum Schreibtischwächter beim K11 gab Donner sich selbstverständlich nicht zufrieden. Da hätte er ebenso gut in der Kriminalpolizeilichen Erstkontaktstelle bleiben können. Einer Fliege konnte man auch unmöglich befehlen, auf einer Tischplatte zu verweilen. Und genauso rastlos wie eine Fliege fühlte er sich.

Nein, am Schreibtisch werden in den seltensten Fällen Täter geschnappt. Zumindest nicht solche wie der, mit dem wir es hier zu tun haben.

Verstümmler.

Den Begriff hatte die Prostituierte Lucy benutzt. Donner fand die Bezeichnung treffend. Und sie führte ihm vor Augen, was da während der Tonbandaufnahme, die er im Grab von German gefunden hatte, geschehen sein musste.

Etwas unbeschreiblich Entsetzliches.

Nichtsdestotrotz hatte Donner durch die Kassette auch wertvolle Hinweise erhalten. Keine Hinweise, die ein Gesamtbild erkennen ließen, sondern vielmehr Brotkrumen, denen es zu folgen galt. Ähnlich wie im Märchen von Hänsel und Gretel. Nur, dass Donner der Spur bis zum Hexenhaus absichtlich folgte, hinein in etwas abgrundtief Böses.

In seiner Vorstellung gab es das Böse wirklich. Es war eine tief verwurzelte Kraft, die in einem jeden steckte und nur darauf wartete, dass man sie befreite. Auch gute Menschen waren im entscheidenden Moment dazu imstande, fürchterliche Dinge zu tun. Man musste nur einen äußerst wunden Punkt treffen.

Welchen wunden Punkt hast du, Scheusal?

Niemand gab ihm eine Antwort auf die Frage, die ihn seit seinem Fund in der Graberde beschäftigte. Stattdessen rief Zonk sich in Erinnerung. Für einen Augenblick hatte Donner völlig vergessen, dass der Entertainer ihm folgte.

»Okay, Sie sind ein schweigsamer Schnüffler«, kommentierte Zonk Donners Untersuchungen der Briefkastenanlage am Mehrfamilienhaus auf der Neefestraße. Im Stadtviertel Kappellenberg ging es beschaulich zu, selbst die Geräusche des vorbeirauschenden Personenzuges auf der höhergelegenen Bahnstrecke wirkten wohltuend statt störend.

»Verraten Sie mir endlich, wen oder was wir hier suchen?«

»Einen ehemaligen Kollegen«, gab Donner knapp Auskunft.

»Aha. Und warum?«

»Weil ich Sehnsucht nach ihm habe. Was haben Sie erwartet?«

Er machte weiter mit seiner Erkundungstour. Keine Post oder Zeitungen im Briefkasten. Demnach musste Rainer Goldstein ihn kürzlich geleert haben.

Als Donner nach der Klingel greifen wollte, versperrte Zonk ihm den Weg.

»Zum Beispiel würde ich mich über ein Danke freuen«, sagte er beiläufig. Aber beide Männer wussten, dass es das nicht war.

Verlegen blickte Donner zur Seite. Vermutlich sah Nikon es ähnlich, dass es längst Zeit war für ein wenig Dankbarkeit.

»Sie meinen, ich sollte mich vor Ihnen in den Staub werfen?«

»Ich denke, ein einfaches Danke genügt.«

»Danke, dass Sie mit Magerhans gesprochen haben«, sprach Donner kaum hörbar aus. Erneut streckte er den Arm nach der Klingel aus.

»Nein, das reicht nicht«, hielt Zonk ihn abermals auf, wobei er diesmal den Arm wie eine Schranke auf Donners Mantel über der Brust legte. »Ich möchte, dass Sie sich auch bei Nikon bedanken.«

»Was? Wozu?«

»Tun Sie es einfach, oder fällt Ihnen das so schwer?«

»Lächerlich«, zischte Donner und wollte sich an ihm vorbeidrängen. Er hatte wichtigere Dinge zu tun. Denn im Gegensatz zu dieser blöden Show konnte man im wahren Leben nicht einfach die besten Szenen zusammenschneiden und an den Schluss ein Happy End basteln. »Das hier geht vor.«

Resoluter als man es von dem kleinen Mann erwartete, stemmte Zonk sich ihm entgegen. In seinem grünen Umhang – ja,

Zonk trug heute tatsächlich einen Superheldenumhang – wirkte er wie ein Giftzwerg.«Es kostet sie zwei Sekunden und ein wenig Überwindung.«

»Ich werde …« Donner hielt inne, als er in die sehnsuchtsvoll leuchtenden Augen der Kamerafrau schaute. Es war, als würde ein japanisches Kuscheltier mit glitzernden Manga-Augen aus dem Regal eines Spielzeugladens herabblicken.

Genau wie bei einem süßen Plüschtier wollten Nikons Augen sagen: *Nimm mich bitte mit!*

»Okay, gekauft«, stieß Donner aus.

»Was?«, fragte Zonk und auch Nikon schien damit nichts anfangen zu können.

»Ich meinte, danke.« Das letzte Wort sprach er ganz, ganz leise.

Nikons Lächeln verdeutlichte ihm, dass sie es verstanden hatte.

»Geht doch«, kommentierte Zonk.

»Gehen Sie mir jetzt aus dem Weg«, kehrte Donner zu alter Verstimmung zurück.

»Nein.«

»Was denn noch?«

»Sagen Sie es direkt in die Kamera – zu ihren Fans.«

»Hab ich mich verhört?«

»Wussten Sie, dass sich aktuell deutschlandweit eine unglaubliche Welle der Hilfeleistung auf Ihre beiden Schwerverletzten zubewegt? Und mit der Anteilnahme der Massen am Schicksal der Opfer steigen seit heute auch Ihre Umfragewerte. Das ist brillant! Also ist es Ihre Pflicht, sich dafür bei Ihren Zuschauern zu bedanken.«

Derartige Aufmerksamkeit interessierte Donner nicht im Geringsten, weshalb er einen verächtlichen Pfiff ausstieß. Doch weil die Miene des Entertainers ausdrückte, wie absolut ernst er es meinte, zog er die Nasenflügel zusammen und packte Zonk am Kragen seines Umhangs.

»Rennen Sie meinetwegen zum Polizeipräsidenten, oder machen Sie mich lächerlich in Ihrer Show, aber ich schulde dem

Publikum nichts«, stellte er klar. »Ich mag Sie nicht, und ich bin nicht Ihr Kumpel. Für mich sind Sie eine kleine Schmeißfliege ... Nein, halt! Ich ziehe die Verunglimpfung zurück, denn damit würde ich sämtlichen Fliegen dieser Welt Unrecht tun. Ist Ihnen eigentlich mal aufgefallen, dass niemand auf der Straße Sie nach einem Autogramm anbettelt? Weil Sie nur ein kleiner Wichtigtuer sind, dessen Karriere am Ende ist. Andernfalls müssten Sie sich nicht für dieses Format prostituieren.« Damit schob er Zonk beiseite und klingelte bei Rainer Goldstein.

In der Folge kam kein einziges Wort mehr über Zonks Lippen, aber er blieb weiterhin konsequent an Donners Seite. Irgendwie war das Schweigen Donner plötzlich unangenehm. Im Grunde hatte Zonk ihm nichts getan. Dennoch wollte er sich um nichts auf der Welt damit anfreunden, dass sie beide Teil einer Reality-Show waren. Dafür war allein der Zeitpunkt denkbar ungünstig. Grausame Verbrechen waren keine Unterhaltung. Donner war sich nicht sicher, ob die Mehrheit der Zuschauer verstand, dass die Sendung am untersten Rand menschlicher Befriedung fischte. Für den Sender selbst waren die Taten des Verstümmlers natürlich ein Quotensegen.

Inzwischen hatte Donner bereits zum dritten Mal am Namensschild des pensionierten Kriminalbeamten geklingelt. Keine Reaktion. Möglicherweise war Goldstein einkaufen oder bei einer Freizeitaktivität. Seniorengymnastik oder sowas in der Art.

Im Prinzip wusste Donner nichts über den Alltag des ehemaligen Kollegen. Beide hatten nur einmal zusammengearbeitet: bei den Mordermittlungen gegen Stanislav German. Danach war Goldstein in den Ruhestand getreten, und er und Donner hatten sich aus den Augen verloren.

Die Haustür ging auf und eine Bewohnerin trat ins Freie. »Zu wem wollen Sie denn?«, fragte die Frau, wobei sie beim Anblick des seltsamen Trios mit der Kamera in den Hausflur zurückwich.

Donner streckte ihr seine Kripomarke entgegen. »Wir wollen mit Herrn Goldstein sprechen.«

»Ach so, Sie sind ein Kollege von Rainer. Hab ihn schon lange nicht mehr gesehen.«

Donners Blick ging zum Briefkasten, der geleert war. »Kennen Sie ihn gut?«

»Rainer ist mein Nachbar. Bis vor zwei Wochen haben wir uns noch regelmäßig im Treppenhaus unterhalten. Aber seitdem ...«

»Hm ...«, machte Donner und dachte nach.

»Wobei ich ein-, zweimal einen Mann bei ihm gesehen habe«, sprach die Frau von sich aus weiter. »Ich glaube, der war vom Pflegedienst. Da habe ich mich schon ein wenig gewundert, aber Rainer ist ja mittlerweile über siebzig und hat zuletzt öfter über Hüftprobleme gesprochen.«

In der Tat konnte auch Donner sich erinnern, dass Rainer auf seine letzten Tage im Polizeidienst über etliche Beschwerden geklagt hatte. Vor allem auf den Raucherhusten hatte er geschimpft, gleichzeitig aber eine ganze Schachtel Zigaretten am Tag konsumiert.

»Seit dem Tod seiner Frau vor zwei Jahren geht es gesundheitlich rapide mit ihm bergab«, ergänzte die Nachbarin inzwischen redselig. »Von einer Kur hat er erzählt ...«

»Wissen Sie zufällig, um welchen Pflegedienst es sich handelt?«, fragte Donner.

Die Frau verneinte. »Tut mir leid, ich konnte ja nicht wissen, dass ...«

»Machen Sie sich keine Sorgen«, unterbrach Donner sie und zückte aus seiner Mantelinnentasche eine zerknitterte Visitenkarte, die ihn als Ansprechpartner bei der Erstkontaktstelle auswies. »Könnten Sie die Rainer geben, wenn Sie ihn sehen? Ich muss dringend mit ihm über einen alten Fall sprechen.«

Kapitel 39

Kriminalhauptkommissar Henry Stark saß an seinem Schreibtisch im K11 und befreite einen Schokoladenweihnachtsmann aus der untersten Schublade. In den letzten beiden Tagen war er nahezu ohne Süßigkeiten ausgekommen. Weil sein Stresspegel jedoch im oberen Bereich rangierte, pfiff er auf seinen beunruhigenden Triglyceridwert und wickelte die eiserne Reserve aus. Dabei störte er sich auch nicht an der Tatsache, dass der Weihnachtsmann bereits seinen zweiten Geburtstag feierte und die Schokolade bereits angelaufen war und entsprechend ranzig schmeckte.

Nachdem er die Hälfte vertilgt hatte, fühlte er sich halbwegs dazu in der Lage, die frisch eingetroffenen Unterlagen zu sichten. Beim Durchblättern wurde ihm bewusst, dass er sich verändert hatte. Genauer gesagt, seine Einstellung zum Job. Seit er den Posten des Kommissariatsleiters innehatte, brachten solche Ermittlungen zwar geringfügig Abwechslung in den Dienstalltag, aber wirklichen Spaß empfand er bei der Arbeit schon lange nicht mehr. Der gesamte Polizeiapparat hatte sich verändert. Es gab kaum noch echte Kriminalisten, dafür jede Menge Rechtskram. Was zählte, waren geschliffene Presseberichte und eine Absicherung nach allen Seiten. Dagegen wollte niemand mehr Verantwortung übernehmen oder gar weitreichende Entscheidungen treffen.

Auch wenn er es niemals zugeben würde, irgendwo im hintersten Winkel seines Innersten verehrte er Erik Donner. Der Mann pfiff auf jegliche Anpassung und blieb ein Ermittler vom alten Schlag. Okay, dabei schlug er hin und wieder über die Stränge, aber im Grunde stimmte die Einstellung. Im Gegensatz zu Donner hatte Stark schon vor etlicher Zeit resigniert.

Er seufzte, leckte sich zum Trost Schokoladenreste vom Daumen und studierte die Recherchen über die Angehörigen des verstorbenen Stanislav German. Laut den Unterlagen starben in der Familie des Wolgadeutschen die Leute teilweise recht jung. Allem Anschein nach gab es etliche Gendefekte, woraufhin Stark sich fragte, ob dabei Inzest aus der Vergangenheit eine Rolle spielte.

Man hörte davon ja in so manchen Fernsehreportagen. Schlussendlich schob er den Gedanken beiseite und konzentrierte sich auf die Fakten.

Demnach war Germans Frau bereits mit achtundvierzig verstorben. Aus der Ehe waren vier Kinder hervorgegangen. Zumindest gab es laut den bisherigen Erkenntnissen keinerlei Hinweise auf uneheliche Nachkommen, was Stark wohlwollend zur Kenntnis nahm. Auch wenn er selbst keine Kinder hatte, schätzte er Treue in einer Beziehung.

Ein mittlerweile erwachsener Sohn Stanislav Germans wohnte in einer Pflegefamilie, und ein weiterer lebte in einem Wohnheim für behinderte Menschen, wo man ihn rund um die Uhr betreute. Letzterer konnte selbst mit dreißig Jahren nicht selbstständig essen. Das machte Stark demütig und ein bisschen wütend.

Zwei der vier Kinder waren bereits verstorben. Ein Mädchen mit elf und ein Junge mit sechsunddreißig. Hannah und Sascha.

Für die weiteren Ermittlungen würden sich Starks Leute auf die Lebenden konzentrieren müssen.

Im Kommissariat 41 saß seit fast fünf Stunden ein Mitarbeiter der Abteilung Digitale Medienstelle an seinem Arbeitsplatz und analysierte den Inhalt der Magnetbandkassette, die ihm das K11 zur Auswertung überlassen hatte. Der Mitarbeiter war erstaunt gewesen angesichts des Beweismittels, denn seit dem Zeitalter der CDs, Blu-Rays und USB-Sticks erreichten ihn nur noch selten derartige Datenträger. Genau genommen war es der Einzige in den letzten zwei Jahren.

Über den Inhalt war er nur wenig erschrocken gewesen. Dafür waren ihm bereits zu viele Abartigkeiten untergekommen. Immerhin machte er den Job zwischen all den Reglern, Spulen, Mischpulten und Computern schon seit Mitte der Neunziger. Er wusste ganz genau, wozu Menschen fähig waren. Über die Jahre hatte er sich eine zweite Haut, ein zweites Augenpaar und ein zweites Paar Ohren zugelegt. Die Schreie von Menschen, deren Blut und Tod nahm er als Fakten hin. Falls ihn jemand auf die

Gräueltaten ansprach, antwortete er höchstens mit einem Schulterzucken.

Manche glaubten, Leid und Schicksal der Opfer wären ihm egal, aber das stimmte nicht, im Gegenteil: Er tat alles technisch Mögliche, um zur Aufklärung der Straftaten beizutragen. Und so kam es dann auch, dass ihm bei der Tonbandkassette, die ein gewisser Kriminalhauptkommissar Donner auf einem Friedhof ausgebuddelt hatte, etwas Entscheidendes auffiel.

Watergate!

Kolka saß als Beifahrerin neben Lehnhard, die den Dienstwagen zurück zur KPI lenkte, und sinnierte laut über Manuel Daniels Geschichte.

»Also, nehmen wir einmal an, den Einbruch in die Rabensteiner Kirche und die Entdeckung im Atelier haben damals wirklich so stattgefunden«, führte sie aus. »Warum hat Pfarrer Jonsen die Tat nie zur Anzeige gebracht?«

»Das liegt doch auf der Hand«, antwortete Lehnhard. »Er wollte nicht, dass die Wahrheit ans Tageslicht kommt.«

Kolka nickte und ärgerte sich zugleich. »Zu schade, dass die Kollegen Daniels Aussage nie überprüft haben. Schätze, wir werden nie erfahren, ob es diese in Gläser eingelegten Körperteile jemals gab.«

»Entschuldigung, Kriminaloberkommissarin Kolka, aber sagten Sie vorhin nicht, dass die Kriminalbeamten Daniels Hinweis damals sehr wohl nachgegangen sind?«

»Aber anscheinend nicht energisch genug. Sie haben lediglich beim Pfarrer nachgefragt, aber als der einen völlig aufgeräumten Kirchenraum vorwies und einen Einbruch verneinte, sind die Kollegen wieder abgezogen. Tja, und inzwischen sind zwanzig Jahre vergangen.«

»Also ist Peter von Hetzel der Künstlername von Pfarrer Jonsen?«

»Davon müssen wir ausgehen«, sagte Kolka. Zweifel hegte sie jedoch nicht daran, auch wenn ihre Internetrecherchen kein Porträt des Malers zutage gefördert hatten. Über von Hetzel gab es

lediglich einen unbedeutenden Wikipedia-Eintrag. »Zu blöd, dass seit fast einem Jahrzehnt Peter Jonsen niemand mehr gesehen hat.«
»Keine Sorge«, kam es vom Fahrersitz. »Ich bin sicher, unsere Fahndungsausschreibung zur Aufenthaltsermittlung wird einen Treffer landen.«
»Hoffentlich bald. Hoffentlich bald ...«
Kurz bevor sie den Hof der KPI erreichten, klingelte ihr Handy.
»Hier ist Alexandra Benz«, meldete sich die Verantwortliche des Behindertenvereins Haltestelle Lebensweg. »Ich sollte Sie doch anrufen, sobald Herr Grimm bei uns eintrifft.« Sie sprach vom einarmigen Banditen. »Er ist jetzt anwesend und wärmt sich bei einer Tasse Kaffee auf.«

Unterdessen genoss Peter von Hetzel – so nannte er sich inzwischen – die Sonnenstrahlen auf seiner kranken Haut. Welche Wohltat angesichts der eisigen Temperaturen, die in dieser Stadt noch im April herrschten. Er saß auf einer Parkbank und kiffte. Über die Jahre hatte die Wirkung des Cannabis abgenommen, aber den Appetit regte es nach wie vor an. Kein Wunder, dass er mittlerweile einen ordentlichen Bauch vor sich hertrug. Manchmal überkam ihn regelrecht die Fresssucht.
Eine andere Sucht machte ihn ebenfalls rastlos: Menschen.
Gelegentlich musste er den Menschen die Augen öffnen. Für Kunst, Gerechtigkeit, Schicksal und Ewigkeit.
Dazu hatte Gott ihn schließlich auserkoren.
Er nahm einen letzten Zug vom Joint, stand auf und kicherte. Außerdem kratzte er sich die Ellenbogen voller Vorfreude. Bald würde seine große Kunstshow starten.

Kapitel 40

Vor wenigen Tagen hatte Kolka im Behindertenverein kein Glück gehabt. Damals hatte sie sich vergeblich nach Ludwig Grimm erkundigt. Falls Frau Benz Wort hielt, und sie ihn diesmal bis zum Eintreffen der Beamten aufhalten konnte, würde Kolka den Einarmigen endlich zu Gesicht bekommen.

Zusammen mit Lehnhard und Hentschel stürzte sie aus dem Wagen und eilte hinter einer vorbeirauschenden Straßenbahn über die Gleise. Umherlaufende Innenstadtbesucher drehten sich verwundert nach der hektischen Dreiergruppe um. Seit Benz' Anruf waren weniger als zehn Minuten vergangen. Lehnhard hatte die Strecke von der Einfahrt der KPI bis zum Stadtzentrum in Rekordzeit zurückgelegt. Ohne Blaulicht! Einmal hatte die sonst so zurückhaltende Kollegin einen *Schleicher* mit »Fahr endlich, du Bremsklotzaffe!« beschimpft.

Geschenkt! Heute soll mir jedes Mittel recht sein, wenn wir im Gegenzug den Cowboy schnappen.

Kolka stürmte als Erste durch die Eingangstür und sah sich getrieben um. Für den Austausch von Begrüßungen hatten die Mitarbeiter am Empfangstresen ohnehin keine Zeit, da sich davor eine beachtliche Schlange gebildet hatte. Ein Mann im Rollstuhl wurde in einen überfüllten Fahrstuhl geschoben. In einer Sitzecke warteten acht Personen, deren Blicke der Reihe nach zur Wanduhr gingen. Lautes Getuschel, Rascheln von Zeitungsseiten, wilde Gestiken. Insgesamt ging es an diesem Nachmittag in der Wartehalle deutlich hektischer zu, als beim letzten Mal. Es wirkte reichlich überfüllt.

»Wenn wir ihn haben, darf ich ihm dann die Handschellen anlegen?«, fragte Hentschel und klapperte mit selbigen.

»Steck die Dinger weg«, ermahnte Kolka ihn, obwohl sie Verständnis dafür hatte, dass der Praktikant sie gern einmal benutzen wollte. »Bisher ist Ludwig Grimm nur ein Zeuge. Außerdem hat er nur einen Arm, was den Nutzen der Schließacht von vornherein infrage stellt.«

Sie brauchten sich nicht lange umzusehen, da tauchte Alexandra Benz in einem der Türrahmen auf, winkte und lief ihnen entgegen.»Er sitzt dort, wo er immer sitzt.«

Kolka bedankte sich ein weiteres Mal für den Anruf und deutete in Richtung der vielen Besucher.»Was ist denn heute los?«

»Heute?«, entgegnete Benz im Gehen, wobei ihr Absätze einen flotten Takt anschlugen.»Seit Tagen können wir uns kaum vor Spenden, Zuwendungen, Anträgen und Erkundigungen durch Einwohner retten. Hängt alles mit dem …« Benz blieb abrupt stehen, zeigte eine traurige Miene und fächelte sich Luft zu.»Wir verdanken das unvorhergesehene Wohlwollen diesem … Engel. Es klingt abartig, ich weiß, aber die Gräueltaten an den beiden Menschen haben …«

»Sie meinen, erst die schweren Körperverletzungen haben das Bewusstsein der Bevölkerung für die Nöte behinderter und kranker Personen geschärft?«

Benz nickte, als wäre es ihr unangenehm, darüber zu sprechen.»So sieht es aus. Der Ansturm ist so enorm, dass wir unseren Mitarbeitern den Urlaub streichen mussten. Nicht nur wir, auch andere karitative Einrichtungen verzeichnen einen Anstieg des Spendenaufkommens. Aber genug davon, deswegen sind Sie ja schließlich nicht gekommen, oder?« Sie deutete in den Saal hinein.

Nein, deswegen waren sie nicht hier. Kolka würde sich mit diesen Auswüchsen früher oder später sowieso beschäftigen müssen. Aktuell interessierte sie ausschließlich Ludwig Grimm.

Der Gemeinschaftsraum wirkte still und verlassen. Der Einarmige saß in dem Sessel, der in der Ecke vor dem Gemälde von Peter von Hetzel stand. Grimm rührte sich nicht. Für den Moment sah er völlig reglos aus. Doch der Eindruck täuschte. Grimm hielt eine Kaffeetasse fest in der Hand und stierte wie gebannt das Bild mit dem schwarzen Engel an.

»Sehen Sie, wie friedlich er dasitzt?«, flüsterte Benz.»Wir alle finden sein Verhalten sonderbar, aber wenn es ihn zufriedenstellt, warum sollten wir daran etwas ändern?«

Zufriedenstellen ist ein gutes Stichwort. Möchte wissen, was den Obdachlosen tatsächlich antreibt. An sanftmütige Gedanken will ich nicht glauben – nicht in einer solchen Horrorstory.

»Es war richtig, dass Sie mich gleich angerufen haben.« Sie sprachen leise, aber doch laut genug, dass Grimm die Stimmen im hellhörigen Raum verstehen musste. Falls es so war, reagierte er nicht darauf.

»Keine Ursache«, versicherte Benz. »Was werden Sie jetzt tun?«

»Wir müssen ihn mitnehmen«, antwortete Kolka und gab Lehnhard durch Zwinkern ein Zeichen.

Gemeinsam näherten sie sich dem Sessel.

Grimm sah nicht bedrohlich aus, eher wie ein Pelztierjäger aus dem Film *The Revenant* mit Leonardo DiCaprio. Die Bärenfelljacke war allerdings wirklich kurios. Vor allem, weil er sie trotz der Wärme im Raum anbehielt.

Wer weiß, was er darunter versteckt ...

Kolka näherte sich ihm seitlich von hinten. Grimm hatte den Kopf schräg gelegt und bewegte ihn keinen Millimeter. Auch nicht, als sie bereits neben ihm stand. Sie ahmte seine Kopfhaltung nach, um einen ähnlichen Blickwinkel auf das Gemälde zu haben, konnte jedoch keinen Unterschied im Motiv erkennen. Es blieb das Gleiche wie zuvor. Schon nach wenigen Sekunden tat ihr die Halsmuskulatur weh.

»Herr Grimm«, sprach Kolka ihn mit Namen an, um eine Reaktion bei ihm auszulösen. »Wir würden uns gern mit Ihnen unterhalten.«

»Sie wissen, dass er unter totalem Mutismus leidet«, flüsterte Benz aus dem Hintergrund.

»Wir machen das schon«, hielt Lehnhard sie zurück.

Erst mit deutlicher Verzögerung schaute Grimm vom Sessel auf. Sein Blick war der eines kleinen Kindes. Teilweise ängstlich, teilweise neugierig. Je länger Kolka ihm in die Augen sah, desto mehr erkannte sie darin auch eine Wildheit. Fast wie bei einem Grizzly. Vielleicht hatten Eigenschaften dieses Tiers auf Grimm abgefärbt, als der als Bärenpfleger im Tierpark gearbeitet hatte. Vor etlichen Jahren ...

»Kripo«, sagte Kolka knapp. Sie verzichtete darauf, ihre Marke vorzuzeigen. In der Vergangenheit gab es für ihn genügend Begegnungen mit den Gesetzeshütern. »Können Sie mich verstehen, Herr Grimm?«

Ein starrer Blick.

»Dachte ich mir«, murmelte Kolka und stellte sich mit ihm zugewandten Rücken vor ihn hin und betrachtete das Gemälde. Sie wollte unbedingt wissen, was der Einarmige darauf erkannte, was niemand sonst sah. »Ich habe mich bezüglich der dargestellten Bibelszene kundig gemacht. Kann es sein, dass Sie auf ein Wunder warten?«

Keine Erwiderung. Sie vernahm lediglich, wie die Polsterung des Sessels knarzte.

»Wenn man Wikipedia glaubt,«, ließ sie sich nicht beirren, »hielt der Künstler sich selbst für einen Heiligen.«

»Mehr als das«, hakte Benz ein und stellte sich neben Kolka, wobei sie ebenfalls den Blick auf das Bild richtete. »Einige behaupten, er wäre ein Hellseher und die abgebildete Szene würde eine apokalyptische Zukunft zeigen.«

Erstaunt über die Erklärung betrachtete Kolka Benz' Profil von der Seite. Die Frau hatte makellose Haut, kunstvoll geschwungene Lippen und Schultern, über denen ein Abendkleid bestimmt besonders adrett saß. Ein wenig neidisch war Kolka auf die Figur der Dame. »Sie meinen, die abgebildeten Menschen sollen uns alle darstellen? Äußerlich perfekt, aber innerlich krank und verdorben?«

»Nun«, sagte Benz und trat einen Schritt zurück, um Grimm durch die zerzausten, langen Haare zu streichen. Eine überaus fürsorgliche Geste. »Ich neige vielleicht zu einer Fehlinterpretation, aber wenn ich mir die gegenwärtigen Zustände in der Welt ansehe, dann wünschen sich nicht wenige, ein Engel würde vom Himmel herniedersteigen, um Leid, Hass und Ungerechtigkeit zu beseitigen.«

»Eine interessante Theorie«, sagte Kolka und holte ihr Smartphone hervor. Dann stellte sie die Kamera scharf. »Ich werde Ihre Überlegungen bei unserer bevorstehenden Vernehmung mit einbeziehen.« Sie drückte den Auslöser und fotografierte das Bildnis.
»Woher hat der Verein das Kunstwerk eigentlich?«
»Es stammt aus einer Auktion. Für fast zweitausend Euro kam es unter den Hammer.«
Die bis dahin stille Lehnhard stieß einen Pfiff aus. »Warum ausgerechnet dieses Gemälde?«
Benz drehte sich zu ihr und lächelte. »Wie Sie sicher bemerkt haben, ist das hier keine religiöse Einrichtung. Dennoch ist der Teich Bethesda der Grund für den Erwerb. Es geht um das Symbol der stärkenden Quelle. Es drückt aus, was unserem Verein wichtig ist. Wir wollen die Rechte und das Selbstwertgefühl benachteiligter Menschen stärken.«
Diese Begründung fand Kolka nachvollziehbar. »Herr Grimm, bitte stehen Sie auf und folgen Sie uns.«
Grimm schaute Benz an, die kaum merklich zustimmend nickte.
Zusätzlich fragte sie: »Was haben Sie mit ihm vor?«
»Da er hier nicht mit uns sprechen will,«, gab Kolka Auskunft, »werden wir ihn auf der Dienststelle vernehmen.«
»Wie ich Ihnen bereits vorhin sagte, spricht Herr Grimm nicht.«
»Vielleicht doch. Auf die eine oder andere Weise …«

Kapitel 41

Für Till Baumann waren die beiden letzten Tage wie im Höllenrausch vergangen. Ein Cocktail aus Schmerzen, Fieber, Drogen und Kälte. Den Verband an der Hand hatte er inzwischen fast vollständig durch Klebeband verstärkt. Durch das Dach der alten Baracke neben der Papierfabrik tropfte das Tauwasser auf seine Schlafdecke. Baumann hatte diese Notunterkunft nach den Vorgaben des Unbekannten ausgewählt. Auf der anderen Straßenseite in einem Mehrfamilienhaus, in dem man vor der Wende ranghohe russische Offiziere einquartiert hatte, wohnten der Kommissar und die alte Witwe. Natürlich hätte Baumann auch das Obdachlosenheim in der Nähe für eine Nacht aufsuchen können, aber dort hätte vielleicht jemand Fragen zu seiner Verletzung und seinem Zustand gestellt.

Baumann trottete an einem Buswartehäuschen vorbei und blickte sich um, ob man ihn verfolgte. Beim Gehen nahm er das Foto mit dem Bild der alten Frau zur Hand und schüttelte den Kopf. Was zum Teufel hatte der Verrückte vor? Warum hatte er Baumann ein weiteres Paket zusammen mit dem Porträt gegeben?

Die Tageszeitungen nannten den Unbekannten *Engel*, die Boulevard-Blätter *Verstümmler*. Keiner der beiden Begriffe traf zu, auch wenn Baumann zwei Finger verloren hatte. Der Typ war ein gerissener Penner. Ein schäbiger Hundeentführer!

Natürlich hatte Baumann sich Gedanken gemacht, warum der Unbekannte ausgerechnet ihn ausgewählt hatte, auf eine Lösung war er jedoch nicht gekommen. Schließlich war er schon ganz unten im sozialen Gefüge. Genügend Leute, die mit ihm noch eine Rechnung offen hatten, gab es sicherlich. Doch welchem Zweck diente das Ganze?

»Wenn wenigstens die verfickte Hand nicht so wehtun würde!«, zürnte er.

Ohne die Schmerzen könnte er sich möglicherweise besser konzentrieren. So machte das alles keinen Sinn. Dann und wann redete der Unbekannte zwar mit ihm über den Knopf, aber Baumann verstand seine eigene Rolle trotzdem nicht.

Vor fünfzehn Minuten war es wieder so weit gewesen. Da hatte die fremde Stimme ihn geweckt. Er sollte die Straße überqueren.

Er steckte das Foto zurück in seine Jacke. In der anderen Seitentasche befand sich die Tüte mit dem Geschenk. So hatte der Unbekannte es bezeichnet.

Von wegen Geschenk!

Baumann verzog das Gesicht, als es in seinem Ohr fiepte.

»Ich hoffe, du hast dein Sprüchlein auswendig gelernt«, sagte die Stimme.

Jede Antwort erübrigte sich. Der Unbekannte wollte ihn nur ärgern. Bei seinem Vorhaben verspürte er aus mehreren Gründen Angst. Seine verletzte Hand eiterte, er fieberte, und er wusste nicht, ob sich sein Gesundheitszustand bald bessern würde. Außerdem brauchte er dringend einen neuen Schuss. Vor Erschöpfung konnte er kaum noch seine Füße heben. Hinzu kam eine gelegentliche Sehschwäche, bei der er die ganze Welt verschwommen wahrnahm.

»Der Kommissar ist gefährlich«, tönte es aus dem Ohrknopf. »Du solltest vorsichtig sein.«

Baumann hatte längst verstanden, dass der Unbekannte mit ihm spielte. Rein zu Unterhaltungszwecken. Dabei war es völlig egal, ob er draufging. Aber den Gefallen würde Baumann seinem Peiniger nicht tun. Anfangs wollte er nur seine Elza wiederhaben, mittlerweile dürstete es ihn nach bitterböser Rache.

Als er an den Bordstein trat, erneuerte Baumann still für sich den Vergeltungsschwur. Unterdessen ließ er zwei Autos passieren, dann betrat er den Asphalt. In dem Augenblick bog ein Streifenwagen vom Zeisigwald um die Ecke. Ein Transporter, auf dessen Front leuchtend weiß das Wort Polizei prangte.

Jetzt hörte Baumann auch die Fangesänge vom unweit entfernten Fußballstadion. Heute war Pokalspiel. Der Klub traf im Derby auf Dynamo Dresden. Ein Risikospiel. Demzufolge brauchte er sich nicht über das erhöhte Polizeiaufgebot wundern.

»Denk an deinen Auftrag«, vernahm er die Stimme.

Das tat Baumann. Dabei grübelte er, ob der Fremde ihn beobachtete. Nicht zu hastig und mit gesenktem Blick lief er zur anderen Straßenseite. Hinter ihm hielt der Wagen.

»Hey, Sie!«, schallte eine ruppige Männerstimme in seinem Rücken.

Er drehte sich halb um. Die Uniformierten hatten ihn ins Visier genommen, obwohl er weder einen himmelblauen noch einen schwarz-gelben Vereinsschal trug. »Bleiben Sie mal stehen!«

Notgedrungen gehorchte Baumann. Unschuldig nahm er die Hände aus den Jackentaschen. Mittlerweile wusste er, wie er sich gegenüber den Bullen bei einer Personenkontrolle verhalten musste.

Drei Beamte in dunklen Uniformen und Schusswesten kletterten aus dem Transporter. Formationstreu kamen sie auf ihn zu. In Baumann fanden die Muskelschränke ein dankbares Opfer. Sicher würden sie zuerst nach seinem Ausweis und in der Folge danach fragen, ob er im Besitz von Drogen wäre. Hauptsache die drei Trottel durchsuchten ihn nicht. Dann würden sie womöglich das Geschenk finden.

Dann wäre alles aus.

In seinem Zustand konnte Baumann unmöglich fliehen. Deshalb blieb er so unbedarft wie möglich stehen und grüßte höflich.

»Ausweis dabei?«, kam es schroff.

Baumann führte nur einen abgelaufenen Personalausweis bei sich. Seit Langem kümmerte er sich nicht mehr um derlei Bürokratie. Aber selbst das ungültige Dokument würde seinen Zweck erfüllen. Ungeschickt nestelte er an seiner Gesäßtasche, während ihn die Polizisten umringten.

Plötzlich griff sich sein Gegenüber ans Ohr, wo die Hörmuschel von seinem Funkgerät hing. Er lauschte kurz, gab eine knappe Bestätigung ab und informierte seine zwei Kollegen, dass sie zu einer Schlägerei vor dem Stadion mussten.

Nur Sekunden später brauste der Polizeitransporter mit durchdrehenden Rädern und Sirenengeheul davon. Baumann blieb erleichtert zurück. Endlich hatte auch er einmal Glück.

Die Frage war nur, wie lange es anhielt.

Nur kurz schaute er dem Wagen nach. Er huschte zum Wohnhaus, das ihm der Unbekannte genannt hatte. Die Beleuchtung der Hausnummer war bereits eingeschaltet. An den Briefkästen fand er den Namen: *Donner*.

Nur der Teufel mochte wissen, welche Rechnung der Unbekannte mit dem Kommissar offen hatte. Früher oder später würde Baumann es wahrscheinlich erfahren. Zuvor musste er das Geschenk übergeben.

Er wischte sich den Schweiß von der Stirn und rieb sich die brennenden Augen. Anschließend klingelte er bei Elvira Schmidt.

Kapitel 42

Nach dem ergebnislosen Vormittag hatte Donner ein paar persönliche Sachen aus der Erstkontaktstelle geholt und einige Telefonate geführt. Dabei hatte Zonk jeden Meter von ihm kommentiert, wobei ein richtiges Gespräch zwischen den beiden nach ihrem Disput vor Goldsteins Wohnung nicht mehr zustande kam.

Mittlerweile saß das DCS-Trio seit einer Viertelstunde schweigend in Donners neuem Büro. Drei Sachen beschäftigten ihn. Erstens: Der Akku des Diensthandys war leer. Zweitens: Er hatte seine Kaffeemaschine in der Erstkontaktstelle vergessen. Drittens: Er konnte nicht nachdenken, solange die beiden Fernsehtypen ihn wie ein Versuchsobjekt in einer Karnickelbuchte beobachteten.

Punkt eins erledigte er, indem er das Ladekabel an das Handy anschloss. Zeitgleich kam er zu der Einsicht, dass er den Rest des Tages auch ohne Kaffee überstehen würde. Blieb also nur noch das Problem mit dem Nachdenken …

»Für heute ist Schluss«, durchbrach er das Schweigen. »Ihr beiden könnt jetzt gehen.«

»Da sehen Sie es«, fuhr Zonk auf, indem er sogleich vom Stuhl sprang. »Sie können noch nicht einmal darum bitten, dass wir Sie allein lassen sollen.«

»Ach!« Donner schmiegte sich in seine Lehne, um Zonk zu verdeutlichen, wer im Zimmer der Chef war. »Ich dachte, das wäre offensichtlich.«

Zum ersten Mal, seit Donner ihn kannte, konterte Zonk nicht mit Besserwisserei, sondern verstummte und schmollte wie ein Clown nach fehlendem Applaus. Als die Stille sogar für Donner unangenehm wurde, setzte Zonk zu einem neuerlichen Redeschwall an. »Aus Ihnen werde ich einfach nicht schlau. Ich meine, haben Sie an sich selbst jemals den Anspruch, mit Ihren Mitmenschen auskommen zu wollen? Können Sie eigentlich selbst mit sich leben? Ist Ihnen die Meinung anderer irgendetwas wert?«

Nikon knipste ihre Kamera an, doch Zonk legte überraschend die Hand auf das Geschoss, damit sie es senkte. Die Show war endgültig vorbei. Eine zuckende Augenbraue des Gegenübers verriet Donner, dass der Mann trotzdem eine Antwort erwartete. Möglicherweise sogar eine Ehrliche …

»Okay, Herr Zonk, zum Streiten fehlt mir gerade die Lust«, begann Donner. »Ich könnte jetzt bis zum Erbrechen darüber philosophieren, warum ich diesen Job mache, wie ich ihn mache und warum ich denke, dass ich der Beste meines Fachs bin. Stattdessen gebe ich zu, dass Sie recht haben.«

Geschlagen ließ Zonk die Schultern fallen.

Peng! Mitten ins Herz.

Donner sonnte sich im Glanze dieses Geniestreichs. Dann drehte er die Schreibtischlampe ein Stück, damit sie ihn nicht weiter blendete.

»Und was das Zwischenmenschliche angeht, da arbeite ich dran«, legte er nach. »Wenn Sie beide jetzt bitte die Fliege machen würden …«

In der Folge beobachtete er Zonks Abgang. Das Letzte, was von der Gegenseite kam, war ein mordsmäßiges Schnauben. Wortlos stürzte der Entertainer zur Tür hinaus. Nikon folgte ihrem Chef, doch auf der Schwelle drehte sie sich plötzlich um. Wie sie danach Donner ansah, bekam er augenblicklich ein schlechtes Gewissen. Allerdings war das nicht das Kuriose …

»Eigentlich mag ich Sie ja«, erhob sie ihr Stimmchen. »Aber vielleicht überdenken Sie Ihre Worte noch einmal.«

In Zeitlupe sah Donner die Tür zuschwingen. Der Schock sauste durch seine Brust und von dort direkt in die Eingeweide. Das stumme, ungreifbare Wesen hatte urplötzlich mit einer Feenstimme zu ihm gesprochen. Jede ihrer Silben hatte Donner schwer wie ein Boxhieb getroffen. Jetzt war sie weg. Verschwunden. Ohne Erklärungen. Und er hing angezählt in den Seilen – oder besser gesagt zwischen den Stuhllehnen.

Sie hat Stimmbänder! Sie spricht! Das gesamte Leben ist ein Fake.

Natürlich war sein Benehmen kindisch. Nikon hatte vollkommen recht, und Donner fühlte sich schlecht. Da saß er endlich in den Räumlichkeiten des K11 und trotzdem empfand er keine Freude. Höchstens Beschämung.

»Ihr habt an meine Tür geklopft!«, brüllte er ihnen nach, was ihm sofort darauf noch peinlicher war.

Als die Vernunft zurückkehrte, schnappte er sich einen der Umzugskartons und schaute hinein. Aus einer dunklen Ecke blickte sein alter grüner Knetball zurück.

Mr Fiesling.

Das kleine Ding hatte lauter Beschädigungen, die aussahen wie Narben. Das erinnerte Donner schlagartig an sein eigenes Schicksal.

»Du hast auch schon mal besser ausgesehen, weißt du das?«, redete er mit Mr Fiesling, doch auf einmal hatte er keine Lust mehr, in den alten Sachen zu kramen. Folglich ließ er den Karton zurück auf den Boden plumpsen. »Mist!«

Nach Minuten des stummen antriebslosen Herumsitzens fühlte er sich imstande, den Engelsfall anzugehen. Seine Laune hellte sich minimal auf, als er feststellte, dass der Rechner im K11 gegenüber dem Bummelzug in der Erstkontaktstelle ein regelrechter ICE war.

Na also, es geht vorwärts. Bald bist du wieder on top, Erik!

Wie zu seinen besten Zeiten arbeitete er sich durch den elektronischen Vorgang. Er las jede Zeile, angefangen mit dem ersten Opfer. Karla Feltmann. Es ging weiter mit Klaus Demmler, der sich die Hand abgesprengt hatte, und mit der Zeugenvernehmung seiner Ehefrau, die darüber erzählte, wie ihr Ex ihr nachgestellt hatte und sie vor ihrer Entführung ein Paket für ihn entgegengenommen hatte. Danach konzentrierte Donner sich auf den Tätowierer und Shopbetreiber Manuel Daniel, der im eigenen Laden jede Menge alte Spielzeugfiguren verkaufte, und der in der Vergangenheit Kontakt zu Till Baumann hatte. Baumann war zwar zur Fahndung ausgeschrieben, aber bisher hatte man ihn noch nicht aufgegriffen. Alles, was man von Baumann hatte, war eine Litanei an Straftaten und einen abgeschnittenen Finger. Und schlussendlich gab es da noch den Maler Peter von Hetzel alias Peter Jonsen. Ein ehemaliger Pfarrer.

Hatte Donner jemanden vergessen?

Der einarmige Bandit!

Als er mehr durch Zufall zum Fenster hinaus in den Hof der KPI blickte, entdeckte er Anne, die zusammen mit Marie Lehnhard und Levi Hentschel aus einem Golf stieg. Die drei hatten Ludwig Grimm dabei. Endlich!

Bevor Donner seine Sachen packen und Anne entgegeneilen konnte, klingelte sein Privathandy. Er kannte die Nummer nicht, trotzdem nahm er das Gespräch an.

Es meldete sich ein Notarzt.

Donner sollte dringend zu seiner Wohnadresse kommen.

Kapitel 43

Mit einer saftigen Bremsung hielt Donner vor seiner Wohnung und sprang aus dem Wagen. Der Volvo stank nach verbranntem Gummi und Motoröl. Mit Vollgas war er durch die Straßen gekurvt. Vor der neu gebauten *Community4you-Arena* wäre ihm fast ein betrunkener Fußballfan vor die Motorhaube gelaufen. Direkt nach dem Anruf des Notarztes hatte Donner am Arbeitsplatz alles stehen und liegen lassen und war hergerast. Ihm fiel ein, dass sogar noch sein Rechner bei der KPI lief. Das spielte im Moment keine Rolle. Ihn interessierte nur der Gesundheitszustand seiner Nachbarin Frau Schmidt.

Elvira Schmidt war die Witwe aus dem Erdgeschoss, um die er sich zeitweise kümmerte, und die ihn im Gegenzug mit allerlei süßem Gebäck verköstigte. Zuletzt hatte sie ihm Cremetörtchen mit Aprikosenfüllung serviert. Dafür könnte Donner sterben. Die alte Dame wusste eben, wie man einen Mann ganz langsam vergiftete. Und in ihren Backwaren steckten die leckersten Gifte der Welt.

Es versetzte seinem Herzen einen Stich, als er daran dachte, dass die heimische Konditorei beinahe versiegt wäre.

An der Haustür trat ihm ein Sanitäter entgegen. Dessen Miene ließ nicht erkennen, wie es um Elvira Schmidt stand. Vor Sorge raunzte Donner den Mann an, der nur mit dem Daumen nach drinnen zeigte und lapidar meinte: »Fragen Sie einfach den Arzt!«

»Blödmann«, grummelte Donner und stürmte in die Wohnung der Witwe, wo bereits die Tür offenstand.

Zu seiner Erleichterung saß Frau Schmidt aufrecht in ihrem blauen Lieblingssessel und blinzelte. Der Notarzt beugte sich über ihren Arm und pumpte ein Blutdruckmessgerät auf.

»Frau Schmidt, was machen Sie denn für Sachen?«, wollte Donner sogleich wissen.

»Sind Sie Herr Donner?«, fragte der Notarzt.

Bevor Donner bejahen konnte, antwortete Frau Schmidt stellvertretend für ihn: »Er ist Kommissar! Lesen Sie denn keine Zeitung?«

Ihre Worte verdeutlichten Donner, dass es ihr inzwischen wieder besserging, was ihn aufatmen ließ. Um sie dennoch nicht zu sehr unter Druck zu setzen, wandte er sich lieber an den Mediziner. »Was passiert jetzt mit ihr?«

»Sie hatte einen Kreislaufzusammenbruch«, gab der Notarzt Auskunft. »Sie hat den Notruf gewählt und ist während des Telefonats mit der Rettungsleitstelle zusammengebrochen. Wir mussten durch die Feuerwehr eine Türnotöffnung vornehmen lassen.«

Donner blickte sich um. Ein zweiter Sanitäter hielt eine Krankenkarte in den Fingern und füllte ein Formular aus. Wie Donner es von früheren Einsätzen kannte, verrichtete der Notarzt seinen Job routiniert und unverkrampft. Für den Augenblick war Frau Schmidt bestens versorgt. Obwohl derart innige Berührungen Donner jede Menge Überwindung kosteten, legte er seiner Nachbarin beruhigend die Hand an die Wange. »Es war richtig, dass Sie mich angerufen haben.«

»Keine Ursache«, wiegelte der Notarzt ab. »Obwohl es Angehörige gibt, hat Frau Schmidt explizit nach Ihnen verlangt.«

»Dieser Mistkerl hat mich überrascht!«, schimpfte Frau Schmidt mit dünner Stimme und atmete sogleich schwer.

»Ganz ruhig«, wirkte der Notarzt auf sie ein. »Ihr Puls wird schon wieder.«

Das Klettband wurde gelöst und das Blutdruckmessgerät verschwand in einem Koffer.

»Wen meint Sie?«, fragte Donner den Arzt.

Der zuckte die Schultern. »Sie sagt, da hätte ein Mann an ihrer Tür geklingelt.«

Donner sah Frau Schmidt schief an. »Ich dachte, ich hätte Ihnen klargemacht, dass Sie Fremden nicht die Tür öffnen sollen?«

»Ach, Herr Donner! Er hat so verzweifelt geklungen, da habe ich …« Frau Schmidt schloss für einen Moment die Augen.

Solche Typen klingen immer verzweifelt.

Es schien, als sammelte sie neue Kräfte, was Donner nutzte, um den Notarzt zur Seite zu ziehen. »Okay, klären Sie mich auf.«

»Sie wollen wissen, was hier los ist?« Er drehte sich um und nahm vom Beistelltisch, auf dem das Festnetztelefon stand, eine eingewickelte Plastiktüte. Diese reichte er Donner. »Das sollten Sie wohl eher uns erklären.«

Donner benötigte nur einen kurzen Blick, um den abgeschnittenen Mittelfinger in der durchsichtigen Folie zu erkennen. Getrocknetes Blut haftete daran. Die Fäulnis hatte bereits eine dunkle Färbung verursacht. Aus seiner Erfahrung mit Leichen schätzte Donner, dass der Finger vor circa drei bis vier Tagen abgetrennt worden war.

Wie erwartet hörten die Verbrechen nicht einfach auf. Er hielt einen weiteren Körperteil in der Hand, durch welches der Unbekannte seine Überlegenheit demonstrierte. Nach dem bisherigen Vorgehen des Täters zweifelte Donner daran, dass der Finger nur dazu diente, um Angst und Schrecken zu verbreiten. Es musste mehr dahinterstecken. Momentan fiel es Donner schwer, einen Sinn hinter den Aktionen zu erkennen.

Welchen Plan verfolgst du?

In den folgenden Sekunden schwieg er und dachte nach. Auf der Suche nach Erklärungen schaute er zwischen Frau Schmidt, dem Notarzt und dem Sanitäter hin und her.

»Er hat ihn ihr übergeben«, redete der Notarzt von sich aus weiter. »Mehr weiß ich nicht.«

»Wer war hier?«, fragte Donner daraufhin und stützte sich auf die Sessellehnen, wodurch er seiner Nachbarin tief in die Augen sehen konnte. »Nannte er einen Namen?«

»Er sagte, der Engel von Bethesda schickt ihn«, kam es stockend. »Obwohl ich Zeitung lese, wusste ich nicht gleich, wen er meinte. Lachen Sie mich nicht aus, Herr Donner, ich dachte im ersten Moment wirklich, er käme von den Zeugen Jehovas.«

»Wie sah er aus?«

»Liederlich.« Sie rümpfte die Nase. »Und gestunken hat er auch. Seine Haare waren struppig. Dünn war er, sehr dünn. Er sah regelrecht verhungert aus. Wie die Typen, vor denen Sie mich immer warnen.«

»Drogenabhängige?«

Frau Schmidt nickte eifrig, und für Donner ergab sich ein Verdacht. Er betrachtete die Plastiktüte. Till Baumann! Einen Finger von ihm hatte die Kripo bereits.

»Hat er gesagt, warum er ihn ausgerechnet an Sie übergeben hat?«

»Es sollte ein Geschenk für Sie sein.«

Donner stieß sich vom Sessel ab und setzte zwei Schritte zurück. Nie zuvor hatte er mit Baumann zu tun gehabt.

»Für mich?«

»Ja, und dann rannte er davon.«

Eine Weile stand Donner nur da und betrachtete nachdenklich den Finger. Erst der Notarzt riss ihn aus seinen Überlegungen.

»Sie kommen für heute Nacht ins Krankenhaus.«

»Auf keinen Fall!«, protestierte Frau Schmidt, die plötzlich so aussah, als wäre sie zu ihrer alten Rüstigkeit zurückgekehrt. »Herr Donner ist ja jetzt da. Der passt schon auf mich auf.«

Eigentlich nicht. Donner hatte tausend andere Dinge zu tun. Als Erstes musste er den Finger in die Rechtsmedizin bringen. Wenn er Glück hatte, fing er Dr. van de Wal oder einen der übrigen Mediziner vor dem Feierabend ab. Außerdem musste er zurück zum K11. Dort lag der Fall, der ihn die halbe Nacht beschäftigen würde.

»Herr Donner?«, fragte der Notarzt.

»Ähm, ja ... ich glaube kaum, dass ...«

Zu ihrer eigenen Sicherheit wäre ein Krankenhausaufenthalt die beste Entscheidung. Doch als er in die flehenden Augen der alten Dame blickte, erweichte es sein Herz.

Du garstiges Hexlein schaffst es doch immer wieder, mich einzulullen.

Es folgte Zustimmung seinerseits. Eine Nacht konnte er auf Frau Schmidt aufpassen, aber morgen stand der Geburtstag von Annes Stiefvater an. Eine Rund-um-die-Uhr-Betreuung kam somit nicht infrage. Allerdings traf Donner ein Geistesblitz, wie er das Problem mit der Bewachung lösen könnte.

Kapitel 44

Im Vernehmungsraum wirkte Ludwig Grimm auf einmal unglücklich. Kolka hatte ihm ein Glas Wasser hingestellt. Er hatte nicht darum gebeten, er hatte überhaupt nichts gefordert. Auch keinen Anwalt. Er saß stumm auf seinem Stuhl und stierte die Tischplatte an.

»Sie können jetzt gehen.« Kolka deutete nach draußen, um der Gebärdendolmetscherin zu veranschaulichen, dass sie nicht mehr gebraucht wurde. »Ein Kollege wird mit Ihnen das Formular für Ihre Kostenerstattung ausfüllen.«

Die Dolmetscherin nickte und verabschiedete sich. Hentschel hielt ihr die Tür auf.

Kolka ärgerte sich darüber, dass in Grimms kriminellem Lebenslauf ein Dutzend Straftaten verzeichnet waren, aber weil es sich dabei fast ausschließlich um Antragsdelikte handelte und bei einem Obdachlosen ohnehin nichts zu holen war, hatten Polizei und Staatsanwaltschaft nie ernsthaft den Versuch unternommen, Grimm zu vernehmen. Man hatte ihm abgenommen, dass er unter absolutem Mutismus litt. Dagegen hatte Erik steif und fest behauptet, dass der Mann sprechen konnte.

Und Kolka glaubte ihm. Erik war kein Dummkopf.

Seit zwei Stunden beobachtete Kolka Grimm. Sie wurde aus dem Einarmigen nicht schlau. Er hatte sich geweigert, seine Pelzjacke und den Cowboyhut abzulegen. Entsprechend schwierig hatte sich die Durchsuchung zum Zwecke der Eigensicherung der Beamten gestaltet. Letztlich hatte Hentschel es geschafft, den Cowboy grob nach gefährlichen Gegenständen abzuklopfen. Einmal hatte es kurzzeitig so ausgesehen, als wollte Grimm dem Praktikanten das Ohr abbeißen. Zum Glück war bisher alles friedlich verlaufen.

»Okay«, hob Kolka ihre Stimme. Langsam wurde sie ungeduldig. Sie kamen einfach keinen Schritt vorwärts. »Was können Sie mir dazu sagen, Herr Grimm?« Sie schob den CD-Spieler, der auf dem Tisch stand, näher zu ihm und startete die Wiedergabe.

»Wenn du das Geheimnis des Bildes entschlüsseln willst, Erik Donner,«, drang eine Computerstimme aus dem Lautsprecher, »dann geh zum Hafen.«

Bei der Aufnahme handelte es sich um eine Kopie der Sprachwiedergabe auf dem Mikrochip, den die Mitarbeiter beim kriminaltechnischen Labor in der Spielzeugfigur entdeckt hatten.

»Das hat *He-Man* gesagt«, redete Kolka weiter, nachdem sie die Stopp-Taste gedrückt hatte. Zusätzlich zeigte sie Grimm ein Foto der Figur. »Erinnern Sie sich daran?«

Keine Reaktion.

Nie zuvor hatte Kolka eine Person vernommen, die absolut reglos auftrat. Falls Grimm etwas zu verbergen hatte – und davon ging sie aus – hatte er die perfekte Verteidigungsstrategie gewählt.

Ratlos blickte sie Hentschel an.

Der zuckte mit den Schultern und machte große Augen. Offenbar hatte er sich mehr von Kolkas Auftritt versprochen.

Bestimmt denkt er, Erik hätte das zehnmal besser hinbekommen.

»Vielleicht zeigen Sie ihm noch mal das Gemälde«, sagte Hentschel.

Einen Versuch war es wert. Zuvor hatte Kolka Grimm ihr Handy nur vors Gesicht gehalten, diesmal rief sie das letzte Foto auf und legte ihm das Smartphone in Reichweite auf den Tisch. Wortlos beobachte sie ihn von der Seite.

Zwei Minuten vergingen in stiller Eintracht.

Schweigen konnte bei einer Vernehmung ein mächtiger Verbündeter für einen Beamten sein. Tatsächlich veränderte Grimm plötzlich seine Sitzhaltung. Ganz vorsichtig, als könnte er sich daran verbrennen, streckte er den Arm nach dem Mobiltelefon aus. Zu Kolkas Überraschung drehte er das Gerät einmal. Entsprechend den Einstellungen flippte auch der Bildschirm um.

Wieder drehte Grimm das Handy. Und dann ein drittes Mal. Mehr als sechs Versuche benötigte er, bis er es unterließ.

»Was tun Sie da?«, wollte Kolka wissen.

»Ich glaube, er will das Bild auf den Kopf stellen«, antwortete Hentschel stellvertretend für den Einarmigen.

Fragend schaute Kolka ihn an.

»Eventuell schalten Sie mal die automatische Bildschirmdreh-Funktion aus.«

Kolka schüttelte missgestimmt den Kopf, weil sie keine Ahnung hatte, was das bringen sollte. Letztlich tat sie es doch. Sie veränderte die Einstellung auf dem Display und hielt Grimm das Bild erneut hin. Zu ihrer Überraschung drehte er das Gerät diesmal in ihren Händen. Zusätzlich tippte er energisch auf das Foto und bedeutete ihr mit zwei Fingern, dass sie es sich genau ansehen sollte.

Er redet also doch. Auf die eine oder andere Weise ...

Voller Faszination betrachte sie das Foto. Auf einmal ergab das Bildnis einen völlig neuen Sinn. Eine simple Perspektivänderung stellte die Bedeutung der Szene sprichwörtlich auf den Kopf.

»Der Engel steigt nicht aus dem Himmel hinab, um die Menschen zu erlösen«, erklärte Kolka und starrte Hentschel an. »Der Engel zieht sie in die Hölle.«

Plötzlich nahm sie eine unerwartete Bewegung wahr.

Grimm nickte. Er grinste, und er nickte langsam und ausdauernd.

Schlagartig veränderte sich die Atmosphäre im Vernehmungsraum in die eines Gruselkabinetts. Ein unangenehmes Kribbeln überzog Kolkas Haut von den Füßen bis zum Hals. Dort schnürte es ihr für einen Augenblick die Luft ab. Sie konnte sich nicht erinnern, wann sie zuletzt dermaßen hilflos dagestanden hatte. Es war so verdammt verzwickt. Sie wusste, dass Grimm in der Sache drinsteckte, konnte ihm jedoch nicht das Geringste nachweisen.

In jeder Hinsicht war dieser Fall so furchteinflößend, wie er mysteriös war. Nichts ergab einen Sinn. Auch diese Erkenntnis brachte sie nicht weiter. Allenfalls verdeutlichte es ihr, was Erik ihr vor einigen Tagen vorhergesagt hatte: Es würde schlimmer werden.

»Wenn es keine Umstände macht,«, flüsterte Hentschel ihr zu, »könnten Sie mir dann kurz Stift und Papier leihen?«

Kolka war abermals verwirrt. »Wozu?«

»Ich hab das mal in einem Fernsehkrimi gesehen, vielleicht will er etwas aufschreiben.«

»In einem Fernsehkrimi …?« Kolka zischte, reichte ihm jedoch die geforderten Materialien, die Hentschel dem Cowboy zuschob.

»Bitte schön!«, sagte Hentschel höflich. »Ich halte das Papier für Sie fest, damit es nicht verrutscht, okay?«

Grimm schien vom Auftreten des jungen Mannes überrascht, denn kurzzeitig sah es so aus, als wollte er sich ratsuchend an Kolka wenden. In der Mimik des Alten lag Skepsis.

Schließlich klaubte er den Kugelschreiber auf und begann ein paar Striche auf das Blatt zu kritzeln. Kolka konnte es kaum fassen, offenbar hatte er wirklich etwas mitzuteilen.

Schnell stellte sie fest, dass er malte. Zuerst ergaben die Punkte, Linien und Flächen keinen Sinn. Erst nach und nach bekam das Gebilde eine Bedeutung.

»Zähne«, wisperte sie.

»Eine Art Maul«, ergänzte Hentschel leise, wohl um Grimm nicht zu unterbrechen.

Der ließ sich keineswegs stören, sondern malte mit dem einen Arm geschickter, als man es vermutet hätte. Kolka fiel auf, dass der Obdachlose ein erstaunliches Talent besaß. Derart kunstfertig, wie er zeichnete, hätte sie es niemals auch nur annähernd hinbekommen. Vor allem mit der linken Hand!

Irgendwann legte Grimm den Stift ab und lehnte sich zurück. Mit einem Glitzern im Auge betrachtete er die Zeichnung.

Kolka zupfte Hentschel das Papier aus den Fingern. »Es kommt mir bekannt vor.«

»Es ist ein Totenschädel.«

»Wohl eher eine Burg …«

Tatsächlich erinnerte das Gemälde sie an etwas, doch sie kam nicht sofort darauf. Bis es ihr schließlich einfiel.

Grayskull!

Castle Grayskull. Die geheimnisvolle Burg aus der Comicserie mit *He-Man*.

Zeit, länger darüber nachzudenken, blieb ihr nicht, denn ihr Handy klingelte. Sie hatte den Ton abgestellt, aber der Vibrationsalarm war unüberhörbar.

Es war Erik.

Sie nahm das Gespräch an und reichte das Telefon Sekunden später an Hentschel weiter.

»Es ist für dich. Du sollst deinen Schlafsack holen.«

Kapitel 45

»Benimm dich, als wärst du Gast in meiner Wohnung«, sagte Donner, als er Hentschel eintreten ließ.

Verschüchtert setzte der einen Fuß über den Türvorleger. »Ich verstehe nicht, Herr Kriminalhauptkommissar. Ich dachte, das wäre Ihre Wohnung und ich Ihr Gast ...«

»Das war ein Witz, Levi.«

Hinter ihm schlug Donner die Tür zu. Weil Hentschel keine Anstalten machte, Jacke und Schuhe ausziehen zu wollen, sah Donner es als seine Pflicht an, ihm zu helfen. Rigoros zog er ihm die Lederjacke von den Schultern und knallte das Kleidungsstück auf die Ablage vom Schuhschrank.

»Frau Schmidt hast du ja eben kennengelernt«, sagte Donner und verschwand im Wohnzimmer, um Couch und Tisch von der gröbsten Unordnung zu befreien. »Am besten schaust du jede Stunde nach ihr.«

»Sie interessieren sich für Computerspiele?«

Donner fuhr erschrocken herum. Hentschel stand im Türrahmen und schaute auf die Zeitschrift, die halb verdeckt von einem Kissen auf dem Sessel lag.

»Ach, das ...« Donner riss einen Schrank auf und warf die Computerzeitung hinein, weil ihm das Thema im Moment lästig war. Er musste dem Jungen nicht auf die Nase binden, dass die Zeitung Teil einer selbstauferlegten Bildungsmaßnahme war, damit er zu gegebener Stunde Anne mit Computerfachwissen beeindrucken konnte.

»Ihre Partnerin, Frau Annegret Kolka, ist eine grandiose Zockerin. Wir haben festgestellt, dass wir beide dasselbe Online-Spiel mit diesen Ninjas auf unseren Handys ...«

Donner hob die Hand. »Erspar es mir.«

Hentschel verstummte.

»Hast du mir eigentlich zugehört?«, vergewisserte Donner sich.

»Frau Elvira Schmidt bewachen.« Wie ein pflichtbewusster Soldat schlug er die Hacken zusammen. »Schon klar.«

Dabei fiel Donners Blick auf Hentschels Schuhe, in denen rosafarbene Ringelsocken steckten.

Welch toller Kontrast zu den schwarzen Lederklamotten.

Anerkennend nickte Donner und schaltete den Fernseher ein, um die seltsam gehemmte Atmosphäre aufzuheitern. »Gut, du hast es kapiert.«

»Eine Sache habe ich nicht verstanden, Herr Donner. Vielleicht haben Sie es schon erwähnt, und ich habe nicht hingehört … Wenn ich auf Frau Schmidt aufpassen soll, was machen Sie in der Zeit?«

Herrje, jede Fliege denkt schneller als du! Und streng genommen haben die nicht mal ein Gehirn.

»Hast du vergessen, dass ich ab sofort wieder bei der Mordkommission arbeite?«

Hentschel hüstelte. »Kollegin Kolka meinte …«

Wie ein Schlagwerkzeug knallte Donner sich die Fernbedienung in die flache Hand. Das klatschende Geräusch ließ den Praktikanten zusammenfahren.

»Was Anne über mich gesagt hat, kann ich mir denken. Fakt ist, dass da draußen ein Monster herumläuft.«

Bei dem Wort Monster stockte Donner kurz, denn nicht wenige Leute hielten ihn für eines. Allerdings nicht Hentschel. Hentschel bewunderte ihn wie eine Art gottgleiches Wesen.

»Zuallererst muss ich in die Rechtsmedizin. Danach ins Büro. Es könnte die ganze Nacht dauern, da ich nicht eher ruhen werde, bis ich diesem verdammten Engel die Flügel ausgerissen habe.«

»Autsch!«, kommentierte Hentschel die Ansage. »Also schauen wir uns heute nicht gemeinsam DSC an?«

Auch wenn er sichtlich enttäuscht dreinblickte, wollte Donner dem Jungen keine Hoffnung machen, im Gegenteil. »Von der blöden Sendung will ich nichts wissen.«

»Schade, glaubt man den Kommentaren auf Ihrer Facebook-Seite, könnte das heute eine besonders aufregende Folge werden. Angeblich kommen ehemalige Kollegen von Ihnen zu Wort.«

Auch das noch! Donner hatte die fremdgesteuerte Fanpage bereits vergessen. Wie sollte ein Kriminalist unter solchen Bedingungen vernünftig arbeiten?

»Jedenfalls hat sich meine Meinung über Herrn Zonk um einhundertachtzig Grad gewandelt.«

»Meine auch«, grummelte Donner.

»Wussten Sie, dass Herr Zonk im Armenviertel von Paraguay aufgewachsen und sein Vater bei einem Straßenraub ums Leben gekommen ist?«

Nein, das wusste Donner nicht und um keinen Preis wollte er den restlichen Lebenslauf des Entertainers vorgehalten bekommen. »Überall auf der Welt bringt man Leute um«, versuchte er das Thema abzukürzen, doch in dem Punkt hatte er Hentschels Hartnäckigkeit unterschätzt.

»Herr Zonk hatte neun Geschwister.«

»Hatte?«

»Vier sind gestorben, zwei erblindet, ein Bruder sitzt im Gefängnis.«

Aha! Und könnte es sein, dass man das falsche Familienmitglied eingesperrt hat?

Obwohl Donner sich bemühte, den Desinteressierten zu mimen, stimmte ihn das Gesagte nachdenklich. Im Prinzip wusste er rein gar nichts über Zocky Zonk.

»Kann man alles bei Wikipedia nachlesen«, gab Hentschel nicht auf. »Durch seine Fernsehpräsenz hat Herr Zonk es sogar geschafft, dass zwei misshandelte Kinder aus Paraguay an liebevolle Adoptiveltern in Deutschland vermittelt werden konnten.«

Bewusst oder unbewusst, allmählich bereitete das Gehörte Donner ein schlechtes Gewissen. Und das hielt er nicht länger aus.

»Genug!«

Erschrocken fuhr Hentschel zusammen.

»Ich habe es verstanden«, schob Donner nach. »Halt mir keine Vorträge. Solange du im Sitzen pinkelst, kannst du dich wie zu Hause fühlen, okay?«

Hentschel nickte und trottete Donner von einem Raum in den anderen hinterher.

»Falls du Hunger hast, findest du im Kühlschrank eine Familienpackung Würstchen.« Hastig durchwühlte Donner die Küchenschränke. »Und irgendwo muss noch eine Büchse Sardinen rumliegen.«

»Oh, Sie essen ebenfalls gern Fisch. Vitamin D! D wie Donner!« Er lachte über seinen eigenen Witz.

»Nein. Die Dose war ein symbolisches Geschenk meines Vaters. Penetranter Gestank und eine viereckige Kiste. Weißt du, woran mich das erinnert?«

»So, wie sie den Geruch des Todes lieben, tippe ich auf einen Sarg.«

Donner grinste, weil Hentschel es begriffen hatte. »Wir können dankbar sein, dass es bisher keinen Toten gab ...«

»Aber Sie denken, das wird sich ändern.«

Ohne ihm Antwort zu geben, ging Donner an ihm vorbei in Richtung Wohnungstür.

»Herr Donner!«, hielt Hentschel ihn auf. »Darf ich Ihnen eine Frage stellen?«

»Schieß los!«

»Wenn das Ganze hier vorbei ist ... gehen Sie dann mit mir mal ein Bierchen trinken? Also irgendwann? Falls Sie Lust hätten ...«

Du ...

Donner merkte, wie seine Mimik an Härte verlor und sich ein wonniges Schmunzeln in seinem Gesicht ausbreitete. Er machte einen Schritt auf Hentschel zu und legte ihm zum ersten Mal, seit sie sich kannten, die Hand freundschaftlich auf die Schulter.

»Wenn das hier vorbei ist, bin ich dir was schuldig.«

Kapitel 46

Damals

Im Hintergrund lief Musik vom Tonband. Kinderlieder. Vorgetragen von Saschas engelhafter Stimme. Es war eine alte Aufnahme von miserabler Qualität.

Seit vier Jahren lebte Stanislav German nun allein in der Zweiraum-Wohnung auf dem Sonnenberg. Mittlerweile war er über fünfzig und fast immer fühlte er sich einsam. Die Musik tröstete geringfügig über die Schwermut hinweg. Nahezu ununterbrochen vermisste er Frau und Kinder. Nur der Fernseher, die Prostituierte mit den Beinprothesen und der tägliche Pflegedienst brachten Abwechslung in seinen Alltag.

Vor drei Minuten hatte der Pfleger – sein Name war Stanley – die Wohnungstür aufgeschlossen. Der junge, androgyn wirkende Mann hatte die Einkäufe in der Kochnische abgestellt und sich desinteressiert nach Germans Gesundheitszustand erkundigt.

Jetzt stand der Toilettengang an. Eine besonders eklige Herausforderung.

Für beide.

Der Pfleger machte seine Arbeit nur widerwillig, das ließ er German spüren. Hauptsächlich erledigte er diese wegen der Kontrollanrufe seines Arbeitgebers bei den Patienten. Bei den Tätigkeiten mit Körperkontakt packte er German jedes Mal grob an. An seinen inzwischen abgemagerten Armen waren dadurch schon blaue Flecken entstanden.

»Können wir endlich dieses Gequäke ausmachen?«, maulte Stanley.

»Bitte nicht«, krächzte German. In seinen Stimmbändern war die Kraft beinahe versiegt. Auch eine Folge der Krankheit.

Seinen Einwand übergehend schaltete Stanley den Kassenrekorder aus. Dabei streckte er German den Hintern entgegen. Unter der dünnen weißen Stoffhose zeigten sich die Umrisse der Unterhose, was German erregte.

Gleichzeitig machte ihn die plötzliche Stille in der Wohnung traurig. Sascha sang nicht mehr. Germans Augen füllten sich mit Tränen. Nach der Zwangsräumung seines Hauses hatte er lediglich die Schrankwand, Teile der Küche, den Fernseher, Bücher, Kleidung, die Bilder der Familie, den Rollstuhl und jede Menge Erinnerungen ohne materiellen Wert mitgenommen. Mit den meisten Veränderungen hatte er sich abgefunden. Was ihm fehlte, war der Gebetsraum. Die dunkle Kammer, in der es nur vier Wände, die Zimmerdecke, den Boden, die Kerzen und den Kassettenspieler gegeben und in der er sein Seelenheil gefunden hatte, wann immer er die Stimme von Sascha hören und den makellosen Körper seines Sohnes betrachten konnte.

Als Sascha noch bei ihm gewohnt hatte, war Germans Krankheit leichter zu ertragen gewesen. Sascha war eben ein Engel.

»Okay«, begann Stanley und stellte sich breitbeinig vor German hin.

German wusste, was nun kam. Vorläufig war der Toilettengang verschoben.

»Hast du mein Geld?«

»Zwanzig Euro.« Unter einem Zeitungsstapel, der neben ihm auf einer kleinen Anrichte stand, zog er einen Geldschein hervor und streckte ihn dem Pfleger entgegen.

Der schnappte sich den Schein und ließ ihn in der Hosentasche verschwinden. »Was denn? Zwanzig Euro? Dafür lasse ich noch nicht mal die Hose runter. Dreißig und du darfst meinen Pimmel betrachten. Fünfzig fürs Anfassen. Sechzig, wenn ich an mir rumfummeln soll. Preise wie immer, also sei nicht so geizig, alter Hurenbock.«

Hurenbock!

Natürlich hatte German mehr Geld, aber damit konnte er nicht leichtsinnig umgehen. Dem Flittchen war es in der Vergangenheit zu gut ergangen. Hatte sich mit dem Schweinskram ein hübsches Taschengeld dazuverdient. Nur deshalb behandelte Stanley ihn halbwegs wie einen Menschen. Einmal pro Woche stillte die Nutte Germans Gier, indem er einen Striptease hinlegte. Und das tat er erstklassig. Er hatte einen wunderschönen, zarten

Körper. Vielleicht ein wenig zu viele Leberflecke, aber ansonsten makellos.

Dieser Stanley hatte all das, was German sich sehnlichst wünschte. Stattdessen war er ein an den Rollstuhl gefesselter Krüppel. Entstellt von Geschwüren, Knochenschwund, Ausschlag. Sein Schicksal machte ihn wütend.

»Zwanzig Euro«, zischte er. »Genug für deinen dürren Leib.«

»Echt jetzt?« Stanley knöpfte sich das Hemd zur Hälfte auf, setzte sich auf die Armstützen des Rollstuhls und küsste German feucht und heiß auf die Wange. Danach wisperte er: »Du alter Sack bekommst zwar keinen mehr hoch, aber ich wette, ich bin dir jeden Euro wert.« Abrupt sprang er vom Rollstuhl. Lasziv leckte er sich die Lippen. »Aber wenn du nicht willst ...«

Verdammt! Die Schwuchtel hatte recht. Nur ein perfekter Körper verschaffte German Befriedigung und war die Medizin für all seine Leiden. Mit dem Umzug aus dem Haus in dieses erbärmliche Quartier hatte sich für German vieles verändert, das Verlangen nach dem Anblick schöner nackter Menschen war geblieben.

Früher hatte er Sascha entkleidet und betrachtet. Das war vorbei. Sascha war erwachsen und lebte sein eigenes Leben. Nur manchmal besuchte er noch seinen Vater. Den Schlüssel für die Wohnung hatte er schließlich. Im Gegensatz zu dieser Schwuchtel Stanley hatte Sascha nie widersprochen.

»Du undankbares Dreckstück«, platzte es aus German heraus. »Du wirst mir jetzt sofort das geben, was mir zusteht, oder ich verpfeife dich bei deinem Chef.«

»Leck mich!«

»Das würde ich gern, doch dafür müsstest du mir deinen Arsch zeigen.« German krallte sich an seinem Rollstuhl fest, dass die Stahlgelenke knirschten. »Los, runter mit dem Hemd!«

Wie ein Pfau stolzierte der Pfleger an ihm vorbei. German versuchte, ihn aufzuhalten, aber er war zu schwach. Er hatte schon Mühe, den Rollstuhl schnell genug zu drehen.

German musste mit ansehen, wie Stanley sämtliche Fächer der Schrankwand öffnete.

»Was tust du da?«

»Was wohl?« Stanley spähte über seine Schulter und grinste. »Hier irgendwo versteckst du dein Bargeld. Ihr Krüppel bunkert alle eure Schätze irgendwo in der Nähe. Ihr seid wie dieser Drachen aus *Herr der Ringe*, nur dass ihr nicht so lange lebt. Und am Ende finden eure Kinder und Enkel die Kohle, dabei bin ich es, der euch den Arsch abwischt.«

»Untersteh dich!«

»Halte mich doch auf, wenn du kannst.« Seine zweigartigen Finger wühlten überall in den persönlichen Sachen herum.

German fühlte sich beschmutzt und übergangen. Einst hatte er als Leiter eines Amtes gearbeitet, da hatte ihm niemand widersprochen. Aber dieser kleine Pisser ...

Hastig blickte German sich um. Ein verrosteter Briefbeschwerer mit einer Engelsfigur stand auf dem Schreibtisch neben der Tür. Bis dorthin waren es nur wenige Meter.

Mit aller Kraft drehte German die Räder und schob sich vorwärts ...

Dreißig Minuten später wählte er den Notruf und gestand einen Mord.

Kapitel 47

Heute

Bereits von außen nötigte das König-Albert-Museum Kolka ein gewisses Maß an Ehrfurcht ab. Anfang des 20. Jahrhunderts hatte man das Gebäude errichtet und beim Baumaterial auf den aus der Region Mittweida stammenden sogenannten roten Granit zurückgegriffen. Ein Großteil der städtischen Kunstsammlung befindet sich hier am Theaterplatz.

Kolka schaute kurz hinüber zur angrenzenden Oper und betrat dann das Museum. Nie zuvor war sie hier gewesen, um sich die zum Teil international bekannten Kunstwerke anzusehen. Eigentlich eine Schande, aber sie interessierte sich nun mal nicht besonders leidenschaftlich für Gemälde und Skulpturen. Zumindest nicht, wenn sie nicht von HR Giger oder dem deutschen Maler Sahm stammten.

Schnellen Schrittes durchquerte sie die Eingangshalle. Sie liebte den Hall von Schuhabsätzen in solchen Gebäuden. Es hatte immer etwas Heiliges an sich.

»Wir haben soeben geschlossen«, raunzte sie der Mann am Einlass schon von Weitem an und deutete auf eine Wanduhr, deren Zeiger bereits achtzehn Uhr überschritten hatten.

Mit dem Kasernenton gewinnen Sie bestimmt jede Menge Publikum.

Kolka lächelte ihn an. Eine feine, ältere Dame mit Hut kam die Treppen herunter. Offenbar eine der letzten Besucher.

»Dafür habe ich Verständnis«, redete Kolka mit dem Wachmann. Sie drückte ihren Dienstausweis gegen die Scheibe. »Aber ich bin dienstlich hier.«

Sofort nahm der Mann, der eine Art Uniform trug, Haltung an. »Entschuldigung, ich wusste nicht …«

»Schon gut, die Ausstellung schaue ich mir an, sobald mir mein Dienstherr mal ein paar Tage frei genehmigt«, sagte Kolka mit einem Augenzwinkern.« »Vorher muss ich jemanden verhaften.«

»Sind Sie eine Kriminalbeamtin?«

Kolka schwang herum. Die Dame von der Treppe hatte sie von der Seite angesprochen.

»Und Sie sind?«, fragte Kolka.

Die Frau streckte ihr die Hand zum Gruß entgegen. »Gestatten, Löttring! Ich bin die Generaldirektorin der Kunstsammlung. Bestimmt kennen Sie mich aus den Medien.«

Leicht verwirrt erwiderte Kolka den Handschlag und ging etwas in die Knie, um Frau Löttring unter den Hut zu schauen. Tatsächlich, es war die Kunstchefin mit den feuerroten Haaren, deren Porträt Kolka von verschiedenen Zeitungsartikeln her kannte. Sogar auf die Verleihung des Bundesverdienstkreuzes konnte die Kunsthistorikerin zurückblicken.

»Und ich bin tatsächlich nur Kriminalbeamtin.«

Den Witz schien Frau Löttring nicht halb so lustig zu finden wie sie. Ihre Gesichtszüge blieben maskenhaft wie die von Kolkas ehemaliger Kunstlehrerin. Davon ließ sie sich jedoch nicht abschrecken.

»Ich heiße Annegret Kolka und bräuchte fachkundige Auskunft über einen regionalen Maler. Wenn Sie ein paar Minuten für mich hätten …«

»Gewiss, sehr gern.« Löttrings Nicken kam fast einer Verbeugung gleich. Offensichtlich legte die Frau Wert auf höfliche Umgangsformen. »Um welchen Künstler geht es?«

»Peter von Hetzel.«

Ein aparter Laut des Erstaunens verließ Löttrings Kehle, gefolgt von einer wegwerfenden Geste. »Ein unmöglicher Charakter dieser von Hetzel!« Zum Zeichen der Aufmerksamkeit hob sie sogleich die mit Kajal nachgezogenen Augenbrauen und den Zeigefinger. »Aber ein begnadeter Kunstschöpfer.«

»Kennen Sie ihn persönlich?«

»Oh ja, und keine Begegnung war erfreulich, das kann ich Ihnen sagen, meine Liebe.« Löttring spitzte die Lippen, bevor sie weitersprach. »Es hat mich nie gewundert, dass er zeitweise in einer Psychiatrie untergebracht war.«

»Interessant.« Kolka hatte im Internet bezüglich von Hetzel recherchiert, aber von einem Klinikaufenthalt stand da kein Wort. »Wann hatten sie beide zuletzt Kontakt?«

»Ach, das ist Jahre her. Ich kann nicht einmal sagen, was aus ihm geworden ist. Er war ja mal Pfarrer. Vermutlich ist er wie viele Kunstschaffende an einem ausschweifenden Lebensstil und dem Alkohol zerbrochen. Folgen Sie mir!« Die Kunstchefin lief zurück zur Treppe und winkte Kolka hinter sich her. »Wir führen zwar noch zwei seiner Exponate, aber seinen Ruhm hat er längst verspielt.«

Während Kolka Löttring hinterhereilte, kramte sie ihr Smartphone aus der Tasche und rief das Foto mit dem Engelsgemälde auf. »Kennen Sie dieses Gemälde?«

Oben auf der Treppe angekommen stoppte Löttring. Als wäre das Mobiltelefon selbst ein Kunstwerk, hielt sie es mit beiden Händen in die Höhe. Sie musterte es nur kurz, dann gab sie das Handy zurück. »Nein, das habe ich nie zuvor gesehen.«

»Schade, es stammt nämlich ebenfalls von Peter von Hetzel.«

Nun betrachtete Löttring Kolka seltsam schief. »Wer auch immer Ihnen das erzählt hat, hat Ihnen die Unwahrheit gesagt.«

Schnell schaute Kolka nach, ob sie das richtige Foto gezeigt hatte. Dem war so. Ihrem fragenden Blick begegnete die Kunstexpertin mit einem zusätzlichen Kommentar.

»Dieses Bild stammt definitiv nicht von Peter von Hetzel.«

»Sind Sie sich ganz sicher? Soweit ich weiß, hat von Hetzel in seinen Bildnissen geheime Botschaften hinterlassen. Das hier würde passen. Wenn man es dreht ...«

»Meine Liebe, Sie beleidigen mich.« Damit stolzierte sie wie ein eitles Huhn davon.

Nach ein paar Metern holte Kolka sie ein. Einträchtig liefen sie durch die Räumlichkeiten voller Malereien. Vorbei an den Kunstwerken berühmter und weniger berühmter Schöpfer.

»Es tut mir leid, ich dachte nur ...«

»Geheime Botschaften, ich bitte Sie! Von Hetzel war ein Blender. Zweifellos hatte er ein Händchen für Farben und Ausdruckskraft, aber das ändert nichts daran, dass ich froh bin, nie wieder etwas von ihm gehört zu haben.«

»Und trotzdem stellen Sie zwei Bilder von ihm aus?«

Löttring blieb erneut stehen und lächelte ernst. »Vielleicht nehmen wir sie ja bald von der Wand. Bitte schön!«

Erst jetzt bemerkte Kolka, dass es in diesem Raum nicht mehr weiterging. Die Galeriechefin präsentierte zwei Gemälde. Ein Kleineres mit einer einsamen Kirche auf einem Berg und dann ein Übergroßes mit einem weißen Engel, der sich mit den Füßen voran zur Erde senkte, wo Kranke und Behinderte auf ihn rund um ein Wasserbecken warteten. Unverkennbar war es ebenfalls eine Szene am Teich Bethesda.

»Das ist …«, stotterte Kolka.

Das Gemälde war weniger detailliert, aber insgesamt heller und somit hoffnungsvoller als das Bildnis, dass sie als Foto auf ihrem Handy hatte.

»Ein echter Peter von Hetzel«, sprach Löttring. »Verstehen Sie nun, was ich damit meinte, dass das Gemälde von Ihrer Fotoaufnahme niemals von ihm sein kann? Es sind die Malstile von zwei völlig verschiedenen Personen.«

Kolka nickte. Gedanklich stellte sie sich das Gemälde an der Wand verkehrt herum vor. Doch schnell kam sie zu der Überzeugung, dass es auf den Kopf gestellt keinen Sinn ergab. Bei dem hier war die ursprüngliche Bibelszene aus Johannes 5 dargestellt.

Ein echter Peter von Hetzel.

Kolka hob ihr Handy.

»Darf ich mir davon auch ein Foto für meine Akte machen?«

»Nein«, sagte Löttring streng. »Sie können sich aber unten im Foyer gern ein Prospekt kaufen.«

Kapitel 48

Viel zu lange schon hatte Donner die unbeschreiblich stimulierende Atmosphäre der Rechtsmedizin nicht mehr erlebt. Unter den Geruch von Formaldehyd mischte sich das feine, unbeugsame Parfüm der Verstorbenen. Für ihn war es wie ein Rauschmittel, das er bis in den letzten Winkel der Lungenflügel inhalierte und das ihn anspornte, seinen eingeschlagenen Weg unbeirrt weiterzugehen. Ja, in gewisser Weise war Donner krank. Er liebte es, hinter den Vorhang des Todes zu blicken und sämtliche Geheimnisse zu erforschen, die den Lebenden verwehrt blieben.

Donner war ein Süchtiger, der sich an Leichen labte. Manchmal hasste er sich für diese Begierde, meistens hielt sie ihn am Leben. Und so wie ihm ging es auch Dr. van de Wal. Sichtlich interessiert betrachtete der Rechtsmediziner den inzwischen von der Folie befreiten Finger.

»Es ist definitiv ein Mittelfinger«, verkündete er. »Wollte Ihnen jemand damit etwas sagen? Ich meine, ich könnte es demjenigen keinesfalls verübeln. Immerhin sind Sie ein unausstehlicher Charmebolzen.«

»Da kenne ich noch jemanden in diesem Raum.«

Dr. van de Wal brauchte sich nicht umblicken. Er wusste nur zu gut, dass sie sich allein im Sektionssaal befanden – abgesehen von dem Toten, der bei einem autoerotischen Unfall durch eine Art Jagdschlinge ums Leben gekommen war und hinter ihnen auf einem der Seziertische lag.

»Wenn ich Zeit habe, bekommen Sie ein Ergebnis«, kürzte Dr. van de Wal die Unterhaltung ab und warf den Finger in eine Petrischale.

»Umgehend! Sie haben bereits einen Finger von diesem Till Baumann. Und ich will nicht warten, bis es fünf sind.«

»Wozu?«, fragte der Arzt gedehnt und tippte Donner gegen die Brust. »Wollen Sie ihm etwa vorher noch die Hand schütteln?«

»Nein, denn solange wir Baumann nicht haben, wird es weitere Opfer geben. Deshalb brauchen wir jeden Hinweis, den Sie uns geben können.«

»Sie wollen Hinweise?« Dr. van de Wal hustete. Ein dröhnendes, feststeckendes Husten, das darauf schließen ließ, dass der alte Mann längst nicht mehr bei bester Gesundheit war. »Wenn Sie genau hingesehen hätten, dann wäre Ihnen der winzige Leberfleck an der Unterseite des Fingers aufgefallen. Er hat die Form und Farbe eines Leinsamenkorns.«

Eigentlich hatte Henry Stark für heute genug gearbeitet. In Wahrheit ergrauten Starks Haare in letzter Zeit doppelt so schnell wie früher. Ein unwiderlegbares Anzeichen von Stress.

Eigentlich wartete seine Frau längst mit dem Abendessen auf ihn. Wenn er ehrlich war, verabscheute er den Salat, den seine Frau ihm zuletzt immer häufiger vorsetzte.

Eigentlich hatte er sich zum Jahreswechsel vorgenommen, es ruhiger angehen zu lassen. Tatsächlich stand er auf dem städtischen Friedhof und blickte auf das Grab von Sascha German.

Grabstelle P1817.

Die Buchstaben-Zahlen-Kombination gehörte nicht bloß zu einem Schließfach auf dem Hauptbahnhof, sondern zeigte auch im Verzeichnis der Friedhofsverwaltung den Standort einer Grabstätte an. Auf Parzelle P1817 lag Sascha begraben, der zweitälteste Sohn von Stanislav German.

Auf dem Grabstein standen eingraviert Geburts- und Sterbedatum sowie ein einziger Satz: *Fürchtet euch nicht!*

»Welches Geheimnis hast du mit ins Grab genommen?«, murmelte Stark fast wie beim Gebet.

Er schaute nach links. Die Ruhestätte des Vaters befand sich geschätzte fünfzig Meter entfernt. Eigenartig. Gewöhnlich wurden Familienangehörige in unmittelbarer Nähe zueinander beigesetzt.

»Ich weiß, dass du irgendetwas zu verbergen hast, Sascha German«, flüsterte Stark. Bei jedem Wort stieg Dunst aus seinem Mund. Stark hatte sich Lederhandschuhe überziehen müssen, um sich vor der Kälte zu schützen. »Nichts. Keine kleinkriminelle

Laufbahn, keine auffällige Vergangenheit. Ein Musterschüler. Ein fleißiger Arbeiter in der Mikroelektroabteilung beim *Robotron* Nachfolgeunternehmen. Ein Studienabbrecher. Arzt wolltest du einst werden – möglicherweise die Welt verändern. Am Ende gibt es von dir keinerlei weltbewegenden Hinterlassenschaften.«

Stark sprach die ganze Zeit zur Erde, als befände er sich im Zwiegespräch mit dem Toten. »Du bist in einer Klinik in Osteuropa während einer Operation gestorben. Die Mediziner haben versagt. Tja, so ist das Leben. Trotzdem scheint es, als würde dein Geist noch irgendwo hier herumspuken, weil etwas unerledigt geblieben ist. Was ist es? Deine gesamte Familie ist mir ein Rätsel.«

Stark hatte die beiden noch lebenden Kinder von Stanislav German aufgesucht. Milan und Jakob. Beides Sackgassen. Ebenso gut hätte er zwei Säuglinge befragen können. Sowohl geistig als auch körperlich unterentwickelt blieben sie für Stark lediglich eine Randnotiz im Engelsfall. Nachdem ihm die Lebenden nicht weiterhalfen, hatte Stark entschieden, sich auf die Toten zu konzentrieren.

P1817.

Am liebsten hätte er noch in derselben Nacht einen Antrag auf Exhumierung von Sascha German gestellt, aber er wusste, dass es dafür nicht genügend Gründe gab und der Staatsanwalt entsprechend verstimmt reagieren würde. Nein, Stark war einfach nur neugierig. Er hatte im K11 gelernt, dass es manchmal reichte, einem Toten ins Gesicht zu blicken, um alle Wahrheiten zu erkennen. Manchmal …

Und noch eine Sache wusste Stark: P1817 war kein Zufall.

Nach all den Informationen, die Kolka im Museum gehört und gesehen hatte, rauchte ihr der Kopf. Wenn überhaupt, hatte der Besuch in der Kunstsammlung noch mehr Fragen aufgeworfen als beantwortet. Wohin führte das Ganze? Wer steckte hinter dem mysteriösen Engel, der die Leute hinunter in eine persönliche Hölle zog? Welche Rolle spielte Peter von Hetzel? Und wo war Till Baumann?

Weil sie die einzelnen Puzzleteile nicht zusammensetzen konnte, fühlte sie sich nutzlos. Mehr noch, ihr ging es nicht gut. Morgen stand der Geburtstag ihres Stiefvaters an. Mutter hatte sie heute extra daran erinnert, da sie wohl gespürt hatte, dass ihre Tochter viel zu sehr mit der Arbeit beschäftigt war. Sogar nach Kolkas Beziehung mit Erik hatte sich ihre Mutter erkundigt. Und das kam selten vor, da die beiden in der Öffentlichkeit eigentlich als süßes Paar galten.

Kolka hatte gegenüber ihrer Mutter abgewiegelt. Es wäre alles in bester Ordnung, hatte sie geantwortet. Das war es natürlich nicht. Weder sie noch Erik konnten angesichts des Engelsfalls wirklich an ihrer Beziehung arbeiten. Dafür fehlte beiden die Konzentration. Oder war es der Wille?

Sie merkte nicht einmal, dass sie bereits seit geschlagenen fünf Minuten in der Einfahrt ihrer Doppelhaushälfte auf der Salzstraße stand. Den Motor ihres Audi hatte sie längst abgestellt. Statt auszusteigen, hing sie grübelnd über dem Lenkrad und stierte in die Luft.

Als sie sich gesammelt hatte, wollte sie nur noch ins Haus. Malte wartete bestimmt schon auf sie. Zuletzt musste er sich mehrfach allein versorgen, dabei legte Kolka Wert auf ein gemeinsames Abendessen. Am besten ein Abendessen zu dritt …

Sie verblieb auf dem Fahrersitz und nahm ihr Handy auf, um eine Nachricht zu tippen.

Annegret: Wie geht es dir?

Erik war auf Arbeit. Das wusste sie bereits, ohne dass er es ihr hätte sagen müssen.

Die Antwort kam prompt. Darüber wunderte Kolka sich, weil Erik gewöhnlich Jahre für eine Rückmeldung brauchte oder auch mal gar nicht antwortete.

Erik: Ich vermisse dich.

Kolka überlegte. Zuerst wollte sie ihm das nicht abkaufen, aber weil er so schnell reagiert hatte …
Vielleicht hatte er sich bisher nicht getraut, ihr zu schreiben.

Annegret: Ich dich auch. Kommst du heute noch vorbei?

Keine Antwort.
Typisch.

Peter von Hetzel war nackt.
Er spürte den kalten Asphalt unter seinen Fußsohlen und den eisigen Abendwind auf seiner Haut nur als unwesentliche Störungen. Der Rauschzustand war zu schön, um die Gedanken an Nebensächlichkeiten zu verschwenden. Längst hatte er Krankheiten, Nöte und Zwänge hinter sich gelassen. Der Herr hatte ihm ein Licht gezeigt. Es leuchtete in der Ferne als riesiges Rad. Auf dem Weg dorthin würde von Hetzel so viele Menschen einsammeln, wie er konnte. Irgendwann wäre seine Kraft aufgebraucht.
Vielleicht nach der heutigen Show.
Deshalb musste es heute sein. Er musste sich beeilen.
Er befestigte seinen schlohweißen Umhang an Hals und Handgelenken und breitete die Arme aus. Vor ihm fand ein Fest statt, an dem tausende Leute teilnahmen. Sie alle würden auf ihn blicken, wenn er über sie kam. Selbstverständlich würden sie schreien. Sie würden sich sogar fürchten und ihn hassen. Bis sie begriffen.
Peter von Hetzel leuchtete am ganzen Körper.
Und er flog durch die Nacht.

Kapitel 49

In den Räumen der KPI ging es gespenstisch ruhig zu. In den meisten Kommissariaten arbeitete niemand mehr. Nur beim Kriminaldauerdienst stand der Schichtwechsel an.

Donner betrat sein Büro, wo der Rechner immer noch lief. Sofort bemerkte er auf dem Schreibtisch einen Karton. Irgendein Kollege musste diesen nach Donners überhastetem Aufbruch dort abgestellt haben, in der Hoffnung, er könnte damit etwas anfangen.

Konnte er auch.

Es handelte sich um eine Kuriersendung von der JVA Dresden. Darin befanden sich persönliche Dinge von Stanislav German. Im Rahmen der Beweismittelerhebung hatte Donner mit der Gefängnisleitung die Sichtung einiger Gegenstände abgesprochen.

Gespannt löste er das Klebeband.

Er spähte kurz in das Paket. Bevor er darin herumwühlte, streifte er sich Einweghandschuhe über. Anschließend breitete er die einzelnen Objekte auf der Tischplatte aus. Erfreulicherweise lag ein Protokoll mit einer detaillierten Auflistung der Gegenstände bei. Somit musste er die Sachen nur noch auf Vollständigkeit abgleichen.

Nacheinander entnahm Donner dem Inneren eine Bibel voller Klebezettel, ein Album mit Familienfotos, diverse Dokumente, ein Notizheft, Briefe, eine Medaille, einen Anstecker, ein Diktiergerät, ein Familienstammbuch mit einem unvollendeten Stammbaum, der teilweise bis zum Anfang des 19. Jahrhunderts zurückreichte, und jede Menge andere Dinge, die für German vermutlich einen hohen ideellen Wert hatten.

Besonderes Interesse weckte in Donner jedoch eine Sterbeurkunde. Im ersten Moment wollte er sie wie alle übrigen Unterlagen beiseitelegen, weil er sie dem verstorbenen Häftling zuordnete, doch dann fiel ihm der darauf befindliche Name auf.

Sascha German.

Grundsätzlich war der Besitz einer Sterbeurkunde von Angehörigen nichts Außergewöhnliches, selbst wenn es sich, wie hier, um den Sohn handelte, der vor dem Vater verstorben war. Trotzdem versuchte Donner gedanklich zu rekonstruieren, wofür German Senior im Gefängnis ein solches Dokument brauchte und wie er es erhalten hatte. Behördenwege waren oftmals unergründlich und so entschied Donner, die Sache später zu überprüfen. Heute Nacht konnte er nichts mehr in Erfahrung bringen, deshalb fiel sein Blick auf die Briefe. Er zählte den Stapel durch. Es waren fünfzehn Stück. Teilweise ohne Absender.

Zweifellos hatte Donner im Büro noch eine Weile zu tun. Aus diesem Grund zögerte er mit einer Antwort auf Annes Handynachricht, ob er zu ihr kommen wollte. In Beziehungssachen war er manchmal ein kleiner Feigling.

»Du bist auch noch hier?«

Donner schwang herum.

Lehnhard stand im Türrahmen. Sie sah unglücklich aus.

»Marie«, stammelte Donner ihren Namen. »Hast du mir den Karton hingestellt?«

»War beim letzten Posteingang für heute dabei, und in der Geschäftsstelle hat man mich darum gebeten, ihn dir hinzustellen. Ich dachte schon, du hättest bereits an deinem ersten Tag vergessen, dein Zimmer abzuschließen.« Ihr Blick schweifte über die ausgebreiteten Sachen. »Wie es aussieht, wird es bei dir heute länger werden. Alle Achtung, mangelndes Engagement kann dir jedenfalls keiner vorwerfen.«

Fraglich, ob mich das trösten soll oder ob ich lieber um mein Leben rennen sollte.

»Du machst wohl auch Überstunden.«

»Auf mich wartet niemand.« In ihrem Augenwinkel glitzerte eine Träne.

»Was ist mit deinem Ehemann?«

»Ach, Erik, es ist ... kompliziert.«

Donner verstand. »Er betrügt dich.«

»Seit zwei Jahren.«

Innerlich jaulte Donner. Für solche Gespräche war er nicht geschaffen. Dennoch schenkte er der kleinen, stets fleißigen Kollegin Gehör.

»Lange Zeit habe ich weggesehen«, sprudelte es aus ihr heraus. »Aber mittlerweile halte ich das ewige Hin und Her nicht mehr aus. So habe ich mir mein Leben nicht vorgestellt.«

»Er ist ein Arsch.«

»Er hat auch gute Seiten«, verteidigte sie ihren Ehemann.

»Arsch bleibt Arsch. Er hat dich nicht verdient.«

Daraufhin nickte Lehnhard lang und anhaltend. Donner hatte das Gefühl, er müsste ihr weiteren Trost zusprechen. Wie von selbst ging er auf sie zu. Woher der plötzliche Anflug von Nähe kam, wusste er nicht, aber er umarmte sie. Wahrscheinlich, weil er selbst gerade versuchte, Anne festzuhalten, und merkte, dass sie ihm allmählich entglitt.

»Dir fehlt vielleicht nur etwas Selbstvertrauen,«, flüsterte er, »aber ich bin sicher, du schaffst es, einen Schlussstrich zu ziehen und ganz neu anzufangen. Einen besseren Rat kann ich dir nicht geben. Es wird unendlich hart, ich weiß es, denn als ich Elli verloren habe ...« Er brach ab, denn die Gefühlswoge führte dazu, dass auch er beinahe zu weinen anfing.

Aber Donner weinte nie.

Mit einem aufmunternden Lächeln löste er sich von der Kollegin, mit der er in der Vergangenheit kaum mehr als ein paar Worte gewechselt hatte.

»Danke«, wisperte sie und schnaubte sich die Nase mit einem Taschentuch. »Ich werde noch schnell meinen Bericht beenden und dann für heute Schluss machen. Henry und Anne sitzen mir im Nacken wegen der Recherche zum weißen Transporter, mit dem man Johanna Demmler entführt hat. Inzwischen haben wir hunderte Fahrzeuge und deren Halter überprüft. Na ja, vielleicht ist es nur ein Zufall, aber sicherheitshalber haben wir auch nach etlichen stillgelegten Transportern recherchiert. Und wie es der Zufall will, fiel uns der Name Sascha German auf.« Sie zeigte auf das Paket von Stanislav German. »Der hatte mal einen VW Transporter, ihn später jedoch nach Osteuropa verkauft.«

»Sascha German?«, wurde Donner hellhörig, und ihm kam eine Idee.

»Wie gesagt, es muss da kein Zusammenhang bestehen«, dämpfte Lehnhard die plötzliche Euphorie im Raum. »Momentan gehen wir jedem noch so kleinen Hinweis nach.«

Donner ging zum Schreibtisch, nahm von dort die Sterbeurkunde und schob sie in eine Schutzfolie. »Wenn du schon einmal dabei bist, könntest du mir einen Gefallen tun?«

»Du meinst, weil ich zu Hause ohnehin gerade nicht gebraucht werde?« Sie grinste und ihre Heiterkeit war ansteckend.

»Nur eine Kleinigkeit, aber eine von großer Bedeutung …«

Damit übergab er ihr das Dokument.

Kapitel 50

Wieder verging eine Stunde. Bald war es Mitternacht. Donner brannten die Augen. Während er die Unterlagen von Stanislav German sichtete und die bisherige Akte noch einmal Seite für Seite durchging, beschäftigte ihn nur eine Frage: Warum machte der Engel das, was er tat?

Er verstümmelte Menschen. Seine Opfer suchte er nicht wahllos aus, sondern er wählte Behinderte. Schwache, Benachteiligte, vom Schicksal Geschlagene. Leute wie Richterin Feltmann und Feuerwehrmann Demmler. Dazu die Entführung von Johanna Demmler. Letztere Tathandlung diente einzig und allein dem Zweck, dass sie über einen Minibildschirm mit ansehen musste, was aus ihrem Noch-Ehemann geworden war.

All das war Teil einer größeren Sache. Donner fühlte es. Und er steckte mittendrin. Er kannte Stanislav German – und die Richterin. Mit Till Baumann und Ludwig Grimm hatte er in der Vergangenheit niemals etwas zu tun gehabt. Somit erkannte er kein lückenloses Gebilde in den einzelnen Handlungen. Es gab zu viele Ungereimtheiten. Dinge, die für den Engel Sinn ergaben, jedoch auf Donner vielmehr den Eindruck von Ablenkungsmanövern machten.

Geht es dem Täter am Ende tatsächlich nur um Aufmerksamkeit?

Schwer zu sagen. Die Wahrnehmung der Öffentlichkeit war längst geschärft. Nicht nur im Internet überschlugen sich die Meinungen, Ratschläge und Angebote. Neben wenigen Äußerungen in sozialen Netzwerken und Foren, die Behinderte als Krüppel und unwerte Lebensformen bezeichneten, war der Rückhalt der Gesellschaft bei den Opfern. Sogar die Fördervereine von Hospizen verzeichneten einen rasanten Anstieg der Spendengelder.

Was für ein übles Phänomen! Menschen müssen erst leiden, bevor wir aufwachen.

Er selbst nahm sich davon nicht aus.

Falls das wahrhaftig die Mission des Engels war, Gutes für Schwache und Ausgegrenzte zu tun, dann war es ihm auf perfide

Art und Weise gelungen. Was hier aktuell geschah, war die grausame Version der Bethesda-Überlieferung aus der Bibel.

Donner blätterte in seinen Notizen und wünschte sich eine Zigarette herbei. Zu Hause rauchte er immer nur, wenn er in einem Fall steckte. Vor Verzweiflung schaute er in jedes Schreibtischfach. Leer. Keine vergessene Kippe seines Vorgängers.

Abgesehen davon, dass Lehnhard sowieso nicht rauchte, war sie bereits vor drei Stunden gegangen. Sie konnte er somit auch nicht anbetteln.

Donner rieb sich die Augen und stierte zur Wandsteckdose. Sein Diensthandy war inzwischen voll aufgeladen. Bisher hatte er vergessen, es wieder einzuschalten.

Das holte er augenblicklich nach.

Dreizehn verpasste Anrufe.

Der Herr Polizeipräsident hat bei mir aber auch kein Glück.

Eine unbekannte Festnetznummer hatte es drei Mal versucht. Donner schaute zur Uhr. Eine Nummer von vielen. Zu spät, um zurückzurufen.

Auch die anderen Anrufer musste er vorläufig vertrösten.

Nur noch die letzten Briefe …

Wahllos nahm er einen von ihnen zur Hand. Kein Absender. Abgestempelt in den Niederlanden. Schon da ahnte Donner, wer ihn abgeschickt hatte. Nach der ersten Zeile wusste Donner es dann mit Gewissheit.

Es war Sascha German, der seinem inhaftierten Vater geschrieben hatte.

Lieber Vater,

in Amsterdam blühen tatsächlich die schönsten Tulpen. Es ist wahr, ich erlebe es an jedem Tag meines Urlaubs. Ich wünschte, du könntest den Untergang der Sonne über den Blumenfeldern miterleben. Die Niederlande sind ein paradiesischer Fleck. In jeder Stadt, in jedem Winkel empfindet man die Freiheit und Vorurteilslosigkeit. Die Menschen sind zugänglicher und offener für Leute, die anders sind. Wie wir – wie ich.

Hier grenzt man niemanden aus. Wusstest du, dass vor Kurzem in Holland die weltweit erste offizielle Homo-Ehe geschlossen wurde? Ich nehme an, das interessiert dich nicht.

Von Peter Jonsen soll ich dir die besten Wünsche ausrichten. Während meines Aufenthalts besuche ich unseren ehemaligen Pfarrer. Er hat sich verändert. Dünn ist er geworden und ich glaube, seine Predigten fallen ihm schwerer als früher. Stellenweise fantasiert er, aber er hat durchweg gut über dich gesprochen, trotz allem, was passiert ist. Er schätzt dich und schließt dich in seine Gebete ein.

Wir haben gemeinsam Cannabis geraucht. Eine Erfahrung, die ich noch brauchte. Ich weiß gar nicht, warum das Zeug bei uns in Deutschland verboten ist.

Möchte zu gern wissen, was mein ehemaliger Uni-Professor vom Medizinstudium darüber denkt. Du weißt schon, der alte Trottel, der meinte, es wäre unnütz, schwerkranke Menschen zu behandeln, man sollte sich lieber auf die gesunden konzentrieren. Nur so könnte das Gesundheitswesen Gewinn machen. Wer das nicht verstünde, wäre bei ihm in den Vorlesungen verkehrt. Was der wohl über den Konsum von Cannabis denkt? Egal, das Studium habe ich hinter mir.

Auch Amsterdam ist demnächst Geschichte. Bald reise ich weiter.

Aufmerksam las Donner den Brief bis zur letzten Zeile. Der Text endete wie immer mit den Worten, dass Sascha seinen Vater liebte. In Gedanken machte Donner sich ein paar Notizen, ohne wirklich zu wissen, wofür er sie brauchte. Je mehr er über diesen Sascha erfuhr, umso größer wurde das Mysterium.

Er nahm das eingerahmte Porträt zur Hand und betrachtete Stanislav Germans Sohn. Damals war er ein Jugendlicher von vielleicht sechzehn, siebzehn Jahren gewesen. Etwa in Maltes Alter. Doch aus Saschas Augen sprach eine Reife, die Donner beeindruckte. Es waren Augen, die die Welt zu verstehen schienen. Ein Talent, das Donner nicht besaß. Für ihn war die Welt ein Rätsel – zumindest die der Lebenden. Und ein Rätsel war auch dieser Fall.

Ein Scheißrätsel ...

Er legte den Brief zu den gelesenen und nahm einen neuen vom Stapel. Laut Stempel war dieser in Ungarn abgesendet worden.

Lieber Vater,

ich habe beschlossen, die Suche nach dem Ursprung unseres Familienunrechts aufzugeben. Stattdessen werde ich mich heilen lassen. In der Slowakei gibt es einen erstklassigen Arzt. Die Therapie wird sehr lange dauern, aber ich bin bereit, die Schmerzen zu ertragen. Vielleicht gibt es einen Grund, weshalb jeder in unserer Familie krank ist, doch ich will es nicht mehr herausfinden, sondern mein eigenes Schicksal in die Hände nehmen. Peter Jonsen hat mich dazu inspiriert. Er sagte mir einst, ein Schwacher könnte niemals einem Schwachen helfen. Lange Zeit habe ich auf dich gehört, geglaubt, ich könnte Gott die alleinige Entscheidungsgewalt überlassen. Das war falsch. Gott braucht unsere Unterstützung, denn wir haben Gott erschaffen.

Solange ich selbst schwach bin, bin ich niemandem eine Hilfe. Bisher bin ich immer weggelaufen, wie an dem Tag, an dem dich die Richterin zu lebenslanger Haft verurteilt hat.

Es tut mir leid, dass ich nicht mehr für dich tun konnte, das hängt mit meiner Krankheit zusammen. Du wusstest seit meiner Kindheit, dass ich nicht makellos bin. Doch du hast geschwiegen, wolltest nicht darüber reden, weil du dich für mich geschämt hast. Dabei bist du selbst ein Krüppel, der sich nicht retten konnte.

Keinesfalls werde ich so enden wie du. Ich bestimme höchstpersönlich über den Lauf der Dinge. Der Arzt wird mir helfen. Ich habe Pläne.

Ich liebe dich, Vater! Ich werde dich immer lieben.

Donner schwirrte der Kopf. Dieses Endzeitgefasel verdeutlichte ihm, wie abnorm die Familie German tatsächlich war. Bei all den vielen Worten fragte Donner sich, ob sie überhaupt einen Sinn ergaben oder ob sie das Produkt eines kranken Geistes waren.

Trotzdem bemerkte Donner, dass er nicht aufhören konnte mit dem Lesen. Er wollte unbedingt herausfinden, wohin der Inhalt der Briefe führte.

Bald hielt er den letzten in den Fingern. Er zögerte, ihn zu entfalten. Einerseits erhoffte er sich den entscheidenden Hinweis, andererseits wollte er gar nicht wissen, wie das Schicksal aussah, von dem Sascha German gesprochen hatte.
Vielleicht fand sich darauf nirgendwo eine Antwort.

Lieber Vater,

die Operationen dauern an, und mit jeder weiteren verliere ich Kraft und Mut. Selbst jetzt, wo ich diese Zeilen schreibe, merke ich, wie schwer mir die einzelnen Buchstaben fallen. Energie und Konzentration fehlen mir. Zu viele Komplikationen. Meine Psyche ist ein Gummiband, das immer heftiger schwingt, bis es reißt. Unter meiner Haut brennt es. Ich halte die Qualen nicht länger aus. Ich glaube, ich sterbe – auch wenn der Arzt das Gegenteil behauptet. Was soll er auch anderes tun? Das ist sein Job. Ich habe ihn dafür bezahlt.

Allerdings brauchte ich mehr Geld. Deshalb musste ich den Wagen verkaufen. Es fiel mir leicht. Vielleicht verlasse ich Kaschau nie wieder. Wer weiß?

Ja, ganz gewiss werde ich niemals zurückkehren. Du hattest recht, Vater, unsere Familie – jeder Einzelne von uns – ist etwas Besonderes. Man muss nur das Besondere zum Vorschein bringen.

Das, was du immer gesehen hast, als du mich nackt betrachtet hast, war ein fehlerhafter Körper. Ich war nie ein Engel, wie du behauptet hast, aber bald werde ich einer sein.

Kapitel 51

Dem schneeweißen Metallzaun, der die Villa umgab, und der herrlichen Frühlingssonne, die ganz Adelsberg in einen warmen goldenen Ton tauchte, schenkte Till Baumann keinerlei Beachtung. Er konzentrierte sich einzig und allein auf seine Aufgabe. Leider trieben ihn die Schmerzen in der verstümmelten Hand in den Wahnsinn. Es hatte ihn erhebliche Mühe gekostet, den Arbeitshandschuh über die restlichen drei Finger zu bekommen. Der provisorische Verband aus alten Mullbinden und Klebeband war ziemlich dick. Inzwischen war er so weit, dass er sogar jemanden umbringen könnte, um nur endlich Ruhe zu haben.

Das Brennen, die Nässe und der Eiter erinnerten ihn daran, dass der Unbekannte nicht scherzte. Deshalb war es wichtig, dass Baumann alles genau nach dessen Anweisung ausführte. Andernfalls würde Elza vermutlich als faulender Kadaver in der Kanalisation enden.

Jetzt musste er nur noch diesen einen beschissenen Tag überstehen, dann durfte er seine Hündin endlich wieder in die Arme schließen, sich von ihrer warmen Schnauze küssen lassen. So hatte es der Unbekannte ihm ins Ohr geflüstert.

Einen Menschen, der einen solch ausgeklügelten Plan wie den mit dem Transporter und den Getränken verfolgte, konnte man ganz sicher beim Wort nehmen. Und das der andere ein Mensch war – auch wenn er sich als Engel aufspielte –, davon war Baumann überzeugt.

Baumann parkte den Lieferwagen am Bordstein neben der Einfahrt zum Grundstück. Er stieg aus und schaute sich nach allen Seiten um. Keine Menschenseele. Was für ein verschlafenes Drecksviertel. Neureiche Langweiler. Spießer! Kaum zu glauben, dass hier in der nächsten Stunde eine Geburtstagsparty stattfinden sollte. Sonst kam jemand wie er nie hierher, aber diesmal war er eingeladen – mehr oder weniger.

So unauffällig wie möglich betrachtete er das Foto mit der alten Dame. Er hielt es dicht am Körper, und als er sich die

Gesichtszüge ein letztes Mal eingeprägt hatte, ließ er es in der Brusttasche seiner Arbeitsuniform verschwinden. Er richtete sich die Kappe, damit der Schirm seine Augen so gut es ging verdeckte. Dann lief er zur Haustür und klingelte.

Natürlich pochte die Angst in seinem Herzen. Schließlich wusste er selbst nicht, was ihn erwartete. Darüber nachzudenken, was er hier eigentlich tat, hatte er bereits vor Tagen aufgegeben. Er funktionierte wie ein willenloses Aufziehmännchen, dem irgendwann die Batterie ausgehen würde. Und Baumanns Akku blinkte längst signalrot.

Nach einiger Zeit öffnete ein Herr im feinen Zwirn und ordentlich frisiertem ergrautem Haar.

»Herr Becker?« Baumann tippte sich auf die Brust, wo *Getränkeservice Plus* aufgestickt war. Das Firmenlogo mit dem Kronkorken war regional ein Begriff. Auch musste der grau-blaue Anzug mit den roten Nähten, den er trug, auf andere täuschend echt wirken. »Ich komme wegen der Getränke. Sie hatten bestellt.«

»Besonders pünktlich sind Sie nicht gerade.« Der Mann wirkte, als ob er in Eile wäre, und trat wohl generell distanziert gegenüber Leuten auf, die an seine Haustür klopften. Insgesamt machte er den Eindruck, als wäre jeglicher Wortwechsel mit einem Mindestlohnverdiener unter seiner Würde. Allein wie er die Nase in den Wind hielt, um nach einer Alkoholfahne zu schnuppern, erinnerte Baumann an den Vorarbeiter, dem er einst die Reifen zerstochen hatte. Das war kurz bevor er die Ausbildung zum Trockenbauer geschmissen hatte gewesen.

»Ich öffne Ihnen die Garage«, antwortete Becker. »Dann können Sie die Kästen reinstellen. Bei den Temperaturen sollten Bier und Champagner angenehm kühl bleiben.«

»Sie haben verdammt recht«, stimmte Baumann zu. Er zwang sich zu einem breiten Grinsen, ohne sein kaputtes Gebiss zu zeigen.

Die Kleidung war die perfekte Tarnung. Der saudämliche Schlipsträger hatte keine Ahnung, wem er da Tür und Tor öffnete. Auch war ihm anscheinend die linke Hand, deren Arbeitshandschuh vom Verband darunter dick ausgepolstert war, nicht aufgefallen. Es schien ihn nicht mal zu interessieren, dass Baumann wie eine wandelnde Leiche aussah. Vor dem Aussteigen hatte Baumann sich im Rückspiegel betrachtet. Das Weiß der Augäpfel war vor lauter Rot nicht mehr zu erkennen. Eine Auswirkung des Fiebers. Unter den Augen zeichneten sich tiefdunkle Falten ab. Die Haut war aschfahl und die Lippen spröde und aufgeplatzt. Jeder andere hätte sich gefragt, ob so ein ausgemergelter Kerl wie er die Getränkekisten überhaupt schleppen konnte.

Nicht Hermann Becker.

Becker war ein Arsch. Das hatte Baumann bereits gewusst, als er die Einfahrt aus weißen Granitplatten betreten und sich dem Haus mit dem Wintergarten von der Größe eines Blumenladens genähert hatte. Der Mann war ein Verschwender und Blender.

Aber ihm würde das selbstgefällige Auftreten bald vergehen. Wenn der Plan aufging, würde die Feier ein jähes Ende nehmen.

»Worauf warten Sie denn?«, fragte Becker. »Die ersten Gäste kommen in Kürze, und Sie sehen ja, dass ich noch nicht die passenden Schuhe gefunden habe.«

»Geht los, Chef!«, antwortete Baumann wie ein gelehriger Hund und trottete zum Transporter. Vor sich her murmelnd fügte er an: »Wenn du wüsstest …«

Der Unbekannte hatte alles haarklein geplant. Ein wenig beeindruckt war Baumann von dieser Art kriminellen Talents, und er fragte sich, ob er noch etwas dabei lernen konnte. Immerhin hatte der Fremde es geschafft, dass er sich freiwillig verstümmelt hatte. Ein genial-kranker Typ, der seinesgleichen suchte. Nein! Baumann fantasierte schon wieder. Wütend über seine Gedanken fluchte er. In Wahrheit war der Pisser ein ausgekochter Drecksack.

Was mit dem richtigen Getränkelieferanten passiert war, wusste Baumann nicht. Und er wollte es auch nicht wissen. Er wusste nur, dass er seine Elza wiederhaben wollte. Dafür war er sogar bereit, sich vor dem Baumaschinenverleiher, mit dem er sich gerade an der Haustür unterhalten hatte, zu erniedrigen. Keine Spur von einem schlechten Gewissen. Leuten wie Becker musste man dann und wann eine Lektion erteilen.

Mit dieser Einstellung öffnete er die Ladefläche des gestohlenen Transporters, fuhr die Laderampe in Position und befreite die Sackkarre von den Haltegurten. Bevor er sich über die Kisten hermachte, kratzte er sich im Schutze des Wagens an Armen, Hals und Nacken. Seine Haut kribbelte, als hätte ihm jemand Juckpulver in den Hemdkragen gestreut. Entzug war eben ein Scheißgefühl.

Von seinem letzten Geld hatte er sich spät in der Nacht noch einen Schuss besorgt. Sobald er Elza zurückhatte, musste er wieder anschaffen gehen. Der dicke Wichser vom letzten Mal, dieser Lehrer, hatte bereits angerufen. Baumann hatte ihn vertröstet. Von der blutenden Hand hatte er nichts erzählt. So was schreckte die Kundschaft nur ab. Um es einem Freier zu besorgen, reichten Arschloch, Mund und rechte Hand.

Die rechte Hand wirst du noch brauchen, hatte der Unbekannte geschrieben. Es stimmte.

Hauptsache dieser Albtraum fand bald ein Ende.

Nachdenklich und mit einem unguten Gefühl im Bauch betrachtete Baumann die Getränkelieferung. Beim Ausladen musste er vorsichtig sein wegen der linken Hand. Außerdem musste er sich später möglichst unauffällig auf dem Grundstück bewegen. Groß genug war der Garten ja. Becker war nicht nur ein Verschwender, sondern auch jemand, der eine Faible für üppige Grünflächen besaß. Wenn es stimmte, was der Unbekannte über den Knopf in Baumanns Ohr behauptet hatte, sah es hinter dem Haus wie bei einer Pflanzenausstellung aus. Angeblich würde dagegen selbst die Parkanlage vom Schloss Lichtenwalde zu einer mickrigen Grünfläche schrumpfen.

Baumann wollte es herausfinden. Trotz der Schmerzen bei jedem Handgriff lud er vier Bierkästen auf die Sackkarre und rollte sie in die Garage, wo Becker bereits neben seinem Porsche wartete.

»Verzeihen Sie mir mein brüskes Verhalten«, folgte eine verspätete Entschuldigung. Er reichte Baumann einen Zehn-Euro-Schein. »Ich bin in Eile wegen der letzten Vorbereitungen. Sie können sich nicht vorstellen, wie viele Nerven eine solche Geburtstagsfeier kostet.«

»Klar«, heuchelte Baumann Verständnis und schnappte sich das Geld. In Wirklichkeit hatte Becker längst bei ihm verspielt. »Was denken Sie, wie es mir geht, wenn ich Mädels zu mir einlade.« Becker lachte jetzt sogar über den schmierigen Witz. »Bitte passen Sie auf, dass Sie keine Kratzer in den Lack machen.«

War ja klar, dass er sich eigentlich nur um seinen Sportwagen sorgte. Und natürlich um seine Frisur. Mit beiden Händen strich er sich einen Seitenscheitel.

»Kommen wohl viele Gäste«, hielt Baumann das Gespräch am Laufen, wobei er unauffällig durch das Garagenfenster in den Garten schaute. Der Unbekannte hatte nur geringfügig übertrieben. Auch wenn Baumann sich auf dem Gebiet so gut wie nicht auskannte, so war der Schlosspark Lichtenwalde doch noch eine ganz andere Hausnummer, was Größe und Schönheit anging. Beckers Anwesen war trotzdem imposant. Vor allem die unzähligen Büsche und Hecken weckten Baumanns Aufmerksamkeit. Am Ende würde der Auftrag ein Kinderspiel werden. Und wie es schien, würde das Ganze auch noch von Livemusik begleitet werden. Baumann beobachtete, wie jemand eine Gitarre und eine Kabeltrommel über den Rasen schleppte.

»Freunde und Geschäftspartner«, konkretisierte Becker. »Sogar der Ordnungsbürgermeister und ein ehemaliger Olympiasieger werden anwesend sein. Außerdem die Chefin eines berühmten Modemagazins. Meine Frau war früher deutschlandweit eine Instanz in Sachen Kosmetik- und Stylingberatung. Lange vor der Zeit, als sich jedes vierzehnjährige Mädchen bei YouTube als Kosmetikexpertin aufspielen konnte.«

Baumann nickte. Beckers Frau stand in diesem Moment wahrscheinlich vor dem Schminkspiegel und puderte sich das Näschen. »Sie hat bestimmt nichts von ihrer Schönheit und ihrem Know-how verloren.«

»Das möchte ich meinen.« Sichtlich verträumt spitzte Becker die Lippen. Auf einmal wirkte er weniger in Eile. »Am wertvollsten sind mir jedoch meine Kinder. Vor allem meine Stieftochter. Sie ist eine erstklassige Kriminalbeamtin.«

Als Baumann das hörte, griff er sich an die Mütze und verzog angewidert die Mundwinkel. Von der schwarzhaarigen Bullenschlampe hatte der Unbekannte auch gesprochen. Vor ihr sollte Baumann sich besonders in Acht nehmen.

»Wie Sie sich vorstellen können, hängt das Image meiner Firma vom Gelingen der Geburtstagsfeier ab«, schloss Becker die Beweihräucherung. »Daher ist es enorm wichtig, dass es bei den Getränken keine bösen Überraschungen gibt.«

Ich fürchte, damit kann ich nicht dienen, fügte Baumann gedanklich hinzu.

Es gab jede Menge Himbeerbrause. Demnach waren auch Kinder darunter. Umso besser. Sobald die Bälger im Garten herumflitzten, achtete niemand mehr auf den Mann mit dem Getränkeanzug. Hauptsache es gab reichlich zu trinken. Und dafür würde Baumann schon sorgen.

»Ich muss letzte Vorbereitungen treffen«, sagte Becker, wobei er auf seine goldene Armbanduhr linste. »Sie wissen ja, was zu tun ist.«

Oh ja, das wusste Baumann. Er wusste es ganz genau.

Kapitel 52

Als Donner mit einem Blumenstrauß in der Hand auf die Villa zulief, fiel ihm als Erstes die unsägliche Rentnermusik auf. Der feine Hausherr hatte es sich also nicht nehmen lassen und eine Live-Band engagiert. Für Donners Geschmack hörten sich die Lieder der Barden allerdings an, als wäre Vater Abraham samt Schlumpftruppe von den Toten auferstanden, um ganz Adelsberg in Grund und Boden zu singen.

Die Musik war das eine.

Als Nächstes ärgerte sich Donner über den unmöglich geparkten weißen Transporter mit der aufgeklebten Werbung, der Schuld daran war, dass Donner gut fünfzig Meter weit laufen musste.

Getränkeservice Plus.

Dafür kassierte der Lieferant bei ihm gleich mal ein Minus. Als er sich von hinten dem Fahrzeug näherte, bemerkte er bereits im Außenspiegel den Fahrer im Führerhaus. Ein Kerl mit einer Schiebermütze. Donner würde ihn darauf ansprechen, ob er bei der Fahrschule ein Bonuskärtchen *Zwei-Parkplätze-zum-Preis-von-einem* erhalten hatte.

Ja, verkriech dich ruhig in deiner Kabine, mein Freundchen. Gleich bin ich bei dir und dann machen wir es uns darin schön kuschelig.

Weil ihm die bevorstehende Begegnung mit Anne und ihrem Stiefvater mächtig unter Druck setzte, produzierte er zu viel Testosteron. Und um dieses abzubauen, kam der Getränkefritze als verbale Streckbank wie gerufen.

Jedoch kam Donner nicht mehr dazu, dem Kerl die Daumenschrauben anzulegen.

»Junge!«, ertönte es von der Garageneinfahrt.

Ein hauchdünnes Stimmchen, aber Donner würde es selbst im stärksten Orkan verstehen.

»Mutter!«

Sofort, als er sie bemerkte, rannte er auf sie zu. Seit ihrer Kur an der Ostsee sah Elke Donner deutlich besser aus, nicht mehr so abgemagert und todunglücklich. Mit kräftigen Armschwüngen trieb sie die Räder ihres Rollstuhls an und fuhr ihm entgegen.

»Nicht so stürmisch!«, sagte Donner, als sie mitten auf der Auffahrt auf ihn zuraste.

Mit seinem stämmigen Körper und ausgebreiteten Armen stellte er sich ihr wie ein Schlagbaum in den Weg. Immer wenn er sie umarmte und ihre Küsse auf seiner zernarbten Wange spürte, fühlte er sich wie ein Junge, der zum ersten Mal in die Welt hinausgelassen wurde. Für einen Grünschnabel war das der aufregendste Moment im Leben nach dem Anblick der allerersten nackten Frau. Gleichzeitig war da dieses ungute Stechen im Herzen, sobald er ihr begegnete. Dann trat unweigerlich das Unglücksereignis in seine Erinnerung, durch welches seine Mutter Teile ihrer motorischen Fähigkeiten und einen erheblichen Teil ihres Lebenswillens verloren hatte. Damals als Möbelfachverkäuferin. Querschnittslähmung, gefolgt von schweren Depressionen ...

»Was hast du, Erik?«, fragte sie, dabei wusste sie genau, was ihn bedrückte.

»Nichts«, log er wie immer. »Schön, dass ihr hier seid.«

»Dein Vater ist hinten im Garten. Er und Hermann hatten bereits den ersten Disput, weil Franz den Champagner als Sekt betitelt hat.«

»Da komme ich als Schlichter wie gerufen.«

So richtig wusste er nicht wohin mit dem Strauß. In Donners Welt waren Männer mit Blumen in den Händen entweder Landschaftsgärtner oder Gäste auf einer Beerdigung.

»Nervös?«, fragte seine Mutter.

Er schaute verstohlen auf die Spitzen seiner Schuhe, die er extra für Anne vor Verlassen des Büros geputzt hatte, und schüttelte den Kopf. »Es ist nur wegen der Arbeit ...«

Sie streichelte seinen Arm. Vermutlich entlarvte sie auch diese Flunkerei. »Anne hat mir schon erzählt, dass du die Nacht im Kommissariat anstatt bei ihr verbracht hast.«

Ach, woher will sie denn wissen, dass ich nicht bei einer anderen Frau war?

Er grummelte nur etwas in sich hinein. An andere Frauen verschwendete er keinen Gedanken. Höchstens an Tote ...

»Werde nicht wie dein Vater, Erik. Hörst du? Kümmere dich um dein Mädel, der Job schenkt dir niemals Zuneigung.«

Vater hat seine Arbeit für dich aufgegeben. Für dich und die Krankheit. Es hat ihm das Herz gebrochen.

Er behielt es für sich. »Heute habe ich frei.«

»Warum stehst du dann noch hier herum? Lauf zu Anne!«

Umständlich wischte Donner sich über den Mantel, als gäbe es dort Schmutz zu beseitigen. »Wollen wir nicht lieber ein Stück spazieren gehen?«

»Damit du dich vor deiner Verantwortung drücken kannst?« Sie starrte auf die Blumen. »Lass mich ein paar Minuten allein. Bei derartigem Trubel brauche ich hin und wieder eine Verschnaufpause.«

Ganz wie der Sohn!

»Hauptsache du läufst nicht weg«, sagte Donner, weil jeglicher Einspruch umsonst gewesen wäre.

Beide lachten über die unglückliche Formulierung. Dann packte Donner die Blumenstiele fester und stapfte in den Garten, wo die Musik spielte und der Despot wartete – Herr Becker.

Entgegen Donners Vorstellung nahm niemand Notiz von ihm. Erleichtert seufzte er auf. Annes Eltern hatten den Empfang äußerst sympathisch eingerichtet. Ein wenig kitschig sahen die Girlanden mit den weißen Papiertauben zwischen den Bäumen zwar schon aus, aber das gehörte wohl zu einer solchen Veranstaltung dazu.

»Ah, mein lieber Schwiegersohn!«, erschallte es von der Seite.

Donner wirbelte herum, als er die Stimme von Herrn Becker erkannte. Offenbar verwechselte der Hausherr ihn mit jemandem.

Oder auch nicht.

Mit einem übertrieben herzlichen Lächeln und ausgebreiteten Armen stakste er auf ihn zu. Bevor Donner auf Abstand gehen konnte, wurde er bereits umarmt. Herr Becker drückte dermaßen kräftig zu, dass Donner befürchtete, er würde ihm die Rippen brechen. Zugetraut hätte er es Annes Stiefvater, denn in der Vergangenheit waren Donner und er alles andere als ein Herz und eine Seele gewesen, im Gegenteil. Nie war Donner gut genug für Anne gewesen oder konnte es Herrn Becker recht machen. Weder was die Kleiderauswahl noch die Wahl des fahrbaren Untersatzes noch die Art der Nahrungsaufnahme anging – in der Regel schlang Donner ein Drei-Sterne-Essen genauso hinunter wie einen Hot Dog –, sein Geschmack war in jeglicher Hinsicht das genaue Gegenteil von Herrn Becker. Und darauf war Donner sogar über alle Maße stolz. Wobei er sich in manchen Stunden gewünscht hätte, Herr Becker würde ihn als Annes Freund akzeptieren. So wie es in diesem Moment den Anschein machte.

»Sie können mich loslassen, Herr Becker«, sagte Donner hilflos rudernd im Griff von Herrn Becker.

Der löste sich auch endlich, noch immer breit grinsend, als hätte er ein ganzes Honigkuchenpferd gegessen. »Na, na, na, Herr Becker! Erik, seit wann sind wir denn nicht mehr per du?«

»Sind wir das?«, wunderte Donner sich und zog die Augenbrauen hoch.

Herr Becker klopfte ihm wie einem richtigen Schwiegersohn auf die Schulter. Dann erfasste sein Blick den Strauß und er riss Donner die Blumen förmlich aus der Hand. »Für mich? Das wäre doch nicht nötig gewesen.« Ohne auch nur einmal daran zu riechen, legte er den Blumenstrauß auf einen mit weißer Decke dekorierten Stehtisch.

Danke Levi! Du und deine dämlichen Tipps! Kein Mann schenkt einem anderen Mann Blumen. Jetzt stehe ich da wie ein Depp und obendrein mit fünfzehn Euro weniger in der Tasche.

Abgesehen von dem verunglückten Blumengeschenk kam das Verhalten von Herrn Becker Donner äußerst suspekt vor. Was wusste der Mann, was er nicht wusste?

»Alles Gute zum Geburtstag«, murmelte Donner mehr aus Verlegenheit, denn aus echtem Wunsch heraus.

»Danke, mein Bester!«

Donner sah Herrn Becker fest an, ob der einen Witz machte. Endlich traute er sich, nachzufragen. »Bin ich hier bei *Versteckte Kamera*?«

»Nein, im Gegenteil!« Herr Becker legte einen Arm um Donners Schultern, wobei er sich strecken musste und deutete zur Mitte, wo die meisten Gäste standen. »Die Kamera läuft dort hinten!«

Zonk und Nikon! Das war also der Grund für Herrn Beckers seltsam innige Umarmung. Er nutzte das Auge der Öffentlichkeit für reine PR-Zwecke.

Donners Blick ging zum Blumenstrauß. Am liebsten hätte er danach gegriffen und ihn Herrn Becker auf den Kopf geschlagen. »Aha, daher weht der Wind! Sie benutzen meinen DSC für eine Werbekampagne.«

»Ach, auf einmal ist es also dein DSC!«, konterte Herr Becker. »Wir beide wissen doch, wie das hier läuft, oder? Nenn mich vor den Leuten Hermann, ja? Und im Übrigen ist es mir wichtig, dass es Anne gut geht. Wenn du also derjenige welche bist, dann soll es so sein. Wobei die Chancen gutstehen, dass eure Beziehung …« Er sprach es nicht zu Ende, sondern winkte ab.

»Ich …«, grollte Donner, doch er kam nicht mehr zu einer Verbalentgleisung, weil Anne unvermittelt mit einem Glas Champagner in den Fingern auftauchte.

»Erik? Was machst du …?«

»Ah, die beiden Turteltäubchen«, säuselte Herr Becker sogleich und schob das Pärchen zusammen.

Donner ignorierte ihn. Zu sehr haftete sein Blick auf Annes Outfit aus hellblau glänzendem Stoff mit silberfarbenen Pailletten. Ein Traum von einem langärmlichen Kleid!

»Frierst du damit nicht?«, fragte er, weil die Temperaturen alles andere als behaglich waren. Selbst für Donner, der nicht so schnell fror.

Allerdings ging der Schuss nach hinten los. Denn schlagartig wechselte Annes Mimik von Erstaunen zu Verärgerung.

»War ja klar! Ständig musst du herumnörgeln.«

»Nein, ich mache mir ernsthaft Sorgen.« Diesmal war es nicht gelogen. Gleichzeitig schämte er sich, weil er noch in der Hose und dem Hemd vom Vortag steckte. Nach der Nacht im Büro war er nicht mehr nach Hause gefahren. Somit hatte er sich weder gewaschen noch rasiert. »Anne, ich bin deinetwegen gekommen.«

»Das ist doch toll, oder?« Es war Herr Becker. »Nun stellt euch zwei nicht so an …« Er fing an, wild zu winken. »Herr Zonk! Hierher! Dieses Bild der beiden …«

»Du siehst wunderschön aus«, ließ Donner sich davon nicht stören. Ein paar Sekunden blieben ihm und Anne, bevor die Kamera sie im Großformat einfing.

»Danke.« Es kam zaghaft, aber wenigstens lächelte sie. »Ich verstehe dich, Erik.«

Sag bloß? Meistens verstehe ich mich selbst nicht.

»Das schafft sonst keiner.« Er zog sie an sich heran.

»Ich war auch nicht immer aufrichtig zu dir.«

»Ach!«

Sie lächelte nun nicht mehr, sondern verzog die Mundwinkel und die Augenbrauen zu einer Art Entschuldigung. »Erinnerst du dich an den Schlüsselanhänger?«

»Den ich heimlich eingesteckt habe? Mit unserem Foto?«

Sie nickte. »Ich habe …«

Sie kam nicht mehr dazu, den Satz zu beenden, denn plötzlich kam Donners Vater kreidebleich angerannt. »Schon von der Garage aus rief er etwas Unverständliches.« Er klang voller Panik.

»Franz!«, rief Anne ihn beim Namen und rannte ihm entgegen.

Donner folgte ihr. Die Gästeschar setzte sich besorgt und aufgebracht in Bewegung. Herr Becker, Zocky Zonk, Nikon und wer sonst noch in der Nähe stand. Alle.

Völlig außer Atem hielt sich der fünfundsechzigjährige Franz Donner an Anne fest. »Meine Elke!« Er japste, holte Luft und sah seinen Sohn flehend an. Dann sprach er direkt in die Kamera. »Deine Mutter! Sie ist verschwunden …«

Kapitel 53

Der weiße Getränketransporter war weg.
Und ebenso Elke Donner. Anders als sonst gelang es Donner nicht, sich auf die einfachsten Dinge zu konzentrieren und systematisch die Suchmaßnahmen nach der Verschwunden zu leiten. Niemals zuvor hätte er geglaubt, sich in einer solchen Situation völlig hilflos zu fühlen.
Längst hatte das Führungs- und Lagezentrum den Einsatz übernommen. Die Fahndung nach dem Lieferwagen war in vollem Gange. Als Ansprechpartner für den Polizeiführer vom Dienst fungierte Anne. Am Ort des Verschwindens versuchte sie, das Chaos zu ordnen. Dieser Aufgabe kam sie trotz des unpassenden Kleides und den hochhackigen Schuhen mit absoluter Professionalität nach.
»Wo bleibt der verdammte Fährtensuchhund?«, kommandierte sie in ihr Handy, obwohl sie und Donner wussten, dass der Einsatz von Spezialhunden höchstwahrscheinlich sinnlos war, weil bereits zu viele Leute herumgetrampelt waren. Doch vor lauter Sorge um Elke wollte Anne nichts unversucht lassen. Dafür war Donner ihr unendlich dankbar.
Gott! Die Signale waren unübersehbar gewesen! Der Unbekannte hat mir jede Menge persönliche Botschaften gesendet, und ich habe sie falsch interpretiert. Ich hätte bemerken müssen, dass er es auf meine Mutter abgesehen hat. Wie konnte ich nur so blind sein?
Warum der Engel all das tat, spielte für Donner keine Rolle. Für Donner zählte nur, dass er keine weiteren Verbrechen zulassen durfte. Nur dazu musste man erst seine Mutter lebend finden.
Nicht nur Annes Stiefvater war kreidebleich geworden, als man die Umgebung vergeblich nach der Vermissten abgesucht hatte. Die Gäste schienen mit jeder Minute mehr Panik zu verbreiten. Alle wollten ihren Teil zur Suche beitragen, dabei merkten die Wenigsten, dass unkontrollierter Aktionismus die Lage verschlimmerte. Am Anfang hatte Zocky Zonk das Durcheinander vor laufender Kamera kommentiert, doch irgendwann hatte er begriffen,

dass das Ganze keine Show, sondern bitterer Ernst war. Daraufhin hatte er Nikon angewiesen, die Aufnahme zu stoppen. Fassungslos wie alle anderen lief der Entertainer stumm und immer mit Sicherheitsabstand hinter Donner her. Keiner seiner noch so gut gemeinten Ratschläge konnte etwas an der Situation ändern. Deshalb war Donner einfach froh, dass er die Klappe hielt.

Immerhin sorgte der geladene Ordnungsbürgermeister mit einem einzigen Anruf dafür, dass man auf dem kleinen Dienstweg von der Stadtverwaltung und der Berufsfeuerwehr Unterstützungskräfte für die Suche erhielt. Herrn Beckers Beziehungen schienen sich in dem Fall auszuzahlen, auch wenn ein Erfolg längst nicht absehbar war.

Aber es beruhigte Donner zu sehen, dass man alle Anstrengungen unternahm, um seine Mutter so schnell wie möglich zu finden.

Besonders sein alter Herr lief zur Höchstform auf.

»Falls deine Kollegen den Schweinehund nicht bald erwischen, verklage ich die gesamte Polizeidirektion wegen Unfähigkeit«, äußerte Franz Donner, als er an seinem Sohn vorbeilief.

Trotz eines kurzzeitigen Schwächeanfalls verweigerte er die medizinische Betreuung durch den Notarzt. Irgendwann hatten die Rettungskräfte es aufgegeben, ihm hinterherzurennen. Als würde er selbst noch bei der Kripo als Dezernatsleiter das Sagen haben, riss er einem jungen Kollegen vom Revier den Laptop aus den Fingern, ignorierte jeglichen Protest und hielt Annes Stiefvater den Bildschirm unter die Nase.

»Ist das der Mann?«

»Ich weiß nicht genau«, stotterte Herr Becker. »Er trug eine Mütze …«

»Strengen Sie Ihr Hirn gefälligst an!«, maßregelte Franz Donner ihn. »Würden Sie schneller denken, wenn Ihre Frau entführt worden wäre?«

Maja Becker, Annes leibliche Mutter, verkroch sich schweigend hinter dem Rücken ihres Gatten.

»Vater!«, schritt Donner endlich ein und entwand ihm den Laptop. »Er ist genauso erschüttert wie wir alle.«

»Ach ja?«, knurrte Franz Donner und verengte die Augen zu Schlitzen, wie damals, sobald er eine Lüge seines kleinen Sohnes gewittert hatte. »Na das beruhigt mich jetzt aber ungemein.«

»Halt einfach die Klappe, ja?« Donner schüttelte den Kopf und hob den Laptop erneut hoch, sodass Herr Becker einen guten Blick auf den Bildschirm hatte. Darauf waren die Fotos von Till Baumanns letzter erkennungsdienstlicher Behandlung zu sehen. Aufgrund der Personenbeschreibung des Getränkelieferanten, die man von den anwesenden Gästen erhalten hatte, schien es im Bereich des Möglichen, dass es sich bei dem Entführer um den Junkie handelte.

»Hat dieser Mann die Getränke geliefert?«, fragte Donner Herrn Becker erneut. »Lass dir Zeit.« Unwillkürlich war er jetzt doch beim Du angekommen.

Irgendwann schüttelte Hermann Becker den Kopf. »Ich bin mir unsicher. Wie alt sind die Aufnahmen? Ich denke, Kinn- und Wangenpartien stimmen. Und auch der Körperbau ist identisch. Man sieht einem Menschen den Kriminellen doch nicht an, oder?«

»Oh Gott, wie furchtbar!«, schluchzte Maja Becker im Hintergrund, die ebenfalls die Bilder betrachtete.

Unzufrieden mit der Aussage gab Donner dem Revierkollegen den Rechner zurück.

»Haben wir eine Fahndungsergänzung?«, dachte der Uniformierte mit und nahm voller Enthusiasmus sein Funkgerät zur Hand.

Donner bremste den Eifer, indem er stumm verneinte.

Dafür konnte Franz Donner sich einen Kommentar nicht verkneifen. »Aha, nachdem der feine Herr zurück im K11 ist, glaubt er, er hätte die Sache im Griff.«

»Spar dir deine Polemik.«

»Ich motiviere dich.« Beide sahen sich an, wie zwei Rivalen, die ihre Generationskonflikte bei jeder Gelegenheit austragen mussten. »Wenn du mich so ansiehst, bin ich mir sicher, dass du alles geben wirst, um es mir zu beweisen.«

»Ach! Wusste gar nicht, dass du seit Neustem auch noch Psychologe bist.«

»Ich bin vieles.« Belehrend hob Franz Donner den Zeigefinger. »Vor allem bin ich dein Erzeuger. Du hast das Beste von mir.«

Mir fallen da eine ganze Reihe Eigenschaften ein, die Kollegen an mir bemängeln. Und die habe ich garantiert nicht von Mutter.

»Hoffen wir, dass da noch mehr ist«, kürzte Donner das Streitgespräch ab, denn ihm kam ein Einfall, woraufhin er quer über die Straße rief: »Zocky Zonk!«

Der Gerufene tippte sich auf die Brust, weil er es vermutlich nicht fassen konnte, dass Donner etwas von ihm wollte.

»Kommen Sie schon!«

Zonk fasste Nikon am Arm und zerrte sie ebenfalls heran. Zur selben Zeit beendete Anne ihr Telefonat mit dem Lagezentrum und trat auch dazu.

»Haben wir neue Informationen?«, fragte sie.

»Vielleicht«, sagte Donner und zeigte auf die Kamera. »Können wir uns den Film von der Feier ansehen?«

Zonk schien zu verstehen, denn als ginge ihm plötzlich ein Licht auf, hellte sich seine Miene auf. »Sie wollen nachsehen, ob der Getränkelieferant auf den Bildern zu sehen ist!«

»Wir können natürlich auch weitere Minuten verplempern«, erwiderte er ungeduldig.

Nikon verstand. Mit Annes Genehmigung positionierte sie die Kamera auf der Motorhaube eines Funkstreifenwagens und richtete den Kontrollmonitor so aus, dass die Umstehenden eine möglichst gute Sicht darauf hatten. Dann startete sie die Aufzeichnung.

»Ah, da bin ich!«, jauchzte Zonk. »Da erzählt mir Ihr Vater gerade, wie Sie ...«

»Niemand will das wissen!«, unterbrach Donner und schob ihn zur Seite, damit er das Dazwischengequatschte einstellte.

Es dauerte mehrere Minuten, dann tauchte der markante grau-blaue Anzug mit den roten Nähten im Hintergrund auf.

»Da!«, rief Anne.

»Das ist der Mann!«, fiel Hermann Becker ein.

»Wir brauchen das Gesicht«, hielt Donner die aufkommende Euphorie flach.

Nach weiteren Minuten brüllten er und Anne gleichzeitig: »Anhalten!«

Nikon reagierte sofort. Die Kamerafrau hatte durch einen glücklichen Zufall das Gesicht des Getränkelieferanten eingefangen.

»Er ist es!«, sprach Anne aus.

Donner klopfte auf das Fahrzeugdach und sagte zu dem geduldig wartenden Revierbeamten: »Geben Sie eine Fahndungsergänzung raus. Wir suchen Till Baumann!«

Sekunden später echote die Durchsage in den Lautsprecher der Funkgeräte. Darunter mischte sich das Klingeln von Annes Handy.

Aufmerksam lauschte Donner dem Telefonat, ob es Neuigkeiten gab.

»Ja, es ist Till Baumann, Henry!«, sprach sie Stark mit Vornamen an. »Nein, noch gibt es keine Spur. Habt ihr den Tätowierer überprüft? Diesen Manuel Daniel? Könnte ja sein, dass er gemeinsame Sache mit Baumann macht.« Sie kniff die Lippen zusammen und lauschte.

Donner wartete voller Ungeduld, weil er den genauen Gesprächsverlauf nur erahnen konnte.

»Noch mehr schlechte Nachrichten?«, fragte Kolka. »Okay, schieß los!«

Nach weiteren dreißig Sekunden beendete Anne das Telefonat. Sie sah verstört aus.

»Was hat er gesagt?«, wollte Donner wissen.

»Erinnerst du dich an den abgeschnittenen Mittelfinger, den Baumann bei deiner Nachbarin abgegeben hat?«

Donner nickte. »Baumanns Finger.«

»Er gehört nicht Baumann. Der daktyloskopische Abgleich ist negativ.«

»Aber wir haben doch schon seinen kleinen Finger ...«

Sie schüttelte den Kopf. »Der Mittelfinger stammt jedenfalls nicht von ihm.«

Plötzlich fiel es Donner wie Schuppen von den Augen. Wie erstarrt schaute er in die Wolken, denn die Vergangenheit überrollte ihn mit der Wucht eines Güterzugs. Als er sich wieder gefangen hatte, zog er sein Diensthandy aus der Manteltasche und durchstöberte die Anrufliste der vergangenen Tage.

Kapitel 54

Vielleicht irrte sich Donner. Vielleicht aber hatten die in der Rechtsmedizin bei der Untersuchung einen Fehler gemacht und der abgeschnittene Mittelfinger gehörte doch Till Baumann. Dr. van de Wal war mittlerweile ein lebenssatter, alter Mann. Da brachte man schon mal das eine oder andere durcheinander.

Vielleicht hatte aber auch jemand bei der Fingerabdruckidentifikation geschlampt, woraufhin das AFIS beim BKA ein falsches Ergebnis ausgespuckt hatte.

Vielleicht nahm der Albtraum, in dem Donner sich zur Stunde befand, in Kürze eine neue Dimension an. Möglicherweise befand sich nämlich nicht nur Donners Mutter in der Gewalt eines Verrückten ...

Abseits der anderen Kollegen und der Geburtstagsgäste lief Donner mit dem Handy am Ohr auf dem Gehweg auf und ab. Anne hatte es aufgegeben, ihm hinterherzustöckeln, und stand mit verschränkten Armen in Hörweite.

Schier unendlich echote das Rufzeichen. Endlich meldete sich am anderen Ende ein Mitarbeiter der Fernschreibstelle.

»Hier ist Kriminalhauptkommissar Donner vom K11«, gab er sich zu erkennen. »Ich brauche dringend den Anschlussinhaber einer Festnetznummer.«

»Nach Faxeingang des entsprechenden Auskunftsformulars gern«, kam es müde zurück. Der Mitarbeiter schien seine Tagesform noch nicht gefunden zu haben. Und die Dringlichkeit des Anrufs verkannte er ebenfalls, denn er schob nach: »Datenschutz ist Datenschutz.«

»Hör mal zu, du Datenschutzandroid! Dein Scheißformular kannst du ...«

Weitere Beschimpfungen blieben ihm im Halse stecken, denn Anne entriss ihm das Mobiltelefon und übernahm das Gespräch.

»Entschuldigung, hier spricht Kollegin Annegret Kolka! Mein Kollege hatte zum Mittag Rindfleisch. Zu viel Wahnsinn ...«

Wie kann sie in der Situation noch Scherze auf meine Kosten machen?

Unbeeindruckt seines Gesichtsausdrucks telefonierte sie weiter. »Ich bin sicher, dass ihr euren Job absolut gewissenhaft macht, deshalb werde ich dafür sorgen, dass ein Auskunftsersuchen in der nächsten Stunde an euch gefaxt wird. Aktuell befinden wir uns in einem Notfall. Daher wäre es nett, wenn ... aha, ja ... Augenblick!«

Auffordernd winkte sie mit den Fingern.

Donner kapierte und hielt ihr den handgeschriebenen Zettel mit der Nummer hoch, die gleich mehrfach in der Telefonliste seines Handys auftauchte und die er vergeblich zurückgerufen hatte. Niemand hatte abgehoben, was das ungute Gefühl in Donners Magengegend verstärkte. Und im öffentlichen Telefonbuch war die Nummer nicht verzeichnet.

Anne kniff die Augen leicht zusammen und gab Ziffer für Ziffer durch.

»Ja, ich warte«, schloss sie ab.

Kaum zwei Minuten später meldete sich der Mitarbeiter der Fernschreibstelle wieder und diktierte ihr Name und Adresse des Anschlussinhabers. Sie bedankte sich und legte auf.

»Und?«, fragte Donner.

»Ein Rainer Goldstein.«

Donner fluchte und schlug sich in die flache Hand.

»Kannst du mit dem Namen etwas anfangen?«

»Und ob.«

Anne dagegen konnte den Beamten nicht kennen, denn sie hatte früher in Leipzig gearbeitet. Als sie dann die Direktion gewechselt hatte, war Goldstein bereits in Pension gewesen.

»Schick mir sofort ein paar Unterstützungskräfte zu der Adresse.« Damit fischte er den Zündschlüssel aus der Hosentasche und stürzte zu seinem Volvo. »Ich fahre voraus.«

Nachdem eine Streifenbesatzung den Getränketransporter in unmittelbarer Nähe des Tattoo-Studios *Castle Grayskull* entdeckt hatte, war Henry Stark sofort zum Laden von Manuel Daniel gerast, den die Operative Fahndungsgruppe seit Tagen observierte.

»Und der Wagen ist ordnungsgemäß geparkt?«, erkundigte Stark sich bei den umstehenden Kollegen.

»Direkt um die Ecke auf der Ludwig-Kirsch-Straße«, gab ein Uniformierter Auskunft. »Die Türen waren unverschlossen. Auf der Ladefläche stehen noch ein paar Getränkekästen.«

»Und von diesem Baumann keine Spur?«, fragte Stark weiter.

Einträchtiges Kopfschütteln.

»Wir haben Anwohner befragt, aber die Klientel auf dem Sonnenberg taugt nicht unbedingt als zuverlässige Zeugen.«

Da hatte der Kollege wohl recht, musste Stark einsehen. Trotzdem konnte er sich nicht vorstellen, dass Baumann mit der entführten Elke Donner zu Fuß spazieren ging.

»Wie angewiesen haben wir die ganze Zeit den Laden von diesem Tätowierer beobachtet«, rechtfertigte sich einer der Observierungskräfte. »Von unserem Standort aus kann man den Abstellort des Fahrzeugs nicht einsehen.«

»Schon gut«, lenkte Stark ein, weil er die Schuld für Baumanns Entkommen keinesfalls seinen Leuten in die Schuhe schieben wollte. »Und was wissen wir über Daniel?«

»Hat sich vor knapp vier Stunden in seinen Laden eingeschlossen.«

»Eingeschlossen?«

»Ist zur Eingangstür rein und hat das Geschlossen-Schild davorgehängt. Seitdem kein Mucks.«

Langsam verspürte Stark ein zorniges Grollen, das sich in seiner Magengegend zusammenbraute. Und das kam keinesfalls vom Hungergefühl. »Darf ich das so verstehen, dass wir keinen blassen Schimmer haben, was Daniel gerade macht, und warum er seinen Laden geschlossen hat, obwohl er laut den Öffnungszeiten geöffnet sein sollte?«

»Es gab nichts zu vermelden.«

Nach dieser Antwort würgte Stark beinahe das Finger-Food-Gürkchen vom Mittag wieder hoch. »Um die Ecke steht ein geklauter Getränkewagen und der Entführer einer behinderten

Frau ist uns quasi vor unseren Augen enteilt. Reicht das?« Er wartete keine neuerliche Ausrede ab, sondern pfiff auch die abseitsstehenden Revierkräfte herbei. An die Operative Fahndungsgruppe gerichtet fragte er: »Haben wir eigentlich Beobachter auf der Rückseite von Daniels Laden?«

»Haben wir«, antwortete der Gefragte hörbar erleichtert. »Somit muss sich Daniel noch im Geschäft befinden.« *Wenigstens etwas*, dachte Stark, klatschte in die Hände und wog das weitere Vorgehen ab. Gewöhnlich mied er kritische Einsatzlagen wie diese, aber als Leiter des K11 erwartete man von ihm eine Entscheidung.

Mit den verfügbaren Kräften würde es schon gehen. Die größte Sorge bereitete ihm dagegen, ob er die ballistische Schutzweste überhaupt noch über seinen Oberkörper bekam. »Ich wette, dieser Tätowierer und Till Baumann stecken gemeinsam unter einer Decke. Wenn meine Kollegin Annegret Kolka recht hat, dann hat uns der einarmige Bandit mit seiner Zeichnung von Castle Grayskull den entscheidenden Tipp gegeben. Ich glaube weder an die Kräfte von *He-Man* noch an Zufälle ... Uns bleibt keine Wahl, wir gehen rein!«

Nach einer Vorbereitungszeit von weniger als fünfzehn Minuten stürmten eine Handvoll bewaffnete Polizisten den Laden. Ein Streifenbeamter vom Revier Nordost entdeckte Manuel Daniel als Erster, und ihm wäre beinahe die Magensäure hochgekommen.

Der Tätowierer war gerade dabei, einer Frau die Haut abzuziehen.

Kolka erfuhr erst von der Stürmung des Tattoo-Studios, als Stark ihr vom Erfolg des Zugriffs berichtete. Zuvor hatte sie dem Polizeipräsidenten haarklein von der Entführung und den bisher getroffenen Maßnahmen berichten müssen. Magerhans hatte es sich nicht nehmen lassen, direkt nach dem Anruf durch den Polizeiführer, zum Ereignisort zu kommen.

Immerhin geht es hier um Erik Donners Mutter, da mache ich mir berechtigterweise Sorgen, hatte er das persönliche Erscheinen begründet.

Auch wenn Kolka dem Polizeipräsidenten ein solch intensives Mitgefühl nur bedingt abkaufte, empfand sie seine Worte als erstaunlich.

»Was ist nun mit diesem Daniel?«, forderte Magerhans weitere Fakten. »Hat der Kerl eigentlich einen Nachnamen?«

Kolka räusperte sich. »Manuel Daniel. Daniel ist der Familienname.«

»Soso.« Magerhans legte seinen Zeigefinger in einer Art Denkerpose an die Lippen. »Und?«

»Auch wenn Daniel momentan bei der KPI ausgequetscht wird, denke ich nicht, dass er etwas mit der Sache zu tun hat.«

»Die Kollegen behaupten, er hätte da diese … Haut.«

»Es handelt sich um keine echte Haut. So viel steht fest. Hin und wieder probiert Daniel an einer sitzenden Schaufensterpuppe neue Tattoo-Motive aus. Dafür hat er sich aus Taiwan synthetisches Gewebe besorgt. Angeblich der neuste Schrei und noch relativ unbekannt im Metier. Damit kann man beinahe naturgetreu tätowieren. Er hatte sich im Laden eingeschlossen, weil er keinen Bock auf Kundschaft hatte. Er wollte mit seiner Tinte und der schweigsamen Dame allein sein. Anscheinend macht er das öfters. Die Freiheit nimmt er sich, so seine Aussage.«

Magerhans rümpfte angewidert die Nase. »Das ist heftig. Müssen Sie zufällig gerade auch an eine Art Schweinehaut denken?«

»Wenn Sie mich fragen, ist Daniel einer der harmloseren Typen. Falls ich mich irre, dürfen Sie mich gern versetzen.«

»Nix da, gute Arbeit, Kollegin Kolka! Außerdem haben Sie einen positiven Einfluss auf Erik. Und den kann er gebrauchen.«

Pff, wenn du wüsstest!

»Apropos Erik«, fügte Magerhans an und reckte Hals und Kinn in alle vier Himmelsrichtungen. »Wo steckt Erik eigentlich?«

»Er ist …« Kolka wusste es selbst nicht genau, deshalb war sie froh, als ihr Handy klingelte. Mit einer knappen Entschuldigung ging sie ran.

»Schön, dass ich sie gleich erreiche, Kollegin. Hier ist das K41. Es geht um die Tonbandkassette.«

»Tonbandkassette?«

»Die Kassette, die Kollege Donner aus dem Grab geholt hat.« Kolka schlug sich gegen die Stirn. An die Untersuchung durch die KTU-Stelle hatte sie gar nicht mehr gedacht. »Haben Sie etwas herausgefunden, das uns weiterhilft?«

»Jede Menge, das wollte ich dem Kollegen persönlich mitteilen. Man sagte mir, er wäre bei Ihnen.«

»Tut mir leid, im Moment ist er …« Kolka seufzte, weil sie für Diskussionen keine Zeit hatte. »Entweder reden Sie mit mir als leitende Ermittlerin oder Sie lassen es bleiben.«

»Hey, schön langsam, ja? Für die Musik habe ich Überstunden gemacht.«

»Musik?« Kolka war irritiert. »Soweit ich mich erinnern kann, waren auf dem Band Geräusche von einem Folteropfer.«

»Das auch.« Der Kollege klang hocherfreut, als wollte er sich für seine genialen Fähigkeiten rühmen. »Wie es der Zufall so will, habe ich auf der Kassette eine zweite Tonspur entdeckt. Ziemlich schwach und unvollständig, aber mit dem Einsatz der richtigen Tonfilter konnte ich ein kleines Wunder bewirken. Ohne sie mit technischen Details langweilen zu wollen, es kommt vor, dass eine vorherige Aufnahme nicht vollständig überschrieben wird, wenn man ein analoges Band mit einem schlechten Kassettenrekorder überspielt. Manchmal versagt der Löschknopf und die ursprüngliche Aufnahme bleibt im Hintergrund schwach hörbar erhalten. Mit dem bloßen Gehör nimmt man diese dann höchstens als Störgeräusche wahr. Angeblich hat man damals in den USA bei der Watergate-Affäre auf diese Weise einige von Nixons Sekretärin zuvor gelöschte Tonbandaufnahmen rekonstruieren können.«

»Okay, danke für den Geschichtsexkurs! Welche Musik befindet sich denn auf der Kassette?«

»Eigentlich sind es Kinderlieder.«

»Kinderlieder?«

»Ja, Kirchenlieder, von einem Kind gesungen. Ich tippe auf einen Jungen.«

Obwohl ihr weitere Fragen auf der Zunge lagen, musste Kolka das Gespräch abkürzen. »Okay, schicken Sie mir eine Kopie der Aufnahme per WhatsApp-Datei. Und zusätzlich gebe ich Ihnen die private Handynummer von Hauptkommissar Donner. Vielleicht kann der was damit anfangen.«

»Sind Sie verrückt? Zwar konnte ich den Magnetbandinhalt in digitaler Form sichern, aber es ist ein Beweismittel, das ich garantiert nicht wahllos in der Weltgeschichte herumschicke. WhatsApp, ts!«

»Okay, vielleicht sollten Sie den Mikroprozessor in ihrem Hirn endlich mal einschalten!« So in etwa hätte Erik es wohl ausgedrückt. »Ich habe keine Zeit für Ihre Paragraphenreiterei. Das Leben einer Frau steht auf dem Spiel.«

»Vorschrift ist Vorschrift. Sie können sich den Datenträger gern per Unterschrift bei mir abholen. Danach können Sie mit der Aufzeichnung machen, was Sie wollen.«

Wütend und unschlüssig sah Kolka Magerhans an, der das Gespräch aufmerksam belauscht hatte und eigene Schlüsse gezogen zu haben schien. Auffordernd hielt er die Hand auf, damit sie ihm das Handy reichte.

Das tat sie, und er führte es zum Ohr.

»Hier spricht der Polizeipräsident ...«

Während in der Stadt mehrere Polizeieinsätze im Zusammenhang mit der Entführung von Elke Donner parallel liefen, ging im Führungs- und Lagezentrum ein Fernschreiben ein. Sofort, als die Betreffzeile auf dem Bildschirm auftauchte, klickte der zuständige Beamte zweimal auf die Maustaste.

Personenfahndungstreffer aufgrund einer Aufenthaltsermittlung.

Polizisten hatten einen gewissen Peter Jonsen festgenommen.

Am Fernschreiben befand sich ein Scan vom Ausweis. Darauf stand zusätzlich der Künstlername Peter von Hetzel.

Kapitel 55

Damals

Der alte Kommissar und der junge saßen in einem klapprigen Golf unmittelbar vor dem Haus, in dem ein Mord geschehen war.

»Okay, Freundchen«, sagte Rainer Goldstein, ohne herüberzublicken. »Das hier ist dein erster Tag im K11, und nur, weil dein Vater unser Dezernatsleiter ist, brauchst du nicht zu denken, dass ich vor dir kusche. Kapiert?«

Donner nickte. Auch wenn er gern die passende Antwort gegeben hätte, hielt er sich mit seinen einunddreißig Jahren höflich zurück. Er konnte sich allerdings keinen Reim darauf machen, womit er den erfahrenen Kollegen in den ersten gemeinsamen Stunden verärgert haben könnte. Goldstein war von Natur aus ein Eigenbrötler und knurrig. Donner kannte ihn beiläufig aus seiner Zeit beim Kriminaldauerdienst. Bis auf die Tatsache, dass Goldstein früher als Funker bei der Armee gedient hatte und bei jeder Gelegenheit das Morsealphabet durch Klopfen oder *Biep*-Laute herbetete, wusste Donner über seinen neuen Partner ziemlich wenig.

»Ich habe noch genau fünf Monate und siebzehn Tage bis zur Pensionierung«, redete Goldstein weiter. »Das hier wird hoffentlich mein letzter Fall sein – und den will ich sauber über die Bühne bringen. Klar soweit?«

Wieder nickte Donner.

»Also komm mir nicht in die Quere, halt am besten deinen Mund und fass nichts an. Beobachte einfach, wie ich vorgehe.« Er deutete mit dem Arm zur Windschutzscheibe hinaus. »Dort vorn steht die Karre vom Außendienstleiter. Solche Wichtigtuer brauchen wir hier am Tatort so sehr wie ein Veganer 'ne Milchkuh. Das kannst du dir gleich mal merken.«

Über diese Einstellung runzelte Donner erstaunt die Stirn. Auch wenn er selbst nicht in jeglicher Hinsicht gute Erfahrungen mit den Außendienstleitern gemacht hatte, war er weit davon entfernt, den Kollegen die Kompetenz abzusprechen.

»Und wenn ich mir die Anzahl der Funkstreifenwagen ansehe«, fuhr Goldstein unbeirrt fort, »sind hier wieder jede Menge schaulustige Streifenbeamte, die uns den Tatort verunreinigen. Es ist immer dasselbe mit der Schutzpolizei: rumstehen und uns Fachleute belächeln! Aber frag mal, wie man 'ne Dakty-Spur sichert. Da kriegen die meisten von denen Schnappatmung.«

Auch dahingehend wollte Donner nicht alle Uniformierten über einen Kamm scheren. Aber weil er der Neue im Kommissariat war, korrigierte er den Kollegen besser nicht in dessen Meinung.

»Außerdem habe ich seit der Morgentoilette Herzrasen«, schloss Goldstein seine Ansage. »Also möchte ich jeglichen Stress vermeiden. Halt mir einfach den Rücken frei.« Damit stieß er die Tür auf und quälte sich aus dem Fahrersitz.

Daher wehte also der Wind! Herzprobleme konnten das Gemüt eines jeden Menschen aus dem Gleichgewicht bringen. Donner wollte die Worte Goldsteins beherzigen, sich deswegen aber nicht wie einen Grünschnabel behandeln lassen. Beim KDD hatte er schließlich gelernt, was es bedeutete, einen Tatort zu lesen. Auch mit Anfang dreißig konnte man ein guter Kriminalist sein. Und für einen solchen hielt Donner sich. Anders als Goldstein durchblicken ließ, hatte Donner seine Versetzung zur Mordkommission nicht seinem Vater zu verdanken, sondern zwei Leistungsprämien, einer tadellosen Beurteilung und seiner Neugier für die Geheimnisse des Todes.

Während er Goldstein hinterherlief und dessen Koffer tragen durfte, nahm er sich vor, niemals ein solch grimmiger Kriminalist zu werden.

Bereits vor der Wohnungstür wurden die beiden vom Außendienstleiter empfangen. Goldstein wechselte kaum ein Wort mit dem uniformierten Beamten, der den Job als Einsatzleiter schon ein paar Jahre machte und damit sicherlich wusste, wie man sich an Tatorten verhielt. Eine Absprache wäre demnach sinnvoll gewesen. Zumindest hätte Donner es so gemacht.

»Der Tatverdächtige sitzt drin und wird vom Revier bewacht«, rief der Außendienstleiter Goldstein hinterher, der bereits in die Wohnung stürzte.

»Ich hab Augen im Kopf«, kam es zurück.

Bevor Donner eintrat, las er den Namen an der Klingel: S. German.

Stanislav German. So hieß der Mann, der den Notruf gewählt hatte und hier allein wohnte.

Aufgeregt, weil er gleich einem vermeintlichen Mörder gegenüberstehen würde, folgte Donner Goldstein. Das war für ihn immer ein erhabener Moment, denn er konnte einem Menschen, der Böses getan hatte, direkt in die Augen blicken und ergründen, wo der Ursprung des Bösen in einem jeden steckte.

Die Wohnung wirkte trotz voller Beleuchtung düster. An den Fenstern hingen keine Gardinen, sondern Wolldecken, die an manchen Stellen das Sonnenlicht durchließen. Auf dem Teppich, über den Donner lief, befand sich eine feine graue Staubschicht an den Rändern. Nur in der Mitte, wo man hauptsächlich ging, war er dunkler. Überall stank es nach Pfeifentabak. Darunter mischte sich ein dezenter Uringeruch.

Im Wohnzimmer zeigte sich das Verbrechen wie das kitschige Bühnenbild einer Theatervorführung: Ein toter Pfleger, ein Arzt, der sich über ihn beugte, zwei Streifenbeamte, der Tatverdächtige im Rollstuhl.

»Jetzt kann mich der Teufel holen!«, murmelte Stanislav German und schaute dabei Goldstein an.

Der alte Kommissar brummte nur. Er sprach weder German an noch die uniformierten Kollegen, die ihrerseits respektvoll grüßten.

Aufgrund der seltsam starren Situation beließ Donner es bei einem Nicken.

»Ah, Dr. Braun!«, hellte sich plötzlich Goldsteins Stimme auf.

»Ach, Goldstein, Sie sind es«, kam es müde zurück. Dr. Braun erhob sich, wobei seine Gelenke hörbar knackten. »Schön, Sie wieder zu sehen. Hab gehört, wir gehen gemeinsam in den wohlverdienten Ruhestand.«

»Bald«, hauchte Goldstein und schüttelte dem Vertragsarzt der Polizei die Hand. »Bald.«

Dr. Braun deutete auf den Toten. »Der junge Mann kann einem leidtun. Tja, irgendwann ereilt uns alle der Tod. Den einen später, den anderen sehr viel früher.« Donner hörte es und fand, dass darin eine Menge Wahrheit steckte. Er wollte sich den Spruch deshalb merken.

»Besonderheiten?«, fragte Goldstein.

Dr. Braun schüttelte den Kopf. »Dürfte schnell gehen.«

»Das wollte ich hören.« Offenbar glaubte Goldstein, dass der Fall weniger schwierig werden würde als die meisten anderen.

Donner war bei dieser Einschätzung vorsichtig und schaute zu German, der wie ein kranker, geprügelter Hund zu ihm aufschaute.

»Jetzt kann mich der Teufel holen«, wiederholte er mit zittriger Stimme.

German saß in einem wunderbar glänzenden Rollstuhl. Es war deutlich zu erkennen, dass das Gefährt sorgfältig geputzt worden war. Auffällig waren die Armstützen, gefertigt aus warmem, rotem Mahagoniholz. Augenscheinlich kein Imitat. Die Räder des Stuhls standen auf einem schwarzen Teppich mit gelben Blütenstickereien. Vermutlich handelte es sich bei den Blumen um Tulpen.

»Warum ist der Mann eigentlich noch hier?«, fragte Goldstein unvermittelt.

»Wir dachten, du wolltest ihn vielleicht befragen«, erklärte der Außendienstleiter mit fester Stimme.

»So, dachtet ihr ...« Goldstein rieb sich die Augen und griff sich kurz an die Brust. Er atmete einmal tief ein und aus. »Na schön, hat man Sie bereits belehrt?«

Die Frage stellte er German. Der stierte nur mit leerem Blick zurück und murmelte erneut, dass ihn der Teufel holen könnte.

»Ich habe ihn darüber belehrt, dass er Tatverdächtiger eines Tötungsdeliktes ist«, führte der Außendienstleiter weiter aus.

»Und haben Sie das verstanden?«, fragte Goldstein wieder German.

Der nickte schwach.

»Gut.« Goldstein schniefte und trat breitbeinig und mit zusammengefalteten Händen vor den Rollstuhl. »Und haben Sie den Mann umgebracht?«

»Ja«, erwiderte German diesmal klar und deutlich.

Trotz des Schuldeingeständnisses schien Goldstein unzufrieden. Er winkte ab und drehte sich weg. »Okay, bringt ihn in eine Zelle im Revier Ost. Ich knöpfe ihn mir vor, sobald ich hier fertig bin.«

»Sollten wir nicht erst ...«, wollte Donner einen Vorschlag machen, doch Goldstein funkelte ihn genervt an.

Donner hob entschuldigend die Hände und bewegte sich im Zimmer umher, weil er das Gefühl hatte, er müsste Goldstein aus dem Weg gehen, was angesichts der geringen Größe der Wohnung erfolglos blieb.

Anscheinend war der alte Kommissar wirklich nicht daran interessiert, dass German vor Ort weitere Darlegungen zum Tatgeschehen machte. Donner wollte sehen, wohin das führte und im passenden Moment Einwände erheben. Schließlich war er nicht zum Spaß anwesend. Hier ging es schließlich um Mord und nicht etwa um ein Kavaliersdelikt.

Hinter Donner schoben die Streifenbeamten den Tatverdächtigen im Rollstuhl hinaus. Goldstein und Dr. Braun unterhielten sich bezüglich der Gewahrsamstauglichkeit. Offenbar würde der Arzt German später im Revier untersuchen und die entsprechenden Formulare ausfüllen. Donner belauschte das Gespräch nur beiläufig. Sein kriminalistischer Instinkt war längst geweckt. Eine Eigenschaft, die ihm beim KDD bereits etliche Erfolge beschert hatte.

Auf einem Beistelltisch neben der Zimmertür entdeckte er einen rechteckigen Abdruck, eine Aussparung von Staub, der sonst ringsherum auf den Möbeln lag. Offenbar hatte bis vor Kurzem an dieser Stelle ein Gegenstand gestanden. Prompt fiel sein Blick auf einen auf dem Teppich liegenden Briefbeschwerer mit einer Engelsfigur.

»Das Tatwerkzeug?«, wandte er sich mit seiner Frage an den Außendienstleiter, der in den vergangenen Minuten etwas verloren im Flur stand.

Der nickte. »Wir haben alles so gelassen, wie wir es vorgefunden haben.«

»Jede Wette!«, äußerte Goldstein mit einem sarkastischen Unterton. »Und du!« Er meinte Donner. »Fass bloß nichts an.«

Donner und der Außendienstleiter sahen sich an und verdrehten synchron die Augen.

»Da ich hier nicht mehr gebraucht werde, gehe ich mal«, meinte der Außendienstleiter und verabschiedete sich von Donner.

»Hauptsache ich bekomme deinen Einsatzbericht heute noch auf den Tisch!«, rief Goldstein ihm hinterher.

Als er mit dem Arzt und Donner allein war, atmete er wie befreit auf. Sogar ein minimales Lächeln konnte Donner erkennen.

»Kann ich die Bestatter rufen?«, fragte Goldstein. »Die Kriminaltechniker werden gleich hier sein, dann können die noch schnell Fotos machen. Wenn alle mitspielen, ist für keinen von uns der Feierabend in Gefahr.«

Die beiden alten Männer lachten.

Bedacht auf jeden Schritt lief Donner im Zimmer umher. An einem Kassettenrekorder brannte ein rotes Lämpchen. Das Gerät war eingeschaltet. Neugierig zog er sich Einweghandschuhe an. Das klatschende Gummigeräusch schien Goldstein nicht zu interessieren. Er und Dr. Braun unterhielten sich mehr über die alten Zeiten als über den aktuellen Fall.

Erst als Donner die Play-Taste am Rekorder drückte und aus den Lautsprechern ein Kinderstimmchen drang, wirbelte Goldstein herum.

»Was ist denn das für Katzengejammer?«

»Hört sich wie ein Kirchenlied an«, sagte Donner, denn als Kind hatten seine Großeltern ihn manchmal sonntags mit in den Gottesdienst genommen.

Ein kleiner Spatz zur Erde fällt ..., kam die Liedzeile vom Band.

Donner ließ die Kassette laufen. »Scheint eine private Aufnahme zu sein, wenn man die Qualität als Maßstab nimmt. Vielleicht eines von Germans Kindern ...«

»Mach das Gejaule aus, so kann ich nicht denken«, befahl Goldstein. »Ich muss überlegen, was ich dem Staatsanwalt berichte.«

Sofort stoppte Donner die Wiedergabe. »Aber wir wissen doch noch gar nichts.«

»Eben. Deshalb muss ich ja nachdenken. Dr. Braun wird mir alles Wichtige erzählen. Immerhin ist das nicht unsere erste gemeinsame Leiche. Und auf Dr. Brauns Wort gebe ich mehr als auf den Verstand meiner Kollegen.«

»Wir hätten Stanislav German befragen sollen«, intervenierte Donner. »Ich bin mir sicher, er hätte uns eine plausible Erklärung gegeben. Er hat auf mich nicht den Eindruck gemacht, als wollte er etwas verheimlichen.«

»Stanislav German ist derzeit unser Tatverdächtiger. Die dürfen lügen, dass sich die Balken biegen. Und wer lügen darf, wird es tun.« Belehrend hob Goldstein den Zeigefinger. »Merk dir das, mein Junge, wenn du mal ein Großer werden willst!«

»Dann erklär mir doch mal, was in dieser Wohnung geschehen ist«, forderte Donner und stellte sich Goldstein in den Weg, damit er nicht ausweichen konnte.

Der alte Kommissar nickte angesichts Donners Auftreten und meinte hämisch: »Donnerwetter! Deinem Vater machst du jedenfalls alle Ehre. Bin gespannt, ob er dir mal helfen kann, wenn du Mist baust. Und lass dir das gesagt sein, mein Junge, irgendwann baut jeder von uns Mist ...«

»Ich warte immer noch«, sagte Donner unbeeindruckt.

»Na schön, hier die Kurzversion: Dieser Pfleger wollte den Wohnungsinhaber beklauen.« Er deutete zur Schrankwand. »Sämtliche Fächer sind geöffnet. Da unten liegen Dokumente und ein paar Dosen. German sitzt im Rollstuhl, also dachte das spätere Opfer, es könnte den alten Mann leicht ausrauben. Vielleicht gab es Meinungsverschiedenheiten wegen einer Kleinigkeit. Vielleicht spielten Liebesdienste eine Rolle. In dem Fall hätten wir ein Mordmerkmal. Ich denke da an niedere Beweggründe. Doch das interessiert mich im Moment nur am Rande. Ich bewerte zunächst den Tatort.« Er trat zum Briefbeschwerer auf dem Boden und deutete mit der Schuhspitze darauf.»Demnach hat German sich das Eisenteil gegriffen und hat den Pfleger hinterrücks eins über den Schädel gezogen. Heimtücke! Ein weiteres Mordmerkmal. Möglicherweise wollte er ihn nur am Diebstahl hindern und ihm wehtun, möglicherweise konnte er die Wucht des Schlages nicht kontrollieren. Fakt ist, dass der Pfleger keinen Mucks mehr von sich gibt. Also plädiere ich auf Mord. Siehst du das anders?«

Goldstein verschränkte die Arme und wartete. Donner antwortete nicht sofort. Eine gewisse Logik konnte er der Schilderung nicht abstreiten. Eventuell war alles genau so geschehen. Dennoch wollte Donner alle Möglichkeiten in Betracht ziehen.

»Stanislav German sitzt im Rollstuhl.«

»Ja, und?«

»Der Tote macht auf mich einen drahtigen Eindruck. Jung, agil, gewieft … Falls er Bargeld gesucht hat, dann hat er das auch bei anderen Rentnern schon getan. Und da kommt ausgerechnet ein Behinderter und schlägt ihn hinterrücks tot? Ich meine, das Opfer hätte doch längst bemerkt, wenn der Rollstuhlfahrer sich den Briefbeschwerer schnappt und sich danach anschleicht.«

»Oder auch nicht …«

»Und wie will German das Opfer denn in seiner sitzenden Position überhaupt am Kopf getroffen haben?«

Goldstein verzog erstaunt den Mund.»Eine gute Frage! Dr. Braun, was sagen Sie dazu?«

Der Gefragte zuckte mit den Schultern.»Wahrscheinlich hat der Pfleger sich gerade gebückt, um an eines der unteren Schrankfächer zu gelangen.«

Triumphierend hob Goldstein die Arme und klatschte anschließend leise.»Da hörst du es, Erik. Natürlich werde ich deine Theorie mit in meine Überlegungen einbeziehen.«

Weitere Argumente waren in dieser Situation sinnlos. Donner wollte zusehen, ob ihm noch etwas auffiel und dann Goldstein sein Ding machen lassen. »Ich glaube nicht, dass wir der gleichen Meinung sind.«

»Und wenn schon? Ich trage die Verantwortung für diesen Fall. Und ich glaube, dass Stanislav German ein Mörder ist.«

Rainer Goldstein sollte recht behalten. Ein Dreivierteljahr später wurde Stanislav German von Richterin Karla Feltmann zu achtzehn Jahren Gefängnis verurteilt.

Kapitel 56

Heute

Donner stand im Treppenaufgang des Mehrfamilienhauses und lauschte von außen an der Wohnungstür. Absolute Stille. Nur die Nachbarin, bei der er Minuten zuvor geklingelt hatte, scharrte hinter ihm unruhig mit den Schuhsohlen.

»Und Sie haben in den letzten zwei Tagen wirklich nichts mitbekommen?«, fragte er die ältere Dame, der die Sorge um ihren Nachbarn ins kreidebleiche Gesicht geschrieben stand.

»Kann sein, dass es bei ihm einmal an der Tür geklappt hat. Spät abends. Ich habe durch den Spion geschaut, aber niemanden gesehen. Da habe ich gedacht, dass ich mir das Geräusch nur eingebildet habe.«

Donner schaute auf seine Uhr. Inzwischen wartete er bereits seit geschlagenen zehn Minuten auf die Revierverstärkung.

Ich habe Anne versprochen, dass ich warten werde. Andererseits ...

»Glauben Sie, dass ihm etwas zugestoßen ist?«, flüsterte die Nachbarin und verstärkte dadurch auch Donners Unruhe.

»Sein Briefkasten ist leer. Das ist seltsam, oder?«

Und jemand hat mich von Rainers Festnetz aus angerufen ...

»Also, wenn Rainer Goldstein das nicht war«, spann Donner seine Gedanken verbal fort. »Wer dann?«

Die Nachbarin schreckte zusammen, als der Nachrichtenton seines Handys schrillte. Er schaute nach. Eine Audiodatei per WhatsApp. Laut Absender stammte sie vom K41. Verwundert über die Art der Datenübermittlung tippte er die Datei erst an, als im Text der Name Kolka auftauchte. Offensichtlich hatte Anne die unkonventionelle Übermittlungsmethode angeregt. Demnach musste es äußerst wichtig sein.

Die Audiowiedergabe startete und bereits nach wenigen Klängen fühlte Donner sich an seinen ersten Tag beim K11 zurückversetzt.

»*Ein kleiner Spatz zur Erde fällt*«, nannte die Nachbarin den Titel. »Selbst meine Enkel kennen das Lied.«

Und Donner erinnerte sich ebenfalls an den Liedtext, an die Melodie sowie – trotz der schlechten Wiedergabequalität – an die Kinderstimme, die aus dem Smartphone drang.

So also klingt die Stimme aus dem Jenseits!

Der Geist von Stanislav German war auferstanden, um ihn zu warnen oder schlimmstenfalls vergangenes Unrecht zu sühnen.

»Gehen Sie zurück in Ihre Wohnung«, befahl Donner barsch.

Erst zögerte sie, dann verschwand die Nachbarin eiligen Schrittes. Bestimmt beobachtete sie ihn durch den Türspion, wie er einen kurzen Anlauf nahm.

Tut mir leid, Anne! Ich habe es ernsthaft versucht mit dem Warten, aber die Vergangenheit bittet mich, einzutreten.

Damit brach das Türblatt im Bereich der Verriegelung, nachdem Donner mit dem rechten Bein dermaßen kräftig dagegengetreten war, dass ihm anschließend das Knie schmerzte. Mit Zetern hielt er sich jedoch nur kurz auf. Als er in die Dunkelheit der Mietwohnung eintrat, schlug ihm sofort der bestialische Geruch entgegen. Es war nicht der Duft des Todes, den Donner nur allzu gut kannte, es war eher der Gestank eines großen Haufens Exkremente, den jemand in der Nähe einer bei voller Leistung laufenden Heizung hinterlassen hatte.

»Rainer?«, rief Donner in die Düsternis.

Stille.

Vergeblich betätigte er den Lichtschalter. Die Flurlampen blieben finster.

Direkt über dem Schlüsselbrett entdeckte Donner den in der Wand eingebauten Sicherungskasten. Er öffnete die Blechhaube und aktivierte die dahinterliegenden Sicherungen. Es wurde umgehend hell.

Donner schritt vorwärts, spähte in jedes Zimmer. Alles hübsch aufgeräumt. Nur die verwelkten Blumen in der Vase auf dem Küchentisch verstärkten das unterschwellige Bedrohungsgefühl. Angst empfand Donner nicht, es war mehr eine schlimme Vorahnung, die in ihm vorherrschte.

Von Goldstein keine Spur. Dafür wurde der Geruch mit jedem Schritt, den Donner sich auf die letzte Tür zubewegte, stärker. Genau wie sein Gespür für ein großes Unglück …

Geräuschlos tastete er nach der Türklinke. Zwei Sekunden verharrte er in Reglosigkeit, dann drückte er sie blitzschnell nach unten, riss die Tür auf und betrat das Badezimmer.

»Grässliche Scheiße!«

Rainer Goldstein war tot.

Der Anblick des entsetzlich aufgebahrten Kadavers erschreckte Donner doch für einen Moment.

Goldstein war jedoch nicht einfach gestorben, jemand hatte ihn auf eine Art hingerichtet, die Donner niemals zuvor gesehen hatte.

Es dauerte eine Weile, ehe er realisierte, was man in dem gefliesten Raum an Grausamkeit verbrochen hatte.

Der Leichnam befand sich in sitzender Position. Sowohl am Oberkörper als auch an Armen und Beinen war er mit Unmengen Klebeband an einem Rollstuhl befestigt. Der Kopf war vornübergebeugt. Die wenigen darauf befindlichen Haare hingen wie Spinnenfäden hinunter. Die Haut war eingefallen wie Trockenobst.

Inzwischen wusste Donner auch, woher der Gestank gekommen war. Goldsteins Blase und Darm hatten sich entleert. Teilweise war die Nässe durch den Hosenstoff durchgedrungen und über die Sitzfläche zu Boden getropft. Auf den hellen Bodenfliesen hatte sich ein großflächig getrockneter Belag aus Fäkalien gebildet. Das wiederum brachte Donners Rädchen im Gehirn zum Laufen.

Dein Leichnam sieht relativ frisch aus. Nur wenige Fliegen. Feste Konsistenz der Fäkalienbildung. Die Entleerung von Blase und Darm fand also vor deinem Tod statt.

Der Gestank, den der Tote aussonderte, reizte Donners Nasenschleimhaut. Trotzdem trat er, ohne ein Taschentuch oder den Mantelkragen vorzuhalten, näher. Selbst ohne Taschenlampe konnte er erste Verfärbungen auf der Haut erkennen. Doch etwas stimmte mit der Leiche nicht. Bei genauerer Betrachtung wirkte sie irgendwie zu frisch …

Sein Blick glitt die Schläuche entlang, die in Goldstein steckten. Insgesamt sechs, von unterschiedlicher Dicke, die in Doppelsteckern und Nadeln in den Venen in Ellenbeuge und Knien endeten. Vom Körper führten sie zu Metallständern, wie man sie in Kliniken fand, sobald ein Patient einen Infusionsbeutel angehängt bekam. Nadeln steckten in beiden Armen, im Nacken und im Gesicht. Jemand hatte Goldstein während der Folterung mit Infusionen versorgt. Und dass es Folterungen gab, dafür musste man kein Hellseher sein. Allein ein flüchtiger Blick auf die Hände, an denen alle zehn Finger fehlten und an deren Stelle nun Stümpfe aus geronnenem Blut zu sehen waren, reichte, um zu dieser Erkenntnis zu kommen.

Außerdem stand auf einem Hocker ein uralter Kassettenrekorder. Donner zweifelte nicht daran, dass damit die Kassette aus dem Grab bespielt worden war. Bespielt mit Goldsteins Lauten.

Wie lange sitzt du schon hier, mein alter Partner?

Überall im Zimmer lagen Verbandsmaterial und benutzte Spritzen herum. In der Wanne waren Spuren von getrocknetem Blut zu sehen. Auf dem Toilettendeckel lag eine Zeitung, auf der sich dunkle Flecken gebildet hatten.

Vorsichtig hob er eine Ecke des Papiers an. Darunter kamen neun abgeschnittene Finger zum Vorschein. Den zehnten hatte Till Baumann bei Frau Schmidt abgegeben und Donner hatte ihn später in die Rechtsmedizin gebracht. Auch da war er sich absolut sicher. Der hier im Bad fehlende Mittelfinger gehörte eindeutig Rainer Goldstein. Donner hatte das unscheinbare Muttermal von der Form eines Leinsamenkorns irgendwann einmal gesehen und nach Goldsteins Pensionierung vergessen.

Bis zum heutigen Tag.

Betroffen und wütend betrachtete Donner seinen toten Partner von einst. Goldstein und er waren nie Freunde – dafür war ihre Einstellung zum Beruf zu konträr gewesen –, aber man hatte sich gegenseitig respektiert. Und ein paar Dinge hatte selbst Donner von dem erfahrenen Ermittler gelernt. Nur dieser eine Fall – der Mord an dem Pfleger – haftete ihnen beiden an wie eine verunglückte Tätowierung. Langsam kamen Donner Zweifel daran, ob sie damals den richtigen Täter eingesperrt hatten ...

Versunken in Erinnerungen betrachtete er den Rollstuhl. Er glänzte nicht mehr so wie früher, und als Donner an den Rädern wackelte, quietschte das Gestell. Doch er erkannte die Armlehnen aus Mahagoniholz sofort.

In diesem Rollstuhl hatte einst Stanislav German gesessen.

»Wir haben ein Monster geschaffen«, redete Donner mit dem Toten. »Wir haben ein Monster geschaffen, das größer und grausamer ist, als wir es uns vorstellen können. Es nennt sich Schuld.«

Um ganz sicher zu gehen, tastete Donner mit zwei Fingern an Goldsteins Hals nach der Schlagader.

Plötzlich zuckte Goldsteins Körper.

Sonst kaum schreckhaft, zog Donner hastig die Hand zurück. Er kreischte sogar kurz auf.

Goldstein lebte! Er lebte und versuchte das Kinn zu heben.

Blitzschnell griff Donner nach seinem Mobiltelefon und wählte die 112. Während der Notruf abging, redete Donner auf den Schwerverletzten ein.

»Ich bin jetzt da, Rainer. Du bist gerettet.«

Gerettet war Goldstein längst nicht, aber Donner rief eilig einen Rettungswagen herbei.

Unterdessen setzten bei dem Verwundeten Atemgeräusche ein. Aus Goldsteins Kehle drangen bei jedem Luftzug Rasselgeräusche. Der Gefolterte röchelte und japste. Leise nur, aber Donner hielt sein Ohr dicht an dessen Kopf.

»Ich bin es, Erik!«

Goldsteins Augen flackerten. Selbst jetzt, wo er sich rührte, sah er aus wie ein Toter.

Zuerst zögerte Donner, doch dann strich er dem einstigen Kollegen vorsichtig die Wange. Unter sichtlicher Mühe bewegte der die Lippen. Kurzzeitig erhaschte Donner einen Blick in Goldsteins Mundhöhle. Jemand hatte ihm die Zunge abgeschnitten. Im Zusammenspiel mit den abgetrennten Fingern ergab sich für Donner ein Verdacht.

Er kann weder schreiben noch sprechen, damit er nichts preisgibt. Also hast du garantiert den Engel von Angesicht zu Angesicht gesehen.

»Ich finde das Schwein, das verspreche ich dir!«
Hoffentlich hielten die Wirkstoffe in den Infusionsbeuteln ihn bis zum Eintreffen des Notarztes am Leben. Wenn Donner mit seiner Vermutung richtiglag, befand sich in einem der Flüssigkeiten eine geringe Dosis Schmerzmittel und ein Aufputschmittel. Immerhin wollte der Täter das Leiden seines Opfers verlängern. Zumindest so lange, bis Donner den einstigen Partner fand ...

Während Donner auf das Eintreffen seiner Kollegen und des Arztes wartete, schien Goldstein letzte Kräfte zu sammeln. Sichtlich angestrengt hielt er den Kopf aufrecht. Er blinzelte, doch selbst das bereitete ihm Mühe. Aus seiner Kehle drangen nur Tierlaute und Stammeln.

»Ganz ruhig!« Donner nahm einen herumliegenden Waschlappen, befeuchtete ihn und wischte Goldstein damit übers Gesicht. »Ein Arzt ist unterwegs.«

Kaum merklich schüttelte Goldstein den Kopf und seine Lippen öffneten und schlossen sich marginal. Es war eindeutig, dass er Donner etwas mitteilen wollte.

»Später«, beruhigte Donner ihn.

Abermals verneinte Goldstein. Wieder sendete er mit den Augen Signale aus.

Diesmal verstand Donner.

Wie vom Geistesblitz getroffen stürzte er aus dem Zimmer, auf der Suche nach Zettel und Stift.

Nur Sekunden später kehrte er damit zurück.

Als er sich vor den Rollstuhl kniete, fielen Goldstein die Augenlider zu.

Kapitel 57

Die Telefonkonferenz mit der niederländischen Polizeidienststelle fand im kleinen Rahmen statt. Polizeipräsident Magerhans hatte bis auf Kolka, Stark und KPI-Leiter Moll alle Kollegen aus dem Zimmer geschickt.

Am anderen Ende der Leitung saß ein Polizist aus Amsterdam, der fließend Deutsch sprach.

»Nur noch mal zur Vergewisserung«, übernahm Kolka das Gespräch am Tisch. »Es ist definitiv ausgeschlossen, dass sie den falschen Peter Jonsen geschnappt haben, richtig?«

»Da gibt es nicht den geringsten Zweifel. Dank einer Haftstrafe konnten wir seine Fingerabdrücke mit denen in der Datenbank vergleichen«, gab der holländische Kollege geduldig Auskunft.

»Mist«, fluchte Kolka leise. Sie fühlte sich elend, weil sie wusste, in welcher Gefahr Eriks Mutter steckte, und wie hilflos sie zur Stunde dahockten.

Vor allem war völlig unklar, ob Elke noch lebte. Und falls man sie irgendwann doch lebend fand, in welchem Zustand befand sie sich dann?

Das schlimmste Szenario mochte sie sich nicht vorstellen. Elke Donner war durch die Querschnittslähmung an den Rollstuhl gefesselt. Für den Augenblick verdrängte Kolka das Wissen, dass der Engel behinderte Menschen schändete. Sie musste jetzt einfach funktionieren und professionell ihre Arbeit verrichten, auch wenn sie lieber in Tränen ausgebrochen wäre. Ersatzweise fluchte sie ein zweites Mal.

Stark warf ihr einen ratlosen Blick zu und massierte sich anschließend schwerfällig die Stirn. Offenbar dachte er das Gleiche wie sie. Peter Jonsen alias Peter von Hetzel war der letzte Strohhalm gewesen, an den sich das K11 geklammert hatte. Von ihm hatte sich die Kripo Aufklärung im Engelsfall erhofft.

Niemand in der Viererrunde glaubte jetzt noch daran, dass der ehemalige Pfarrer einen direkten Einfluss auf die Gewalttaten der vergangenen Tage hatte. Von Amsterdam aus, wo man ihn festgenommen hatte, konnte er unmöglich an diesem Ort Verbrechen verüben.

Stark räusperte sich und beugte sich über seinen Telefonapparat, welcher wie der von Kolka und Magerhans auf Lautsprecher eingestellt war. »Und der Kerl ist splitterfasernackt durch die Reihen der Besucher bei diesem ...« Stark suchte nach der richtigen Bezeichnung und schaute hilfesuchend zu Kolka hinüber.

»*He-Man*-Festival«, half sie aus.

Dankbar nickte Stark. »... He-Man-Festival gerannt?«

»Bei uns heißt es *Revival of the Masters of the Universe* und findet jedes Frühjahr in Amsterdam statt«, erklärte der Niederländer. »Die Leute hier sind total verrückt danach. Die beliebteste Attraktion ist das Riesenrad *Eternia*, benannt nach dem magischen Planeten aus der Comicserie. Dieses Riesenrad wollte Peter Jonsen stürmen, um nach eigener Aussage damit zu fliegen. Wie gesagt, er war nur bedingt nackt.«

»Was soll das heißen?«, hakte Kolka nach.

»Er trug weder Schuhe noch Kleidung, lediglich einen glitzernden Seidenumhang und sein Körper war von oben bis unten voller Strasssteinchen.«

Kolka und die drei Männer im Raum sahen sich erstaunt an. Weil sowohl Magerhans als auch Moll bisher extrem zurückhaltend bei der Konferenz waren, machte Kolka einfach weiter.

»Erklären Sie uns das bitte genauer.«

»Gern«, drang es aus den Lautsprechern. »Es ist auch zu unglaublich, wenn man es nicht selbst gesehen hat. Peter Jonsen hatte sich die Glitzersteinchen mit winzigen Widerhaken an die Haut gesteckt ...«

»Mit Widerhaken?«, redete nun der Präsident dazwischen.

Auch Kolka mochte sich die Schmerzen bei dieser Art von Körperschmuck kaum vorstellen.

»Reflektiert von den Lichtern im Veranstaltungsbereich hat Peter Jonsen gestrahlt wie ein übernatürliches Wesen«, kam es aus dem Telefon. »Er war über und über mit diesen Schmucksteinen dekoriert. Selbst sein Penis hat gefunkelt. Im krassen Gegensatz dazu waren seine Augen pechschwarz.«

»Reden Sie von Kontaktlinsen?«, vergewisserte sich Kolka.

»Nein. Ich rede davon, dass er sich die Augäpfel hat tätowieren lassen.«

Sofort fiel Kolka das tätowierte Auge der Richterin ein, wo ein Unbekannter einen Code hinterlassen hatte. Einen Code, der zu einem Schließfach und einer Grabstelle geführt hatte.

»Seine Augäpfel sind komplett dunkel gefärbt«, redete der Niederländer weiter. »Es ist kein bisschen Weiß übrig. Wir mussten uns auch erst kundig machen, aber das sogenannte Augapfeltätowieren gibt es schon einige Jahre. Wie bei vielen anderen hat es bei Peter Jonsen inzwischen zu einer schweren Augenschädigung geführt. Er ist fast erblindet.«

»Das ist absolut idiotisch«, hielt Kolka sich nicht mehr zurück. »Wer macht so einen Schwachsinn?«

»Leute wie Jonsen, die mit dem irdischen Dasein abgeschlossen haben. Der Mann ist ein geistlicher Fanatiker. Wissen Sie, was er bei seiner Tat immerzu geschrien hat?«

»Sagen Sie es uns«, kürzte Magerhans das Ratespiel ab.

»Fürchtet euch nicht! Fürchtet euch nicht!«

Stark schnippte mit den Fingern und verschaffte sich Aufmerksamkeit. »Genau das steht auch auf dem Grab von diesem Sascha German.« Er sagte es leise.

Kolka erinnerte sich, dass die Mordkommission den Spruch mit der entsprechenden Bibelstelle im Lukas Evangelium abgeglichen hatte. Demnach hatte ein Engel den Hirten nachts auf dem Felde die Geburt Jesus Christus verkündet. Den meisten bekannt als die Weihnachtsgeschichte.

Dann sprach Stark lauter ins Telefon. »Was passiert jetzt mit Jonsen?«

»Über die Vorführung beim Strafrichter entscheidet die Staatsanwaltschaft. Ich schätze, man wird seine exhibitionistische Handlung hart bestrafen. Immerhin waren Kinder auf dem Fest.«

Nach dem Gesagten entstand eine Pause, in der niemand redete.

Bis sich der sonst so schweigsame KPI-Leiter traute.»Also haken wir Jonsen ab.« Moll sagte es in den Raum hinein.»Der kann uns letztlich bei der Suche nach der Vermissten kein bisschen helfen.«

»Nicht so schnell«, widersprach Stark. Wieder sah er auf sein Telefon.»Würden Sie den Festgenommenen bitte nach einem gewissen Sascha German befragen?«

Erstaunt sah Kolka zu ihm hinüber. Anscheinend ließ ihn der Spruch auf dem Grabstein nicht mehr los.

»Das werden wir tun«, versicherte der Niederländer.»Es wird etwas dauern, danach melde ich mich sofort.«

Damit war die Telefonkonferenz beendet. Schweigend stierte jeder auf den verstummten Apparat, der vor ihm stand.

»Unterm Strich haben wir gar nichts«, ergriff Magerhans das Wort.

Resigniert schüttelte Stark den Kopf.»Trotz des Einsatzes eines Fährtensuchhundes am Getränketransporter haben wir Baumanns Spur verloren.«

»Und die Tatortarbeit in Rainer Goldsteins Wohnung?«

»Dauert an«, vermeldete Kolka.»Unsere Kriminaltechniker machen deswegen Überstunden.«

»Bisher offenbar ohne nennenswerten Erfolg«, schlussfolgerte Magerhans.»Wissen wir wenigstens, wie es dem pensionierten Kollegen geht?«

Nur Kolka wusste die Antwort. Bei ihr liefen alle Informationen zusammen.»Schlecht.« Nein, das drückte es nicht annähernd aus.»Sehr schlecht.«

Betroffene Mienen bei den Männern und anhaltendes Schweigen.

»Die Ärzte stufen seine Überlebenschancen sehr gering ein«, gab sie das wieder, was sie aus erster Hand erfahren hatte.»In einem der Infusionsbeutel befand sich Salzsäure. Extrem stark verdünnt zwar, aber der Täter hat für Goldstein einen langsamen, qualvollen Tod gewählt. Diverse innere Organe sind angegriffen, wobei derzeit niemand das volle Ausmaß der Schädigung abschätzen kann. Sollte der Kollege überleben, dann nur durch ein medizinisches Wunder. Ungeachtet dessen wäre Goldstein für den Rest seines Lebens unvorstellbar gehandicapt.«

»Das ist alles ziemlich furchtbar«, fasste Magerhans die Situation zusammen. »Und Erik? Wo steckt der eigentlich?«

»Bei seinem Vater.«

»Kommen die beiden zurecht? Ich hatte nicht das Gefühl, dass sie sich besonders gut verstehen.«

Ja, das ist der Eindruck, den jeder gewinnen könnte. »Beten wir einfach, dass wir Elke Donner lebend finden«, wich sie aus.

»Und Sie?« Magerhans' folgender Blick war ihr unangenehm – als wäre sie ein armes, bedauernswertes Wesen. »Sollten Sie nicht eigentlich bei ihm sein?«

Ja, da hatte er wohl recht, und das Stechen in ihrem Herzen unterstrich das zusätzlich. Kämpferisch erwiderte sie jedoch: »Ich habe einen Fall zu lösen.«

»Überschätzen Sie sich da nicht ein bisschen?«

»Erik würde genauso handeln.«

Magerhans nickte, aber seine Skepsis war ihm anzusehen. »Wie dem auch sei, ich habe mit dem Fernsehsender und Herrn Zonk gesprochen. Aufgrund der persönlichen Umstände ist Erik natürlich von der Show freigestellt. Sollen die einem der übrigen DSC-Kandidaten die Krone aufsetzen, wir wissen, was wir an unserem Mann haben. Oder sieht das jemand anders?«

Alle schüttelten die Köpfe, selbst Henry Stark. Darüber war Kolka mehr als erstaunt. Offenbar hatte Magerhans an Erik einen Narren gefressen.

Mal sehen, wie lange diese Liebe anhält.

»Bleibt die Frage, was wir jetzt machen«, kam Magerhans auf die aktuelle Problematik zurück.

Denn Elke Donner befand sich weiterhin in der Gewalt ihres Entführers.

Kapitel 58

Donner und sein Vater saßen mit gesenkten Köpfen am Küchentisch. Ein gesticktes Tischtuch von Mutter hatte er vorsorglich weggeräumt. Jetzt standen nur noch ein Aschenbecher mit vier ausgedrückten Kippen, eine Packung Zigaretten, ein Feuerzeug mit dem russischen Wort *Grom* für Donner und gegenseitiges Anschweigen zwischen ihnen. Aus dem Wohnzimmer drangen verhalten die Laute des Fernsehers.

Dort saß Levi Hentschel auf der Couch. Er hatte exakt nach Donners Anweisung gehandelt. In regelmäßigen Abständen hatte er nach Frau Schmidt im Erdgeschoss gesehen und es sich die restliche Zeit in Donners Wohnung gemütlich gemacht. So gemütlich, wie man sich in der Höhle eines Eigenbrötlers eben einrichten konnte. Hentschel hatte staubgesaugt, den Kühlschrank gefüllt und die halbtote Zimmerpalme gerettet.

Nun saß er im Wohnzimmer und füllte sich den Magen mit Studentenfutter und Energydrinks. Dem Praktikanten ging es ausgesprochen gut, und Donner drängte sich der Verdacht auf, dass er sich für länger einnisten wollte. Im Korridor standen zwei Reisetaschen mit persönlichen Sachen des Polizeianwärters, aus denen er lebte. Sein Lieblingskopfkissen mit einem Son-Goku-Motiv hatte er ebenfalls von zu Hause geholt.

Momentan war Donner der Zustand recht. Seltsamerweise empfand er die Anwesenheit von Hentschel als tröstlich.

Und es würde mir bessergehen, wenn ich Vater nicht so jämmerlich dasitzen sehen müsste ...

Ununterbrochen kämpfte Franz Donner mit den Tränen. Anfangs hatte er sich am liebsten noch selbst an der Suche nach seiner Frau beteiligen wollen, später hatte er resigniert, war in Wut ausgebrochen und hatte seinem Sohn Vorwürfe gemacht. Angeblich wäre er an allem schuld.

Insgeheim machte Donner sich selbst Vorwürfe, doch sobald er es pragmatisch betrachtete, hätte niemand wissen können, dass Till Baumann es auf seine Mutter abgesehen hatte.

Niemand – auch Donner nicht. Dafür waren die Hinweise des Unbekannten viel zu diffus und mystisch gewesen.

He-Man, der vermeintliche Hafen, das Grab, die Bibelbotschaften ... Unruhig drehte er die alte Musikkassette in den Fingern. Mittlerweile ergab der Satz darauf Sinn: *Oftmals unterscheiden sich die Engel nur durch ihre Flügel von den Monstern.*

Der Unbekannte hatte sich selbst als das Monster entlarvt.

Nur half das Donner herzlich wenig. Es gab keine neuen Hinweise, keine Forderungen, kein Ultimatum. Seine Mutter blieb einfach verschwunden. Und Donner hatte als Letzter mit ihr gesprochen.

»Warum?«, kam es schwach aus Franz Donners Kehle.

Donner gab keine Antwort, weil er sie selbst nicht kannte.

Oder doch?

Hatten Rainer Goldstein, Richterin Feltmann und er damals einen Fehler gemacht?

Stanislav German konnte niemand mehr dazu befragen. Und nachdem was Henry Stark in seinem Bericht niedergeschrieben hatte, waren auch dessen Nachkommen keine brauchbaren Hinweisgeber. Und Tote redeten gewöhnlich nicht.

Gewöhnlich.

»Sascha German«, kaute er den Namen, der bei den Ermittlungen ständig aufgetaucht war, vor sich hin. Dabei betrachtete er die Kassette, als könnte das Band direkt zu ihm sprechen. »Bist du da drin?«

»Es war doch zuletzt alles gut«, redete sein Vater weiter in die Stille des Raumes hinein. »Elke ging es seit Weihnachten deutlich besser. Sie hat viel öfter als sonst gelacht.«

Er schaute Donner fest an, und Donner rechnete schon fast mit einem neuerlichen Warum. Doch das blieb aus.

Stattdessen fragte Franz Donner: »Was hast du nur getan, Erik?«

»Willst du auf etwas Bestimmtes hinaus oder willst du deine Hilflosigkeit und deine Verzweiflung einfach nur an mir auslassen? So, wie du es all die Jahre getan hast, seit du deinen Job bei der Kripo hingeschmissen hast.«

Die harten Gesichtszüge seines alten Herrn wurden noch strenger. Wenn Donner seinen Vater und dessen Gedanken nicht genauestens gekannt hätte, wäre er von Feindseligkeit ausgegangen. So aber wertete er die Miene als Ergebnis eines sich vom Leben ungerecht behandelt gefühlten Mannes.

»Junge, ich spreche davon, dass da draußen jemand einen persönlichen Rachefeldzug gegen dich führt. Glaubst du, ich bin blind? So viel kriminalistischen Verstand besitze ich in meinem Alter noch.«

»Ach, und kannst du mir das auch erklären? Ich sehe da nur einen Irren, der Leute …« Er sprach es nicht aus, weil jede Grausamkeit den Herzschmerz von beiden nur verschlimmert hätte.

Müde schüttelte Franz Donner den Kopf. Seine Lippen bebten. »In der Vergangenheit habe ich mir oft vorgestellt, wie es mir an dem Tag gehen würde, an dem Elke stirbt. Oh ja, nach ihrem Suizidversuch habe ich deswegen nächtelang nicht schlafen können, aus Angst, ihre Atmung würde irgendwann aufhören.« Er verstummte kurz. »Und dann habe ich in den letzten Wochen Hoffnung geschöpft, trotz ihrer Krankheit – der Behinderung und den Depressionen. Und jetzt … jetzt fürchte ich, der Tag ist gekommen, an dem …«

Unwillkürlich griff Donner über die Tischplatte hinweg nach den Händen seines Vaters. Der schnappte so fest nach den Fingern, als wollte er sie seinem Sohn ausreißen.

»So etwas darfst du nicht denken, Vater. Anne tut alles, damit unsere Leute Mutter finden.«

»Nein! Nichts gegen Anne, Erik, aber du bist Dreh- und Angelpunkt für den Unbekannten. Du bist es, den er herausfordert. Mit dir misst er seine Kräfte! Also streng dein Gehirn an! Nur du kannst den Mistkerl stoppen.«

»Bis vor Kurzem kannte ich Baumann noch gar nicht, also was …«

Franz Donner knallte mit der flachen Hand auf den Tisch. »Nicht Baumann! Der Typ ist doch gar nicht fähig zu einem solchen Plan mit dem Lieferwagen, und auch der Vorfall mit der Handgranate passt einfach nicht zu diesem Junkie. Verstehst du?«

Donner dachte nach. Was sein Vater da sagte, traf den Nagel auf den Kopf. Und Donners Gedanken überschlugen sich. Nur wollten die einzelnen Puzzleteile noch immer nicht ineinanderpassen.

Er griff in seine Hosentasche und knallte einen knittrigen Notizzettel auf den Tisch. »Bitte schön! Dann hilf mir.«

Weil ihm im Alter das Lesen schwerfiel, kniff Franz Donner die Augen zusammen. Was er auf dem Papier sah, waren Punkte und Linien.

»Was soll das sein?«

»Rainer Goldsteins letztes Wort.«

»Sind das etwa ... Morsebuchstaben?«

Donner nickte. Bevor sein Vater nachfragte – denn der wusste längst, dass man Goldstein die Zunge abgeschnitten hatte –, löste er das Rätsel auf. »Er hat es mir mit den Augenlidern mitgeteilt. Kurz, lang, kurz, lang. Ich rede von Blinzeln.«

»Wow ...« Für eine Sekunde war sein Vater sichtlich beeindruckt. »Und was heißt es nun?«

»F-R-A-K.«

»FRAK? Was soll das bedeuten?«

Weil er selbst keinen blassen Schimmer hatte, lehnte Donner sich mit verschränkten Armen zurück. »Genau dabei sollst du mir ja helfen.«

Ein paar Mal drehte Franz Donner den Zettel in den Fingern und rieb sich das unrasierte Kinn. Bis er resigniert den Kopf schüttelte. »Tut mir leid, ich ...«

Plötzlich stand Hentschel in der Küche. »Ähm, Entschuldigung, Herr Donner Senior und Herr Donner Junior, aber ich glaube, das da im Fernsehen sollte sie sich ansehen ...«

»Vergiss es«, schnauzte Donner ihn an. »Von DSC habe ich die Schnauze voll.«

»Herr Zonk hat soeben in Ihrem Namen einen Aufruf bezüglich Frau Elke Donner gestartet, dass sich die Bürger ...«

»Herr Zonk ist ein Arsch!«

»… melden sollen, wenn jemand Hinweise zu ihrem Aufenthaltsort geben kann. Tja, und nun hat sich jemand gemeldet.«

Donners Stuhl fiel als Erster. Wie angestochen rannte er ins Wohnzimmer und schraubte per Fernbedienung die Lautstärke hoch, dass selbst die Nachbarn jedes Wort verstehen konnten.

»Wen haben wir in der Leitung?«, fragte der Moderator gerade und schaute in die Luft, als würde er auf die Stimme eines überirdischen Wesens warten.

Es dauerte eine Weile, ehe der Anrufer sprach. »Hier spricht der Engel von Bethesda.«

Für einige Wimpernschläge wirkte der Moderator verwirrt. Er suchte die richtige Kamera und griff sich an seinen Ohrstecker, über den er Regieanweisungen empfing.

»Ähm, wir können Sie hören!«, sagte er schließlich und bemühte sich um eine gefällige Miene. »Haben Sie fundierte Hinweise zu unserem Vermisstenaufruf? Sie können sich vorstellen, dass die Polizei in Sachsen alle Hände voll zu tun hat und wir deshalb auf seriöse Anrufer hoffen. Wissen Sie etwas zum Verbleib von Elke Donner?«

»Ich weiß alles. Und ich werde sie euch zeigen.«

»Zeigen?«

Im Fernsehstudio herrschte augenblicklich Stille.

Auch in Donners Wohnung hielten die drei Männer die Luft an.

»In exakt achtzehn Minuten wird ein Live-Video auf der Facebook-Seite Ihres Senders erscheinen. Danach wissen Sie mehr. Und auch Kriminalhauptkommissar Erik Donner wird mehr wissen. Nämlich, dass er nicht allmächtig ist.«

»Warten Sie, wir …«, wollte der Moderator intervenieren, doch die Telefonstimme ließ sich nicht unterbrechen.

Wie von einem gewaltigen gnadenlosen Wesen hallten die Worte aus dem Fernseher. »Ich dagegen erlöse die Schwachen. Ich bin die Feste, die das Böse vom Guten trennt. Alle Geheimnisse liegen in mir verborgen. Danke, dass Sie mir eine Bühne geboten haben.«

Klick.

Mit dem Verstummen des Engels erreichte Donners Zorn ein Ausmaß, das ihn selbst erschreckte. Aus dem Augenwinkel bemerkte er, wie sein Vater und Hentschel vor ihm zurückwichen. Donner musste hier raus. Egal wohin. Hinaus in die Kälte.

Kapitel 59

Till Baumann schob den Rollstuhl durch die kühle Nacht. Um ihn herum waren die Geräusche der Tiere. Diese machten ihm Angst und zudem spürte er, wie das Fieber ihm die Kraft raubte.

Immerzu murmelte er vor sich hin, wie dringend er einen Schuss Crystal brauchte. Leidvoll sehnte er sich nach seinem elenden Alltag zurück. Keine Befehle, kein Stress. Vor allem kein Fieber. Nur das Abgleiten in eine Traumwelt, sobald die Spritze in die Vene trat.

Inzwischen steckte er in der Sache viel zu tief drin, um jetzt noch einen Rückzieher machen zu können. Eigentlich war er kein Entführer. Eigentlich. Trotz der stark angestiegenen Körpertemperatur konnte er so weit klar denken, dass er genau wusste, dass das, was er hier tat, als Entführung galt.

Der alten Frau hatte er den Mund zugeklebt und Hand- und Fußgelenke am Rollstuhl fixiert. Wie von dem Unbekannten angewiesen hatte er den Lieferwagen auf der Ludwig-Kirsch-Straße abgestellt und war dann mit der Entführten in einen anderen Transporter umgestiegen. Alles war perfekt durchorganisiert.

Und Baumann war ein gehorsamer Lakai. Zumindest so lange, bis er Elza wiederhatte. Danach würde sich schon eine Gelegenheit für Rache ergeben.

Vorerst galt es, diesen gottverfluchten Krüppel loszuwerden. So wie ihr Kopf bei jeder Bodenunebenheit hin und her schwang, war die Alte bewusstlos. Das Weib stank, weil es sich eingenässt hatte. Noch während der Fahrt hierher. Direkt auf der Ladefläche des weißen Transporters hatte sie eine Pfütze hinterlassen.

»Hab schon Schlimmeres erlebt«, redete er mit der Frau.

Es kam nichts zurück.

Während er auf die Dunkelheit gewartet und sich mit ihr versteckt gehalten hatte, hatte er sich eine Weile mit ihr unterhalten. Einfach, damit er sich nicht so einsam fühlte. Zuerst hatte sie ihn angebettelt, er möge sie gehen lassen, aber darauf hatte er nur gemeint, sie könnte ja gehen, falls ihre dürren, kranken Beine es zuließen.

»Tja, du bist geblieben, Krüppeltante.« Schweiß und Rotz liefen ihm vor Anstrengung, als er die Frau, trotz ihres geringen Gewichts, die Anhöhe hinaufschob. »Jetzt stecken wir beide in der Patsche. Du vermutlich tiefer als ich. Die Plackerei muss sich für mich ja auszahlen.«

Vielleicht konnte er sie als Köder benutzen. Irgendwann würde der Unbekannte sie schon holen. Und dann …

»Bäm!«

Der Flachbau kam in Sichtweite. Baumann war zuletzt vor zehn oder fünfzehn Jahren hier gewesen. Inzwischen stand er leer. Außen blätterte der Putz ab. Das Gemäuer war gruselig. Vor allem, weil in der Baracke Licht brannte. Dabei durfte eigentlich niemand auf dem Gelände sein.

»Geh weiter!«

Es war die Stimme in seinem Ohr, die immer dann einsetzte, wenn er am wenigsten damit rechnete.

»Ah, da bist du ja!«, nahm Baumann es inzwischen mit Galgenhumor. »Dachte schon, du magst mich nicht mehr.«

Er schob den Rollstuhl auch noch die letzten Meter. Die Eingangstür zum Gebäude stand offen. Vermutlich schloss man sie gar nicht mehr ab, weil es hier nichts zu holen gab. Aber darum brauchte er sich nicht zu kümmern.

Bevor er eintrat, schaute er hinein. Vergilbte Glühbirnen leuchteten an den Wänden. In einer Bodenrinne lief eine Ratte entlang und schlüpfte durch einen Mauerspalt.

»Gemütlich.«

Es roch zwar wie in einem feuchten Keller, aber der Boden war gefegt. Gleiches galt für die Zellen. Nur an der Decke, wo die Farbe aufriss, waren grüne Adern von Algenbewuchs zu erkennen.

Er strich der Frau über das Haar und stellte sich hinter den Rollstuhl. »Dann wollen wir mal.«

Als er sie in das Gebäude schob, knackte es sogleich im Ohr.

»Nimm den Hinteren, den Großen.«

»Zu Befehl!«

Gehorsam fuhr er mit der Alten an drei Gittertüren vorbei. Bei der Vierten hielt er an. Der Käfig stand offen. Der Rollstuhl würde mitsamt der Frau gerade so durch die Öffnung passen, Baumann dagegen würde sich bücken müssen.

Der Bau war geschätzt drei Mal drei Meter groß. Wie die anderen stand auch er leer. Auf der gegenüberliegenden Seite führte ein rechteckiges Loch in den Außenbereich. Falls ein Mensch diesen benutzen wollte, musste er auf allen vieren kriechen.

»Schieb sie rein und weck sie!«

Als hätte ihm jemand aus den Schatten heraus auf die Schulter geklopft, schaute Baumann sich nach allen Seiten um. »Kannst du mich etwa sehen, du Spanner?«

»Du sollst tun, was ich dir sage!«

»Aha, so läuft das also.« Um sich selbst Mut zu machen, kicherte Baumann. »Hoffentlich hast du Elza mitgebracht, ansonsten …«

Den Rest ersparte er sich und gab dem Rollstuhl einen kräftigen Stoß. Als die Räder die im Boden eingelassene Stahlschiene überquerten, ruckelte das Gefährt derart heftig, dass die Frau aufstöhnte. Sie kam zu sich.

Er stellte sie mitten in den Käfig und zog die Radbremsen fest. Als er sich über die Frau beugte, merkte er, dass sie ihn aus großen feuchten Augen anstierte. Sofort wich Baumann zurück. Der Blick versetzte ihm einen Stich. Schließlich hatte auch er einmal eine Mutter gehabt. Sie war zwar eine trinkende Hure gewesen, aber die meiste Zeit hatte sie zu ihm gehalten. Selbst im Knast hatte sie ihn besucht.

»Hier ist sie!«, sprach er laut, in der Hoffnung, der Unbekannte vernahm es. »Ich habe sie hergebracht wie abgemacht, jetzt gib mir meinen Hund!«

Stille.

Draußen kreischten unzählige Vogelstimmen. Es klang wie in einem Urwald.

»Hörst du?«, schrie Baumann diesmal. »Sag mir, wo ich Elza finde! Ich will endlich von hier verschwinden.«

Die Alte begann heftig den Kopf zu schütteln, gleichzeitig zerrte sie an ihren Fesseln, dass das Gestell wackelte. Die abgemagerte Alte entwickelte eine unglaubliche Kraft. Bestimmt fürchtete sie, Baumann würde sie innerhalb dieser Mauern allein lassen. Ihm war egal, was mit ihr passierte. Hauptsache sein persönlicher Albtraum fand ein Ende.

»Was willst du noch?«, fragte er wieder lautstark. Vorsichtig klopfte er auf den Knopf in seinem Ohr.

Endlich vernahm er ein leichtes Rauschen »Warte noch kurz ...«

»Was soll ich? Worauf?«

Baumann merkte, wie seine Blase kurz davorstand, nachzugeben. Er wollte nur noch weg. Gerade als er durch den Käfigausgang springen wollte, kam ein neuer Befehl.

»Beginnen wir.« Der Sprecher machte eine Pause. »Schlag Sie!«

Weil Baumann glaubte, sich verhört zu haben, drückte er auf sein linkes Ohr, als könnte er die Ansage wie bei einer Rückspultaste wiederholen. »Ich soll was tun?«

»Prügel die Frau windelweich. Aber lass sie am Leben. Ich will nur, dass du sie quälst. So, wie du es früher immer getan hast. Los, beweise es mir, dass du es kannst!«

Angesichts des bizarren Befehls lachte Baumann übermütig. Als er das verzagte Gesicht der Alten betrachtete, verging ihm das Lachen jedoch schnell. »Kannst du vergessen, du Hosenscheißer! Ich werde dieser Frau nichts antun. So was mache ich nicht. Wenn du es unbedingt willst, dann komm her und mach es selber.«

»Wenn du darauf bestehst, muss ich meinen Zorn über deinen Ungehorsam an deiner Hündin auslassen. Inzwischen ist sie sehr hungrig. So sehr, dass sie sogar deinen Finger verschlungen hat.« Ein gehässiges Lachen. Doch sofort wurde der Unbekannte wieder ernst. »Ich werde sie an den Hinterläufen aufhängen und ihr bei lebendigem Leib die Haut abziehen. Und ich werde es langsam tun. Es sei denn ...«

Einige Sekunden überlegte Baumann. Er dachte an Elza und daran, wie es ihr wohl gerade erging. Bestimmt hielt er sie hier ganz in der Nähe fest. Aber wo genau? Das Gelände war zu groß und bei all den Lauten ringsum, würde er ihr Winseln niemals hören.

Wütend pulte er den Knopf aus dem Ohr und warf ihn in eine Ecke.

»Fick dich!«

Er stellte sich vor Elke Donner hin, schloss die Augen und sagte: »Es tut mir leid.«

Anschließend schlug er ihr mit voller Wucht die flache Hand ins Gesicht …

Zeitgleich nahm eine über einer der Wandleuchten versteckte Kamera alles auf und sendete die Bilder ins Internet, wo die Zahl der Zuschauer sekündlich wuchs. Erst von ein paar Hundert über einige Tausende bis hin zu über einer Million.

Mit Beginn der Live-Übertragung liefen in der Notrufzentrale der Polizei die Telefone heiß.

Kapitel 60

Donner ignorierte sämtliche rote Ampeln. In seinem Kopf spukten die furchtbaren Bilder aus dem Internet. Der Unbekannte hatte seine Drohung wahrgemacht: Er zeigte einen Videostream, in dem Baumann Elke Donner misshandelte. Eine wehrlose, kranke Frau. Und das alles live vor einem Millionenpublikum.

Vor weniger als fünf Minuten war das Video online gegangen. Seitdem verbreitete es sich viral. Länger als dreißig Sekunden hatte Donner nicht hinsehen können. Das hatte gereicht.

Mit Vollgas bretterte er inzwischen über die Zwickauer Straße zum Stadtteil Reichenbrand. Aus dem Motorraum und Auspuff des Volvos dröhnte es gefährlich. Ein ums andere Mal kreischte das Getriebe beim Schalten.

Zwischen Schulter und Kinn klemmte sein Handy. Annes Stimme am Ohr dämpfte seine Wut nur marginal.

»Bitte, Erik, handle nicht überstürzt.«

»Sag mir nicht, was ich zu tun habe.« Er überholte ein langsam fahrendes Auto. »Verrate mir lieber, wo ich das Schwein finde.«

Anne zögerte. »Du hast keine Waffe dabei, hast du gesagt.«

Er packte das Lenkrad mit eisernem Griff. »Sag mir, wo ich Baumann finde oder ich werde den gesamten Tierpark auseinandernehmen!«

»Grayskull!« Sie sagte es in Panik. »Grauschädel. So hieß damals der Braunbär, der seinem Pfleger Ludwig Grimm den Arm abgebissen hatte. Sie nannten ihn so, weil er einen silbergrauen Fellstreifen am Kopf hatte. Als ich im Internet die Bilder von Baumann und deiner ... und die Gitterstäbe gesehen habe, fiel mir ein alter Zeitungsartikel über den Bären ein. Demnach befindet sich deine Mutter im alten Bärengehege.«

»Der einarmige Bandit hat uns also direkt darauf gestoßen.« Donner wusste von der Zeichnung, die Grimm gefertigt hatte. Der Obdachlose hatte *Castle Grayskull,* die Burg, die *He-Man* im Comic beschützt, aufgemalt. Dabei hatte er jedoch nicht das Tattoo-Studio von Manuel Daniel, sondern den Bären gemeint.

Es war wieder einer von unzähligen Hinweisen, den niemand ernsthaft entschlüsseln hätte können.

Eine Metapher.

»Bitte warte auf mich, ich bin eben von zu Hause losgefahren und biege gerade auf die Leipziger Straße ein«, beschwor sie ihn.

»Du würdest auch keine Sekunde warten, wenn deine Mutter in Gefahr wäre«, entgegnete er und spähte zum leeren Beifahrersitz. Es schmerzte ihn, dass Anne nicht neben ihm saß, aber der Kummer und die Angst um seine Mutter waren größer.

Ihre folgenden Worte nahm er nur noch als blechernes Flüstern wahr. An der Kreuzung rauschte ein LKW von der Seite heran. Reifenquietschen. Hupgeräusche. Donner riss das Lenkrad herum und bretterte mitten über den Bordstein. Die Stoßdämpfer knackten. Sein Handy rutschte ihm von der Schulter und polterte in den Fußraum.

Als er den Volvo unter Kontrolle bekam und die Kollision um Haaresbreite verhindern konnte, bekreuzigte er sich im Geiste. Er tastete auf den Fahrzeugboden nach dem Mobiltelefon, fand es jedoch nicht. Vermutlich war es unter den Sitz gerutscht.

Egal, er gab Gas und bog auf die Nevoigtstraße ein, vorbei an dem alten Backsteinbau, in dem sich früher die Diamant-Fahrrad-Werke befunden hatten, und erreichte nur Augenblicke später den Eingang zum Tierpark.

Es wunderte ihn nicht, dass das Tor halb offenstand. Jemand hatte das Schloss aufgebrochen.

Schnell sprang Donner aus dem Wagen. Er wusste, dass er Baumann finden und totprügeln würde, für das, was er seiner Mutter angetan hatte.

Er lief vorbei an der Pferdekoppel, am Spielplatz und am Kassenhäuschen. Der Tierpark war in den Sechzigerjahren auf einem Sumpfgelände errichtet worden und hatte ursprünglich den Fokus auf die Tierwelt der Sowjetunion gelegt. Heute fand man hier rund zweihundert Tierarten, darunter Löwen, Tiger und Bären. Und die alte Bärenanlage war Donners Ziel.

Umgeben von Dunkelheit, Kälte und den Lauten der Tiere rannte er durch die Nacht. Nur vereinzelt waren die Wege auf dem Gelände beleuchtet. Vor knapp zwei Monaten war er mit Anne in der Anlage spazieren gewesen. Das stellte sich nun als Glücksfall heraus, denn so fand er den leerstehenden Flachbau mit dem aus Felsbrocken und Eisengittern bestehendem angrenzenden Außengehege. Früher hatte man an diesem Ort sogar Grizzlybären eingesperrt.

Egal wer sich heute hier herumtrieb, Donner hatte vor keinem Gegner Angst. Die Wut machte ihn unbesiegbar. Fast fühlte er sich selbst wie *He-Man*. Und auf einmal ergab alles einen Sinn.

Die Bärenanlage sah mit viel Fantasie – und wenn man sich die gemauerte Baracke wegdachte – wie *Castle Grayskull* aus.

Und Donner kam, um sich für das Gute einzusetzen.

Nur bestand sein Schwert aus Herz und Mut.

Im Gebäude brannte Licht. Im Internet-Video hatte er deutlich Teile eines Käfigs erkennen können. Also musste seine Mutter auch hier sein.

Kurz bevor er die Gebäudetür erreichte, verlangsamte er seinen Schritt. Die letzten Meter schlich er, um das Überraschungsmoment zu nutzen.

Er hielt die Luft an, lauschte und stürzte ins Innere.

Niemand da.

Selbst Mutters Rollstuhl war verschwunden.

Lediglich die auf dem Betonboden verstreuten Einzelteile einer zertrümmerten Kamera bewiesen, dass hier das perverse Video aufgenommen worden war.

Kapitel 61

Vergeblich versuchte Kolka, Erik am Handy zu erreichen. Sein Auto stand verriegelt und verlassen vor dem Tierparkeingang. Das Fahrzeug stank nach verbranntem Reifengummi, was ihr verdeutlichte, wie sehr er jede einzelne PS des Wagens gefordert hatte. Es verschaffte ihre aber gleichzeitige Gewissheit darüber, dass er nur wenige Minuten Vorsprung hatte.

Natürlich hatte sie sofort Stark informiert, nachdem sie darauf gekommen war, wo Baumann Elke Donner hingebracht hatte. Ihr Vorgesetzter hatte ihr zugesichert, dass er Verstärkung herschicken würde. Aber es dauerte.

»Mist, Mist, Mist!«, fluchte sie.

Eben hatte sie Erik noch ermahnt, er solle keinen Alleingang wagen, jetzt kam ihr jede Sekunde des Wartens auf das Eintreffen weiterer Kollegen wie vertane Zeit vor.

Aus ihrer Jackentasche zog sie einen Haargummi, band sich einen Zopf, damit sie im Notfall ungehinderte Sicht hatte und griff nach ihrer P7. Die Pistole mit nach Hause zu nehmen, verstieß zwar gegen die Dienstvorschrift, aber in diesem Fall zahlte sich der Ungehorsam gegenüber dem Dienstherrn aus. Mit der Waffe fühlte sie sich einfach wohler.

Wie man es als Polizeibeamter auch macht, irgendjemand findet immer einen Grund für ein Fehlverhalten. Ihr könnt mich mal, ihr Klugscheißer!

Sie stellte ihr Smartphone auf GPS-Empfang ein, schob es zurück in die Hosentasche und betrat den Tierpark. Sie wusste, dass Erik eine Abneigung gegen Schusswaffen hatte. Mehr als einmal hatte er sich einem unnötigen Risiko ausgesetzt, weil er unbewaffnet agiert hatte. Bisher war es immer irgendwie gutgegangen, doch irgendwann würde ihn sein Glück verlassen.

Hoffentlich nicht heute.

Nein, solange ich in seiner Nähe bin, lasse ich nicht zu, dass man ihn mir wegnimmt. Er hat ja nur mich …

Auf kürzestem Weg lief sie Richtung Bärenanlage. Bereits nach den ersten einhundert Metern musste sie einsehen, dass die Online-Zockerei zwar ihre Reflexe schulte, aber keinesfalls zur Verbesserung ihrer Kondition beitrug. So gut es ging, unterdrückte sie das Keuchen. Am Anfang war sie versucht, nach Erik zu rufen, aber angesichts der Tatsache, dass auch Till Baumann auf dem Gelände war, unterließ sie es.

Nach wenigen Minuten erreichte sie den Flachbau. Castle Grayskull. Alles passte irgendwie zusammen, und doch kein bisschen.

Nein, das hier ist keine Burg. Und auch kein Eingang, hinter dem sich irgendwelche Geheimnisse verbergen, wie bei **He-Man**. *Es ist nur ein in Fels und Stein gehauenes ehemaliges Gehege für Bären.*

Die Einzigen, die sie erwartete, an diesem Ort zu finden, waren Erik, Elke und Till Baumann.

Sie spitzte die Ohren, doch so sehr sie sich auch anstrengte, im Inneren war es seltsam still. Hatte sie sich bei der Örtlichkeit etwa getäuscht?

Die Pistolenmündung in Vorhalte spähte sie in die Baracke. Das Licht der Glühbirnen erhellte Beton, Putz und Eisengitter. Niemand hockte hier. Weder im Hellen noch im Dunkeln. Die einzigen Schatten, die es hier gab, blieben reglos.

Aber dort lag eine kaputte Kamera. Daneben erkannte sie den Käfig, den sie im Video gesehen hatte. Bevor sie blindlings nach draußen stürzte, zückte sie aus ihrer Jacke eine handliche Taschenlampe und leuchtete den Ort des Verbrechens genauer aus. Ihren Instinkten folgend duckte sie sich sogar durch den Gittereingang hindurch.

Blutspritzer!

Hauchdünn und nicht sehr zahlreich.

»Verdammt!«

Bestimmt stammten sie von Elke. Baumann hatte sie geschlagen, das hatte man im Video deutlich gesehen. Mit all den schlimmen Vorstellungen und den Bildern im Kopf war Kolka gleichfalls erleichtert, dass es nur so wenig Blut war.

Eilig lief sie nach draußen. Konzentriert spähte sie in die Nacht. Vom gegenüberliegenden Leopardenkäfig funkelte sie ein Augenpaar an. Von dort ging keine Gefahr aus. Aber eine Bestie schlich frei im Gelände herum.

Aufgrund ihrer Berufserfahrung leuchtete sie auch diesmal den Erdboden ab. Es dauerte nicht lange und sie entdeckte Reifenspuren. Diese stammten eindeutig von einem Rollstuhl. Und sie führten weg vom Bärengehege.

Konzentriert die Spur nicht zu verlieren und gleichzeitig wachsam für die Umgebung bleibend setzte sie sich in Bewegung. Sie lief vorbei am Tigergehege und an den Kängurus, und plötzlich nahm sie eine Gestalt wahr.

Kapitel 62

Die Rufe der fremdländischen Vögel beachtete Donner nur am Rande. Er konzentrierte sich auf die Reifenspuren auf den erdigen Wegen. Die Australienanlage mit den Kängurus und Emus hatte er längst passiert. Ebenso war er bereits an den Przewalski-Pferden vorbei. Irgendwo weit hinten kreischte ein Raubtier. Nicht alle im Tierpark schliefen. Vor allem nicht die Jäger.

In diesem Moment fühlte Donner sich wie ein Jäger. Scharfsinnig, entschlossen, tödlich. Die Beute, die er verfolgte, mochte nichts ahnen. Bald würde er über sie kommen. Wie ein Panther aus dem Schatten und mit messerscharfen Krallen.

Der leicht matschige Boden verriet seinen Gegner – und er war Donners Freund.

Er überquerte einen Bach. Der Holzsteg ächzte, als er darüber hetzte. Zur Linken befand sich eine Teichanlage, wo Enten schwammen. Rechtsseitig lagen mehrere Gebäude des Parks, in denen keine Tiere untergebracht waren. Es handelte sich um eine Art Wirtschaftsgelände.

Und genau dorthin führten die Spuren.

Bis sie abrupt aufhörten.

Scheiße, nur das nicht! Halte durch, Mutter, ich finde dich!

Mit dieser instabilen Zuversichtlichkeit schlich er um die Bauten. Er durfte jetzt nicht Zweifeln. Zweifel machten ihn schwach. Es gab nur eine Chance, diese Nacht zu retten: Er musste seine Mutter lebend finden. Alles andere würde ihm den Todesstoß versetzen. In seinem Leben hatte er bereits Frau und Kind verloren, falls heute ein weiteres Familienmitglied starb, würde es ihm das Herz vollends zerreißen.

Gleichzeitig wusste er, dass es in Wahrheit kein echtes Mitleid gab. Für das Schicksal war der Tod genauso viel wert wie das Leben. Und für das große Rad der Zeit spielte es keine Rolle, mit welcher von beiden Währungen man bezahlte.

Auf der Suche nach einem Mutmacher klopfte er sich die Taschen ab. Dabei fühlte er unter dem Hosenstoff den Schlüsselanhänger, den Anne für ihn gemacht hatte. Mit dem Finger schnippte er gegen das Plastikgehäuse und sofort ging es ihm ein kleines Stück besser.

Hörst du, Schicksal? Heute habe ich Leben einstecken.

An einer Halle rüttelte er kräftig an einer Tür. Verschlossen. Wohin er blickte, überall waren die Fenster dunkel. Mehrfach presste er das Gesicht gegen Scheiben, in der Hoffnung, eine Bewegung im Inneren zu bemerken. Nur einen winzig kleinen Hinweis, der auf Mutters Anwesenheit hindeutete.

Nichts.

Auch die Türen vier und fünf waren abgeschlossen.

Für einen kurzen Moment sah er sich sogar um, ob er irgendwo ein Hilfsmittel fand, mit dem er eine der Türen aufbrechen konnte. Einfach nur, um sicherzugehen, dass sich in den Gebäuden niemand versteckt hielt. Gleichzeitig suchte er den Boden ab, ob er die Spuren des Rollstuhls wiederentdeckte. Vergeblich. Der Bereich war betoniert.

So einfach mache ich es dir nicht, Baumann! Du hast dir eindeutig die falsche Frau ausgesucht. Nun werde ich dich finden – und dir danach sehr, sehr wehtun.

Der Tierpark war groß. Er umfasste knapp zehn Hektar. Bald würden weitere Polizeikräfte eintreffen. Irgendwann würde man auf etwas stoßen.

Doch blieb Donners Mutter noch genügend Zeit?

Er würde von hier nicht weggehen, ehe er nicht jede einzelne Tür kontrolliert hatte. Letztlich blieb eine Baracke übrig. Eine einzige Tür.

Mit aller Kraft betätigte Donner die Klinke. Beinahe hätte er sie abgerissen, stattdessen klickte es und die Tür sprang auf. Weil er schon fast nicht mehr damit gerechnet hatte, erschrak er sogar. Sein Herz fing vor Aufregung schmerzlich an zu klopfen, als er im Inneren des Gebäudes einen Lichtschein entdeckte. Im Korridor gab es mehrere Räume, doch ganz am Ende stand eine Eisentür sperrangelweit offen. Im Raum dahinter brannte Licht. Und von dort kamen Laute.

Mutter!

Auf einmal hörte er ein dunkles Grunzen, gefolgt von einem Schnaufen. Es dauerte nur kurz, aber sie stammten unverkennbar von einem Mann.

Donner überlegte nicht lange. Die Wut trieb ihn vorwärts wie ein unaufhaltsames Raubtier. Der Jäger setzte an zum Sprung.

Er lief vorbei an grauweißen Betonwänden. Über ihm an der Decke spannten sich Metallrohre und Elektroleitungen. Dunkle Käfer flohen vor seinen Schuhsohlen. In einem der Nebenräume ratterten lautstark Aggregate. Es zischte an einer Stelle, als er an einer undichten Gasleitung vorbeilief.

Doch das alles nahm er nur als Nebensächlichkeiten wahr. Was er ebenfalls nur unwesentlich bemerkte, war die Kälte. Obwohl der Zorn in seiner Brust siedend heiß brannte und er unter dem Mantel schwitzte, sank die Temperatur mit jedem Schritt, den er vorwärtsmachte. Egal, was der Grund dafür war, er schaute weder nach rechts noch nach links. Sein Blick war stur auf den erhellten Raum gerichtet. Er ballte die Fäuste und legte an Tempo zu. Er musste das Überraschungsmoment nutzen und seinen Gegner umgehend überwältigen. Und er würde es mit entfesselter Gewalt tun.

Endlich hatte er den Korridor passiert. Neben dem Türrahmen an der Wand war ein Display mit einer roten Digitalanzeige: *Open. Please close.*

Er ignorierte den Hinweis.

Mit einem leisen Sprung überwand er die erhöhte Türschwelle und stürzte in den Raum.

Dort erlebte er eine Überraschung.

Verwirrt sah er sich um.

Überall baumelten gehäutete Leichen.

Was zum …?

Er kniff die Augen zusammen und stellte fest, dass ihm seine Fantasie vor Aufregung einen Streich gespielt hatte.

Das, was da von der Decke hing, waren Schweinehälften. Große und kleinere Stücke.

In diesem Moment wurde ihm bewusst, dass er sich in einem Kühlhaus befand. In diesem Raum wurde das Fleisch für die

Raubtiere aufbewahrt. Die Verwunderung wich. Wichtiger als das bizarre Stillleben des Schlachtmeisters war seine Mutter.

Sie schien wie tot. Gefesselt hing sie in ihrem Rollstuhl und ihr nach vorn gesunkener Kopf wackelte hin und her.

Schließlich erfasste Donners Blick den Mann, der sich über sie beugte.

Ludwig Grimm.

Der Einarmige stand mit dem Rücken zu ihm und zerrte am Rollstuhl. Statt zu schieben, zog er ihn. Direkt in Donners Arme.

Gerade als Donner sich auf ihn stürzen wollte, fiel hinter ihm die Eisentür mit einem dumpfen Knall ins Schloss.

In derselben Sekunde klackte die Verriegelung.

Kapitel 63

Im Unterbewusstsein nahm Till Baumann ein Winseln wahr. Er hob den Kopf und spitzte die Ohren.

»Elza!«, rief er.

Vielleicht war es Einbildung, vielleicht hatte er aber auch die jämmerlichen Laute seiner Hündin gehört. Er würde auf jeden Fall nachsehen. Schließlich war er sein eigener Herr.

Jetzt, wo der Unbekannte keine Macht mehr über ihn hatte, und die Stimme in seinem Ohr schwieg, folgte Baumann strikt seinem Herzen.

Nein, er hatte die alte Frau im Rollstuhl kein zweites Mal geschlagen. Er war erschrocken gewesen, dass ihm die Hand ausgerutscht war. Dafür hatte er sich entschuldigt und anschließend hatte er die walnussgroße Kamera über der Lampe entdeckt. Daraufhin war er aus dem Käfig geklettert und hatte das Aufnahmegerät zertrümmert.

Vor lauter Verzweiflung war er aus dem Bärengehege gerannt. Den Krüppel hatte er zurückgelassen. Irgendjemand würde die Frau schon finden, hatte er sich gedacht.

Nein, in Wahrheit hatte er sich keine Gedanken darüber gemacht, was mit der Alten passierte. Andere Menschen waren Baumann egal. Für ihn zählte nur seine Liebe zu Elza. Hunde sind treuer, als es Menschen je sein konnten. Hunde enttäuschten ihre Herrchen niemals.

Niemals.

Wieder vernahm er ein Jaulen!

»Elza ich komme!«

Im Vorbeieilen warf er einen Blick in das neue Bärengehege. In die Gitteranlage, wo die Lippenbären am Tage umherstreiften. Er ließ es linker Hand liegen und rannte weiter zum Affenhaus.

Der Versuch eines Bellens ertönte.

Baumanns Herz klopfte vor Freude und Erleichterung. Das war Elza. Kein Zweifel. Der Unbekannte hatte versprochen, dass er die Hündin hierher mitbringen würde. Sicherlich hatte er Wort gehalten, auch wenn Baumann das perverse Spiel vorzeitig beendet hatte.

Plötzlich erstarrte er.

Er nahm eine Schattenbewegung hinter Gitterstäben wahr. Elza baumelte vor ihm in der Luft. Und in diesem Augenblick wusste Baumann, dass das Spiel längst noch nicht vorbei war.

Seine Elza hing an einem Seil von der Decke eines großen Außenkäfigs. Jemand hatte ihr das Maul zugebunden, die Hinterläufe gefesselt und sie aufgehängt wie ein Stück Vieh vor der Schlachtung.

»Elza, ich bin es!«

Kraftlos bewegte die Hündin den Kopf. Ihre weit aufgerissenen Augen erfassten ihn. Sie reagierte, das war die gute Nachricht. Dafür rudert sie nur noch schwach mit den Vorderpfoten. Baumann wagte es nicht, sich auszumalen, wie lange das Tier dort schon hing.

Er trat dicht an den Käfig und umfasste zwei der Gitterstäbe. Der beißende Geruch von Primaten stieg ihm in die Nase. »Halte durch, ich rette dich.«

Nur wie?

Er schlug sich die verbundene Hand gegen die Stirn. Wie dumm war er eigentlich? Selbstverständlich musste er da rein, wenn er sie retten wollte. Egal wie. Irgendwie musste schließlich auch Elza in das Gehege hineingekommen sein. Am einfachsten wäre es natürlich, wenn die Käfigtür unverschlossen wäre …

Baumann wusste nicht, ob er weinen oder lachen sollte, als die Tür bei der ersten Berührung aufschwang. Der Unbekannte hatte das Schloss überwunden und sie offengelassen, nachdem er Elza am anderen Ende des Käfigs aufgehängt hatte.

Blöder Fehler, du Drecksack!

Jetzt hatte er seinen Hund gefunden – und irgendwann würde er auch den finden, der Elza das angetan hatte. Und dann war ja noch die Sache mit den zwei abgeschnittenen Fingern. *Tja, blöder Fehler!* Mit Baumann legte man sich nicht ungestraft an.

Baumann trat in den Käfig, dessen Boden komplett mit Rindenmulch ausgelegt war, wodurch es innerhalb der Gitter noch dunkler war. Lediglich die hellen Holzstämme und Äste, auf denen Affen fraglos vorzüglich klettern konnten, waren deutlich zu sehen. Die Bewohner des Geheges schliefen sicherlich im angrenzenden Gebäude. Die Luken nach draußen waren dicht. Zumindest hoffte Baumann das, denn in den viereckigen Löchern in der Wand sah er nur Schwärze.

Dafür sah er Elza umso besser. Vom Mondlicht und von der am Wegrand angestrahlten Laterne hing sie gut drei Meter über dem Boden. Sie winselte jetzt heftiger. Bestimmt weckte Baumanns Anwesenheit ihre Lebensgeister. Und dass sie lebte, war für ihn das größte Glück auf Erden.

Als er direkt unter ihr stand, musste er feststellen, dass er von seiner Position aus niemals an das Seil kam. Sein Messer hatte er zum Glück einstecken, das war nicht das Problem. Die Höhe war es.

»Keine Sorge, Herrchen rettet dich!«

Trotz der verbundenen Hand klammerte er sich an einen der Baumstämme, der etwas schräger stand. Dank des tiefen Profils in den Springerstiefeln hatte er einen einigermaßen festen Halt.

»Ja, Arschloch, da hast du den guten, alten Tille unterschätzt.«

Stück für Stück kletterte er in Richtung der Hündin. Die Rettungsaktion putschte ihn auf. Er ächzte, sah aber nicht nach unten. Beim Klettern durfte man niemals zurückblicken. Sonst ging es schnell in die Tiefe.

Baumann lachte übermütig, als er das Seil endlich erreichte. Elza neigte ihren Kopf so weit es ging nach oben. Ihr flehender Blick rührte ihn.

»Ich weiß, Kleines. Gleich ist es geschafft.«

An dieser Stelle wurde es kompliziert. Er musste sich mit der verwundeten Hand am Seil festhalten und mit der rechten nach seinem Messer greifen. Nur etwas stimmte nicht, wie er feststellte. Das war kein Seil, sondern ein dick isoliertes Elektrokabel.

»Du mieses Dreckstück!«, fluchte Baumann.

Die Messerklinge war schlagartig nutzlos.

Er betrachtete die Drahtschlinge, die Elzas Hinterbeine band. Der Draht hatte bereits in die Haut des Tieres geschnitten und tränkte das Fell mit Blut.

Gleich würde das Leiden ein Ende haben. Er musste nur ... Zwischen Kabel und Schlinge befand sich eine Art Schnalle. Ähnlich wie bei einem Rucksack. In deren Mitte entdeckte Baumann einen Knopf.

Zu einfach ...

Doch welche Wahl blieb ihm schon?

Ein Klicken, gefolgt von einem lautstarken Klappern. Als hätte jemand eine schwere Eisenverriegelung gelöst.

Er hatte den Knopf gedrückt.

Baumann sah zu, wie Elza hinabrauschte. Die Schnauze voran schlug ihr Körper hart auf. Doch sie lebte. Winselnd krümmte sie sich am Boden, versuchte sich vergeblich aufzurichten. Ihre Hinterläufe waren noch immer gefesselt.

In Baumanns Rücken hörte man ein mechanisches Kratzen. Dann war es verstummt. Im Käfig waren Elzas bedauernswürdige Laute und Baumanns Stöhnen beim Klettern zu hören.

Und noch etwas anderes.

Affenschreie.

Furchtbar schallendes Affengekreische.

Auf halber Strecke nach unten sah Baumann sich um. Kaum drei Meter von ihm entfernt schaute ihn ein Augenpaar aus der Dunkelheit an. Nein, es waren mehrere Augenpaare.

Drei, vier, fünf ...

Dann sah er die fürchterlichen Eckzähne.

Paviane!

Stocksteif verharrte Baumann auf seiner Position auf dem Baumstamm. Er wusste nicht viel über die Tiere, nur eines hatte er mal gehört: Paviane sind Allesfresser.

Und mit ihrem Gebiss konnten sie bei einem Feind schwere Wunden verursachen. Und das größte Exemplar saß direkt vor ihm und stierte ihn aggressiv an. Ohne den Kopf zu schnell zu bewegen, spähte Baumann nach unten. Ein Sprung von gut einem

Meter. Elza schleppte sich inzwischen auf den Vorderbeinen zum Ausgang.

Braves Mädchen!

Nur entging das auch den Primaten nicht. Mehr als sechs Affen schienen sich für das kriechende, blutende Bündel zu interessieren. Klar, die Hündin war leichte Beute.

»Nein!«, sagte Baumann. Diesmal griff er nach dem Messer und ließ es aufschnappen.

Der Pavian, der fast doppelt so groß war wie die anderen Exemplare und in der Hierarchie vermutlich ganz oben stand, blieb von Baumanns Gestiken unbeeindruckt. Wenn überhaupt, nahm seine Haltung noch einen Tick an Gefährlichkeit zu. Wie vor dem Angriff ...

Baumann war schneller. Er sprang hinab. Der Affe rauschte vorbei, fing sich aber aufgrund der deutlich besseren Kletterkünste sogleich ab und setzte nach.

Vier weitere Paviane stürzten sich auf Elza. Aus dem Augenwinkel sah Baumann, wie die Hündin vergeblich mit der Schnauze ruderte. Die Zähne der Primaten stießen ihr ins Fleisch.

Im selben Moment, als Baumann sich aufgerappelt hatte, krachte etwas in seinen Rücken. Neben seinem Ohr vernahm er einen unerbittlichen Schrei, dann durchzuckte ein siedend heißer Schmerz seine Schulter. Der Stammesführer hatte seine mächtigen Eckzähne in Baumanns Körper geschlagen.

Mit letzter Kraft taumelte Baumann vorwärts, denn er dachte nur daran, Elza zu retten. Dem ersten Affen, der seinen Weg kreuzte, verpasste er einen Tritt. Doch es half nichts. Der Pavian auf seinem Rücken zerkratzte ihm das Gesicht. Lippen, Nase, Augen. Halb blind vor Blut erkannte Baumann mehr und mehr Affen, die ihn und Elza einkesselten.

Als sich der Pavian in Baumanns Ohr verbiss, tauchte plötzlich ein Mensch vor ihm auf. Es war die Kommissarin mit den langen, schwarzen Haaren. Dann erhellte ein Feuerblitz den Käfig und der lärmende Knall eines Schusses machte ringsum alles taub.

Kapitel 64

Bereits nach dem ersten Pistolenschuss flohen die Affen mit ohrenbetäubendem Gekreische in ihre Höhle zurück. Sicherheitshalber feuerte Kolka ein zweites und ein drittes Mal in die Luft. Der größte Pavian, ein Männchen und unter Garantie der Anführer, riss ein letztes Mal das Maul auf, wodurch seine fingerstarken Eckzähne schlohweiß im Taschenlampenlicht funkelten.

Der Anblick des grauenerregenden Gebisses würde sie wohl die nächsten Nächte im Traum verfolgen. Ebenso wie das gesamte Pavianmassaker, das Sekunden zuvor in diesem Käfig stattgefunden hatte. So wie Till Baumann und der Hund bluteten, wäre sie beinahe zu spät gekommen.

Immer der Gefahr durch die Primaten gewahr, fixierte Kolka ihren Blick auf den Junkie, der sich über den Hund beugte und das nasse, blutige Fell streichelte.

»Es wird alles gut, Elza«, wimmerte Baumann.

»Ich will deine Hände sehen«, schrie Kolka ihn beim Nähertreten an.

»Ich mach ja schon«, kam es weinerlich zurück. »Zuerst kümmere ich mich um meinen Hund.«

»Nein, erst deine Scheißhände!« Nach allem, was sie in dem Internetvideo gesehen hatte, kannte der Junkie keine Skrupel. Nicht einmal vor einer wehrlosen alten Dame machte er halt. Warum sollte er bei einer Frau, die eine Waffe auf ihn richtete rücksichtsvoller sein? »Du stehst jetzt langsam auf, nimmst deine Hände auf den Rücken, damit ich dir die Handfesseln anlegen kann, kapiert?«

»Fick dich, Schlampe! Ich habe Elza gerade erst …«

In Windeseile hatte sie die Pistole ins Holster geschoben und Baumann an Haaren und Kinn gepackt. Unter Zuhilfenahme ihres Knies drückte sie den überraschten Gegner mit dem Gesicht voran in den Rindenmulch. Exakt mit den Griffen, die sie im Einsatztraining gelernt hatte, fixierte sie Baumann danach am Boden. Sekunden später rasteten die Handschellen ein.

»Jetzt kannst du weitersprechen«, sagte sie. »Am besten beantwortest du meine Fragen, sonst lasse ich deinen Hund verbluten.«

»Fick dich!«

Kolka hatte keine Zeit für die Gute-Bulle-Böser-Bulle-Nummer. Lieber kam sie gleich zur Sache, indem sie mit ihren Lederhandschuhen in Baumanns Nasenlöcher griff und seinen Kopf in den Nacken zog.

»Aufhören!«, quäkte er.

»Wo ist Elke Donner?«

»Leck m…«

Kolka verstärkte den Druck. »Deinem Hund bleibt nicht mehr viel Zeit. Es ist fast Mitternacht, und ein Tierarzt muss erst aus der Bereitschaft geholt werden. Das kann dauern, also ich würde mich an deiner Stelle besser kooperativ verhalten.«

Baumann nuschelte ein paar unverständliche Beschimpfungen. Schließlich sagte er: »Ich habe die Alte im Bärengehege gelassen, verdammt!«

»Lügner! Dort war niemand.«

»Wenn ich es doch sage! Scheiße, ich bin einfach abgehauen und habe meine Elza gesucht.«

Kann das möglich sein? Sollte Erik seine Mutter längst gefunden haben und aus der Kälte des Zwingers in Sicherheit gebracht haben? Aber dann wäre er mir doch auf dem Weg dorthin begegnet …

»Elza … heißt so dein Hund?«, fragte sie, während sie Baumann auf die Knie zerrte und mit dem Rücken gegen die Gitterstäbe lehnte.

»Ja, Scheiße! Elza ist alles, was ich habe.« Er heulte jetzt selbst wie ein geprügelter Köter. »Wegen ihr musste ich die ganzen schlimmen Sachen tun. Verstehen Sie das?«

Kolka verstand ansatzweise, auch wenn sie ihm nicht traute. Allerdings erklärte es kein bisschen, wo Elke und Erik abgeblieben waren.

»Kannst du laufen?«, vergewisserte sie sich, denn über ihren Köpfen lauerte weiterhin die Gefahr. Ununterbrochen schaute sie sich um, dass die Paviane dortblieben, wo sie waren.

Aus den Höhlenluken tauchten die ersten Nasenspitzen der Tiere auf. Funkelnde Augenpaare im Mondlicht. Kolka blendete die Affen mit der Taschenlampe, woraufhin sie sich ins Dunkel zurückzogen. Kampflustig fauchten sie.

»Was soll denn die dämliche Frage, hä?«

Für diese Antwort gab sie ihm einen leichten Klaps auf den Hinterkopf. »Ich kann deine Elza tragen. Nur kannst du laufen?«

»Klar kann ich laufen! Ich laufe für Sie bis ans Ende der Welt, wenn Sie nur meine Elza retten.«

Vorsichtig, dass sie die Hündin nicht verletzte oder von ihr gekratzt wurde, schob Kolka beide Arme unter den warmen, verschwitzten Hundekörper. Elza war schwerer, als angenommen, doch Kolka trug sie mit schnellen Schritten nach draußen.

Baumann folgte ihr und warf die Käfigtür mit der Schulter zu.

»Jetzt können Sie mich losmachen, damit ich mich um Elza kümmern kann.«

Kolka hatte die Hündin abgelegt und tippte auf ihrem Smartphone herum. »Die Handschellen nimmt dir erst jemand ab, wenn du in der Zelle sitzt.«

»Was? Verdammtes Miststück!«

Davon unbeeindruckt rief sie die neu installierte Ortungs-App auf. Weit kam sie damit nicht, denn plötzlich klingelte ihr Handy. Es war Stark, der gerade das Gelände abriegeln ließ.

Kapitel 65

Sie waren eingesperrt.

Im Kühlraum herrschten Minustemperaturen. Donner stieß Ludwig Grimm so heftig zur Seite, dass der mit dem Gesicht voran gegen eine Schweinehälfte klatschte, mit seinem verbliebenen Arm vergeblich versuchte, an dem rutschigen Fleisch Halt zu finden und schließlich auf dem frostigen Fliesenboden landete. Sein Cowboyhut schlitterte davon.

Als Erstes riss Donner seiner Mutter das Klebeband vom Mund. Trotz des Schmerzes, den ihr das Abreißen des Streifens verursacht haben musste, kam sie nicht wieder zu Bewusstsein. Sie hing da wie tot. Donner brauchte mehrere Versuche, um ihren Puls zu fühlen. Endlich fand er ihn an der Halsschlagader. Schwach nur, aber das reichte, um die Todessorge, die ihn ergriffen hatte, für den Moment zu vertreiben.

»Mutter!« Er rüttelte an ihr, doch sie wachte einfach nicht auf.

Die Qualen der Entführung, die Ungewissheit, der Schlag ins Gesicht und die Kälte hatten ihrem Kreislauf zu sehr zugesetzt.

Und nun kam auch noch diese tödliche Falle hinzu. Wenn er seine Mutter nicht in den nächsten Minuten in Sicherheit brachte, würde sie hier erfrieren.

Und Donner bald darauf.

Seltsamerweise machte er sich um sich selbst keine Sorgen. Aber die Haut seiner Mutter sah verdammt blau aus. An den Lippen zeigte sich die Verfärbung am deutlichsten. Wie lange die Kraft ihrer Organe wohl reichte, um die Vitalfunktionen aufrechtzuerhalten?

Er blies seinen warmen Atem in ihre Hände und rieb zusätzlich mit seinen Handflächen darüber. Ihn selbst wärmten im Moment noch Mantel, Hosen und Schuhe, doch auch er würde nach und nach auskühlen.

Getrieben schaute er sich um.

Sie saßen in der Kühlzelle fest.

Unmittelbar nachdem die Verriegelung zugeschnappt war, hatte er versucht, die Tür aufzustemmen. Es war ihm nicht gelungen. Er hatte sich in die Falle locken lassen.

»Wer ist da draußen?«, herrschte Donner den Einarmigen an, der sich inzwischen aufgerappelt hatte und nun zurückwich – wie ein Bär, den ein Jäger angeschossen hatte und der sich nun schwer verwundet in seine Höhle verkroch.

Er spielt weiterhin den Stummen. Mal sehen, wie lange noch.

Bevor er sich jedoch um Ludwig Grimm kümmern konnte, zog Donner seinen Mantel aus und streifte ihn seiner Mutter über die Schultern. Für das Klebeband an Armen und Beinen blieb nachher Zeit, zuerst musste er Hilfe herbeirufen. Er kontrollierte seine Manteltaschen, anschließend die Hose. Was er fand, war sein Portmonee, sein Autoschlüssel und der Schlüsselanhänger von Anne.

Mist, ich habe mein Handy im Auto vergessen!

Auf der Suche nach einer Lösung aus dieser misslichen Lage suchte er etwas, womit er die Tür aufstemmen konnte. Sein Atem kondensierte. An den Edelstahlobjekten im Raum zeigten sich Eiskristalle. Das hier war ein verdammtes Eisgrab.

Donner ließ die Fingerknöchel knacken und trat auf den einarmigen Banditen zu. Der hob abwehrend die Hand und versteckte sich hinter dem baumelnden Fleisch.

»Was hast du meiner Mutter angetan?«

Grimm bewegte den Mund wie ein Karpfen an Land. Er schüttelte den Kopf und deutete erst zum Rollstuhl und dann zur Ausgangstür.

»Erzähl mir nicht, du wolltest sie hier rausschaffen«, gab Donner die Antwort stellvertretend für ihn.

Grimm nickte mehrfach hintereinander.

»Du hast sie hierhergebracht.« Inzwischen hätte Donner nur seine Hand austrecken brauchen und sein Gegenüber am Bärenfell packen müssen. Doch er trieb ihn vor sich her. Der Cowboy schien es nicht auf ein Duell ankommen lassen zu wollen. »Du hast sie zusammen mit Baumann entführt, oder?«

Grimm schüttelte den Kopf.

Schließlich verlor Donner die Geduld. Er packte den Einarmigen an den fettigen grauen Haaren und kam mit seinem Gesicht ganz nah an das des anderen. »Ich habe niemals zuvor einen Behinderten geschlagen, und ich wäre nicht stolz darauf, es zu tun, doch ich schwöre, wenn du nicht augenblicklich redest, dann werde ich dir die Fresse einschlagen, dass man dich im Krankenhaus nur noch anhand deiner Fingerabdrücke identifizieren kann, verstanden?«

Grimms Augen funkelten. Sie funkelten wie glückliche Kinderaugen. Und er begann zu lächeln.

Angesichts dieser eigenwilligen Mimik ließ Donner die erhobene Faust sinken. Auf einmal wirkte Grimm wie der größte Trottel auf Erden. Wie jemand, der keinen blassen Schimmer vom eigenen Handeln hat.

»Kannst du mir verraten, was es da zu lachen gibt?«

Plötzlich nickte Grimm erneut und wisperte: »Es ist nun vorbei. Ich habe es mir verdient. Verdient.«

Dann kicherte er und streifte sich das Bärenfell ab. Darunter kam ein abgemagerter Kerl in löchrigem, stinkendem Hemd zum Vorschein. Bei diesem erbärmlichen Anblick wich selbst Donner zurück.

Unvermittelt ging Grimm an ihm vorbei und hielt die Felljacke mit ausgestrecktem Arm nach vorn.

»Was zur Hölle machst du da?«, fragte Donner, doch sogleich sah er, wie der Einarmige sie seiner Mutter umlegte.

Donner verstand nichts mehr. Erst recht nicht, als Grimm zuerst das Fell und dann Donners Mutter über den Kopf streichelte.

Wütend über die verfahrene Situation stieß er Grimm abermals weg. »Lass sie gefälligst in Ruhe!«

Grimm stand lächelnd und frierend da.

Das rief Donner deutlich ins Bewusstsein, dass sie drei bald tot sein würden. Also lief er zur Tür und versuchte erneut, die Blockierung zu lösen.

Egal, wie sehr er sich bemühte, es half nichts. Die Eisentür war wie vernagelt. Kein Entkommen. Bis auf einen Abfluss im

Boden und die Gitter der Kälteanlage gab es keine Löcher in den Wänden.

»Hilfe!«, rief Donner so laut es seine Stimmbänder zuließen. »Hört mich jemand?«

Nichts.

Lediglich die Maschinengeräusche antworteten ihm mit gleichbleibend monotonem Summen. Vom Korridor selbst drang nicht der kleinste Laut herein.

»Hilfe!«

Er schaute zu Grimm.

Der schüttelte den Kopf.

Es gab keinen Ausweg.

Donner ging zu seiner Mutter, um sie zusätzlich mit seiner Körperwärme warmzuhalten.

»Halt aus!«

Die Minuten vergingen.

Inzwischen bildete sich eine feine Reifschicht auf ihren Augenbrauen und den Fellhaaren der Bärenjacke. Donner wischte ihr den Frost so gut es ging ab und flüsterte ihr liebevolle Worte ins Ohr.

Plötzlich seufzte sie schwach.

»Mutter, ich bin es, Erik!«

»Erik ...« Der Name kam stockend und hauchzart.

»Ja, ich bin bei dir!«

Sie versuchte, die Arme, deren Fesseln Donner inzwischen gelöst hatte, zu heben. Sie war zu schwach, deshalb fielen ihre Hände wie erschlafft in ihren Schoss.

»Erik!«

Donner fuhr hoch. Jemand hatte von draußen seinen Namen gerufen. Und es war niemand anders als ...

»Anne! Hier drin!«

Ein Klappern. Tritte. Fluchen.

Rettung!

»Sie geht nicht auf!«, schrie sie. »Die Scheißtür ist verriegelt!«

Der Schock darüber hielt nur kurz an. Donner musste nachdenken.

»Okay, da ist ein Eingabefeld unter dem Display. Siehst du es?«

»Was glaubst du, worauf ich die ganze Zeit starre. Hast du vielleicht auch den Zugangscode für mich?«

Zugangscode?

Donner schwang herum und schaute Grimm fest an, der in den letzten Minuten immer blasser geworden war und sich völlig regungslos in eine Ecke gesetzt hatte.

»Ey, Cowboy!«

Grimm öffnete die Augen.

»Wie geht diese verflixte Tür auf?«

Grimm schloss die Augen. Er riss sie erst wieder auf, als Donner über ihm war und ihn am Hals packte.

»Ich drücke zu, dann bleibt dir das Erfrieren erspart, oder du nennst mir den Code!«

Grimms Augenlider flatterten bereits, doch Donner presste umso fester zu. Bis Grimm den Arm hob, den Zeigefinger streckte und damit Donner an den Kopf tippte.

»Was denn?«, wunderte Donner sich. »Soll ich es etwa wissen? Ich …«

Plötzlich erinnerte er sich an eine mögliche Kombination.

Kapitel 66

Zeitungsartikel Freie Presse:

Hat der Engel von Bethesda wieder zugeschlagen?

Ein Unglücksfall mit tragischem Ausgang ereignete sich am späten Abend im Tierpark. Nach bisherigen Erkenntnissen wurden dabei drei Menschen im dortigen Kühlhaus eingesperrt. Ebenso kam es zu einem blutigen Zwischenfall im Paviangehege. Wie es zu den Vorfällen kam, darüber sind bisher keine Einzelheiten bekannt. Unbestätigten Meldungen zufolge soll es einen oder mehrere Tote gegeben haben.

Als gesichert gilt, dass die Ereignisse im Zusammenhang mit der Vermisstensuche nach einer 60-jährigen Rollstuhlfahrerin stehen. Die Fahndung nach der Frau wurde inzwischen eingestellt. Weiteres wollte die Polizei nicht kommentieren.

Auch auf die Frage, ob der sogenannte Engel von Bethesda eine Rolle spielte, gibt es bisher keine Antwort. Auf Anfragen verweist die Pressestelle der Polizei auf die Nachrichtensperre der Staatsanwaltschaft. Offiziell heißt es, dass aus ermittlungstaktischen Gründen Anfragen unbeantwortet bleiben müssen. Gleichzeitig vertröstet man auf eine baldige Pressekonferenz. Ein Termin ist noch nicht bekannt.

Donner legte den Artikel beiseite. Das war vor zwei Tagen gewesen. Sie hatten den Engel von Bethesda nicht geschnappt, aber sie ließen ihn wenigstens im Unklaren. Und das war Donners Einfall gewesen. Anscheinend hatte sein Gehirn im Kühlraum keinen Schaden genommen. Mit all seinem Charme hatte er den Polizeipräsidenten überredet, der wiederum irgendwie den Oberstaatsanwalt verhext hatte. Noch in derselben Nacht hatte man sich dazu entschlossen, keinerlei Details an die Öffentlichkeit herauszugeben. Und ein solches Stillschweigen seitens der Polizei hatte Donner in seiner ganzen Laufbahn noch nie erlebt.

Es kam fast einem Ritterschlag gleich, dass Magerhans auf ihn gehört hatte.

Wenn ich meinen Posten verliere, Erik, sperre ich dich zurück ins Kühlhaus!

Mit diesen Worten hatte Magerhans ihm gedroht und ein Ultimatum von zwei Tagen gesetzt. Diesen Zeitraum hatte Donner mit dem Abtragen eines Berges Knusperflocken und dem Durchwühlen sämtlicher Ermittlungsergebnisse verbracht. Weniger als vier Stunden hatte er zwischendrin geschlafen. Für mehr war der Bürostuhl auch zu unbequem. Außerdem hatte er darüber vergessen, eine seiner Denkerzigaretten zu rauchen.

Dafür kann sich demnächst jemand anderes eine anzünden.

Vor allem hatte Donner darüber nachgedacht, wie Anne ihn gefunden hatte. Wie aus dem Nichts war sie vor der Zugangstür zum Kühlraum aufgetaucht. Gerade rechtzeitig, bevor seine Mutter ihre Augen für immer geschlossen hätte, hatte Anne die drei Eingesperrten gerettet. Sie hatte die Eisentür geöffnet. Allerdings hatte Donner ihr dazu den Zugangscode für den Kühlraum genannt.

P1817.

So einfach – und doch so perfide.

Der Gegenspieler hatte an alles gedacht – entweder aus Hochmut oder echter Überlegenheit.

Donner tippte auf Ersteres.

Schlussendlich hat der Engel Kommissar Monster unterschätzt.

Er blickte auf seine Armbanduhr – auch ein Geschenk von Anne. Seiner Mutter ging es gut, Ludwig Grimm und Till Baumann saßen in Untersuchungshaft. Aus der DSC-Geschichte war Donner glimpflich rausgekommen. Levi Hentschel hatte sich entschlossen, doch nicht bei ihm einzuziehen, was Donner gerade so verkraftete.

Jetzt saß er vor dem Ergebnis der letzten zwei Tage, und alles war in bester Ordnung. Bis zum Ablauf der Deadline hatte er noch exakt drei Stunden und neun Minuten. Danach stand die Pressekonferenz an. Ihm blieb genügend Zeit, um einer anderen Sache nachzugehen.

Denn auch Anne hatte Donner unterschätzt …

Er zog den Schlüsselanhänger aus seiner Hosentasche, betrachtete das Foto und nahm ein Obstmesser zur Hand, das er vorher zusammen mit einer Tasse Kaffee aus der Küche geholt hatte.

Wir sind ein hübsches Paar, Anne, auch wenn du siebzig Prozent dazu beiträgst und ich nur die restlichen dreißig. Leider muss ich uns jetzt entzweien.

Damit spießte er die Messerspitze in den Spalt, wo die beiden Hälften des Plastikanhängers verbunden waren, und hebelte. Es knackte und der Anhänger brach auseinander. Neben dem Bildchen fiel ein winziges Elektronikteil heraus.

So konntest du mich also finden! Alle Achtung, demnächst muss ich höllisch aufpassen, falls ich mal wieder in den Puff gehe.

Anne hatte geschwiegen wie ein Grab, woher sie wusste, dass er im Kühlraum eingesperrt gewesen war. Jetzt lag die Wahrheit in Form eines Ein-Euro-Münzen großen GPS-Senders vor ihm. Damit hatte sie ihn vermutlich über eine Smartphone-App geortet.

Das war mies und nicht unbedingt die beste Basis für eine ehrliche Beziehung, aber er nahm sich vor, ihr zu verzeihen. Immerhin hatte sie ihm und – was viel wichtiger war – seiner Mutter das Leben gerettet.

Und jetzt, wo er das Rätsel um den GPS-Sender gelöst hatte, fühlte er sich ihr gegenüber ohnehin überlegen.

Zumindest steht es zwischen uns aktuell 1:1 mit leichtem Vorteil für mich.

Außerdem gab es noch ein zweites Geheimnis, hinter das Donner gekommen war. Und dahingehend würde er Anne um Mithilfe bitten.

Zur Bestätigung schaute er auf die Uhr, denn er hatte sie kurz zuvor angerufen. Demnach müsste sie jeden Moment anklopfen …

Wie auf Bestellung betrat Anne sein Büro.

»Kannst du mir sagen, warum ich mir einen Dienstwagen schnappen sollte?«, fragte sie und winkte mit der Ledermappe, in der Fahrtenbuch und Tankkarte steckten.

»Du fährst«, sagte er, stand auf und warf sich seinen Mantel über.

»Langsam! Verrätst du mir endlich, wohin du mit mir willst?«
Donner trat ihr entgegen und gab ihr einen Kuss auf den Mund. »Du sagst doch immer, wir sollten mehr gemeinsam unternehmen …«

»Ja, und?«

»Jetzt nehmen wir beide Sascha German fest.«

Kapitel 67

Donner klopfte an die Bürotür und wartete die Aufforderung zum Eintreten gar nicht erst ab.
»Herr Donner!«, staunte Alexandra Benz, ihr Blick huschte zwischen den beiden Beamten hin und her. »Und Frau Kolka! Nehmen Sie doch Platz.« Benz machte eine einladende Handbewegung und setzte sich erst in ihren Bürostuhl, als Donner und Anne saßen. »Ich habe in der Zeitung von den schlimmen Vorfällen im Tierpark gelesen.« Betroffen spitzte Benz die Lippen und schüttelte den Kopf. Auf ihrer Stirn bildete sich eine tiefe Falte. »Das ist alles so furchtbar. Sind Sie wegen Herrn Grimm gekommen? Da muss ich Sie leider enttäuschen. Ich habe ihn seit …«
Indem er die Hand hob, unterbrach Donner den Redefluss. »Wir sind nicht wegen Herrn Grimm da.«
»Sondern?«
Bevor Donner eine Erklärung gab, schaute er zu Anne und nickte ihr zu. Ihr Blick verriet ihm, dass sie endlich wissen wollte, was hier gespielt wurde, denn er hatte sie während der Fahrt zum Behindertenverein im Unklaren gelassen.
Schön der Reihe nach. Der letzte Vorhang fällt – wie es der Name ausdrückt – zum Schluss.
Verdeckt von der Tischplatte tätschelte er ihr das Knie. Sie zog es weg und funkelte ihn an, als wollte sie sagen: *Lass das, ich bin doch kein Kätzchen. Sag mir lieber, was das hier werden soll!*
»Wir möchten einen Fall abschließen«, gab Donner endlich Auskunft.
»Und wie kann ich Ihnen dabei behilflich sein?«, fragte Benz.
Donner nahm eine bequeme Haltung auf dem Stuhl ein und betrachtete die Frau, die ihm gegenübersaß. Manche Dinge sah man erst auf den zweiten Blick.
»Wissen Sie, Frau Benz, nicht nur Schafe und Wölfe teilen sich ein und dieselbe Weide, sondern auch Engel und Monster.« Er machte eine Pause. Die beiden Frauen stierten ihn an, als hätte er komplett den Verstand verloren. Er kostete den Moment der Ver-

wunderung aus und legte dann eine Musikkassette auf den Tisch.

»Gibt es hier im Verein zufällig einen Kassettenrekorder?«

»Nein«, kam es von der anderen Seite. Benz betrachtete die Kassette irritiert, um sogleich eine gefällige Miene aufzusetzen. Sie deutete zum Fensterbrett, wo ein Radio stand. »Aber falls es Sie nicht bei der Arbeit stört, kann ich gern einen Musiksender einstellen.«

»Ich schätzte, das wird nicht nötig sein.« Er schob die Kassette nun in die Mitte der Tischplatte. »Sie können später hineinhören.«

Sofort fuhr Anne die Hand aus und legte sie auf den Tonträger. »Halt, das ist immer noch ein Beweismittel.« Sie steckte die Kassette in ihre Jackentasche.

Donner zuckte mit den Schultern und sah weiterhin Benz an.

»Tja, dann eben nicht. Sie hat schließlich das Sagen.«

»Dann eben nicht«, wiederholte Benz.

»Schlussendlich kennen sie längst den Inhalt des Bandes«, fuhr Donner fort.

»Was?«, stieß Anne aus, anschließend kehrte Stille ein.

Draußen auf dem Gang hörte man kurzzeitig das Klappern von Absätzen. Donner, Anne und Alexandra Benz sahen sich schweigend an. Die beiden Frauen warteten darauf, dass er weitersprach.

»Es hat eine Weile gedauert, bis ich hinter das Geheimnis des Engels von Bethesda gekommen bin«, sagte Donner, wobei er einen Notizzettel hervorholte und ihn Benz reichte. »Aber letztlich war es ganz einfach.«

Benz entknitterte den Zettel, ohne den Blick von Donner abzuwenden, und versuchte anschließend die darauf befindlichen Zeichen zu entschlüsseln. »Was soll das sein?«

»Morsebuchstaben. Bevor man meinen ehemaligen Kollegen Rainer Goldstein ins Krankenhaus gebracht hat, teilte er mir mit den Augenlidern etwas mit. Blinzeln konnte er schließlich noch.« Er ließ eine bedeutungsschwere Pause. »Die Punkte und Striche, die sie dort sehen, ergeben das Wort FRAK. Leider ist mir mein Fehler erst gestern aufgefallen.« Er beugte sich über den Tisch und zupfte ihr den Zettel aus den Fingern. »Strich, Punkt, Strich. Lang, kurz, lang. Das ergibt den Buchstaben K.«

Während Anne nach dem Zettel griff und aufmerksam lauschte, hielt Benz sich nun nicht mehr zurück.

»Ich verstehe nicht ...«

»Streichen Sie das K«, erklärte Donner. »Es muss Punkt, Punkt, Strich lauten. Rainer Goldstein konnte nicht mehr sprechen, aber er meinte den Buchstaben U. Ganz sicher. Damit heißt es nicht FRAK, sondern FRAU.«

»Schön. Und das sagt Ihnen was?«, fragte Benz mit einem gezwungenen Lächeln.

»Oh, diese Erkenntnis sagte mir, dass ich meine Fantasie benutzen sollte. Besonders viel Fantasie besitzt der Künstler Peter von Hetzel. Nachdem man ihn in Amsterdam festgenommen hat und wir eine Kopie seiner Aussage bekommen haben, konnten wir uns von seiner völlig obskuren Gedankenwelt ein Bild machen. Das meiste davon ist Blödsinn – wenn ich das so sagen darf –, aber dann sprach man ihn auf Sascha German an ...«

Donner beobachtete, wie Benz auf den Namen reagierte.

Fassade.

Alles, was er sah, war eine menschliche Fassade, die sie vergeblich versuchte, aufrecht zu halten. Aber Donner hatte genügend Werkzeug mitgebracht, um jede Menge Putz abzuklopfen, um das darunterliegende Material zum Vorschein zu bringen.

»Sascha German«, wiederholte Donner langsam. »Peter von Hetzel meinte, dass er Sascha kannte. Er wäre ein unglücklicher Junge gewesen, der seinen Platz in der Welt erst spät gefunden hatte – und auch nur dank Peter von Hetzels Unterstützung. Angeblich sei Sascha sehr krank gewesen, doch sein Vater hätte das nie wahrhaben wollen und stattdessen in seinem Sohn ein vollkommenes Wesen gesehen. Leider wurde von Hetzel zu keiner Zeit seiner Vernehmung konkret. Alles, was er von sich gegeben hat, lässt jede Menge Interpretationsspielraum ...«

»Das ist bedauerlich.«

»… aber in Bezug auf Sascha sagte er den einen Satz, der meine Fantasie beflügelte. Von Hetzel sagte wortwörtlich: *Sascha hat seine Krankheit besiegt, indem er sich verwandelt hat.*«

Zum ersten Mal schaute Benz weg. Sie sah zur Seite in Richtung Boden, verharrte kurz und drehte den Hals zurück. »Und wie geht es weiter … mit Ihrer Fantasie?«

»Mir fiel die Zeugenaussage von Frau Demmler ein. Ihr Ex-Mann hat sich die Hand mit einer Übungshandgranate weggesprengt, das wissen Sie ja bereits.«

»Ich …«

Donner ließ sich nicht unterbrechen. »Jedenfalls hat Frau Demmler ausgesagt, dass sie ein Paket für ihren Mann entgegengenommen hatte. Zufällig war der Paketbote eine Frau gewesen. Und nachdem sich in meinem Köpfchen diverse Puzzleteile zusammengesetzt hatten und nur noch ein paar wenige Stücke fehlten, habe ich Ihr Bild, Frau Benz, von der Homepage Ihres Vereins ausgedruckt und es Frau Demmler gezeigt …«

»Ich verstehe«, sagte Benz kühl.

»Okay, Erik, würdest du es mir bitte erklären«, wurde Anne ungehalten.

Ebenso wie Sie hasste er es, wenn jemand um alles ein Geheimnis machte. Allerdings war Donner sich sicher, dass Anne längst verstanden hatte, wohin das Ganze führte.

Sie alle drei wussten es.

»Wir beide wissen«, redete Donner Benz direkt an, »dass das allein niemals für eine Anklage ausreicht. Deshalb brauchte ich weitere Beweise.«

»Ich bin ganz Ohr«, kam es von Benz. Sie lehnte sich zurück, legte die Fingerkuppen aufeinander und wartete ab.

Das war Donners Stichwort.

»Finger können verräterisch sein«, sagte er. »Wussten Sie, dass wir Sascha Germans Fingerabdrücke auf seiner eigenen Sterbeurkunde gefunden haben? Die Abdrücke eines Toten? Ist das nicht seltsam?«

Schweigen von allen Seiten.

»Frau Benz?«, animierte Anne sie zu einer Reaktion.

Benz schniefte und holte wie unter Atemnot Luft. »Das ist in der Tat seltsam.« Auf einmal betrachtete sie ihre eigenen Handflächen. Ihre Miene hellte sich auf, als gefiele ihr, was sie da sah.

»Adermatoglyphie«, sagte Donner. »Ein genetisch bedingtes Fehlen von Papillarleisten an den Handinnenseiten und den Fußsohlen.«

»So ist es.«

»Als ich Ihnen damals die Hand geschüttelt habe, dachte ich, sie würden unter dieser äußerst seltenen Erbkrankheit leiden. Nur ist dem nicht so. Sie haben sich die Papillarleisten in der Slowakei wegoperieren lassen. Sie waren beinahe gründlich. Beinahe … Allerdings haben Sie vergessen, dass der behandelnde Arzt die Handflächenabdrücke seiner Klienten vor einer Operation zur Patientenakte genommen hat. Ihre Akte wurde inzwischen von der örtlichen Polizei beschlagnahmt und uns zur Verfügung gestellt. Ein Vergleich der Fingerabdrücke mit denen auf der Sterbeurkunde erbrachte eine hundertprozentige Übereinstimmung. Dank Europäischer Union klappt die Zusammenarbeit mit ausländischen Behörden manchmal eben richtig gut.«

»Tja«, war das Einzige, was Benz daraufhin erwiderte, dann schaltete sie den Rechner an ihrem Arbeitsplatz aus und fing an, Unterlagen zu verschieben, als wollte sie ihren Tisch ein letztes Mal aufräumen. Plötzlich hielt sie in der Bewegung inne. »Warum sprechen Sie es nicht aus, Herr Donner?«

Donner schaute Anne an. Sie nickte, und er setzte sich gerade hin.

»Nachdem Richterin Karla Feltmann Ihren Vater verurteilt hatte, haben Sie ihr Säure ins Gesicht gespritzt, später entfernten Sie ihr auf brutalste Weise den zweiten Augapfel. Sie, Alexandra Benz, haben Frau Feltmann beide Augen genommen. Danach haben Sie Klaus Demmler dazu gebracht, sich die eigene Hand wegzusprengen. Sie kannten ihn, weil er nach dem Verlust seiner rechten Hand und nach der Trennung seiner Ehefrau Hille in diesem Verein gesucht hat. Demmler war verzweifelt und obendrein ein Stalker. Demnach wussten Sie, dass er ein leichtes Opfer für Ihren perfiden Plan sein würde. Und natürlich Till Baumann. Ich weiß nicht genau, was in Ihrer Kindheit vorgefallen ist, aber er muss Ihnen Schreckliches angetan haben. Daraufhin wollten Sie ihn verstümmeln und demütigen, nicht wahr?«

Benz gab keine Antwort. Sie nickte nicht einmal. Sie schien zur Salzsäule erstarrt.

Doch Donner wusste, dass die hochintelligente Frau auf der anderen Seite des Tisches alles ganz genau erfasste. Und jede Ungereimtheit würde sie mit Leichtigkeit aufdecken.

»Sie haben auch *He-Man* zu einer sprechenden Spielzeugfigur umgebaut. Das technische Wissen hatten Sie, denn Sie haben früher bei einer großen Firma in der Elektronikabteilung gearbeitet. Und Sie konnten Ihr eigenes Grab erschaffen, sogar mit behördlicher Genehmigung. Sie hatten einen echten Totenschein von einem ausländischen Arzt. Immerhin sind Sie in Osteuropa gestorben. Für genügend Geld öffnen sich einem überall auf der Welt Möglichkeiten. Sie haben Ihre Möglichkeiten genutzt, Frau Benz. Natürlich kann ich mir vorstellen, dass Ihr Vater Ihnen einiges über den Ablauf im Amt erzählt hat. Vor seiner Krankheit war er schließlich als Standesbeamter tätig.«

»Wahrscheinlich hat er gesagt, dass Behörden spielend leicht manipulierbar sind ...«

»Sie haben sich außerdem an Rainer Goldstein, meinem ehemaligen Partner, auf grausame Weise gerächt«, ignorierte Donner die Unterbrechung, denn das war für ihn keine Neuigkeit. »Weil er die Ermittlungen gegen Ihren Vater geleitet und dabei offensichtlich einen folgenschweren Fehler begangen hat. Das ist sehr bedauerlich, denn ich gebe mir eine Teilschuld. Mit dieser muss ich leben, dennoch bin ich gekommen, um diesen Fehler zu korrigieren. Ich weiß nicht, ob es Glück ist, dass Rainer Goldstein überlebt hat. Tatsache ist, dass die Ärzte sein Leben gerettet haben.«

»Das freut mich außerordentlich.«

»Und letztlich stand Ludwig Grimm unter Ihrem Einfluss. Es gelingt mir nicht, das Verhältnis zwischen Ihnen beiden zu durchschauen, ich weiß nur, dass der Tierpark Ludwig Grimms Welt war und er dahin Kontakte hatte. Dank ihm konnten Sie Ihre wirklich beeindruckende Show vor zwei Tagen abziehen. Und fast wären dabei Menschen ums Leben gekommen. Vermutlich reicht Ihre Hochbegabung für uns beide aus.« Er zeigte auf Anne und sich. »Doch Sie haben Ihre Genialität genutzt, um Böses anstatt Gutes zu tun. Sie sind ein Genie, das muss man Ihnen lassen. Sie konnten sich von einem Mann in eine Frau, und wann immer Sie es wollten, zurückverwandeln. Es gelingt ihnen, in zwei Stimmlagen zu sprechen. Je nach Belieben. Und Sie konnten sich mit der entsprechenden Verkleidung in einen stämmigen Entführer verwandeln. Für all diese Talente beneide ich Sie jedoch keineswegs, ich verachte Sie.«

»Das ist eine wirklich bemerkenswerte Geschichte. Nur leider kommen darin keine Engel vor. Mir fehlt die Pointe, verstehen Sie, was ich meine?«

»Ich habe die Pointe verstanden.« Es war Anne, die das sagte. »Aus Sascha German wurde Alexandra Benz.«

Geräuschvoll legte sie ihre Handschellen auf den Tisch. Benz machte keinerlei Anstalten, flüchten zu wollen.

»Immerhin haben Sie Sinn für Humor«, brachte Donner sich zurück.

Benz stutzte.

»Die weibliche Form von Sascha lautet Alexandra«, erklärte er. »Aber das wissen Sie ebenfalls.« Er stand auf. »Frau Alexandra Benz, ich verhafte Sie wegen Mordes.«

»Wegen Mordes? Haben Sie vergessen, was Sie soeben selbst gesagt haben? Niemand ist gestorben. Ich fürchte, Sie müssen sich etwas anderes einfallen lassen.«

»Nein.« Donner klopfte auf die Holzplatte, wie Richter es manchmal in einem Gerichtssaal taten, wenn sie sich Gehör verschaffen wollten. »Ich werfe Ihnen vor, den Pfleger Stanley umgebracht zu haben. Sie hatten den Schlüssel zur Wohnung ihres Vaters. Sie kamen dazu, als der Pfleger im Begriff war, ihn zu bestehlen. Vielleicht war Ihr Besuch Zufall, vielleicht haben Sie auch nur kontrollieren wollen, ob man Ihren Vater gut behandelte. Jedenfalls haben Sie sich den Briefbeschwerer gegriffen und das Opfer hinterrücks niedergestreckt, als es die Schrankwand nach Bargeld durchwühlte. Genau so muss es passiert sein.«

Schweigen.

Irgendwann stand auch Benz auf. In ihrem Blick lag etwas Sonderbares. Keine Betroffenheit oder Überraschung. Es war radikale Anerkennung.

»Erinnern Sie sich an den Teppich, den mein Vater in seiner Wohnung hatte?«, fragte Benz. »Den Schwarzen mit den Blumenstickereien?«

»Ich glaube, das Muster waren blühende Tulpen«, antwortete Donner gelassen, obwohl er nicht verstand, worauf sie hinauswollte.

»Das dachte ich auch immer, aber jetzt bin ich mir da nicht mehr so sicher. Ich denke, es sollten Engelstrompeten sein. Ja, ganz bestimmt sollten es Engelstrompeten sein.«

Eine Giftpflanze.

Das ergab natürlich Sinn.

»Mag sein, dass Ihr Vater wegen eines Justizirrtums unschuldig im Gefängnis saß«, ging Donner nicht weiter auf das Thema ein. »Das gibt Ihnen dennoch nicht das Recht, einem anderen Menschen das anzutun, was Sie getan haben. Sie denken vielleicht, dass Sie Ihre Opfer gerettet haben, weil Sie deren Schicksale in das Bewusstsein der Gesellschaft getragen haben, aber das stimmt nicht. Sie haben all diesen Menschen nur eines zugefügt: Leid. Entsetzliches Leid, das sie bis an ihr Lebensende begleiten wird.«

»Und Ihre Mutter?«, kam es zynisch zurück. »Habe ich Ihr etwa nicht geholfen? Soweit ich erfahren habe, steht eine üppige Summe an Spendengeldern für Elke Donner bereit. Genug, um für den Krüppel eine private Therapie bezahlen zu können. Oder irre ich mich, Herr Donner?«

»Das reicht!«, warf Anne ein. »Sie sind verhaftet.«

Sekunden später klickten die Handschellen. Alexandra Benz ließ sich widerstandslos und mit stolz erhobenem Haupt abführen.

»Eine letzte Frage«, sagte Anne. »Als Beschuldigte brauchen Sie nicht zu antworten. Es geht um das Bild mit dem dunklen Engel von Bethesda. Was hat es damit auf sich? Vielleicht erklären Sie es mir, denn eines weiß ich mit Sicherheit: es stammt nicht von Peter von Hetzel.«

Benz lachte dezent auf. »Sie haben Recht, doch ich fürchte, die Wahrheit wird Sie enttäuschen. Weder hat von Hetzel es gemalt noch habe ich es bei einer Auktion erstanden. Der Künstler heißt Ludwig Grimm.«

Donner war erstaunt, denn das hatte wohl niemand erwartet. Diesen kleinen Sieg kostete Benz aus, indem sie abfällig auf die beiden Kommissare blickte.

»Er hat es gemalt, und ich habe es ihm weggenommen. Wie man jemandem einen Teller mit Essen wegnimmt, wenn man selbst Hunger hat. Der Stärkere nimmt sich vom Schwächeren.«

Donner erinnerte sich an den letzten Satz, den Grimm im Kühlraum ausgesprochen und den er nicht verstanden hatte. »Er hat es sich verdient ...«

Benz nickte überlegen. »Ich habe ihm das Bild versprochen. Im Gegenzug musste er das tun, was ich von ihm verlangte. Er war mein gehorsamer Diener.«

Sie lachte. Anne packte hart an die Handfesseln, woraufhin Benz das Lachen verging.

»Sie wollen eine Pointe?«, flüsterte Anne. »In dieser Geschichte gibt es keine Engel. Nur jede Menge Monster ...«

Kapitel 68

Eine Woche später telefonierte Donner von seinem neuen Büro aus mit Zocky Zonk. Der Entertainer hatte es in den letzten Tagen ein paar Mal bei ihm probiert. Bisher hatte Donner sich erfolgreich verleugnen lassen ...

»Warum geben Sie sich bei der Vermittlung als meine Schwester aus?«, fragte Donner.

»Weil ich Sie sonst nicht an die Strippe bekomme, und zu irgendwas muss meine hohe Stimme ja gut sein.«

»Schon gut, was wollen Sie?« Donner hatte nicht vor, das Gespräch länger als nötig zu führen. Es reichte schon, dass der Entertainer ihm eine Autogrammkarte geschickt hatte. Das Porträt hatte es sogar auf Donners Schreibtisch geschafft, allerdings hatte er mit schwarzem Filzstift ein Zielkreuz auf Zonks Stirn gemalt. Und wann immer ihm langweilig war, schoss er mit einer Spielzeugarmbrust darauf. Einen verbalen Seitenhieb konnte er sich gleichfalls nicht verkneifen – jetzt, wo er der Held der Direktion war und er den Polizeipräsidenten beinahe so weit hatte, dass der ihm den Kaffee brachte. »Wollen Sie etwa bei uns anfangen? Oder suchen die beim Sender neue Kandidaten für DSC?«

»Weder noch. Ich wollte mich nur erkundigen, ob es Ihnen gut geht.«

»Ach!« Sofort schämte Donner sich, dass er Zonk derart begrüßt hatte. »Und wie geht's Ihnen so?«, gab er den Ball zurück.

»Gut! Sehr gut, danke der Nachfrage. Ich weiß, dass Sie es ehrlich meinen.« Er kicherte.

Dabei hörte er sich auf einmal tatsächlich wie Donners Schwester aus Berlin an. Sie lachte auch immer wie ein Pferd. Abgesehen davon hatte er ein gutes Verhältnis zu ihr. Er rief sie nur viel zu selten an ...

Das zieht sich irgendwie durch mein Leben. Anne bemängelt auch, dass ich mich zwischendurch ruhig mal melden könnte. Ein Ich-denke-an-dich würde ihr manchmal vollkommen ausreichen, hat sie gesagt.

»Dank Ihnen, Herr Donner, bin ich wieder im Geschäft.«

»Ach! Habe ich was verpasst?«
»Sie haben bei DSC den zweiten Platz belegt! Hat Ihnen das niemand erzählt?«
»Nee. Ich dachte, ich wäre eine Art Disqualifikations-Opfer ...«
»Pah! Einen Erik Donner sollte man nie abschreiben. Der Sender plant bereits ein eigenes Format mit Ihnen.«
Donner gluckste. »Das können die vergessen!«
»Reingefallen!« Zonk prustete. »Das war ein Scherz. Eine Sendung mit Ihnen wäre auf Dauer zu teuer. Für so was braucht man Leute, die man fremdsteuern kann. Und halb Deutschland weiß mittlerweile, dass Sie kein solcher Typ sind.«
Keine Ahnung, ob das ein Lob sein sollte, aber Donner war beruhigt. Er räusperte sich. »Nur mal interessehalber ... Wer hat denn gewonnen?«
»Sie meinen, wer bei DSC besser als Sie abgeschnitten hat?«
»Mhm ...«
»Dieser röchelnde Hauptkommissar aus Bayern. Sie wissen schon: SSch, Pssschh, SSch, Psssch ...«
»Der *Darth Vader*?«
»Genau, der *Darth Vader*. Hat einen international gesuchten Killer zur Strecke gebracht.«
Donner nahm es mit einem Brummen zur Kenntnis. In letzter Zeit hatte er an seinem eigenen Fall geackert, da interessierten ihn die Nachrichten kaum bis gar nicht.
»Haben Sie eigentlich über das Rätsel nachgedacht, dass ich Ihnen damals gestellt habe?«, fragte Zonk.
»Das mit den zwei Stimmen?«
»So ähnlich. Konkret sagte ich: Es gibt zwei Menschen, die dich von der Geburt bis zum Tod begleiten.«
»Nein, daran habe ich keinen Gedanken verschwendet.« In Wahrheit hatte Donner jede freie Minute darüber sinniert. »Ich hatte einfach zu viel zu tun.«
»Klar.« Zonk klang geringfügig enttäuscht.
»Los, Sie Lametta-Vogel, spucken Sie es schon aus!«

»Sie heißen der strebsame Mensch und der bequeme Mensch. Und Sie entscheiden jeden Tag aufs Neue, auf wen von beiden Sie hören.«

»Ersterer klingt genau nach der Einstellung, die ich vertrete.«

»Wenn Sie das sagen.«

Heute lachten sie gemeinsam. Zonk klang diesmal sogar wie ein echter Mann.

Donner wurde ernst. »Herr Zonk.«

Zonks Lachen erstarb abrupt. »Ja, Herr Donner?«

»Nehmen Sie mir meine ... Oh, Mann!« Verlegen schnippte er ein Papierkügelchen in Richtung einer Fliege, die auf der Tischkante hockte. Glatt einen halben Meter daneben. Fürs punktgenaue Zielen war Donner ebenso wenig geschaffen wie für Entschuldigungen. Deshalb kürzte er es ab. »Na Sie wissen schon ... Nehmen Sie mir mein Verhalten nicht krumm, okay?«

»Klar. Vergeben und vergessen.«

»Sie sind in Ordnung.« Beim letzten Wort hustete Donner in der Hoffnung, Zonk hätte es nicht richtig verstanden.

»Sie sind auch ... na Sie wissen schon. Machen Sie es gut!«

»Grüßen Sie Nikon von mir! Die Kleine werde ich vermissen – vor allem ihr Schweigen.«

»Mache ich gern! Ich glaube, Nikon hat sich in Sie ...«

»Was denn?«, unterbrach Donner ihn schnell.

»War ein Witz ... Auf Wiederhören!«

Das seltsame Telefonat war beendet, und Donner fragte sich, ob er all das soeben wirklich gesagt hatte. Gemeint war das jedenfalls alles nicht so.

Oder doch?

Er sprang vom Stuhl auf. Anne wartete auf ihn. Bereits vor gut zehn Minuten hatte sie angerufen und ihn zu sich bestellt. Anders als sonst rannte er über den Flur. Nicht ganz uneigennützig, denn ein gehetzter Eindruck wirkte immer besser. Sogar das Anklopfen vergaß er.

Wozu anklopfen? Sie wird es ja wohl nicht mit einem Kollegen auf dem Schreibtisch treiben. Stattdessen ...

... steckte ihr Kopf im Drucker.

Zumindest der größte Teil ihrer Haarpracht.

»Frag nicht und fass mich nicht an!«, fauchte sie und versuchte ihre verfilzten Strähnen aus der Druckerklappe zu befreien.

»Ich habe es gleich.«

Danach sah es aber nicht aus. Eher kurios. Kurios und ungesund. Bestimmt zog man sich dabei leicht eine Tonervergiftung zu.

Er mischte sich nicht ein, sondern blieb wie ein Beobachter in sicher Distanz stehen.

Deshalb also hatte sie nicht nachgehakt, wo er steckte. Seit sie Starks Stellvertreterin und Donner obendrein zurück beim K11 war, hatte sie dieses Keine-Widerworte-Syndrom – die erste Stufe zum Ich-Chef-du-nix-Syndrom.

Mit einem Schrei riss sie das letzte Haarbüschel los und nahm sofort Haltung an. »Danke, dass du mir geholfen hast!«

Donner klappte der Mund auf.

So gut es ging strich sie sich die Haare zurück und setzte sich.

»Alexandra Benz schweigt weiterhin«, ging sie zum Tagesgeschäft über.

»War zu erwarten«, spielte Donner mit. »Aber um mir das mitzuteilen, hast du mich garantiert nicht einberufen.«

»Der Staatsanwalt ist sehr zufrieden mit unserer Arbeit ...«

»Unserer Arbeit?«

Wie gemein Erfolg doch oftmals verteilt wurde. Immerhin hatte Donner den Löwenanteil zur Aufklärung beigetragen. Nur am Ende hatte man ihn vom Fall abgezogen, weil seine Mutter und er selbst zur Zielscheibe der Täterin geworden waren. Befangenheit nannte man das.

Anne ignorierte seinen Einwand. Vermutlich war sie noch immer sauer, dass er ihre kleine Spionageaktion enttarnt hatte. Wobei im Prinzip *er* Grund zum Verärgertsein hatte. Andere Männer hätten in dem verwanzten Schlüsselanhänger einen unverzeihlichen Vertrauensbruch gesehen.

»Inzwischen wurde die Privatpraxis in der Slowakei, in der Sascha German sich zu Alexandra Benz umoperieren hat lassen, durch Polizei und Staatsanwaltschaft komplett auf den Kopf gestellt. Die dortigen Behörden sind sehr kooperativ. Offenbar hat der Arzt schon öfter Leuten, die untertauchen wollten, geholfen, ihren Tod vorzutäuschen.«

»Schön.« Er konnte ihren Blick schwer deuten. Irgendwas führte sie im Schilde. »Kommunizieren wir jetzt nur noch am Arbeitsplatz miteinander?«

»Ich wollte dir nur mitteilen, dass du mich heute Abend ausführst.«

Meint sie eine Art romantisches Dinner?

Donner fiel nicht wirklich ein Anlass ein. »Tue ich das?«

»Der Polizeipräsident hat soeben offiziell deine Versetzung ins K11 unterschrieben.«

»Ach?« Donners Herz hüpfte. Nicht, dass er nicht damit gerechnet hatte, aber ein gewisses Restrisiko blieb ja immer. Sofort hellte sich seine Laune auf. Er fühlte sich zurückversetzt an seinen Kindergeburtstag mit neun Jahren, als seine Eltern ihm diese Westernstadt geschenkt hatten. Endlich stand er mit Anne wieder auf einer Stufe. Nur etwas an ihrem Lächeln störte ihn. Irgendwas …

»Müsste nicht eigentlich Stark als Kommissariatsleiter mir die frohe Kunde mitteilen?«

Anne zuckte mit den Schultern. »Wer weiß? Vielleicht hast du ja eine neue Chefin …«

Scheiße!

Von wegen auf einer Stufe!

»Du?« Donner wusste nicht, was er sagen sollte. »Ich meine, du bist Oberkommissarin und ich …«

»Ich werde befördert.«

»Ach?«

»Und? Freust du dich für mich?«

Sie erwartete doch tatsächlich eine Antwort.

Unruhig tippelte er von einem Bein auf das andere. So hatte er sich die Unterredung nicht vorgestellt. Verpufft war die Freude über die Versetzung. Da nützte ihm das gute Abschneiden bei DSC überhaupt nichts, im Gegenteil. Innerhalb der letzten Viertelstunde war er zweimal auf den zweiten Platz verwiesen worden.

»Wie soll ich es ausdrücken …«

»Idiot«, sagte sie. »Du versuchst nicht einmal, dich zu ändern.«

»Ich ...«

»Ich meine, ich habe schon kapiert, dass du bist, wie du bist, aber ehrlich, Erik! Warum kannst du nicht einmal über deinen Schatten springen?«

Verlegen schaute er auf seine Schuhspitzen. »Tut mir leid, das mit dir als Kommissariatsleiterin ... Es ist nicht so, das ich dir das nicht zutraue oder nicht gönne ... Es kommt einfach zu plötzlich ... Ich meine, eben warst du für mich noch das heiße Luder aus dem Kommissariat, aber als Chefin törnst du mich in etwa so an wie die turnusmäßigen Untersuchungen bei meiner Zahnärztin. Und die ist echt eine Zange.«

Sie stand auf, nahm seine Hand und küsste sie. »Schon gut, lass uns beim Essen darüber reden, was *mich* alles antörnt, okay?«

Erleichtert über ihre Reaktion schaute er auf. »Ich freue mich wirklich für dich.«

Sie schmunzelte. »Lügner. Du wärst nicht der Mann, denn ich liebe, wenn das stimmen würde.«

Sie sah ihn auffordernd an.

Und dann küsste er sie.

Bis er sie leicht von sich stieß.

»Eine Frage interessiert mich brennend«, sagte Donner. »Wer bearbeitet jetzt eigentlich die Sache mit den Horrorschlangen?«

Nachwort und Danksagung

Liebe Leserin, lieber Leser,

vielen Dank, dass Sie mein Buch gekauft und gelesen haben. Ich hoffe, dieser Erik-Donner-Thriller konnte sie (abermals) erstklassig unterhalten, denn darum geht es mir: Ich möchte Ihnen ein paar angenehme Lesestunden bereiten.

Um das Lesevergnügen zu erhöhen, habe ich auch für diese Geschichte die Realität ein wenig gestreckt und einige Szenen mit Augenzwinkern geschrieben. Gleichzeitig wollte ich diesmal einen Thriller veröffentlichen, bei dem niemand stirbt. Es ist mir sogar gelungen – wenn man vom Tod des Pflegers Stanley absieht.

Erneut beschreibe ich im Buch einige Lokalitäten, die es tatsächlich gibt. So kann man u.a. das Rabensteiner Viadukt, die Holzbrücke am Pfortensteg, die Markuskirche, den städtischen Friedhof und den Tierpark (samt leerstehendem Bärengehege) besichtigen. Bilder zu einigen dieser Örtlichkeiten poste ich in unregelmäßigen Abständen auf meiner Autorenseite bei Facebook.

Derzeit ist kein weiterer Thriller mit Erik Donner geplant, allerdings heißt das nicht, dass es nicht irgendwann einen sechsten Band geben wird. Die Ideen für weitere hochspannende Fälle werden mir sicher nie ausgehen, und falls Sie inzwischen Fan des unkonventionellen Kriminalhauptkommissars (oder der anderen Personen der Reihe) geworden sind, dann drücken Sie Ihre Begeisterung doch einfach durch eine Rezension bei Amazon aus. Ein paar wenige Sätze, wie Ihnen das Buch gefallen hat, sind völlig ausreichend.

Sollten Sie demnächst auf eine Horrorschlange stoßen, entfernen Sie sich langsam und informieren Sie Ihre Kriminalpolizeiliche Erstkontaktstelle. Keinesfalls sollten Sie den Helden spielen …

Bedanken möchte ich mich bei den Menschen, die mir geholfen haben, dass aus meinem Manuskript ein Buch werden konnte, und die mit Kritik und Hinweisen nicht gespart haben: Alexandra Scherer, Jennifer Bruno, Jasmin Krieger, Andrea Gunschera und meinen Arbeitskollegen, die mir besonders fachlich zur Seite standen.

Gern können Sie mir per E-Mail Lob, Kritik oder einfach einen Gruß zukommen lassen (elias.haller@gmx.de).

Facebook-Nutzer können übrigens durch das Anklicken des Gefällt-mir-Buttons ganz leicht Fan meiner Autorenseite werden.

www.facebook.de/HallerKrimis

Elias Haller, Juni 2017

Weitere Bücher von Elias Haller

TOD UND TIEFER FALL

Ein Erik-Donner-Thriller (Band 1)

Kann ein Kommissar zum Monster werden?
Und was tut ein Mann, dem alles genommen wurde?

Seine Tochter ist tot, seine Frau verschwunden. Kriminalhauptkommissar Erik Donner ist nicht nur seelisch gebrochen, sondern nach einem Dachsturz auch körperlich entstellt. Den ehemals besten Ermittler der Mordkommission hat man an den Schreibtisch verbannt, beruflich sein Ende.

Doch dann erhält er eine Nachricht von seinem toten Partner – von dem Mann, der für den Verlust von Donners Familie verantwortlich ist.

Eine gnadenlose Jagd beginnt, bei der ein Verbrechen aus der Vergangenheit tödliche Folgen hat.

RACHE UND ROTER SCHNEE

Ein Erik-Donner-Thriller (Band 2)

Mancher Schmerz lässt sich nur durch noch mehr Schmerz lindern. Durch den Schmerz anderer ...

Mit dem Schnee kommt der Tod. Unterdessen kämpft Kriminalhauptkommissar Erik Donner um seine Rückkehr zur Mordkommission. Doch statt seinem Versetzungsgesuch zu entsprechen, beauftragt man ihn zusammen mit einer Handvoll alternder Streifenbeamter mit der Bewachung des Weihnachtsmarktes – eine unsagbare Demütigung für Donner.

Aber schon bald sieht er sich mit einem bizarren Verbrechen konfrontiert. Denn ausgerechnet auf dem Adventsmarkt entdeckt man eine grauenvoll zugerichtete Leiche in einem Sack.

Schnell wird klar, dass dies nur der Beginn einer tödlichen Inszenierung ist.

BLUT UND BÖSER MANN

Ein Erik-Donner-Thriller (Band 3)

Der Weiße Wolf ist heimtückisch, erbarmungslos und tödlich. Dabei ist er nur ein Gerücht. Bis er seine Beute findet ...

Nachdem ein Jagdwaffenhersteller, dessen Frau und die Tochter spurlos verschwinden, bittet ein Kollege Kriminalhauptkommissar Erik Donner um einen dubiosen Gefallen. Unter Umgehung sämtlicher Dienstvorschriften soll er helfen, den Vermisstenfall aufzuklären. Von da an dreht sich die Spirale des Verbrechens unaufhaltsam. Mehr und mehr Menschen schweben in Lebensgefahr. Alles deutet darauf hin, dass jemand einen Rachefeldzug führt. Doch dieser jemand sollte längst tot sein.

ASCHE UND ALTER ZORN

Ein Erik-Donner-Thriller (Band 4)

Er ist ein Künstler. Und er erschafft ein Meisterwerk aus Bosheit und Zorn.

Im Wald unter den Teufelsbrücken wird eine grausam zugerichtete Frauenleiche entdeckt. Sofort fallen der Mordkommission Parallelen zu einer Szene aus einem Kinofilm auf. Fatalerweise bleibt es nicht bei einem Opfer.

Bald gerät auch Kriminalhauptkommissar Erik Donner ins Visier eines Psychopathen, der mit rätselhaften Botschaften ein tödliches Spiel arrangiert. Und allem Anschein nach folgen sämtliche Taten der Filmvorlage. Bis ein Beweisstück alles verändert ....

ISBN-13: 978-1548223915
ISBN-10: 1548223913

1. Auflage Juni 2017
Copyright © 2017 by Elias Haller

Herausgeber: Elias Haller
c/o Papyrus Autoren-Club
Pettenkoferstr. 16-18
10247 Berlin
Tel.: 030 / 49997373
Fax: 030 / 49997372

Covergestaltung: Andrea Gunschera
Lektorat: Jasmin Krieger
Korrektorat: Jasmin Krieger

Alle Rechte vorbehalten.
Personen und Handlungen sind frei erfunden, etwaige Ähnlichkeiten mit real existierenden Menschen sind rein zufällig und nicht beabsichtigt.

Kontakt: elias.haller@gmx.de

Printed in Poland
by Amazon Fulfillment
Poland Sp. z o.o., Wrocław